Lea Benthin

Erdbeercreme-Momente

PIPER

Lea Benthin

Erdbeercreme-Momente

Roman

PIPER

Mehr über unsere Autorinnen, Autoren und Bücher:
www.piper.de

Wenn Ihnen dieser Roman gefallen hat, schreiben Sie uns unter Nennung des Titels »Erdbeercreme-Momente« an *empfehlungen@piper.de*, und wir empfehlen Ihnen gerne vergleichbare Bücher.

Von Lea Benthin liegen im Piper Verlag vor:
Die Kochschule:
Band 1: Erdbeercreme-Momente
Band 2: Zitronensorbet-Stunden
Band 3: Pfirsichbowlen-Tage

Unser Versprechen für mehr Nachhaltigkeit
• Klimaneutrales Produkt
• FSC®-zertifiziertes Papier
• Hergestellt in Europa

FSC www.fsc.org
MIX
Papier | Fördert gute Waldnutzung
FSC® C083411

Originalausgabe
ISBN 978-3-492-31761-0
September 2023

Dieses Werk wurde vermittelt durch die
Literarische Agentur Thomas Schlück GmbH, 30161 Hannover.
Redaktion: Lisa Wolf
Satz: Uhl + Massopust, Aalen
Gesetzt aus der Calluna
Druck und Bindung: CPI books GmbH, Leck
Printed in the EU

Kapitel 1

Ich kann nicht glauben, dass du mir das wirklich antust.« Anita Kronberg hatte bis zum Schluss versucht, ihre Mutter umzustimmen, aber diese war bei ihrem Entschluss geblieben und lenkte den Wagen nun durch den Torbogen einer imposanten Villa. »Edith Waltz' Koch- und Hauswirtschaftsschule für junge Damen.«

»Du wirst bald merken, es ist nur zu deinem eigenen Besten«, entgegnete Martha Kronberg. »Mit dem Müßiggang ist von nun an Schluss.« Ihre Mutter parkte den Wagen und stellte den Motor ab. »Du wirst dich sicher rasch einleben und mir später für die Entscheidung dankbar sein.«

Anita und ihre Mutter waren nicht die einzigen Neuankömmlinge, aus vier weiteren Wagen stiegen junge Frauen, alle in Begleitung ihrer Familien. Koffer und Taschen wurden aus dem Kofferraum gehoben, und aus den Gesichtern der jungen Frauen sprach aufgeregte Erwartung. Anita öffnete die Wagentür und sah sich um. Sie stand mitten in einem weitläufigen Hof mit einer Auffahrt, die im Halbrund um einen Brunnen angelegt war. Die Villa selbst war großzügig angelegt, cremegelb und elegant mit einem säulenbestandenen Eingang. Es gab malerische Dach- und Giebelformationen, hübsche Gauben, Erker und im Erdgeschoss eine Auslucht, durch deren Fenster sie Bücherregale sehen konnte – vermutlich die Bibliothek. Unter anderen Umständen hätte Anita es hier sehr hübsch gefunden.

Ihre Mutter öffnete den Kofferraum und hievte den Koffer heraus, während Anita danebenstand und zusah. Sie war viel zu wütend, als dass sie ihre Hilfe hätte anbieten wollen – schließlich war es der Wunsch der Mutter gewesen, dass sie hierherkam, nicht ihrer. Sie trat einen Schritt zurück. Im nächsten Moment hörte sie ein wildes Hupen und sprang erschrocken zur Seite. Ein knallroter VW-Käfer bremste schlitternd, sodass der Kies aufstob. Die Fahrerin tippte sich an die Stirn und fuhr wieder an, um den Wagen schwungvoll in der Remise zu parken.

»Was war das denn?« Anitas Mutter starrte dem Wagen hinterher, dem nun eine junge Frau entstieg, an der alles provinziell wirkte, von dem altbackenen Zopf, zu dem sie ihr blondes Haar geflochten hatte, bis hin zu der Kleidung mit dem zu langen Rock und der biederen Bluse. Die Frau öffnete den Kofferraum, hob einen Koffer hinaus, stellte ihn vor sich hin und schien etwas in ihrer Handtasche zu suchen.

Anita wandte sich ab und sah ihre Mutter an. »Dann bis demnächst.« Sie griff nach ihrem eigenen Koffer.

»Ich dachte, ich begleite dich noch hinein.«

»Nicht nötig.« Abrupt drehte sie sich weg und machte sich auf den Weg die Einfahrt hinauf. Vor ihr hatte sich nun auch die blonde Frau auf den Weg zum Haus gemacht, wobei sie auf dem Kies mit ihren flachen Schuhen sicherer und zügiger vorankam als Anita in ihren schicken Pumps mit den hohen Absätzen.

Zwei weitere junge Frauen kamen die Auffahrt entlang, beide in Begleitung. Anita knickte einmal um und fing sich gerade noch, allerdings hatte sie jetzt ein Steinchen im Schuh. Sie stellte den Koffer ab, balancierte einbeinig, während sie den Pumps auszog und umkippte. Der junge Mann an der Seite einer der beiden Frauen sah sie an und erhaschte einen Blick auf ihren Oberschenkel. Rasch strich sie ihr grünes Sommerkleid glatt, nahm den Koffer wieder in die Hand und ging weiter.

Die zweiflügelige schwere Holztür stand weit offen, und sie wurden von einer Frau begrüßt, die Anita auf höchstens Mitte zwanzig schätzte, adrett gekleidet in ein taubenblaues Blusenkleid mit Schürze. Von den Schürzen hatte Anita auch mehrere im Gepäck, denn diese gehörten zur Pflichtausstattung, ebenso wie einheitliche Kleider. Man wolle, so die Betreiberin der Schule, keinen Neid oder Putzsucht unter den Schülerinnen befeuern.

»Herzlich willkommen«, sagte die junge Frau an der Tür. »Ich bin Elisabeth Weilershof, Schülerin im dritten Jahr. Bitte finden Sie sich im Foyer ein, dort wird die Zimmerzuteilung mitgeteilt, später wird Frau Waltz Sie persönlich begrüßen. Auf der Anrichte stehen Erfrischungen bereit.« Sie lächelte, was alle – außer Anita – erwiderten. Diese zwang sich im nächsten Moment zumindest zu einem freundlichen Nicken, denn diese junge Frau konnte ja nichts dafür, dass Anitas Mutter sie hierherverbannt hatte.

Seufzend betrat sie das Foyer mit dem glänzenden Marmorboden, der hohen Decke, die sich in einer Glaskuppel wölbte, den Kristallleuchtern an den Wänden und der wundervoll geschwungenen Treppe, die in eine Galerie auslief. Was für aufregende Sommerpartys man hier unter anderen Voraussetzungen feiern könnte, dachte Anita. Sie selbst würde an diesem herrlichen Augusttag nichts lieber tun, als auf der Terrasse zu liegen, sich zu sonnen, ein kaltes Getränk neben sich, während sie mit ihren engen Freundinnen den Abend plante. Die Unternehmungen wurden zwar seltener, und auch der Freundeskreis, der dafür zur Verfügung stand, kleiner, denn nach und nach heirateten ihre Freundinnen. Aber nach wie vor war eine Handvoll von ihnen übrig, die noch nicht den

Richtigen gefunden oder einfach Eltern hatten, die modernere Ansichten hegten und in dieser Hinsicht gelassener waren. Anita hatte sich selbst für eine dieser unabhängigen, modernen Frauen gehalten, die ihr Leben genossen und erst in den Hafen der Ehe einliefen, wenn sie sich selbst bereit dazu fühlten.

»Wenn du dieses Leben finanzieren kannst, dann nur zu«, hatte ihre Mutter gesagt. »Andernfalls ist mit diesem Lotterleben jetzt Schluss.«

Acht Auszubildende nahm die Schule jedes Jahr neu auf, las Anita auf dem Informationsblatt, das ihr eine junge Frau in die Hand gedrückt hatte und das sie nur studierte, weil sie gerade nichts Besseres mit sich anzufangen wusste. Sie ging zu der Anrichte, wo ihr eine weitere Frau mit einem Strahlen ein Glas Limonade anbot. Anita konnte sich geradezu bildlich vorstellen, wie man die künftigen Absolventinnen angewiesen hatte, mit einem Lächeln dazustehen, lieb und herzlich zu sein. So erwartete man es von einer Frau.

Sie nippte kurz an ihrer Limonade, die überraschend gut schmeckte – andererseits wäre es wohl auch ein schlechtes Aushängeschild für eine Restaurant- und Hauswirtschaftsschule, wenn sie an etwas so Simplem wie Limonade bereits scheiterte. Anita ging weiter zu der nächsten jungen Frau, die an einem Tisch stand, vor sich mehrere Zettel, und die sie mit einem freundlichen »Guten Tag« begrüßte.

»Erfahre ich von Ihnen, auf welches Zimmer ich komme?«, fragte Anita.

»Ganz recht. Ihr Name?«

»Anita Kronberg.«

Die Frau sah auf ihre Liste, und kurz erwachte in Anita der wahnwitzige Wunsch, die Anmeldung sei verloren gegangen und ihr Name gar nicht auf der Liste. *Wie bedauerlich, da muss uns ein Irrtum unterlaufen sein. Leider haben wir auch keine weiteren Plätze mehr frei.*

»Ah, da.« Die Frau zog einen Zettel hervor. »Die Zimmernummer und ein Wegweiser, wie Sie dorthin kommen. Anfangs kann es passieren, dass man sich ab und an verläuft.«

Anita bedankte sich und machte Platz für die nächste Schülerin. Sie stellte sich ein wenig abseits, trank ihre Limonade und sah sich den Wegweiser an. Die Zimmer lagen unter dem Dach, vermutlich ehemalige Gesindekammern. Im Sommer war es dort sicher brüllend heiß, während man sich im Winter Frostbeulen holte. Ihr Zimmer hatte die Nummer zwei. Hoffentlich war sie wenigstens allein, das wäre ja wohl das Mindeste, bedachte man, wie teuer die Schule war. Wehmütig dachte sie an ihr Zimmer zu Hause, das als einziges sogar einen eigenen Balkon hatte. Früher hatte es ihrem Bruder gehört, aber nachdem er im Krieg gefallen war, hatte ihre Mutter entschieden, dass sie dort einquartiert werden sollte, aus Angst, in ihrem Schmerz und ihrer Trauer den Raum in ein Museum zu verwandeln. Der Vater war nur wenig später gestorben, und so waren Anita und ihre beiden Schwestern allein mit der Mutter zurückgeblieben. Da diese das Vermögen in die Ehe gebracht hatte, ging es ihnen nicht schlecht, gemessen mit anderen Familien sogar vergleichsweise gut, selbst während der kargen Nachkriegsjahre. Sie waren ein eingeschworener Frauenhaushalt gewesen mit Anita als verwöhntem Nesthäkchen. Umso schlimmer, dass sie nun einfach fortgeschickt wurde. Es fühlte sich an wie ein Verrat. Selbst die Schwestern waren einer Meinung mit der Mutter.

»Mama hat in den letzten Jahren genug durchgemacht«, hatte ihre älteste Schwester Annelis gesagt. »Da muss sie nicht auch noch andauernd dem Prinzesschen die Nase pudern.«

Eine Frau um die vierzig trat auf den rechten Treppenflügel und blieb auf dem Absatz stehen, wo sich die beiden Flügel nach unten zu einer Treppe vereinten. Sie trug ein dunkelgraues Kostüm mit Samtrevers, das braune Haar war modern frisiert und onduliert. Im Foyer wurde es still, und die Gesichter richteten sich zur Treppe. Anita unterdrückte ein Gähnen und seufzte verhalten.

Es folgte eine kurze Ansprache, in der sich Edith Waltz vorstellte und ein wenig zur Geschichte ihrer Koch- und Restaurantschule erzählte, die sie in der Zeit nach dem Krieg gegründet hatte, um jungen Frauen eine Perspektive zu bieten, und die es schon innerhalb von zwei Jahren über Köln hinaus zu Bekanntheit gebracht hatte. Begonnen hatten sie mit vier Schülerinnen, und nun, zehn Jahre nach Kriegsende, hatten sie die Kapazitäten für vierundzwanzig Schülerinnen in drei Jahrgängen.

»Wir unterscheiden uns von anderen Hauswirtschaftsschulen vor allem insofern, als dass unsere Absolventinnen nach ihrem Abschluss sowohl eine perfekte Haushaltsführung erlernt haben als auch fähig sind, in Restaurantbetrieben der Eltern oder des Ehemannes mitzuarbeiten.«

Weiter erzählte sie, dass sie jedes Jahr deutlich mehr Anfragen hätte als freie Plätze und die Auswahl nach strengen Kriterien erfolgte. Da spielte wohl vor allem das Vermögen der Eltern eine Rolle, mutmaßte Anita.

»Am Ende jedes Jahres stehen die Abschlussarbeiten an«, fuhr Edith Waltz fort. »Und wer nicht besteht, hat die Möglichkeit, die Arbeit nach den Ferien zu wiederholen. Fällt die Schülerin dann ein weiteres Mal durch, ist ihre Lehrzeit an diesem Institut beendet, dann besitzt sie ganz offensichtlich nicht den nötigen Ehrgeiz.«

Bot sich da ganz unverhofft eine willkommene Möglichkeit, der Schule nach einem Jahr zu entkommen? Anita stellte sich vor, wie ihre Mutter reagierte, wenn sie die Prüfung zweimal hintereinander nicht bestand. Vermutlich wäre sie außer sich, und wer konnte schon wissen, was sie sich als Nächstes einfallen ließ?

»Die Angehören verabschieden sich nun bitte. Fräulein Sandler«, sie winkte eine junge Frau zu sich, die lächelnd zu ihr trat, »wird den jungen Damen den Weg in die Quartiere weisen. Dort können Sie sich frisch machen und Ihre Koffer auspacken. Danach folgt ein Rundgang durch die Schule sowie eine Einweisung, und die jungen Damen bekommen eine Mappe, in der Stundenpläne, der Tagesablauf, weitere Informationen sowie die Hausordnung enthalten sind. Lesen Sie alles bitte sorgfältig durch.« Edith Waltz legte die Hände zusammen, eine wohlwollende Geste, und nickte. »Bis dahin, meine Damen.«

Unvermittelt setzte wieder das Gewirr der Stimmen ein, als sich die Frauen von ihren Familienmitgliedern verabschiedeten. Anita griff nach ihrem Koffer und ging zur Treppe, aber besagtes Fräulein Sandler bedeutete ihr mit einer Geste, daran vorbeizugehen.

»Schülerinnen benutzen die Treppe im hinteren Bereich des Hauses. Diese hier ist den Lehrern sowie Besuchern vorbehalten.«

Es dauerte noch ein paar Minuten, ehe sich alle Frauen von ihren Angehörigen verabschiedet hatten, dann schlossen sie sich Fräulein Sandler an, die sie durch das Foyer führte, dann durch eine Tür in einen Korridor, der deutlich schlichter war als die Art, in der sich das Haus bisher präsentiert hatte. Der Dienstbotenkorridor, genau wie Anita vermutet hatte. Von hier aus ging es eine Treppe hinauf, vorbei an der Beletage und dem zweiten Stockwerk bis ins dritte Obergeschoss. Fräulein Sandler ging ihnen voran.

»Die Nummern befinden sich an den Türen, Sie teilen sich immer zu zweit ein Zimmer. Ich zeigen Ihnen noch die Waschräume.«

Davon gab es zwei, die jeweils von sechs Zimmern, also zwölf Frauen genutzt wurden. Eine Tür teilte den Korridor, vermutlich in den ehemaligen Bereich der männlichen und weiblichen Dienstboten.

»Nun dürfen Sie gerne Ihre Zimmer aufsuchen.«

Anita drehte sich um und stellte fest, dass sie unmittelbar vor ihrem Raum stand. Sie öffnete die Tür, trat ein und ging zielsicher auf das Bett zu ihrer Linken zu, noch ehe sie das Zimmer in Augenschein nahm. Sie stellte den Koffer davor und sah sich um. Der Raum war schlicht, aber nicht so schlimm wie befürchtet. Ehe Anita jedoch dazu kam, ihren Eindruck zu vervollständigen, betrat ihre Mitbewohnerin den Raum, hielt inne und starrte sie an mit einer Miene, als sei *sie* diejenige, für die diese Zusammenstellung eine Zumutung war.

Helga Langens erster Gedanke beim Betreten des Zimmers war, dass nur noch das Bett neben der Tür frei war. Der zweite, dass ihre Zimmergenossin ausgerechnet dieses Modepüppchen sein würde, das ihr vorhin fast vors Auto gelaufen wäre und sie dann auch noch angestarrt hatte, als sei das Helgas Schuld. Resigniert stellte sie den Koffer neben das Bett und sah sich um. Das Zimmer hatte Holzdielen, auf die das Sonnenlicht einen sanften Honigschimmer malte. Außerdem gab es einen Schreibtisch unter dem Fenster, zwei Schränke, zwei kleine Kommoden sowie ein Waschbecken – Letzteres an der rechten Wand, sodass Helga nicht nur neben der Tür schlafen würde, sondern auch noch das Waschbecken in der Nähe hatte. Des Weiteren stand ein Schreibtisch an der rechten Wand. Der Kachelofen – so angelegt, dass durch eine Klappe zwei nebeneinanderliegende Räume geheizt werden konnten – schien nicht mehr genutzt zu werden, denn es gab ein modernes Heizsystem. Ein Glück für Fräulein Modepüppchen, denn der wäre auf ihrer Seite gewesen. Dafür würde sie jetzt vermutlich jeden Morgen das Waschbecken ewig in Beschlag nehmen, denn der einzige Spiegel war darüber angebracht. Helga seufzte vernehmlich.

»Ich bin Helga Langen«, sagte sie so freundlich wie möglich, denn schließlich mussten sie ja am Ende irgendwie miteinander auskommen.

»Anita Kronberg.«

Helga öffnete die Schnallen ihres Koffers, klappte ihn auf und begann, die Kleidung in Schrank und Kommode zu räumen. Ihre Eltern betrieben eine Gastwirtschaft, die Helga irgendwann übernehmen sollte, sodass sie trotz ihrer eingeschränkten Mittel das Schulgeld aufbrachten. Einerseits war Helga froh über den Abstand und die Aussicht auf eine gewisse Unabhängigkeit, auch wenn sie nur dem Umstand diente, wieder in eine Abhängigkeit zu geraten, indem sie den vorgefertigten Weg ging, den ihre Eltern für sie vorgesehen hatten. Ausgerechnet sie, Helga, die zum Kochen weder Lust noch Talent besaß und der die Bewirtung von Gästen ein Graus war, sollte eine Gastwirtschaft führen. Sie hatte einmal ihren Eltern gegenüber erwähnt, sie würde viel lieber Bücher schreiben, woraufhin ihr Vater geradezu außer sich geraten war.

Zu Helgas Bedauern war selbst die Mutter – obwohl durchaus künstlerisch veranlagt, mit einer Liebe zu Büchern und der Malerei – nicht für diese Pläne zu begeistern. Und sie war es auch, die dafür sorgte, dass Helga in der Schule von Edith Waltz aufgenommen wurde, was sich angesichts der vielen Anfragen als großer Glücksfall herausstellte.

Nachdem sie alles ausgepackt hatte, setzte Helga sich aufs

Bett, um die Mappe, die man ihr zur Begrüßung ausgehändigt hatte, aufzuklappen. Gleich zuoberst lag ein Blatt mit Anweisungen für den Tag der Ankunft. Sie musste sich umkleiden und sich dann pünktlich um elf Uhr unten im Foyer einfinden. Bis dahin war es noch eine gute halbe Stunde. Rasch kleidete Helga sich um und verließ das Zimmer, um zur Toilette zu gehen. Der Waschraum war sauber und bestand aus einer Reihe von acht Waschbecken sowie vier Toilettenkabinen und zwei Duschnischen. Wenn Helga also ein wenig Privatsphäre wünschte, musste sie morgens die Erste sein.

Als sie in das Zimmer zurückkehrte, hatte sich auch Anita Kronberg umgekleidet und stand nun vor dem Spiegel, um den Lippenstift nachzuziehen und die Wimpern ihrer Rehaugen zu tuschen. Die Kleidung hatte sie achtlos aufs Bett geworfen. Helga verdrehte die Augen und klapperte demonstrativ mit der Schranktür, als sie ihr eigenes Kleid aufhängte. Ihre Zimmernachbarin ignorierte sie, zupfte an ihrem glänzenden dunklen Haar, das modisch auf Kinnlänge geschnitten war, steckte eine Spange hinein und besah sich von allen Seiten.

Als sie den Spiegel freigab, sah Helga hinein, aber aus ihrem blonden Zopf hatte sich kein Haar gelöst. Kurz überlegte sie, sich einen Pferdeschwanz zu binden, aber ein Blick auf die Uhr verriet ihr, dass sie in fünf Minuten unten sein musste. Anita Kronberg war bereits auf dem Weg zur Tür, und Helga folgte ihr. Auf dem Korridor trafen sie auf drei Frauen, die gerade ihre Zimmer verließen, lächelnd und miteinander plaudernd. Offenbar hatten sie die Zeit genutzt, sich miteinander bekannt zu machen.

Gemeinsam gingen sie zur Tür, die ins Treppenhaus führte. Sie traten aus dem ehemaligen Dienstbotenbereich in die rückwärtige Halle, in der es eine weitere herrschaftliche Treppe gab, die vermutlich ebenfalls nicht von den Schülerinnen genutzt werden durfte. Noch bevor sie im Foyer waren, hörte Helga die Uhr elf schlagen.

Edith Waltz stand mit Fräulein Sandler im Eingangsbereich und erwartete sie zusammen mit drei der Neuankömmlinge, die offenbar schon früher ihre Zimmer verlassen hatten. »Da sind Sie ja, meine Damen. Da dies der Tag Ihrer Anreise ist und Sie sich im Haus erst zurechtfinden müssen, sehe ich Ihnen die Verspätung nach. Künftig gilt jedoch strikte Pünktlichkeit. Spätestens beim Glockenschlag haben Sie sich an den vereinbarten Orten einzufinden. Gleiches gilt für den Unterricht. Wer unentschuldigt zu spät im Speisesaal erscheint, für den fällt die Mahlzeit aus.«

Helga bemerkte, dass Anita Kronberg die Augen verdrehte. Gespannt sah sie zu Edith Waltz, doch sie schien nichts bemerkt zu haben.

»Ich überlasse Sie nun Fräulein Sandler, die Sie im Haus herumführen wird.«

Edith Waltz verabschiedete sich mit einem knappen Nicken und ging zur Treppe, während sich Fräulein Sandler lächelnd zu ihnen umwandte.

»Wir beginnen mit dem Erdgeschoss. Wenn Sie mir bitte folgen wollen?«

Das Haus war prachtvoll, das musste Helga zugeben. Eine solche Villa wie diese hatte sie noch nie betreten. Es gab einen großen Salon, der durch zwei Flügeltüren vom Speisesaal getrennt war. Zu Feierlichkeiten wurden die Türen geöffnet, andernfalls war es den Schülerinnen nur bei Familienbesuch gestattet, den Salon zu betreten. Die Bibliothek war groß und gemütlich mit zwei Sitzecken, Leselampen und einem Kamin. Zu Helgas Freude durften sie diesen Raum jederzeit aufsuchen, denn Edith Waltz schätzte es sehr, wenn ihre Schützlinge ihre Freizeit lesend verbrachten. Bildung gehörte für sie zwingend zu den Qualitäten einer guten Ehefrau dazu, erklärte Fräulein Sandler.

Weiter ging es zu einem kleineren Salon, den Edith Waltz privat nutzte und in dem ein halbwüchsiges blondes Mädchen auf einem Stuhl herumlümmelte, ein Buch in der Hand. Helga schätzte sie auf fünfzehn Jahre. Sie blickte auf und musterte die Frauen, wirkte dabei jedoch wenig interessiert.

»Inga Waltz«, stellte Fräulein Sandler sie vor. »Die Tochter von Frau Waltz.«

Sie grüßten, und das junge Mädchen grüßte mit gelangweilt wirkender Miene zurück, ehe sie sich wieder ihrem Buch widmete. Helga konnte das verstehen, sie hätte es auch nicht erfreulich gefunden, wenn jemand eine ganze Horde Frauen durch ihr Wohnzimmer geführt hätte, während sie gerade las und ihre Ruhe wollte.

»Ein Paradebeispiel an guter Erziehung«, murmelte Anita Kronberg, und Helga musste grinsen. Zwei weitere Frauen kicherten leise, während auch auf Fräulein Sandlers Gesicht kurz ein Lächeln aufblitzte.

»So hätte ich mich mal aufführen müssen«, flüsterte eine der Frauen, die überpünktlich im Foyer gestanden hatten. »Da hätte es aber etwas gesetzt.«

Sie gingen weiter, durften einen Blick in Edith Waltz' privates Esszimmer werfen, das genutzt wurde, wenn sie Besuch hatte und dessen Betreten ihnen ebenfalls strikt untersagt war. Die hintere Halle mit der breiten Treppe führte hinaus in den Garten. Das hier war ein Teil des Hauses, der gerne für Gartenfeiern genutzt wurde.

»Es ist Ihnen erlaubt, den Garten in Ihrer Freizeit aufzusuchen. Nur der Rosengarten wird ausschließlich von Frau Waltz privat genutzt.«

Durch die Tür zum Dienstbotenkorridor führte Fräulein

Sandler sie an der Treppe vorbei, über die sie zu ihren Quartieren gelangten, und weiter den Flur entlang. Sie gelangten an eine große Küche, in der emsige Betriebsamkeit herrschte.

»Das hier ist die Hauptküche«, erklärte sie. »Hier wird gerade das Mittagessen zubereitet.«

Junge Frauen standen in der Küche, einige beschäftigt mit der Zubereitung des Essens, andere standen neben einem älteren Mann, der gerade etwas erklärte.

»Das Lehrpersonal stellt Frau Waltz Ihnen im Speisesaal vor, jetzt gerade sind alle beschäftigt.«

Sie kamen in eine angrenzende kleine Küche. »Dies hier nennen wir die kalte Küche. Hier wird Fleisch zubereitet und andere Speisen, die bei der Verarbeitung eine kühle Umgebung brauchen. Der letzte Raum ist die Patisserie und Kaffeeküche, hier werden die Süßspeisen zubereitet. Früher einmal befanden sich hier die Gesindekammern von Mägden und weiterem niederem Personal. Im Krieg und kurz darauf hat Frau Waltz hier Obdachlose untergebracht, danach wurden Umbaumaßnahmen eingeleitet. Zu Beginn gab es nur die Hauptküche, aber als die Schule sich vergrößerte, wollte Frau Waltz den Anforderungen der modernen Betriebsführung eines großen Restaurants gerecht werden.«

Weiter ging es in die Vorratsräume, dann folgte ein kurzer Blick in den Gewölbekeller, in dem Flaschen in hohen Regalen lagerten, der ansonsten aber ungenutzt blieb. In der Beletage waren die Lehrer in den ehemaligen Schlafzimmern untergebracht, und es gab auch zwei Wohnzimmer, ursprünglich für die Gäste des Hauses gedacht, die nun den Lehrern und Lehrerinnen vorbehalten waren – ein Damen- und ein Herrensalon. Hier lagen auch die privaten Räume von Edith und Inga Waltz.

»Wenn man von hier aus in die Quartiere der Schülerinnen gelangen möchte, muss man durch diese Tür dort in den ehemaligen Dienstbotenbereich. Der Durchgang ist allerdings nur für den äußersten Notfall gedacht, also wenn es brennt oder dergleichen. Früher wurde er von den Dienstboten genutzt. In der zweiten Etage haben sich die Gästezimmer befunden, die heute als Unterrichtsräume genutzt werden. Dorthin gehen die Schülerinnen auch ausschließlich über das ehemalige Dienstbotentreppenhaus. Nur heute machen wir eine Ausnahme und nutzen die Haupttreppe.«

Die freien Räume waren verschlossen, in den anderen fand Unterricht statt, sodass sie in keinen hineinsehen konnten. Auch hier gab es einen Aufenthaltsraum, in dem gerade zwei junge Frauen standen, rauchten und ihr Gespräch unterbrachen, als Fräulein Sandler die Tür öffnete. »Lasst euch nicht stören«, sagte sie, nun nicht mehr in diesem Lehrerinnenton, sondern kameradschaftlich.

»Die Haushälterin werden Sie noch kennenlernen, Frau Schmitz ist sozusagen die gute Seele des Hauses, und sollte etwas nicht funktionieren in den Zimmern, wenden Sie sich bitte ausschließlich an sie, und behelligen Sie Frau Waltz nicht damit. Ihr Zimmer liegt ebenfalls oben, ganz am Ende des Korridors. Außerdem gibt es zwei Küchenhilfen, die kommen jeden Tag stundenweise, auch am Wochenende.«

Helga war froh, als sie die Führung hinter sich hatten, so etwas fand sie immer furchtbar ermüdend.

»Sie dürfen sich gerne in den Garten zurückziehen, bis der Gong schlägt, danach begeben Sie sich bitte umgehend in den Speisesaal. Die freien Stunden stehen zu Ihrer eigenen Verfügung, Sie können auch in die Stadt fahren, wenn die Zeit es Ihnen erlaubt. Allerdings wird Wert darauf gelegt, dass Sie in der Woche um neun Uhr wieder hier sind, um zehn wird abgeschlossen. Wer sich zweimal verspätet, wird der Schule verwiesen. Am Wochenende können die Damen, die hierbleiben, nach Belieben ausgehen, aber auch da wird die Schule pünktlich um elf Uhr verschlossen. Ach ja, und eines noch. Es sollte nicht extra erwähnt werden, aber ein moralisch einwandfreies Benehmen wird vorausgesetzt. Keine Männergeschichten. Frau Waltz legt viel Wert auf den guten Ruf des Hauses.«

Damit waren sie entlassen.

Anita gefiel der Garten, und die Aussicht auf eine halbe Stunde im Freien – ihnen wurden zudem kalte Getränke auf einem Tischchen bereitgestellt – löste ihre Stimmung ein wenig. Nun war sie schon einmal hier, und so ungern sie gekommen war, blieb ihr nun nichts anderes übrig, als sich zu arrangieren. Der üppig blühende Garten fiel von der Veranda her sanft ab und war in der Art einer Parkanlage gestaltet. Es gab einen Springbrunnen aus weißem Marmor, Rosenspaliere, einen Pavillon, sorgsam geharkte Wege, Blumenrabatten, Nischen mit Statuen und Sitzbänken. Die jungen Frauen stellten sich einander vor und gingen gleich zu einem weniger förmlichen Umgang über. Die Hübsche mit dem schulterlangen dunklen Haar war Henriette Korbach, während Tanja Holsteins rote Haare und Sommersprossen ihr ein keckes Aussehen verliehen. Marlene Reber war blond und hochgewachsen, Linda Webknecht hatte kastanienfarbene Locken. Katharina Feldt war ebenfalls blond, hatte ein interessantes Gesicht mit Stupsnase und sinnlichem Mund, und Antonia Van Geels aparte Gesichtszüge wurden von kurzem dunklem Haar eingerahmt.

Im Großen und Ganzen waren sie alle sehr nett, wobei sich bei Henriette und Antonia schon abzeichnete, dass sie die Strebsamsten und Überpünktlichsten von ihnen sein würden. Linda hatte gerade eine Verlobung gelöst und wollte sich ausbilden lassen, ehe sie eine erneute Verbindung einging. Marlene und Katharina wollten zur Vorzeigehausfrau werden, und

Tanja hatte sich gerade mit dem Erben eines Restaurants verlobt. Helga erzählte, dass ihre Eltern eine Wirtschaft betrieben, und ihre ganze Haltung zeigte so wenig Begeisterung sowohl für den elterlichen Betrieb als auch für das Kochen an sich, dass die übrigen Frauen sie nur verständnislos anblickten. Natürlich war Anita auch nicht freiwillig hier, aber das wusste sie zu kaschieren, denn wenn man so offensiv damit umging, dass man das, was die anderen als erstrebenswert erachteten, nur lästig fand, durfte man sich nicht wundern, wenn man keine Freundinnen fand. Und immerhin kochte Anita gern und liebte das Zubereiten von Süßspeisen.

Zwischen den jungen Frauen und Helga bildete sich eine unsichtbare Kluft, denn es war offensichtlich, dass sie einer Gesellschaftsschicht angehörte, die sich von ihrer unterschied. Alles an ihr wirkte bäuerlich und provinziell, da machte es keinen Unterschied, dass ihre Eltern das Schulgeld aufbringen konnten. Im Alltag wären sie sich vermutlich kaum über den Weg gelaufen.

Ob Helga dies auch wahrnahm, wusste Anita nicht, vielleicht war sie nicht empfänglich für feine Stimmungen. Helga hielt ein Glas in der Hand und beteiligte sich nicht an dem Gespräch, nickte nur hin und wieder, während Anita ab und zu einen Kommentar beisteuerte. Abgesehen von Helga, die aus einem Dorf irgendwo im Bergischen kam, waren die jungen Frauen alle aus der Gegend. Anita selbst lebte in Bonn, während Henriette und Katharina aus Koblenz, Tanja aus Dortmund, Antonia aus Königswinter, Marlene und Linda aus Aachen kamen. Von ihnen kannte Anita Köln am besten und wusste, wo man sich amüsieren konnte.

Als der Gong schlug, gingen sie zurück ins Haus. Im Speisesaal war jetzt eingedeckt worden. Das Servieren übernahmen die jungen Frauen des zweiten Jahrgangs, das war laut Plan

Teil ihrer Ausbildung. Es waren immer zwei für einen Tisch zuständig, hatte Fräulein Sandler erklärt. Anita fragte sich, ob sie die Mädchen aus den anderen Jahrgängen tatsächlich alle mit »Fräulein« ansprechen mussten. Das wäre doch irgendwie albern, so sehr unterschieden sie sich hinsichtlich ihres Alters ja nun nicht. Möglicherweise hatte Frau Waltz nur während des Empfangs und der Führung auf diese Formalität Wert gelegt.

Es gab eine feste Sitzordnung, und auf dem Tisch der neuen Auszubildenden zeigte ein Kärtchen jeder ihren Platz an. Anita saß am Rand, links neben sich Tanja, ihr gegenüber Henriette. Die anderen beiden Tische waren mittlerweile ebenfalls besetzt, und die Frauen des dritten Jahrgangs sahen zu ihnen hinüber, nickten freundlich, während die des zweiten Jahrgangs bereits neben den Servierwagen standen. Edith Waltz betrat zusammen mit der Lehrerschaft den Speisesaal. Sie nahmen vorne Aufstellung und wurden der Reihe nach vorgestellt.

Anitas Blick glitt an ihnen vorüber und blieb schließlich an einem von ihnen hängen – der Einzige, dessen Namen sie sich merkte. Arno Hesse. Himmel, sah der gut aus. Sie musterte ihn eingehender, aber er erwiderte ihren Blick nicht. Von seinem dunklen Haar, das er zwar zurückgekämmt hatte, fielen ihm einige widerspenstige Strähnen in die Stirn, was Anita geradezu verwegen fand. Er hatte blaue Augen und lächelte jungenhaft. Anita fiel auf, dass sie nicht die Einzige war, die ihn anstarrte, und so richtete sie ihre Aufmerksamkeit wieder auf Edith Waltz. Es gab drei Köche – einer davon Arno Hesse – und zwei Köchinnen, eine Bäckerin und Konditorin, eine Lehrerin für Hauswirtschaft und keinen einzigen Lehrer für Buchhaltung. Mathematik und wirtschaftliches Rechnen war offenbar für eine Frau nicht so wichtig, auch nicht, wenn sie einen Restaurantbetreiber heiratete.

Anita nahm Platz, und das Essen wurde serviert, Kalbsgulasch mit Kartoffeln mit Rapunzeln als Beilage und als Nachtisch Pudding mit Karamellguss. Als Anita aufblickte, bemerkte sie, dass Arno Hesse zu ihrem Tisch hinübersah. Er fing ihren Blick auf, zwinkerte ihr zu, und zu ihrem Ärger errötete Anita, was wiederum Henriette nicht entging.

»Ist dir warm?«

»Ja«, antwortete Anita.

»Mir setzt die Sommerhitze auch immer sehr zu«, sagte Marlene.

»Wann ist noch mal die Kaffeestunde?«, wollte Katharina wissen.

»Hast du schon wieder Hunger?«, spöttelte Henriette.

»Nein, aber ich hätte so gern einen Kaffee.«

»Oh«, entgegnete Marlene, »den bräuchte ich jetzt auch.«

»Laut Plan, den wir für heute bekommen haben«, erklärte Henriette, »finden wir uns um drei Uhr zu Kaffee und Kuchen ein.«

»Die Kaffeestunde«, sagte Edith Waltz nun laut und vernehmlich, »findet aufgrund des schönen Wetters heute im Garten statt. Bei der Gelegenheit können Sie unsere Neuankömmlinge besser kennenlernen.«

Die jungen Damen der anderen Tische sahen zu ihnen hinüber, und im nächsten Moment ertönte ein Gong, woraufhin sich alle erhoben. Die Zeit bis zum Nachmittagskaffee hatten sie zu ihrer freien Verfügung, und so standen sie zunächst vor dem Speisesaal, während sich die übrigen Frauen in Grüppchen zerstreuten. Anita warf einen verstohlenen Blick zur Tür, durch die nun auch die Lehrer hinaustraten. Arno Hesse war vertieft in ein Gespräch mit einem Kollegen, sah nur kurz auf, nickte den jungen Frauen zu und ging dann weiter.

Anita sah ihm nach, dann wandte sie sich Henriette zu, die

gerade vorschlug, die Zeit bis zum Kaffee mit einem Spaziergang zu verbringen. »Ab morgen werden wir dafür wohl keine Muße mehr finden. Die freien Stunden zu unserer Verfügung sind nicht allzu üppig bemessen.«

Anita hatte sich den Stundenplan noch nicht angesehen, aber als nun auch Antonia wissend nickte, war ihr klar, dass die beiden sich offenbar umgehend mit den Abläufen vertraut gemacht hatten.

»Frühstück ist um sieben Uhr morgens«, erklärte Henriette, und Anita starrte sie entsetzt an. Um diese Uhrzeit war sie normalerweise noch nicht einmal wach.

»Das ist eine Stunde später als bei uns«, sagte Helga. »Um sieben Uhr servieren wir bereits in der Wirtschaft das Frühstück, also gibt es das Frühstück zu Hause schon um sechs. Wer zu spät kommt, bekommt nichts mehr.«

»So ähnlich wird das hier auch sein«, erwiderte Marlene.

»Um acht Uhr ist die erste Unterrichtsstunde«, fuhr Antonia fort.

Sie schlossen sich Henriettes Vorschlag eines gemeinsamen Spaziergangs an, und Anita stellte fest, dass die anderen jungen Frauen gar nicht so übel waren wie befürchtet. Sie unterhielt sich mit Marlene und Henriette, während sowohl Antonia und Linda als auch Tanja und Katharina jeweils in ein Gespräch vertieft waren. Nur Helga folgte ihnen schweigend.

Kapitel 2

Es war tatsächlich schlimmer, als Anita befürchtet hatte. Die Tage waren angefüllt von langen Unterrichtsstunden und harter Arbeit. Stundenlang standen sie in der Küche, wo ihnen die Grundlagen des modernen Kochens nähergebracht wurden. Danach ging es in die Unterrichtsräume für den theoretischen Unterricht, wo sie anhand des Schulkochbuchs die Theorie lernten, beginnend bei dem Thema »Wie muss eine vorschriftsmäßige Kocherflamme aussehen?«. Weitere Punkte im Lehrplan waren die Organisation eines gut geführten Hauses sowie eine sparsame Wirtschaftlichkeit. Anita war ungern zur Schule gegangen, hätte am liebsten nur die Volksschule gemacht, sich dann aber von ihrer Mutter überreden lassen, noch ein Jahr dranzuhängen, um den Realschulabschluss zu haben. Und nun saß sie hier und musste nicht nur erneut die Schulbank drücken, sondern sich auch mit solch profanen Dingen auseinandersetzen wie dem korrekten Befüllen einer Waschmaschine. Glücklicherweise blieb es da bei der Theorie, denn die anfallende Wäsche in der Schule wurde von einer Wäscherin erledigt, die einmal in der Woche für die große Wäsche kam. Die Schülerinnen waren nur für ihre eigene Garderobe zuständig und dafür, ihre Zimmer sauber und in Ordnung zu halten.

Eine wahre Qual war es, morgens um sechs aufzustehen. Während Anita immer wieder auf ihren schrillenden Wecker schlug, war Helga schon längst auf den Beinen und im Bad verschwunden. Vermutlich machte sie es richtig, denn sobald

Anita dort schlaftrunken auftauchte, waren die Waschbecken belegt. Sie teilten sich den Waschraum mit sechs weiteren Frauen aus dem zweiten Jahrgang, die mit ihnen auf demselben Korridor wohnten. Die Duschzeiten waren festgelegt, da immer nur zwei von ihnen morgens gleichzeitig duschen konnten. In den wenigen Minuten musste es dann sehr schnell gehen. Und obwohl sich Anita nicht für besonders verklemmt gehalten hatte, fand sie es überaus unangenehm, zur Toilette zu gehen, wenn sie dabei die Stimmen von acht Frauen am Waschbecken hörte und wusste, dass die Toiletten rechts und links ebenfalls belegt waren. Das sollte sie drei Jahre lang aushalten?

Zu Anitas Bedauern war nicht der attraktive Arno Hesse ihr Lehrkoch in der Hauptküche, sondern ein Mann um die sechzig, Raymund Keller, der zwar sehr nett, aber überaus streng war. Die erste Unterrichtsstunde hatte damit begonnen, dass er ihnen zeigte, wie eine vorschriftsmäßig brennende Kochflamme aussehen musste.

»Damit kein Ruß an den Töpfen zurückbleibt, ist es wichtig, dass die Flamme richtig brennt«, hatte er erklärt. »Wir unterscheiden bei der Verbrennung zwischen zwei Flammen, der Leuchtflamme und der entleuchteten Flamme. Ein Kocherbrenner arbeitet mit der entleuchteten Flamme.«

Anita kam zugute, dass sie gern kochte, daher brachte sie diese Stunden praktischer Arbeit in der Küche gut hinter sich. Für Helga war es sicherlich weniger erfreulich, denn es war zu offensichtlich, dass sie keinerlei Geschick mitbrachte. Erklärter Liebling ihres Lehrers war Henriette, die in jedem Fach brillierte, dicht gefolgt von der schlagfertigen Antonia. Marlenes Bemühungen, in allen Fächern vorne dabei zu sein, hatten etwas Verbissenes. Tanja hingegen war immer gut gelaunt, ob ihr etwas gelang oder nicht – sie erschien schon in den frühen Morgenstunden in bester Stimmung beim Frühstück. Zu Katharina und Linda hatte Anita keinen richtigen Draht, da beide eher still und zurückhaltend waren. Und Helga, das Landei, wurde zwar von allen freundlich behandelt, aber sie stand dennoch außen vor.

Genau in diesem Moment stieß Helga beim Abmessen von Milch gegen den Topf, in dem bereits eine Soße garte, die gerade eine Schülerin vom zweiten Jahrgang aufgesetzt hatte, und ihr schwappte ein ganzer Schwall Milch hinein. Raymund Keller fuhr sie so heftig an, dass nicht nur Helga zusammenzuckte. Die junge Frau, die die Soße zubereitet hatte, schmeckte sie ab und versuchte, sie durch die Zugabe von anderen Zutaten zu retten und den Geschmack wieder ins richtige Lot zu bringen.

»Vorbildlich«, lobte Herr Keller daraufhin.

Obwohl Helga immer so stoisch wirkte, als prallte alles an ihr ab, bemerkte Anita doch, dass sie ein paarmal blinzelte. Marlene übernahm das Abmessen, damit Helga sich die Hände waschen und die Milch von der Kochstelle tupfen konnte, von der aus sich schon ein beißender Geruch ausbreitete.

»Das kann doch mal passieren«, sagte Tanja, als sie auf dem Weg in den zweiten Stock waren. Sie zwirbelte dabei eine Strähne ihres roten Haars. »Ich meine, da muss man doch nicht so aus der Haut fahren.«

»Ich habe mich vielleicht erschrocken«, fügte Marlene hinzu. »Der stand direkt neben mir, und da brüllt er so los.«

»Hoffentlich passiert mir das nicht«, entgegnete Katharina. »Ich würde im Boden versinken.«

»Ich auch«, kam es von Linda.

Als sie den Unterrichtsraum betraten, saß dort Arno Hesse halb auf dem Lehrerpult und blätterte in einem Buch, das er zuschlug, als sie eintraten. »Guten Morgen, die Damen. Ich vertrete heute Frau Englert.«

Sie nahmen Platz, und Anita spürte, wie ihr das Herz schneller ging. Bisher hatte sie ihn nur beim Essen, im Vorbeigehen oder von Weitem in der Küche gesehen. Dass ihre Reaktion auf ihn sie womöglich wirken ließ wie einen Backfisch, war ihr klar.

Er saß immer noch halb auf dem Pult und sah sie der Reihe nach an. »Wir befassen uns mit der Ökonomie, dazu gehört zunächst das planvolle Wirtschaften in der Küche. Womit beginnen Sie?«

Anita wollte so gerne, dass er sie ansah, wollte, dass sein Blick auf ihren Lippen lag, wenn sie antwortete. Aber da sie sich mit dem Lehrbuch nicht befasst hatte, schwieg sie. Und so war es Henriette, die antwortete.

»Man unterscheidet dabei, ob für einen Haushalt geplant wird oder für einen Wirtschaftsbetrieb. Ich antworte jetzt für den Haushalt.«

Ein kleines Lächeln spielte um Arno Hesses Lippen, als er nickte. Anita wandte sich um, fragte sich, ob Henriette ihm gefiel. Sie sah gut aus mit ihrem kastanienbraunen Haar und den blauen Augen, und sie war klug. Das zog sicher viele Männer an. Vermutlich mehr als eine Frau, die lustlos dasaß und zu faul gewesen war, in ihr Buch zu schauen. Aber es ödete sie einfach so furchtbar an. Und so hörte sie zu, als Henriette erklärte, wie man zunächst für eine Woche im Voraus einen Küchenzettel aufstellte unter Berücksichtigung des Gesamteinkommens und des Alters, der Arbeit und der Lebensweise der Familie. Ein körperlich hart arbeitender Mann benötigte andere Nährstoffe als einer, der den ganzen Tag im Büro saß.

»Zudem muss darauf geachtet werden, dass die Nahrung vollwertig ist«, erklärte Henriette. »Es müssen alle Nährstoffe enthalten sein, damit der Körper durch die festen Mahlzeiten gesund und leistungsfähig bleibt.«

Anita ließ ihre Worte an sich vorbeirauschen und überflog das Kapitel in ihrem Buch, um sich nicht zu blamieren, wenn Herr Hesse sie nun aufrief. Er jedoch wandte sich mit der nächsten Frage an Helga, die antwortete, dass auch die Marktlage eine wichtige Rolle spiele und man bevorzugt Lebensmittel kaufen solle, die reichlich vorhanden und daher günstig seien. Daher biete es sich an, sich bei Obst und Gemüse an saisonale Ware zu halten. »Lebensmittel, die der Jahreszeit entsprechen, sind günstig und vollwertig.«

Auch den Verwendungszweck von Lebensmitteln musste man beim Einkauf im Auge behalten, um nicht zu riskieren, dass etwas verdarb und man es entsorgen musste. Das reichhaltige Angebot von Obst und Gemüse sollte man zur Zeit der Reife ausnutzen und sich somit Vorräte für knappere Zeiten schaffen.

»Wir beobachten seit einigen Jahren«, erklärte Arno Hesse, »genauer gesagt seit dem Ende der entbehrungsreichen Zeit, wie eine regelrechte Fresswelle über das Land schwappt. Nach Jahren mit Steckrüben und Rindenbrot muss einen das nicht unbedingt wundern. Und es ist ja auch schön, dass die Menschen wieder Freude am Essen und in der Küche haben. Allerdings ist diese Bewegung auch mit Vorsicht zu genießen, denn es gibt viele Speisen, die gut schmecken, aber nur geringen Nährwert haben. Füllt man seine Küche auf diese Weise, bleibt nicht nur der gesundheitliche Nutzen über kurz oder lang auf der Strecke, sondern auch der ökonomische. Denn anstatt fester, nahrhafter Speisen isst man Dinge, die durch ihre Zusammensetzung nur kurzzeitig sättigen. Man muss also bald wieder essen.«

Es folgte eine Stunde, in der es um die Zusammensetzung von Lebensmitteln ging, danach mussten sie wieder in die Küche zur praktischen Arbeit, dieses Mal standen Süßspeisen auf dem Plan. Das war eigentlich gar nicht so übel, auch wenn Anita die Lehrerin, Fräulein Mohnschau, nicht mochte. Sie war groß, sehr schlank und hatte eine Art an sich, als sei sie fortwährend unzufrieden. In ihrem Unterricht lernten sie zunächst die Grundlagen. Obwohl jede von ihnen schon zu Hause gebacken hatte, war ihnen das genaue Abwiegen erneut gezeigt worden, ebenso hatte Frau Mohnschau erklärt, dass Teige ausschließlich in Ton-, Steingut- und Porzellanschüsseln hergestellt werden sollten. Keinesfalls durfte man Aluminiumschalen oder Emailleschüsseln verwenden. Emaille konnte splittern, und Aluminium verfärbte sich.

An diesem Tag bereiteten sie einen simplen Rührteig zu für einen Kaffeekuchen, der am Nachmittag gereicht werden sollte. Die halbe Stunde bei Kaffee und Kuchen war auch an den Folgetagen die einzige Zeit, die Anita wirklich genoss. Sie konnte einfach dasitzen, mit einem Stück Gebäck und einer Tasse Kaffee, und sich vorstellen, sie sei zu Hause und dies ein ganz normaler Tag. Leider zerschlug der Gong diesen Tagtraum immer sehr schnell, und es ging weiter im Programm bis in den frühen Abend. Erst nach dem Abendessen um sechs Uhr, wenn alles abgeräumt war, hatten sie frei, und dann war Anita immer viel zu müde, als dass sie noch etwas anderes tun wollte, als zu lesen und zeitig ins Bett zu gehen. Natürlich konnte Edith Waltz da leicht sagen, die jungen Damen hätten die freien Stunden zur eigenen Verfügung – sie wusste vermutlich, dass sie alle viel zu erschöpft waren, als dass sie noch etwas hätten unternehmen wollen.

Das erste Jahr ging es ganz und gar um die Hauswirtschaftsausbildung. Im darauffolgenden Jahr um die Feinheiten der guten Küche, im dritten erlernten sie dann die Zubereitung feiner Gourmetküche sowie komplizierter Backwaren. Sie konnten Tische für jede Gelegenheit eindecken, Bankette leiten oder selbst geben, sie waren ausgebildet, in jeder Gesellschaftsschicht als Hausfrau zu brillieren oder in der Gastronomie zu arbeiten und – im besten Fall – ihren Ehemann dabei zu unterstützen. Helga würde das hier irgendwie durchstehen. Ihr Plan sah es jedoch keineswegs vor, in irgendeiner Art von Restaurant oder Gastwirtschaft zu arbeiten, und sie wollte auch nicht als Hausfrau stundenlang in der Küche stehen. Sie wollte einen gut situierten Mann finden, der sich eine Köchin leisten konnte und der es ihr ermöglichte, zu schreiben und ein Leben in künstlerischer Hingabe zu führen. Als Gegenleistung würde sie ihm zwei oder drei Kinder schenken.

Den Abstand zu ihrer Familie hatte sie durch den Besuch der Schule nur vergrößert – auch wenn ihre Eltern sich das ein wenig anders vorstellten. Ihr Sohn, ihr Goldjunge, war im Krieg gefallen, und so musste die zweite Wahl ran – Helga. Sie würde alles erben, einen Mann heiraten, der im besten Fall ebenfalls Gastwirt war, und mit ihm die Wirtschaft weiterführen. Diese Ausbildung würde ihr den nötigen Schliff verleihen. So die Vorstellung ihrer Eltern. Für Helga bot diese Ausbildung jedoch vor allem die Möglichkeit, eine Ansammlung von jungen Frauen aus wohlhabenden Familien kennenzulernen, die sicher ebenso wohlhabende Brüder hatten oder zumindest Cousins. Jetzt musste Helga nur ausloten, wo es sich lohnen könnte, die Angel auszuwerfen.

Bei Anita brauchte sie es nicht zu versuchen, die machte kein Hehl daraus, dass sie sie nicht mochte – was allerdings auf Gegenseitigkeit beruhte. Neben ihr kam man sich unweigerlich blass und unscheinbar vor. Sie war gar nicht so viel kleiner als Helga, die schon selbst nicht gerade ein Riese war, aber sie hatte eine grazile Art, sich zu bewegen, dass sich jeder andere daneben wie ein Trampel fühlen musste. Am sympathischsten war ihr Henriette, aber die mochte jeder. Bei Tisch saß Helga zwischen ihr und Marlene, gegenüber von Tanja.

Obwohl die Frauen alle einigermaßen freundlich zu ihr waren, spürte Helga, dass sie im Grunde genommen eine Außenseiterin war. Die Freundlichkeit war oberflächlich, und selbst wenn sie ihr zuhörten, schien das eher aus Höflichkeit denn aus echtem Interesse heraus zu geschehen. Sie kam aus anderen Kreisen, und ihr fehlte das, was man landläufig den richtigen Stallgeruch nannte. Helga konnte ganz ohne jede Eitelkeit behaupten, dass sie nicht weniger hübsch aussah als die anderen Frauen, sie hatte eine schlanke Figur, weil sie im Haus immer schon hatte mitarbeiten müssen und so ständig in Bewegung war. Sie waren einheitlich gekleidet, und Helga verzichtete inzwischen auf ihren üblichen, praktischen Zopf, sondern steckte sich das Haar mit Spangen zurück oder band sich einen Pferdeschwanz. Aber die fein nuancierten Unterschiede zwischen ihnen konnte sie damit offenbar nicht überwinden.

Immerhin hatten sie keine offensichtliche Häme oder Schadenfreude gezeigt, als Helga von ihrem Kochlehrer angeschnauzt worden war – bei der Erinnerung daran, wie alle zu ihr geschaut hatte, stieg ihr sofort die Hitze ins Gesicht –, und sie hatte ohnehin keine Zeit, sich darüber zu bekümmern, dass die anderen sich zu ersten losen Freundschaften fanden, während sie allein dazwischenstand. Die Arbeit in der Küche bildete den Schwerpunkt, aber im ersten Jahr standen zudem sämtliche Aufgaben in einem gut geführten Haushalt auf dem Programm. Der Stundenplan umfasste Backen, Kochen sowie Einmachen und Nahrungsmittellehre, außerdem hauswirtschaftliche Buchführung und Gesundheitslehre. Darüber hinaus gab es Kurse zur Säuglingspflege, Kranken- und Erziehungslehre, diese machten allerdings nur jeweils eine Schulstunde pro Woche aus und waren ausschließlich dem Umstand geschuldet, dass dies nach allgemeiner Auffassung zu einer hauswirtschaftlichen Ausbildung dazugehörte, damit die jungen Damen imstande waren, ihren Pflichten als Ehefrauen in vollem Umfang gerecht zu werden.

Als endlich das erste Wochenende kam, atmeten die jungen Frauen erleichtert auf und freuten sich auf die Tage bei ihren Familien, wobei nur Marlene, Linda, Antonia und Tanja fuhren, denn Henriette und Katharina befanden, dass die Fahrt bis Koblenz mit dem Zug zu lange dauerte und sich das für die kurze Zeit kaum lohnte.

»Viel länger als bis Dortmund fährt man da auch nicht«, sagte Tanja.

»Mir reicht die Zugfahrt alle zwei Wochen«, beschied ihr Henriette, und Katharina stimmte ihr zu.

Anita, die bis Bonn nur einen kurzen Weg hatte, blieb ebenfalls, begründete dies aber nicht weiter. Und auch Helga hatte nur wenig Lust auf einen Besuch zu Hause, wo sie sich ohnehin nur allerlei kritischen Fragen zu stellen hätte.

Da sie das Wochenende zur freien Verfügung hatten, beschloss Helga, einen Ausflug in die Stadt zu unternehmen. Sie überlegte, ob sie die anderen fragen sollte, ob sie mitkamen, entschied sich dann jedoch dagegen. Beim Frühstück hatte keine der jungen Frauen Interesse gezeigt, als sie es erwähnt hatte, und anbiedern wollte sie sich nicht. Als sie kurz darauf sah, wie Anita, Henriette und Katharina sich zu Fuß auf den Weg machten – vermutlich zu dem Café in der Nähe, sah sie sich bestätigt. Ein kleiner Stich durchfuhr sie, dass sie nicht gefragt worden war, aber dann schalt sie diesen Impuls kindisch. Anita mochte sie nicht besonders – was auf Gegenseitigkeit beruhte –, warum sollte sie dann Zeit mit ihr verbringen wollen? Und dass sie sich mit Henriette sehr gut verstand, hatte sich von Anfang an abgezeichnet.

Helga rauchte eine Zigarette auf dem Hof, dann stieg sie in ihren Wagen und fuhr davon.

»Wo will sie hin?«, fragte Katharina, als Helgas Käfer an ihnen vorbeirauschte.

»In die Stadt«, antwortete Henriette.

»Sie hätte ja mal fragen können, ob wir mitwollen«, sagte Katharina.

»Sie hat beim Frühstück gesagt, sie fährt. Du hättest ja etwas sagen können.« Henriette zog ihre Zigaretten hervor und bot den anderen beiden eine an, wobei Katharina jedoch verneinte mit dem Argument, dass Männer es oft nicht mochten, wenn Frauen rauchten.

Anita ließ sich Feuer geben und sah dem Käfer nach, der gerade um die Ecke bog. Sie legte keinen großen Wert darauf, mit Helga in die Stadt zu fahren. Was konnte da schon Interessantes passieren? Ihr reichte es, dass sie sich ein Zimmer teilen mussten, da hatte sie keinen Bedarf, auch noch ihre freie Zeit mit ihr zu verbringen. Wenn sie mitbekam, wie die anderen sich in ihren Zimmern bereits anfreundeten und Gespräche führten, lachten, dann überkam sie ein Anflug von Neid. Als wäre sie nicht schon genug damit gestraft, dass man sie hierher abgeschoben hatte. Wurde die Zimmeraufteilung wohl die gesamten drei Jahre aufrechterhalten?

Die Schule war wirklich wunderschön gelegen, außerhalb der trubeligen Stadt, umgeben von Pferdekoppeln, Wiesen und waldigem Gebiet. Die Villa selbst war vor vielen Jahren als prunkvoller Stammsitz einer Adelsfamilie erbaut worden und durchaus hübsch anzusehen mit dem verwinkelten Schieferdach, dem Turmaufsatz und den Sprossenfenstern. Für einen

Urlaub hier wäre Anita durchaus zu haben gewesen, aber sie war nun einmal ein Stadtkind und brauchte Leben um sich herum.

Das Café war zu Fuß eine halbe Stunde von der Schule entfernt und wurde von Ausflüglern, die es in die Natur außerhalb der Stadt zog, frequentiert. Aber auch einige Lehrer schienen hier einzukehren, wie Anita feststellte. Sie sah Raymund Keller mit einer jungen Frau an einem Tisch sitzen.

»Ist das seine junge Geliebte?«, mutmaßte Katharina.

»Wohl eher seine Tochter.« Henriette ließ sich an einem Tisch nieder und hielt das Gesicht in die Sonne.

Sie trugen an diesem Tag anstelle der taubenblauen Einheitstracht hübsche Sommerkleider mit bauschigen, schwingenden Röcken. Es tat so gut, endlich wieder ein modisches Kleid zu tragen, und Anita wusste, dass das Rot hervorragend mit ihrem dunklen Haar harmonierte. Um die Taille war das Kleid mit einem weißen Band abgesetzt, und es hatte breite Träger, die bis über die Schultern reichten. Ein wenig kokett schlug sie ein Bein über das andere, zündete sich eine weitere Zigarette an und bemerkte den ein oder anderen bewundernden Männerblick in ihre Richtung.

Langsam atmete sie den Rauch durch leicht geöffnete Lippen aus und sah sich um. Eigentlich war ihr das hier schon fast zu viel Idylle. Zwar liebte sie es, im heimischen Garten mit einem kalten Getränk in der Sonne zu liegen, aber wenn ihr danach war, sich ins städtische Leben zu stürzen, musste sie nur aus dem Tor hinaustreten. Wieder wallte die Wut auf ihre Mutter und ihre Schwestern, die diese in ihrem Tun unterstützten, in ihr auf. Mit welchem Recht entschieden sie einfach über sie? Leider hatte Anita keinerlei Alternative. Natürlich könnte sie irgendwo eine Ausbildung machen, das hatte ihre Mutter ihr mehrfach vorgeschlagen, aber weder reizte es sie, Sekretärin zu werden, noch Krankenschwester. Anita fragte sich, ob ihre Mutter wohl enttäuscht darüber war, dass sie über das Wochenende in der Schule blieb. Am Telefon hatte sie sich nichts anmerken lassen, aber vielleicht ging sie auch einfach davon aus, Anita würde es hier so gut gefallen, dass sie lieber bei ihren neuen Freundinnen blieb. Der Gedanke behagte Anita zwar nicht, denn dann würde ihre Mutter sich in ihrer Entscheidung bestätigt fühlen, aber daran konnte sie nun nichts mehr ändern.

Eine Kellnerin in adrettem blauem Kleid mit weißer Schürze trat zu ihnen und nahm die Bestellung auf. Sie entschieden sich für Kaffee und Apfelkuchen, Anita hatte eigentlich keinen rechten Appetit, wollte den anderen aber nicht beim Essen zusehen.

»Ach, ist das herrlich«, sagte Katharina und lehnte sich entspannt zurück. »Ich war noch nie für längere Zeit von zu Hause fort. Endlich auf eigenen Beinen stehen.«

»Um von hier aus direkt in die Fesseln der Ehe zu geraten«, entgegnete Anita.

Katharina zuckte mit den Schultern. »Kommt darauf an. Wenn es eine gute Ehe ist, dann ist man da freier als bei den Eltern. Ich hätte mein eigenes Haus, meine Küche, wo ich schalten und walten kann, wie es mir beliebt.«

»Na ja…« Henriette zog den Aschenbecher in die Mitte und drückte den Zigarettenstummel aus, »anstelle deiner Eltern nimmst du dann die Weisungen von deinem Ehemann entgegen.«

»Das ist doch überhaupt nicht dasselbe.«

»Kann…« Henriette unterbrach sich, weil die Kellnerin erschien. Sie wartete, bis die junge Frau alles vor ihnen abgestellt hatte, und fuhr dann fort: »Kann deine Mutter ohne Erlaubnis deines Vaters ein Konto eröffnen? Kann sie ohne seine Erlaubnis arbeiten gehen? Einen Führerschein machen? Was also darf sie mehr als du?«

Katharina wirkte verstimmt. »Wenn es eine gute Ehe ist, dann wird der Mann ohne viel Aufhebens die Dinge erlauben. Arbeiten gehen möchte ich ohnehin nicht, einen Führerschein habe ich bereits, und ein eigenes Konto brauche ich nicht, da er für das Einkommen sorgen wird. Im Gegenzug halte ich das Haus in Ordnung.«

Nicht, dass Anita einer Ehe gegenüber vollkommen abgeneigt war, sie sah durchaus die Vorteile einer solchen. Aber vorher wollte sie das Leben genießen – zumindest war das der Plan gewesen. Jetzt saß sie hier, musste zur Schule gehen, und auf einmal erschien ihr eine Ehe gar nicht mehr so unattraktiv. Dann wiederum dachte sie daran, wie es wäre, tagtäglich einen Ehemann zu umsorgen, zu putzen, zu kochen, Kinder zu kriegen und sich auch um die zu kümmern – da war es womöglich doch besser, zur Schule zu gehen. Sie seufzte.

Als sie an ihrem Kaffee nippte, bemerkte sie einen Mann, der gerade aus einem weißen Ford Taunus stieg, und sie verschluckte sich, hustete, bis ihr die Tränen kamen.

»Alles in Ordnung, die Damen?«, fragte Arno Hesse, als er an ihrem Tisch vorbeikam, wo sich Anita gerade ein Taschentuch vor den Mund hielt und hineinhustete. Sie nickte nur, während Henriette ihr auf den Rücken klopfte und Katharina ihm ein Lächeln schenkte.

»Geht es wieder?«, fragte sie, als Arno Hesse im Café verschwunden war.

»Ja«, krächzte Anita und wischte sich die Tränen ab. Im Taschentuch erkannte sie schwarze Schlieren, was bedeutete, ihr Augen-Make-up war verschmiert.

»Vielleicht schaust du besser mal in den Spiegel«, kam es auch sogleich hilfreich von Katharina.

Anita erhob sich und ging ins Café, wo sie – ohne nach rechts oder links zu schauen – rasch die Toilettenräumlichkeiten aufsuchte. Ein Blick in den Spiegel offenbarte das Ausmaß der Bescherung.

»Du lieber Himmel«, murmelte sie und wischte sich die zerlaufene Mascara aus dem Gesicht. Sie durchsuchte ihr Handtäschchen nach ihrer Schminke, tuschte sich die Wimpern, legte einen Hauch Lidschatten auf und ein wenig Khol, um ihre Augen zu betonen. Obwohl ihr Lippenstift noch einwandfrei war – die neuen kussechten Farben waren einfach famos –, zog sie sie noch einmal kirschrot nach. Dann ließ sie ihr Handtäschchen zuschnappen, warf einen letzten prüfenden Blick in den Spiegel und verließ den Raum.

Als sie durch das Café ging, bemerkte sie Arno Hesse, der sich zu zwei jungen Männern und einer Frau an den Tisch gesetzt hatte. Er sah auf, und Anita widerstand dem Impuls, rasch den Kopf zu senken, sondern warf ihm einen beinahe kecken Blick zurück, woraufhin er ihr zuzwinkerte. Jetzt wurde sie doch rot und lief eilig hinaus. Ihr Kaffee war jetzt natürlich schon kalt, und Henriette winkte die Kellnerin heran, um einen neuen zu bestellen.

»Er gefällt dir, nicht wahr?«, fragte Katharina. »Dieser hübsche junge Lehrer?«

»Wem gefällt der nicht?«, entgegnete Anita.

»Angeblich schwärmt die halbe Schule für ihn.«

»Nur die halbe?«

»Also, mein Typ ist er nicht«, sagte Henriette.

»Wer ist denn dein Typ?«

Henriette krauste die Stirn, dann nickte sie leicht zu einem Tisch, an dem eine Familie saß. »So wie dieser Familienvater zum Beispiel.«

Er war blond, hochgewachsen, und die Brille gab ihm einen

leicht intellektuellen Anstrich. Offenbar bemerkte seine Frau, dass Katharina und Anita zu ihm hinüberblickten, denn sie feuerte einen giftigen Blick in ihre Richtung ab und legte dem Mann die Hand auf den Arm, als wollte sie ihre Besitzansprüche geltend machen. So als würde er augenblicklich aufspringen und seine Familie gegen eine der beiden jungen Frauen eintauschen.

»Zu brav«, stellte Anita fest.

»Ach, so übel ist der nicht«, meinte Katharina.

Der Kaffee wurde gebracht, und die Kellnerin räumte die leeren Kuchenteller und Tassen ab. Anita gab ein wenig Sahne in den Kaffee und nahm einen Schluck. Das tat so gut, sie könnte den ganzen Tag hier sitzen, die Sonne genießen, die Leute beobachten und dabei plaudern. Etwas bequemere Stühle wären nicht schlecht, diese Kaffeehausstühle waren zwar hübsch anzusehen, aber ungeeignet, um längere Zeit darauf zu sitzen. Wäre das Anitas Café, hätte sie bequeme Korbsessel aufgestellt und dem Ganzen etwas mehr Flair verliehen.

Als sie ihren Kaffee ausgetrunken hatten und zahlten, trat Arno Hesse vor die Tür, und sofort stellte Anita sich vor, wie er sie fragte, ob sie auch auf dem Weg zur Schule waren und ob er sich anschließen dürfe. Er nickte ihnen jedoch nur zu und zog seine Zigaretten hervor, um sich eine anzustecken. Wieder trafen sich ihre Blicke.

»Kommst du?« Henriette hängte sich die Tasche über die Schulter.

Mit einem Anflug von Bedauern folgte Anita ihr. Sie machten einen Spaziergang und kehrten in die Schule zurück, die still und friedlich in der Augustsonne dalag. Nur wenige Schülerinnen waren geblieben, und diese waren entweder ausgegangen oder saßen im Garten.

Henriette holte ein Buch aus dem Zimmer und setzte sich ebenfalls hinaus, während Katharina sagte, sie wolle einen Brief an eine Freundin schreiben, sodass Anita auf einmal allein dastand und nichts Rechtes mit sich anzufangen wusste. Sie machte einen Spaziergang durch den Garten, dann einen Abstecher in die Bibliothek, wobei ihr gerade eigentlich nicht der Sinn nach Lesen stand, ihr war nur so furchtbar langweilig.

Eine der Lehrerinnen – Anita hatte den Namen vergessen – war ebenfalls hier und ging die Titel durch. Nachdem sie höflich gegrüßt hatte, sah sich Anita die Buchreihen an und konnte schnell feststellen, was uninteressant für sie war. Die Bücher waren nach Themen geordnet, das machte es leicht. Schließlich entschied sie sich kurzerhand für einen Krimi und verließ die Bibliothek wieder.

Die einzigen Getränke, die rund um die Uhr zur freien Verfügung stand, waren Wasser und Tee. Mit einem Glas Wasser in der Hand verließ Anita die leere Küche und wäre fast in Helga gelaufen, die in diesem Moment eintrat.

»Himmel, pass doch auf«, sagte sie und wischte das Buch rasch an ihrem Kleid ab, ehe das übergeschwappte Wasser das Papier durchweichte.

»Pass doch selbst auf«, schnappte Helga und ging zur Kaffeemaschine.

Das war ja ein kurzer Ausflug in die Stadt gewesen. Hätte Anita ein eigenes Auto, wäre sie vermutlich den ganzen Tag geblieben, vielleicht wären sogar ihre Bonner Freundinnen gekommen. Allerdings konnte sie auch keine größeren Einkaufstouren unternehmen, da ihre Mutter ihr die finanziellen Mittel auf das Notwendigste zusammengestrichen hatte. Sie bekam ein Taschengeld, mehr nicht. Ob die anderen auch so eingeschränkt wurden? Wie furchtbar demütigend das wäre, wenn nur sie, Anita, so kleingehalten würde.

Während ihre Freundinnen sie um dieses herrliche große Haus mit dem weitläufigen Garten beneideten, fand Inga Waltz es unglaublich ermüdend. Viel lieber hätte sie in einer Wohnung mitten in Köln gelebt, wo Leben um sie herum war und sie ohne lange Fahrtzeiten Freundinnen besuchen konnte. Sie lud nur ungern jemanden ein, denn hier fühlte sie sich beständig unter Beobachtung, nicht nur durch ihre Mutter, sondern auch durch die ganzen Lehrerinnen und Lehrer sowie die Schülerinnen, die allesamt hier waren, um brave Hausfrauen zu werden. Sie lebte nicht in einem feudalen Herrenhaus, sondern in einer Schule – und welche Fünfzehnjährige wollte das schon?

Ihre Mutter hatte bereits den Plan gefasst, dass ihre Tochter hier ausgebildet werden sollte, aber obwohl Inga durchaus gern kochte, war sie schon allein aus dem Grund dagegen, weil dieser Vorschlag von ihrer Mutter kam, die sie für die Biederkeit in Person hielt. So wollte sie keinesfalls werden. Viel lieber würde sie nach der zehnten Klasse das Abitur machen, wogegen ihre Mutter ständig Einwände erhob, denn sie vertrat die Meinung, dass eine Frau das Abitur allenfalls brauchte, wenn sie Lehrerin werden wollte. Alle anderen Berufe, die ein Studium benötigten, waren in ihren Augen eine reine Männerdomäne, während es der Frau zukam, das Haus in Ordnung zu halten, die Kinder zu erziehen und gute Speisen auf den Tisch zu bringen. Das war so absolut vorsintflutlich, dass Inga immerzu darüber in Streit mit ihr geriet.

»Wie passt denn das damit zusammen«, hatte Inga zuletzt gefragt, »dass die Frauen hier zu Köchinnen ausgebildet werden und in Restaurants arbeiten können?«

»Ich spreche mich nicht gegen eine Berufstätigkeit von Frauen aus, sondern sage, dass sie ihre Möglichkeiten ausschöpfen sollen. Eine Frau sollte ihren Mann im Gasthof- und

Restaurantgewerbe unterstützen. Und sie kann, sollte sie ihren Gemahl überleben, die Wirtschaft auch allein weiterführen. Aber sage mir einmal, was eine Ärztin nun besser macht als ein Arzt?«

»Wenn ihr Mann stirbt, kann sie die Praxis weiterführen«, schlug Inga vor. »Oder sie kann sich auf Frauenheilkunde und Geburtshilfe spezialisieren.«

»Was du immer redest. Für die Geburtshilfe gibt es Hebammen, und Männer sind für den Arztberuf einfach besser geeignet, sie sind überlegter und rationaler.«

Inga könnte die Wände hochgehen, wenn sie ihre Mutter so reden hörte. Nicht, dass sie selbst ein Medizinstudium anstrebte, aber allein aus dem Grund, ihrer Mutter eins auszuwischen, hätte sie es gerne getan. Eigentlich wusste sie nicht, ob sie überhaupt studieren wollte, aber das konnte man ja nie wissen, da war es ja nicht schlecht, Abitur zu haben. Zudem wäre sie andernfalls nächstes Jahr mit der Schule fertig und müsste in eine Ausbildung gehen. Das jedoch wollte sie keinesfalls, dann lieber drei weitere Jahre die Schulbank drücken.

Als sie an diesem Nachmittag das Haus verließ und in den Hof trat, sah sie eine der Neuen unter der Ulme stehen und rauchen. Sie war wirklich hübsch und hatte ganz offensichtlich Klasse, aber das waren so manche, und trotzdem strebten sie nun das Dasein als Hausfrau oder Hilfskraft ihres Ehemannes an, als hätte das Leben sonst nichts zu bieten. Inga wusste noch nicht, was sie wollte, aber was sie nicht wollte, war ihr bereits jetzt klar – sie würde nicht auf Gedeih und Verderb von jemandem abhängig sein.

Langsam schlenderte Inga über den Hof und beschleunigte ihre Schritte erst, als sie durch das Portal auf die Allee getreten war. Die Hausaufgaben hatte sie beendet, ihre Pflichten im Haushalt mehr schlecht als recht erledigt, der Nachmittag gehörte ihr. Um sich der ständigen Beobachtung zu entziehen, verbrachte sie die freie Zeit gerne draußen, außer Sichtweite des Hauses. Zwar tobte hier nun wahrlich nicht gerade das Leben, aber sie entzog sich dem Zugriff ihrer Mutter. Manchmal nahm sie den Bus und fuhr einige Stationen weiter, um eine Freundin zu besuchen. An diesem Tag jedoch hatte sie andere Pläne.

Josh hieß der Junge, den sie bei einem ihrer seltenen Freizeitausflüge nach Köln über eine Freundin kennengelernt hatte. Er würde in diesem Sommer sein Abitur machen und fuhr Motorrad. Sie hatten sich auf Anhieb blendend verstanden, und er war nicht so albern wie die Jungen in Ingas Alter. Von ihm hatte sie nicht einmal ihren engsten Freundinnen erzählt, denn die hätten gleich eine heimliche Verliebtheit vermutet, dabei verband Inga mit ihm vielmehr eine Freundschaft. Ob sie auch ein klein wenig in ihn verliebt war, wusste sie nicht, das spielte derzeit auch keine Rolle für sie. Er verstand sie, und das taten nun einmal die wenigsten.

Einmal hatte sie sich ihrer Mutter gegenüber verplappert, als sie eine amüsante Anekdote erzählt hatte und versehentlich endete mit »und dann hat Josh erzählt …«. Ihre Mutter hatte sofort eingehakt. »Wer ist Josh? Ist das die Kurzform von Joshua? Ist er etwa Jude? Woher kennst du ihn? Seit wann triffst du dich mit irgendwelchen Jungs?«

Inga hatte erzählt, dass sie ihn über eine Freundin kannte und sie gelegentlich alle zusammen etwas unternahmen. Damit hatte sich ihre Mutter zufriedengegeben, aber Inga nahm sich vor, künftig vorsichtiger zu sein.

Sie ging bis zum Waldsaum und sah ihn dort bereits sitzen und an einem Stück Holz herumschnitzen. Ob Josh nur eine Abkürzung war, hatte sie ihn nie gefragt, es spielte schlicht keine Rolle für sie. Josh Heinthal, so hatte er sich vorgestellt.

Als sie auf ihn zutrat, blickte er auf und lächelte. Eine Strähne seines dunklen Haars fiel ihm in die Stirn, und Inga dachte, dass ihr dieses Bild auch Jahre später in Erinnerung bleiben würde.

»Na, du«, begrüßte er sie. »Den Argusaugen der Mutter entkommen?«

»Ja, zum Glück.« Sie ließ sich neben ihm nieder und beobachtete die Handbewegungen, mit denen er dem Stück Holz Konturen gab. »Was wird das?«

»Warten wir es ab.« Er zwinkerte ihr zu. »Das Holz verrät es mir vorab nicht.«

Er hatte schöne Hände, fand sie. Ob sie doch ein bisschen verliebt in ihn war? Woran merkte man das eigentlich?

»Ich möchte so gerne mal in Köln ausgehen«, sagte Inga.

»Wir können nach Köln fahren, wenn du möchtest.«

»Heute geht es nicht, dann bin ich zu spät zu Hause, und die Wochenenden verplant meine Mutter immer.« Seufzend gab sich Inga einen Moment lang ihrem Elend hin. »Ich könnte ihr sagen, dass ich eine Freundin besuche, aber ich traue ihr noch zu, dass sie da anruft. Und wenn dann herauskommt, dass ich nicht da bin …« Sie führte den Satz nicht zu Ende.

»Eine verzwickte Situation«, gestand er.

»Du hast es gut, du kannst kommen und gehen, wie du magst. Bestimmt kannst du abends sogar tanzen, wenn dir danach ist.«

»Das stimmt.«

Wieder seufzte Inga, dieses Mal sehnsuchtsvoll. »Ich würde zu gerne abends ausgehen.«

»Ich befürchte, in die Tanzlokale lassen sie dich in deinem Alter gar nicht rein.«

»Ich könnte mich älter schminken.«

Jetzt schmunzelte er und schnitzte weiter.

»Könnten wir es nicht einmal versuchen?«

Er blickte auf. »Du meinst, ich soll dich abends abholen? Aber das merkt deine Mutter doch sofort.«

»Nein, wenn ich zu Bett gegangen bin, schaut sie nicht mehr nach mir. Damit hat sie aufgehört, als ich zehn war. Ich könnte mich hinausschleichen, sie würde es gar nicht bemerken. Und du holst mich dann ein Stück vom Haus entfernt ab.«

Er wirkte skeptisch, krauste kaum merklich die Stirn. »Ich weiß nicht, ob das nicht doch zu riskant ist.«

»Ach, bitte, Josh. Auch, wenn wir nicht tanzen gehen, ich möchte so gerne in die Stadt.«

Eine Weile schwieg er, dann nickte er schließlich. »Also gut.«

Kapitel 3

Die ersten drei Wochen lagen hinter ihnen, und der Tagesablauf mit den immer gleichen Routinen war für Helga und ihre Mitschülerinnen zum Alltag geworden. Morgens hatte sich eine Reihenfolge in den Waschräumen eingespielt, und Helga war nach wie vor die Erste, die sich dort in aller Frühe einfand und damit begann, sich anzukleiden, wenn Anita gerade das Zimmer verließ. Mit ihrer Mitbewohnerin verstand sie sich nach wie vor nicht besonders gut, aber da sie einander in Ruhe ließen, war das nicht weiter schlimm, und für ein »Guten Morgen« und »Gute Nacht« reichte es allemal.

Jetzt standen sie in der Küche und hatten von Raymund Keller die Aufgabe bekommen, nach dem Rezept ihres Schulkochbuchs gefüllte Eierkuchen zuzubereiten. An und für sich war das Rezept nicht besonders kompliziert, aber Herr Keller stand direkt hinter Helga und sah ihr über die Schulter, und so verschüttete sie Mehl, als sie es zum Abmessen einfüllen wollte. Das bedachte der Koch – der stetig die Wichtigkeit einer sparsamen Haushalts- und Küchenführung betonte – mit einem Schnalzen. Als sie vorsichtig schütten wollte, kam viel zu viel Mehl heraus, und anstelle der notwendigen hundert Gramm hatte sie über dreihundert und musste alles wieder zurücklöffeln.

»Hier kann man recht gut ein Beispiel dafür beobachten, wie man es nicht macht. Vielen Dank, Fräulein Langen, für die anschauliche Darstellung.«

Helga spürte, wie ihr das Blut ins Gesicht schoss, und hielt den Kopf gesenkt, um niemanden anschauen zu müssen. Irgendwer kicherte, aber sie konnte nicht ausmachen, ob das eine Frau ihres Jahrgangs war oder aus dem dritten, der sich ebenfalls gerade in der Küche aufhielt und sich an einem kompliziert aussehenden Gericht unter Anleitung von Arno Hesse versuchte, den Anita angestarrt hatte wie ein liebestolles Schaf.

»Sehr schön, Fräulein Korbach«, sagte Arno an Henriette gewandt. »Und hier nun das Gegenbeispiel.«

Helga hatte das Mehl zurückgelöffelt und spürte, wie ihr der Blick verschwamm. Sie war viel zu empfindsam, das wusste sie, ihre Mutter sagte es ihr immerzu. Sie mischte Soßenpulver mit Vanille sowie Backpulver darunter und siebte es, ehe sie es in die Schüssel gab und mit einem Löffel eine Vertiefung hineindrückte. Als sie sich daranmachte, die Eier zu trennen, stand Raymund Keller wieder hinter ihr, und prompt hatte sie das Ei zu kräftig aufgeschlagen, sodass sich das Eigelb mit dem Eiweiß mischte. Ihre Versuche, es dennoch zu trennen, führten zu einer schleimig gelben Schmiererei.

»Verdammt noch mal!«, fuhr er sie an. »Können Sie nicht einmal ein Ei aufschlagen?«

»Und hier, meine Damen«, kam eine Frauenstimme von der Tür zur kalten Küche, »kann man recht gut ein Beispiel dafür beobachten, wie man es als Lehrer nicht macht. Danke, lieber Raymund, für die anschauliche Darstellung. Sehr schön, Arno. Meine Damen, hier nun ein Gegenbeispiel.« Die Sprecherin war eine dunkelhaarige Frau um die dreißig.

»Herr Hesse«, sagte Raymund Keller, »würden Sie Fräulein Heinrichs bitte sagen, sie soll sich aus meinem Unterricht heraushalten.«

»Sag es Fräulein Heinrichs doch selbst.« Die Frau trat zu ihnen und reichte Helga einen Lappen. »Hier, und jetzt waschen Sie sich die Hände.«

Helga blinzelte und hoffte, dass sich die aufkommenden Tränen nicht aus ihrem Augenwinkel lösten. Dann würde sie auch noch als Heulsuse dastehen. Sie ging zum Waschbecken und kehrte anschließend an ihren Platz zurück, war im Begriff, das Ei wegzukippen, woran sie Fräulein Heinrichs hinderte. »Das können Sie noch verwenden.« Mit einem Löffel angelte sie die Eierschalenreste hinaus, dann griff sie nach einem Ei, schlug es auf, trennte das Eigelb vom Eiweiß, gab das Eigelb zu der Eiermasse in der Schale und den Rest in ein anderes Gefäß. »Jetzt verquirlen Sie es mit Salz und Zucker laut Rezept und schlagen das Eiweiß auf, bis der Schnee richtig steif ist.«

Helga nickte, spürte die Blicke der Übrigen auf sich und Herrn Keller im Nacken. Vermutlich war das zu viel Salz und zu wenig Zucker, aber sie wollte einfach nur fertig werden. Als sie mit dem Handrührgerät anfing, das Eiweiß zu schlagen, wagte sie einen vorsichtigen Blick hoch, aber alle waren mit ihren eigenen Eierkuchen beschäftigt.

»Darf ich jetzt meinen Unterricht weiterführen?«, fragte Herr Keller mit unüberhörbarer Verärgerung.

»Aber natürlich.« Fräulein Heinrichs ging zu Arno Hesse, und Helga hörte, wie sie mit ihm sprach, ehe sie die Küche verließ. Warum war diese nette Frau nicht ihre Lehrerin? Immerhin wurde das Eiweiß schön steif. Nachdem sie die Eigelbmasse von der Mitte aus mit dem Mehl verrührt hatte, gab sie langsam die Milch dazu und bemühte sich, dass nichts verklumpte. So ganz gelang ihr das nicht, ein paar Klümpchen bekam sie nicht raus, aber vielleicht merkte man es nicht. Sie hob den Eischnee unter und bereitete die Füllung vor, indem sie Quark durch ein Sieb strich, mit Korinthen vermischte und mit Zucker abschmeckte. Danach erhitzte sie Fett in einer Pfanne. Sorgsam buk sie die Pfannkuchen, und als ihr der Geruch nach Verbranntem in die Nase stieg, war sie voller Sorge, es könnte ihrer sein, aber Raymund Keller hatte die Schuldige bereits ausgemacht und schnauzte Linda an, dass sie lieber in die Pfanne schauen solle, anstatt mit ihrem Spiegelbild in den Töpfen zu kokettieren.

»Ihr hübsches Aussehen ist schnell vergessen, wenn Sie nicht dazu in der Lage sind, Ihrem Ehemann ein anständiges Essen auf den Tisch zu stellen.«

Nachdem Helga die Pfannkuchen goldbraun gebacken hatte, zerließ sie etwas Fett auf der ungebackenen Seite und wendete sie. Das war vermutlich zu viel des Guten gewesen, denn nun brutzelte die Butter schaumig an den Seiten hervor, aber das war ihr gleich. Nachdem sie den ersten Pfannkuchen aus der Pfanne genommen hatte, bestrich sie ihn zur Hälfte mit der Quarkmischung, klappte ihn zu und buk den nächsten.

Irgendwann war auch diese Tortur überstanden, und sie durften die Küche verlassen. Im Vorbeigehen strich ihr jemand leicht über die Schulter, eine tröstliche Geste, und als sie aufblickte, schenkte ihr Henriette ein aufmunterndes Lächeln.

»Mach dir nichts draus«, sagte sie, ehe sie sich Antonia anschloss und plaudernd mit ihr den Gang entlangging. Auch die anderen unterhielten sich, während Helga allein wie ein Fremdkörper zwischen ihnen trieb.

Der Gong schlug in dem Moment an, als sie in den Speisesaal traten. Helga nahm ihren Platz ein zwischen Henriette und Marlene.

»Ich wäre fast im Boden versunken, als der Keller mich so angefahren hat«, sagte Linda.

»Was soll denn da erst Helga sagen?«, antwortete Tanja.

Helga zuckte nur mit den Schultern und versuchte, gleichgültig zu wirken. Keinesfalls wollte sie nun auch noch bemitleidet werden.

»Versuch doch einfach, alles genau nach Lehrbuch zu machen«, sagte Marlene zu ihr.

»Was für ein famoser Ratschlag«, entgegnete Henriette.

»Wer ist diese Fräulein Heinrichs eigentlich?«, fragte Linda. »Auch Köchin?«

»Laut Schulinformationen unterrichtet sie Kochen und Wirtschaften«, sagte Antonia, die vermutlich die gesamte Informationsbroschüre auswendig kannte.

»Ob die was mit dem Hesse hat?« Linda hatte sich leicht vorgebeugt und die Stimme gesenkt. »Die wirkten sehr vertraut, oder?«

»Die haben sich ganz normal unterhalten«, sagte Henriette. »Aber selbst wenn – sie ist ja alt genug.«

»Na ja, meine Mutter würde so ein Techtelmechtel unter dem Lehrpersonal nicht gutheißen«, kam es von Marlene. »Ich meine, immerhin hält man hier doch die Moral so hoch.«

»Sie haben ja nur geredet.« Anita strich sich eine dunkle Haarsträhne hinter das Ohr. »Was ist schon dabei?«

Die übrigen Mitschülerinnen hatten sich ebenfalls eingefunden, und auch die Lehrer betraten nun den Saal, und kurz darauf wurden die Servierwagen mit dem Essen hineingeschoben. Die gefüllten Pfannkuchen wurden serviert, und Helga aß mit wenig Appetit, obwohl sie wunderbar schmeckten. Aber sie hatte die ganze Zeit die Befürchtung, dass ihre grausig waren und irgendeine bedauernswerte Schülerin diese nun zum Mittag bekam. Zum Nachtisch wurde frischer Obstsalat mit Schlagsahne gereicht.

Während die anderen sich unterhielten, löffelte Helga schweigend den Nachtisch. Gleich mussten sie wieder in die Küche, dieses Mal in die Kaffeeküche, denn es würde um die Zubereitung von Süßspeisen gehen. Bei dem Gedanken daran wollte sie losheulen. Immerhin stand danach nur noch eine

Schulstunde Lebensmittellehre auf dem Plan, reine Theorie, die man sich anlesen konnte. Darin war Helga immer recht gut. Und es half ja alles nichts, sie musste die Zeit hier, so gut es ging, durchstehen.

Arno Hesse hatte an diesem Nachmittag keinen Unterricht mehr, und so zog er sich in den Garten zurück und genoss die freie Zeit mit einer Tasse Kaffee und einem guten Buch. Dass er vor einigen Jahren die Stelle hier hatte antreten können, war ein wahrer Glücksfall gewesen. Vorher war sein Leben ein Balanceakt gewesen, immer auf dem schmalen Grat der Schattenzone zwischen Unterwelt und Gesellschaft. Nach der Währungsreform hatte er vor der Entscheidung gestanden, sich für eine der beiden Seiten entscheiden zu müssen. Verhindern konnte er jedoch nicht, dass sich die düstere Seite weiterhin nicht abschütteln ließ, sich fortwährend in sein Leben drängte und ihren Tribut forderte.

Er war fünfzehn gewesen, als der Krieg angefangen hatte, und auf Wunsch seines Vaters machte er damals eine Lehre zum Koch. Obwohl er immer schon gerne mit Lebensmitteln zu tun gehabt und feine Speisen zubereitet hatte, war er diesem Wunsch nur widerwillig nachgekommen. Jung und wild, wie er gewesen war, zog es ihn an die Front. Dieser Wunsch erfüllte sich dann schneller als gedacht. Sein Vater war gerade gefallen, als Arno kurz nach seinem achtzehnten Lebensjahr den Einberufungsbefehl erhielt. Als er zurückkam, stand sein Elternhaus nicht mehr. Das Schicksal seiner Mutter war ungewiss, man ging davon aus, dass sie in den Trümmern den Tod gefunden hatte, zusammen mit seinen beiden Schwestern. Eine Tante in der Nähe von Aachen – die einzige Verwandte, die er noch hatte – bot ihm zwar an, dass ihre Tür ihm offenstand, aber er lehnte ab, denn er wusste, wie knapp ihre Mittel waren. Darüber hinaus boten sich da bereits lukrativere Möglichkeiten, seinen Lebensunterhalt zu bestreiten. Dass diese ihn zu einem Leben zwangen, bei dem er immer mit einem Bein im Gefängnis gestanden hatte, war von einem gewissen abenteuerlichen Reiz gewesen. Ein Teil dieses Lebens, das er mittlerweile so sorgsam ausgemerzt hatte, verfolgte ihn nach wie vor und brachte sich zu den ungünstigsten Zeiten wieder in Erinnerung.

Früher wäre ihm das Leben, das er nun führte, zu zahm gewesen, und als er sich hier beworben hatte, hatte er genau das befürchtet. Allerdings musste er recht bald zu seinem Erstaunen feststellen, dass es ihm Spaß machte, zu unterrichten. Zudem war es eine gute Möglichkeit, Kontakte zu wohlhabenden Familien zu knüpfen. Allerdings würde er nicht den Fehler begehen, sich auf eine seiner Schülerinnen einzulassen, auch wenn er die Schwärmereien einiger von ihnen durchaus bemerkte.

Die fünfzehnjährige Inga Waltz kam hinaus in den Garten und ließ sich in einen der Korbsessel fallen. »Was lesen Sie da?«, fragte sie und ließ sich den Einband zeigen. »Mir ist langweilig.«

»Hast du keine Hausaufgaben auf?«

Sie warf ihm einen genervten Blick zu und antwortete nicht.

»Du machst bald deinen Abschluss, oder?«

»Ja. Eigentlich würde ich gerne Abitur machen, aber Mama meint, das brauche ich nicht, weil ich ohnehin in die Lehre gehe, um später hier zu arbeiten. Vermutlich besteht sie sogar darauf, mich auszubilden.«

»Das klingt nicht, als würdest du dich darauf freuen.«

Inga pustete sich eine Haarsträhne aus der Stirn und zog die Beine auf den Sitz, um es bequemer zu haben. »Na ja, eigentlich finde ich eine Ausbildung nicht schlecht, aber ich möchte nicht die ganze Zeit unter ihren Argusaugen lernen.«

»Das verstehe ich. Vielleicht ergibt sich ja doch die Möglichkeit, woanders hinzugehen.«

»Ich wüsste nicht, wie ich das bewerkstelligen soll. Mit sechzehn bin ich ja schließlich noch unter ihrer Vormundschaft.«

»Du musst es geschickt anstellen. Zeig Interesse an der Schule, die du ja – wovon ich ausgehe – irgendwann übernehmen sollst. Und dann sagst du ihr, dass es doch sicher sinnvoll wäre, woanders zu lernen, Erfahrungen zu sammeln, die du hier einbringen kannst.«

Inga sog die Unterlippe ein und nickte nachdenklich. »Ja, das klingt gar nicht schlecht. Aber ich weiß nicht, ob sie sich darauf einlässt.«

»Das erfährst du nur, wenn du es ausprobierst.« Er blickte auf, als er Schritte hörte. Hanne Mohnschau trat hinaus.

»Arno, kannst du bitte in der Küche aushelfen? Eines der Mädchen hat sich die Hand am Ofenrohr verbrannt, und Rita Englert muss sich kümmern. Jetzt fehlt dort ein Lehrer, der die Stunde beendet.«

Seufzend erhob Arno sich und blickte auf die Uhr. Die zwanzig Minuten hätte man auch einfach ausfallen lassen können. Er verabschiedete sich von Inga und ging ins Haus.

Die Schülerinnen des zweiten Jahrgangs standen in der Küche und arbeiteten weiter, während eine von ihnen gerade im Krankenzimmer betreut wurde.

»Clara Habeck hat sich übel verbrannt«, erzählte ihm eine der jungen Frauen. »Sie hat das heiße Blech mit einem feuchten Topflappen aus dem Ofen geholt.«

Das war natürlich ein wirklich dummer Fehler, konnte aber passieren, wenn man in der Eile unaufmerksam war. Aus der

Kaffeeküche drang Gelächter, offenbar amüsierten sich die Schülerinnen aus dem ersten Jahr gerade über etwas – oder jemanden. Hoffentlich nicht wieder über diese bedauernswerte junge Frau, die Raymund Keller derzeit auf dem Kieker hatte. Arno hatte für diese Art von Unterricht nicht viel übrig, und er sah nicht, was es bringen sollte, eine Auszubildende vor den Augen aller bloßzustellen. Er wusste, dass es Lehrer gab, die die Auffassung vertraten, es sei ein Ansporn, es das nächste Mal besser zu machen, aber Arno bezweifelte die Wirksamkeit dieser Maßnahme.

Während die jungen Frauen damit fortfuhren, frisches Brot für das Abendessen zu backen und eine leichte Suppe zuzubereiten, die abends rasch aufgewärmt werden konnte, kam eine Frau durch die Tür zu der angrenzenden kalten Küche, durch die es zur Kaffeeküche ging. Es war die hübsche Frau mit den haselnussbraunen Augen, die ihm hin und wieder so kokette Blick zuwarf. Als sie ihn nun sah, wirkte sie erstaunt, blinzelte rasch und schenkte ihm dann ein Lächeln.

»Ich soll neuen Staubzucker holen. Wo steht der?«

Arno ging in die Vorratskammer, holte den Zucker und reichte ihn ihr. »Was gibt es denn zur Kaffeestunde?«

»Waffeln.«

»Wunderbar, ich liebe Waffeln.«

Ein leichter Anflug von Röte war auf ihre Wangen getreten, und ein Lächeln flog über ihre Lippen, dann wandte sie sich ab und ging zurück.

Nach der Kaffeestunde kam mittwochs immer die für Anita schlimmste Unterrichtsstunde – die Säuglingspflege. Nichts lag ihr derzeit ferner, als ein Baby zu bekommen, und es langweilte sie tödlich. Dafür waren Marlene, Linda und Tanja sehr aufmerksam dabei. Antonia und Henriette waren zwar, wie

Anita wusste, nicht sehr interessiert, aber sie erledigten die Aufgaben mit derselben Gewissenhaftigkeit, mit der sie alles andere auch taten. Helga zeigte zwar kein großes Interesse, machte ihre Sache aber immerhin so gut, dass sie mehrmals gelobt wurde für ihre Feinfühligkeit. Anita hingegen befestigte die Stoffwindel mehr schlecht als recht an der Puppe, sodass die Lehrerin diese schließlich mit spitzen Fingern hochhielt und fragte, ob man darin die Arbeit einer erwachsenen Frau erkannte. »Das kriegt meine fünfjährige Tochter mit ihren Puppen besser hin«, sagte sie und legte die Puppe zurück. »Geben Sie sich mehr Mühe, sonst kommt nach der Hochzeit ganz schnell das böse Erwachen.«

»Ich heirate ohnehin nur einen Mann, der sich ein Kindermädchen leisten kann«, antwortete Anita schnippisch, was die Lehrerin mit hochgezogenen Brauen kommentierte, ehe sie weiterging. Die Frau war ausgebildete Kinderkrankenschwester und arbeitete in Köln. Sie kam für die Einweisung der Auszubildenden immer an die Schule und würde ihnen später auch den Umgang mit Kinderkrankheiten sowie Maßnahmen zu Erster Hilfe beibringen und ihnen erklären, wie sie vorsorgen mussten, damit es nicht zu häuslichen Unfällen kam.

Anita fand diesen Unterricht so unfassbar dröge. Wie gut, dass sie sich damit nur im ersten Jahr auseinandersetzen musste. Sie brachte diese Stunde irgendwie hinter sich, indem sie mehrmals die Puppe wickeln musste und einiges lernte über die richtige Beschaffenheit hochwertiger Windeltücher und darüber, wie man sie am besten wusch.

»Dank der neuen Waschmaschinen sparen Sie dabei viel Zeit, die Sie dann in andere Aufgaben investieren können. Beispielsweise darin, sich nett zurechtzumachen, ehe der Gatte nach Hause kommt. Kein Mann möchte eine Frau, die direkt vom Wickeltisch an den Esstisch eilt.«

Anita verdrehte die Augen.

Abends saß sie mit Henriette in deren Zimmer und rauchte, während Linda gerade eine Flasche entkorkte. Es klopfte, und Antonia trat ein und ließ sich auf den zweiten freien Stuhl fallen. »Tanja kommt auch gleich, sie schreibt nur gerade noch einen Brief an ihren Verlobten fertig.«

»Lohnt sich das, wenn sie in zwei Tagen ohnehin nach Hause fährt?«, fragte Linda. »Da kommt sie ja zeitgleich mit dem Brief an.«

»Das habe ich ihr auch gesagt, aber sie meinte, sie hätte ihm versprochen, ihm regelmäßig zu schreiben, und in den letzten Tagen sei sie dafür abends einfach zu müde gewesen.«

»Da sagst du was.« Anita schlug ein Bein über das andere. »Heute ist der erste Abend, an dem ich mal nicht völlig erledigt bin.«

»Du hast dich ja auch in den letzten zwei Stunden nicht gerade überarbeitet«, stichelte Linda, während sie Gläser aus dem Schrank holte. »Und dann dieser Spruch mit dem reichen Mann.« Sie lachte. »Das hätte ich mich nicht getraut.«

»Ist eine von euch denn wirklich daran interessiert, verdreckte Windeln zu waschen?«

»Das gehört doch dazu«, antwortete Linda. »Und für das eigene Kind macht man das sicher gerne.«

Anita war sich da nicht so sicher, aber sie wollte nicht darüber diskutieren, und so schwieg sie.

»Um mal über etwas Interessanteres zu sprechen«, sagte Antonia. »Wann habt ihr euren ersten Kuss bekommen?«

»Mit siebzehn auf einer Geburtstagsfeier«, gab Linda bereitwillig Auskunft. »Er hieß Franz und war ein Freund meines Bruders. Wir haben uns auf der Party in den Garten geschlichen, und dort hat er mich dann geküsst.«

»War es gut?«, wollte Antonia wissen.

»Hm, ziemlich, ja. Aber mehr wurde daraus nicht, es hat leider nur beim Küssen gepasst.«

»Henriette?«, fragte Antonia.

»Das war absolut unspektakulär. Ein guter Freund von mir, der immer Sorge hatte, er könnte zu lange ungeküsst bleiben, weil er nicht die Richtige fand. Also durfte er mich küssen. Kurz darauf begegnete er der Liebe seines Lebens.«

»Na, wenn das keine wahrhaft gute Tat war«, antwortete Linda lachend.

»Ja, so ist unsere Henriette«, sagte Antonia. »Edel, hilfreich und gut.«

Henriette hob das Glas, als wollte sie einen Toast auf sich selbst sprechen.

»Und wer war es bei dir, Anita?«, fragte Linda.

»Er hieß Emil, konnte so fantastisch küssen, dass er danach auch ein klein wenig mehr durfte, weil er wirklich unwiderstehlich war. Leider war er auch der größte Schuft, der mir je begegnet ist, es kam nämlich später heraus, dass er gleichzeitig mit einer guten Freundin angebandelt und ihr ernsthafte Versprechungen gemacht hat, damit sie mit ihm schläft.«

»Nein!«, rief Linda.

»Zum Glück war sie vernünftig genug, sich nicht darauf einzulassen, aber ich habe mich trotzdem furchtbar elend gefühlt.«

»Hast du es ihr erzählt?«

»Ja. Und wie solche Typen eben sind, hat er das nicht nur mit uns gemacht. Es hat sich herausgestellt, dass er eine Verlobte hatte, die wohnte in Hennef, und an deren Adresse hat meine Freundin einen Blumenstrauß geschickt mit einem Kärtchen, auf dem sie Emil für die Nacht gedankt und mit ihrem Lippenstift einen Kussmund gedrückt hat.«

Die Frauen lachten. »Und dann?«

»Wie es ausging, haben wir leider nicht erfahren.«

Es klopfte, und Tanja trat ein. »Was ist denn so lustig?«

»Wir sprechen gerade über unseren ersten Kuss«, entgegnete Antonia. »Wer hat dir denn deinen ersten gegeben?«

»Wilhelm, mein Verlobter.«

»Wie langweilig«, spöttelte Linda.

»Nicht, wenn du wüsstest, wie er küsst.«

»Schlaft ihr auch miteinander?« Antonia kannte offenbar keine falsche Zurückhaltung.

Tanja ließ sich auf dem Boden nieder und zündete sich eine Zigarette an. »Nein, wir wollen warten.«

»Und jetzt du, Antonia«, sagte Linda. »Wie war dein erster Kuss?«

Antonia lächelte ein wenig verträumt. »Ich war achtzehn, und er war ein ehemaliger Lehrer von mir.«

»Du scherzt!«, rief Tanja.

»Er war Mitte zwanzig und hatte gerade erst angefangen. Es hat schon geknistert, während ich noch Schülerin war. Nach dem Abschluss haben wir uns aus den Augen verloren und uns dann abends auf der Party einer Freundin wiedergetroffen. Er war dort eigentlich nur, weil er mit ihrem älteren Bruder befreundet war. Wir haben sehr eng getanzt, und irgendwann hat er mich in eine Nische gezogen und geküsst.«

»Wart ihr danach länger zusammen?«

»Ein sehr intensives Jahr lang, ich war unglaublich verliebt in ihn. So verliebt, dass ich keinesfalls bis zur Hochzeit warten wollte. Na ja, und dann zog seine Jugendliebe in die Stadt, und ich war von einem Tag auf den anderen vergessen.«

»Wie traurig«, sagte Henriette.

»Ja, ich war am Boden zerstört. Und dann vergingen noch ein paar Monate, in denen ich mich erniedrigt und ihn angebettelt habe, mir das nicht anzutun. Ein weiteres halbes Jahr lang habe ich mir alle möglichen Methoden ausgedacht, mich umzubringen, wobei er mich immer rechtzeitig finden und retten sollte. Dann habe ich mir gedacht, das kann es doch nicht sein, mit zwanzig. Also habe ich alles, was er mir geschenkt hat, in den Müll geworfen und meinen Eltern gesagt, dass ich wieder zur Schule gehen möchte. Sie bewarben sich für mich um einen Platz hier, und da bin ich.«

»Zum Glück.« Linda prostete ihr zu. »Was für ein Mistkerl. Und du hast wirklich mit ihm geschlafen?«

Antonia nickte nur. »Na ja, wenigstens blieb das ohne weitere Konsequenzen. Nicht auszudenken, dass ich von ihm hätte schwanger werden können.«

»Dann hätte er dich vielleicht heiraten müssen«, sagte Tanja.

»Ja, das hätte er vermutlich sogar getan, weil es sich in seinen Augen so gehört hätte. Und dann hätte er mich mit seiner großen Liebe betrogen, und wir beide wären am Ende gemeinsam todunglücklich gewesen. Nein, ist im Nachhinein schon in Ordnung so. Ich gehe jetzt drei Jahre zur Schule, und mal sehen, was danach kommt.«

Als Anita später in ihr Zimmer zurückkehrte, dachte sie, dass solche Abende durchaus dafür entschädigen konnten, hier sein zu müssen. Sosehr sie die Schule mit all ihren Regeln, dem frühen Aufstehen, der gesamten Lehre zur Hauswirtschaft hasste, so mochte sie ihre Mitschülerinnen inzwischen. Na ja, dachte sie beim Betreten des Zimmers, einige zumindest.

»Du riechst nach Zigaretten«, wurde sie von Helga, die mit einem Buch im Bett lag, begrüßt.

»Wir haben geraucht. Ich mache das Fenster auf.«

»Wir? Wo warst du denn?«

»Ein bisschen geselliges Zusammensitzen mit Antonia und ein paar anderen.«

»Ah ja.«

Ihre Stimme klang so betont gleichgültig, dass Anita glaubte, eine Spur von Gekränktheit herauszuhören. »Du hättest ja dazukommen können«, sagte sie.

»Ich wusste nicht, dass ihr euch trefft.«

»Katharina und Marlene waren auch nicht dabei.«

»Ich weiß, die haben draußen im Garten gesessen.«

Anita zog sich um, schlüpfte in ihren Morgenmantel und ging ins Bad. Als sie mit frisch geputzten Zähnen zurückkehrte, roch sie den Zigarettengeruch auch. Für jemanden, der nicht rauchte, war das vermutlich nicht sehr angenehm, aber daran konnte sie nun nichts ändern. Das Fenster war auf, und das musste reichen. Sie legte sich ins Bett, und weil Helga keine Anstalten machte, das Licht zu löschen, zog sie sich die Decke über den Kopf und schlief ein.

Kapitel 4

Eigentlich mochte Helga den September, aber an diesem Wochenende war es regnerisch und trüb, sodass es keinen Spaß machte, auszugehen. Da es das Wochenende war, an dem auch Henriette und Katharina nach Hause fuhren, waren aus ihrem Jahrgang nur Anita und sie in der Schule geblieben. Aber im Grunde hätte es auch keinen Unterschied gemacht, wenn eine der anderen hier wäre, denn so recht Anschluss fand Helga nach wie vor an keine von ihnen. Einige der älteren Schülerinnen blieben ebenfalls über das Wochenende, hin und wieder bekamen sie Besuch von ihren Familien, dann spazierten sie entweder durch den Garten oder durften sich außerhalb der Mahlzeiten in den Salon setzen und dort gemeinsam Kaffee trinken.

Ab und zu kamen auch Brüder der Schülerinnen zu Besuch, aber diese kennenzulernen war nicht so ohne Weiteres möglich, denn natürlich konnte sich Helga nicht einfach ungefragt dazusetzen. Henriette, Marlene und Linda hatten zwar auch Brüder – die beiden von Tanja waren gefallen –, aber da ergab sich einfach keine Gelegenheit eines Kennenlernens, weil sie bisher noch nicht zu Besuch in der Schule gewesen waren. Die Möglichkeit bestünde möglicherweise, wenn Helga mal bei einer der Frauen zu Besuch wäre, aber sie hatte bisher zu keiner von ihnen einen freundschaftlichen Kontakt, und ihre Gespräche blieben immer von oberflächlicher Freundlichkeit. Mittlerweile trafen sich die Frauen abends entweder im Garten oder in einem der Zimmer und plauderten. Es waren keine direkten Verabredungen, aber es ergab sich einfach, und Helga hätte sich anschließen können, aber dabei hätte sie sich allenfalls geduldet gefühlt. Einfach in eines der Zimmer zu gehen, wie Anita das tat, wäre ihr aufdringlich erschienen, und die Vorstellung, wie sie da saß und nicht so recht wusste, was sie erzählen sollte, war ihr unangenehm. Die anderen schienen mittlerweile einiges über einander zu wissen, das erschloss sich aus gelegentlichen Kommentaren oder Anspielungen.

Helga war nicht ungesellig, das keineswegs, aber sie gehörte auch nicht zu den Menschen, die leicht Anschluss fanden. Aus der Schulzeit hatte sie noch ein paar Freundinnen, aber die waren mittlerweile in Ausbildungen gegangen oder hatten geheiratet, sodass sie nur noch wenige Berührungspunkte hatten – jetzt erst recht nicht mehr. Sie hatten sich zwar versichert, in Kontakt bleiben zu wollen, aber Helga war noch nie eine eifrige Briefeschreiberin gewesen.

Wie stets an den Wochenenden wusste Helga nichts mit sich anzufangen. Zwar las sie viel und ging spazieren, aber auf Dauer hätte sie doch gern etwas Abwechslung gehabt. Sie konnte aber auch nicht ständig nach Köln fahren, denn ihre Eltern hatten ihr zwar den Wagen überlassen, damit sie sie nicht ständig bringen und abholen mussten, aber ihre Mittel waren beschränkt, und was Helga in der Woche an Geld bekam, konnte sie nicht in der Stadt oder für Benzin verbraten. Mal ging das, aber bestimmt nicht jedes Wochenende. Eine der Frauen aus dem dritten Jahrgang nutzte es aus, dass es gerade nicht regnete, und saß mit zwei jungen Männern – Brüder oder Bruder und Verlobter, denn anderer Herrenbesuch war nicht gestattet – unter dem Vordach auf der Terrasse und trank Kaffee.

Sonnenlicht tropfte durch das Geäst, ein lauer Wind strich

über die Blumen, brachte Blätter und Zweige in Bewegung. Hummeln umsummten mit trägem Gebrumm Blütenkelche, und der Lavendel verströmte seinen Duft. Helga spazierte langsam über die sorgsam angelegten Gartenwege und versuchte dabei, einen Blick auf die jungen Männer zu erhaschen. Einer erwiderte ihren Blick, nickte höflich und wandte sich dann wieder dem Gespräch zu. Anita hatte sicher nicht geplant, genau in diesem Moment in den Garten zu kommen und Helga den Rang abzulaufen, aber leider war es nun so, und dieses Mal sah der junge Mann länger hin, musterte sie ganz unverhohlen, ohne von ihr beachtet zu werden. Er sprach die junge Frau an seiner Seite an, und auch diese blickte nun zu Anita. Wahrscheinlich fragte er, wer sie sei.

Das war so frustrierend, dass Helga sich abwandte und ihren Spaziergang fortsetzte. Eine irrationale Wut auf Anita stieg in ihr auf, obwohl sie wusste, dass diese überhaupt nichts dafür konnte. Sie sah nun einmal umwerfend aus, und es war nicht ihre Schuld, dass die Männer darauf ansprangen, während sie Helga keine Beachtung schenkten. Aber sie konnte nichts gegen diese Wut tun. Anita würde keine Probleme haben, Männer ihres Kreises kennenzulernen, während Helga sich allenfalls Hoffnungen auf einen Gastwirt machen konnte, den ihre Eltern unter dem Kriterium auswählten, ob er geeignet war für den familieneigenen Betrieb.

Es waren ja noch drei Jahre, sagte sie sich, Zeit genug, Freundschaften und Beziehungen zu knüpfen. Aber auch das hob ihre Laune nicht, denn sie hatte das Gefühl, dass sie den richtigen Zeitpunkt dafür bereits verpasst hatte und in einer dieser sich anbahnenden Freundschaften nur mehr das fünfte Rad am Wagen war. Obwohl sie mittlerweile in den modernen Fünfzigerjahren lebten, waren die Standesunterschiede immer noch spürbar.

»Hast du für heute Pläne?«, fragte Anita, die an diesem Tag offenbar beschlossen hatte, freundlich zu sein.

»Nein.«

»Kein Ausflug in die Stadt?«

»Brauchst du eine Mitfahrgelegenheit?«

Angesichts ihres ruppigen Tonfalls hob Anita die Brauen. »Nein, das war nur eine Frage.«

»Ich bleibe heute hier.«

Damit erschöpfte sich ihre Kommunikation, und sie spazierten noch einen Moment Seite an Seite durch den Garten, ehe Helga sagte, sie wolle noch einen Brief schreiben, und zurück zum Haus ging. Als sie über die Terrasse lief, blickte der Mann nur kurz auf.

Nachdem Helga gegangen war, blieb Anita noch kurz im Garten, bevor sie ebenfalls ins Haus zurückkehrte. Ein wenig ärgerte sie sich über ihre Zimmergenossin. Da versuchte sie, nett zu ihr zu sein, damit sie sich nicht ausgeschlossen fühlte, und dann wurde sie so abgefertigt. Da musste Helga sich nicht wundern, dass sie nicht so richtig Anschluss fand.

Weil sie Lust auf eine Zigarette hatte, ging Anita rasch hoch in ihr Zimmer – keine Spur von Helga, die angeblich einen Brief zu schreiben hatte – und holte aus ihrer Nachttischschublade ein zerknautschtes Päckchen sowie ein Feuerzeug. Ihre Schritte klackerten leise auf den Holzstufen. Sie mochte die Ruhe, die am Wochenende über dem Haus lag. Obwohl einige der Lehrer und natürlich Frau Waltz mit Tochter da waren, lief sie ihnen so gut wie nie über den Weg. Nur bei den Mahlzeiten, die am Wochenende deutlich zwangloser abliefen, begegnete sie ihnen regelmäßig.

Anita verließ das Haus durch den Haupteingang, ging die Treppe hinab und stellte sich unter eine ausladende Ulme wo sie auch im Falle eines erneuten Regengusses einigermaßen geschützt wäre. Sie zündete sich eine Zigarette an, nahm einen Zug und ließ den Blick über den Hof gleiten. Ein Motorrad näherte sich knatternd, und Anita, die selbst gerne zumindest ein Moped besessen hätte, beobachtete es, um zu sehen, wer es fuhr. Vermutlich ein Besucher für eine der Schülerinnen. Sie selbst hatte einen Führerschein gemacht, aber den erhofften Wagen nicht bekommen, da ihre Mutter der Meinung war, dass es nun genug sei mit den ständigen Forderungen und Wünschen.

Der Fahrer fuhr das Motorrad in den Unterstand, wo auch die Fahrzeuge des Lehrpersonals standen, und stieg ab. Er stellte das Motorrad sicher hin und nahm den Helm ab. Arno Hesse. Während sie weiterrauchte, sah Anita zu ihm hin, und schließlich erwiderte er ihren Blick. Was sie damit eigentlich beabsichtigte, wusste sie selbst nicht so recht, denn in ihren Plänen für die Zukunft kam eine Beziehung zu einem Lehrer nicht vor, aber kokettieren konnte sie ja dennoch mit ihm. Das machte Spaß und lenkte vom eintönigen Alltag ab.

Arno Hesse fuhr sich mit der Hand durch das vom Helm platt gedrückte Haar, hängte sich den Helm über den Arm und kam auf sie zu. Damit hatte Anita nicht gerechnet, sondern vielmehr geglaubt, er würde ihr wieder einen flirtenden Blick zuwerfen. Nun fing ihr Herz doch an, etwas schneller zu schlagen.

»Guten Tag«, sagte er. »Haben Sie eine Zigarette für mich?«

Anita zog die Packung hervor, und er nahm eine, ließ sich von ihr Feuer geben, indem er sich leicht nach vorne über ihre Hand beugte. Nun hätte er sich verabschieden und ins Haus gehen können, aber er blieb bei ihr stehen und rauchte.

»Sie sind jedes Wochenende hier, nicht wahr?«, fragte er.

»Ja.«

»Haben Sie es weit bis nach Hause?«

Sie schüttelte leicht den Kopf. »Nein, nur bis Bonn. Aber meine Mutter und ich verstehen uns nicht allzu gut.«

»Das kommt vor.« Er nahm einen tiefen Zug und atmete den Rauch langsam aus. »Wird es Ihnen nicht auf Dauer langweilig, wenn Sie hier nie rauskommen?«

»Doch, aber ein unbeugsamer Wille hat nun einmal seinen Preis.«

Sie schenkte ihm ein kleines Lächeln, das er erwiderte. Ihr Blick fiel auf seinen Mund, und sie fragte sich, wie er wohl küsste. Eigentlich hätte sie nicht übel Lust, es auszuprobieren, so als kleine Zerstreuung in dem öden Schulalltag. Ein kleines Abenteuer würde den Aufenthalt hier um einiges angenehmer machen. Und die Möglichkeiten, hier jemanden kennenzulernen, waren schließlich äußerst begrenzt. Allerdings war ihr durchaus bewusst, dass ihre Tage hier gezählt wären, würde man sie dabei erwischen, wie sie einem Lehrer Avancen machte, und mit Schimpf und Schande sowie dem Stempel »liederlich« wollte sie nun auch nicht nach Hause geschickt werden.

»Sie sind also offensichtlich auch jedes Wochenende hier«, brach sie schließlich das Schweigen.

Er sah sie an in einer Art amüsierten Interesses, als hätte er ihre Blicke bemerkt und die Gedanken dahinter erahnt. »Ja«, antwortete er knapp, und erst glaubte Anita, er wolle nichts mehr hinzufügen, und kam sich fast schon ein wenig dumm vor, weil es sich anfühlte, als sei ihre Bemerkung irgendwie unangemessen. Dann jedoch fügte er hinzu: »Ich habe keine Familie mehr in der Nähe, zu der ich fahren könnte.«

Sie hätte gerne gewusst, warum er nicht in der Stadt wohnte und jeden Tag hierherfuhr, so weit war das ja nicht. Aber das kam ihr indiskret vor, und so fragte sie nicht. Schweigend rauchten sie auf, dann ließ Arno Hesse den Zigarettenstummel fallen, trat ihn aus und hob ihn schließlich auf, um ihn auf dem Weg ins Haus in einen Abfallkübel zu werfen. Anita steckte sich eine weitere Zigarette an, sah ihm nach, wie er die Haustür öffnete und diese sich hinter ihm schloss.

Als sich die Tür ein weiteres Mal öffnete, glaubte sie erst, er kehre zu ihr zurück, aber es war ein fremder junger Mann, der das Haus verließ. Er bemerkte sie und kam auf sie zu. Einen Moment dauerte es, ehe sie ihn wiedererkannte. Er hatte mit einer der älteren Schülerinnen auf der Terrasse gesessen.

»Guten Tag«, begrüßte er sie. Offenbar war sie, wie sie hier stand, die beste Werbung, die sich ein Zigarettenhersteller wünschen konnte, denn auch dieser Mann zog nun eine Packung hervor und entnahm ihr eine Zigarette, die er mit einem verchromten Feuerzeug ansteckte. Auf der Terrasse war Rauchen nicht gern gesehen, denn Edith Waltz hegte in dieser Hinsicht noch sehr altmodische Ansichten. Im Haus hatte sie es darüber hinaus komplett untersagt, wenngleich es Ausnahmen gab für die privaten Zimmer der Frauen und den Aufenthaltsraum.

»Ich dulde keine Rauchschwaden in einem Gebäude, das sich der guten Küche verschrieben hat«, hatte sie gleich zu Beginn klargestellt.

Nun gut, dachte Anita, ihr Haus, ihre Regeln.

»Henrik Voigt«, stellte der Mann sich vor. »Ich bin der Bruder von Melanie Voigt.«

»Anita Kronberg.«

»Sie sind nicht im Jahrgang meiner Schwester, nicht wahr?«

»Nein, ich fange gerade erst an.«

»Kommen Sie aus der Region?«

»Aus Bonn.«

»Tatsächlich? Ich auch.« Die Gemeinsamkeit schien ihn zu

entzücken. »Wenn Sie an einem Wochenende mal zu Hause sind, möchten Sie dann mit mir ausgehen?«

Na, der kam ja schnell zur Sache. »Ich bin am Wochenende nie zu Hause, meine Mutter und ich verstehen uns nicht besonders gut.«

»Oh, das ist bedauerlich. Ich komme aber auch gerne nach Köln.«

»Hier ist Herrenbesuch nicht erlaubt.«

»Ich besuche meine Schwester. Und wenn wir uns in der Stadt treffen, merkt es die gestrenge Frau Waltz nicht.«

Eigentlich war der Gedanke verlockend, und dieser Henrik Voigt sah auch nicht schlecht aus. Warum also nicht?, dachte Anita. Ein wenig Zerstreuung tat ihr sicher gut. »Kommenden Samstag? Ich habe allerdings keinen Wagen.«

»Ich kann Sie abholen.«

»Nicht hier vor dem Haus, das würde man sehen. Vielleicht ein Stück die Straße runter? Hinter der Biegung?«

»Wie verwegen.« Sein Lächeln bekam etwas Übermütiges.

»Dann bis dahin.« Sie drückte die Zigarette aus, schenkte ihm ein kurzes Lächeln über die Schulter hinweg, nachdem sie sich bereits weggedreht hatte, und bemerkte, dass es seine Wirkung nicht verfehlte.

Als sie ihr Zimmer betrat, war sie schon deutlich besserer Stimmung, daran änderte auch die sauertöpfische Miene von Helga nichts. Erst der kleine Flirt mit Arno Hesse, jetzt die Verabredung – eigentlich war das bisher doch ein sehr unterhaltsamer Nachmittag gewesen.

Abends begegnete sie Arno Hesse ein weiteres Mal. Er stand mit einem aufgeschlagenen Buch in der Hand da, als sie eintrat.

»Verzeihung«, sagte sie. »Ich wollte nicht stören.«

»Sie stören nicht, kommen Sie nur rein. Aber lassen Sie die Tür offen stehen, Frau Waltz legt großen Wert darauf, dass das männliche Lehrpersonal nicht allein mit den Schülerinnen in einem Raum ist.«

»Wie pikant.«

Seine Mundwinkel hoben sich zu einem hintergründigen Lächeln. Allerdings ging er nicht auf diesen Flirtversuch ein, was Anita einerseits bedauerte, andererseits jedoch auch nachvollziehen konnte. Sie trat zum Regal, in dem sich die Krimis befanden, und zog aufs Geratewohl einen heraus.

»Sie mögen Kriminalliteratur?«, fragte Arno Hesse.

»Ja.« Wobei mögen übertrieben war, Anita hegte generell keine große Leidenschaft für das Lesen, es war für sie ein Zeitvertreib, mehr nicht. Lieber ging sie ins Theater oder ins Kino, aber diese Art der Zerstreuung bot sich hier ja bedauerlicherweise nicht.

Er trat neben sie, und sie nahm den herben Duft seines Aftershaves wahr, weniger intensiv als noch am Nachmittag. Nach kurzem Blick über das Regal griff er nach einem Buch und reichte es ihr. Raymond Chandler, *Der tiefe Schlaf*. »Kennen Sie das schon?«

»Nein.«

»Es wird Ihnen gefallen, sehr komplex, viele Hintergründe offenbaren sich erst nach und nach beim Lesen.«

Das klang nicht nach Anitas sonstiger Krimikost, aber sie wollte sich vor ihm auch keine Blöße geben, und so bedankte sie sich und nahm sich vor, das Buch zu lesen. Ihr Blick huschte kurz zur offenen Tür, weil sie glaubte, ein Geräusch gehört zu haben. Offenbar hatte auch Arno Hesse es wahrgenommen, denn er wandte den Kopf und sah ebenfalls hin.

»Sind Ihnen die Wochenenden allein hier in der Schule nicht langweilig?«, fragte er.

»Na ja, es geht. Aber nach Hause möchte ich nicht, und da bieten sich dann nicht sonderlich viele Alternativen.«

»Warum fahren Sie nie in die Stadt? In Köln gibt es doch viele Möglichkeiten, sich zu zerstreuen.«

»Ich habe kein Auto.«

»Leihen Sie sich ein Fahrrad, oder nehmen Sie den Bus.«

»Wo ist denn hier eine Bushaltestelle?«

»Zu Fuß gute zehn Minuten die Straße hinunter.«

Sie zuckte mit den Schultern. »Vielleicht mache ich das ja mal.«

»Tun Sie das. Ich verbringe fast jeden Sonntag in der Stadt. Es gibt da ein reizendes Café, direkt da, wo die Hohe Straße beginnt. Das kann ich nur empfehlen.«

Sollte das eine Art Einladung sein? War er dort und gab ihr zu verstehen, dass sie willkommen war, sich zu ihm zu gesellen? Sie wollte sich nicht zum Narren machen, indem sie in eine Empfehlung mehr deutete, als da möglicherweise war, und sein Blick sagte auch nichts über seine Absichten aus.

»Vielleicht fahre ich morgen nach dem Frühstück mal hin«, antwortete sie.

Jetzt lächelte er. »Tun Sie das.«

Sie nahm das Buch, wünschte ihm eine gute Nacht und verließ die Bibliothek. Als sie die Tür hinter sich schloss, spielte ein kleines Lächeln um ihre Lippen. Gut gelaunt ging sie zum ehemaligen Dienstbotentrakt, öffnete die Tür und lief beschwingt die Treppe hinauf. So recht wusste sie nicht, was sie sich eigentlich erwartete, aber die Aussicht darauf, mit Arno Hesse in einem Café zu sitzen, wirkte beflügelnd. Die Vorstellung, dass es in der Tat nur eine Empfehlung gewesen war und sie dort allein sitzen und womöglich vergeblich warten würde, schob sie beiseite.

Sie betrat den Trakt mit den Quartieren der Schülerinnen

und schob die Tür zu ihrem Zimmer auf. Helga saß auf ihrem Bett und las ein Kochbuch, wie Anita mit einigem Erstaunen feststellte. Normalerweise steckte Helga die Nase abends immer in Bücher, aber sonst waren es stets Romane.

»Guten Abend«, sagte sie höflich, was Helga mit einem Murmeln beantwortete.

Während Anita sich umzog, hielt das Schweigen an, dann senkte Helga das Buch. »Ist die Bibliothek jetzt leer? Dann würde ich mir gerne ein neues Buch holen.«

»Ach, warst du das vorhin an der Tür? Du hättest dir doch ein Buch holen können, als ich noch da war. Oder habe ich seit Neuestem eine Bannmeile um mich herum?«

»Ich wollte nicht stören.«

»Du lieber Himmel, wobei denn?«

Helga zuckte mit den Schultern und erhob sich, dann verließ sie das Zimmer. Kopfschüttelnd blickte Anita ihr nach. Sie war wirklich seltsam.

Obwohl sie nur zu zweit an ihrem Tisch saßen, kam zwischen Anita und Helga am Morgen kein Gespräch in Gang. Weil sie befürchtete, Helga könnte irgendwelche fragwürdigen Rückschlüsse daraus ziehen, dass Anita und Arno Hesse allein in der Bibliothek gewesen waren, wagte Anita nur einen kurzen Blick, als er den Raum betrat. Nach dem Frühstück ging sie auf ihr Zimmer und überprüfte ihr Haar, legte roten Lippenstift auf, der gut zu ihrem Nagellack passte, den sie für das Wochenende aufgetragen hatte. Noch ein Hauch Parfüm, dann war sie fertig. Sie trug ein weinrotes Herbstkleid, zog sich dazu Stiefeletten und einen Mantel an, griff nach ihrem Handtäschchen und verließ das Zimmer. Eine der Frauen aus dem dritten Jahrgang trat zeitgleich in den Flur und lächelte.

»Hast du etwas Größeres vor?«

»Nur ein kleiner Ausflug in die Stadt.«

»Mit dem Liebsten?«

Anita lachte. »Das wäre schön.«

Zusammen liefen sie die Treppe hinunter, und während die Ältere danach in Richtung Garten ging, betrat Anita die Eingangshalle und verließ das Haus. Es hatte nachts geregnet, aber jetzt brach immer wieder die Sonne durch, wenn die Wolkendecke kurzzeitig aufriss, und der Asphalt glänzte gleißend in ihrem Licht, sodass Anita die Lider verengte, als sie die Straße entlangging. Sie lief zügig und schaffte den Weg zur Haltestelle in weniger als zehn Minuten. Allerdings hätte sie sich nicht so beeilen müssen, denn der Bus kam erst in einer Stunde. Sonntags fuhr er im Zweistundentakt, und Anita sah auf der anderen Seite nach, wann der letzte hier ankam. Kurz nach fünf. Wenn sie den verpasste, dann gute Nacht. Seufzend lief sie zurück zum Wartehäuschen, setzte sich auf die Bank und bedauerte, das Buch nicht mitgenommen zu haben. Das würde eine furchtbar langweilige Stunde werden. Ob sie ein wenig spazieren gehen sollte? Aber dann blieb sie doch sitzen und hoffte, dass der Bus einfach etwas früher kam.

Ein Knattern war zu hören, erst entfernt, dann immer lauter, und kurz darauf bemerkte Anita das Motorrad, das aus Richtung der Schule kam und mit einem rasanten Schlenker vor ihr hielt. Arno Hesse nahm die etwas albern aussehende Fliegerbrille ab und schob sie hoch.

»Suchen Sie zufällig eine Mitfahrgelegenheit?«

»Meine Mutter hat mich immer davor gewarnt, zu Männern ins Auto zu steigen.«

»Na, da ist es ja gut, dass dies kein Auto ist.« Er zwinkerte ihr zu, dann nahm er einen Helm aus der kleinen Gepäckkiste hinter dem Sitz und reichte ihn ihr.

»Muss ich den wirklich aufsetzen?« Ihre ganze Frisur wäre zerdrückt.

»Eine Pflicht besteht nicht, aber aus Sicherheitsgründen würde ich dringend dazu raten.«

Kurz zog Anita in Erwägung, ihm zu sagen, dass sie doch auf den Bus warten würde, aber dann kam ihr das albern vor, und sie nahm den Helm und setzte ihn auf. Bei der seltsamen Brille wollte sie sich zunächst weigern, nahm aber dann auch diese folgsam entgegen. Sie schnallte den Kinnriemen fest und setzte die Fliegerbrille auf, mit der sie sich so unfassbar albern vorkam, dass sie Arno Hesse nicht anschauen wollte, aus Sorge, er könnte in schallendes Gelächter ausbrechen. Und dafür hatte sie so viel Sorgfalt auf ihr Äußeres verwendet?

»Hinsetzen und gut festhalten«, sagte Arno Hesse, nachdem er auf das Motorrad gestiegen war.

Sie zögerte, dann setzte sie sich hinter ihn und versuchte, auf Abstand zu gehen, um nicht so anrüchig nahe zu sitzen.

»So werden Sie hinunterfallen, oder aber wir legen uns gemeinsam lang.«

Glücklicherweise sah er nicht, wie rot sie wurde, als sie näher an ihn heranrückte und ihm die Hände um die Mitte legte. Er startete den Motor und fuhr los. Die Geschwindigkeit war berauschend, und Anita schnappte nach Luft. Ihr war bewusst, dass sie sich viel zu fest an ihn klammerte, aber sie hatte Angst hinunterzufallen, vor allem, wenn das Motorrad sich in die Kurven legte. Im Laufe der Fahrt entspannte sie sich ein wenig und lockerte den Griff um Arno Hesses Mitte. Sie konnte die Fahrt nun sogar genießen und fand, dass es ein wunderbares Gefühl war, so schnell zu sein, den Wind zu spüren – ganz anders, als wenn man die Strecke mit dem Auto fuhr.

Als sie in die Stadt hineinkamen, drosselte Arno Hesse das

Tempo und passte sich an den Verkehr an. Anita war zuletzt zu Karneval in Köln gewesen, als der Rosenmontagszug mit Prinz Alfred I. durch die Straßen gezogen war. 1951 hatte sie für das Bekleidungsgeschäft Hettlage als Model über den Laufsteg gehen wollen, aber ihre Mutter hatte es nicht erlaubt. »Nichts als Flausen im Kopf«, hatte sie kommentiert.

Als sie durch die belebten Straßen fuhren, spürte Anita ein erregtes Flattern im Bauch, und ihr wurde erst jetzt bewusst, wie sehr sie das trubelige Stadtleben vermisst hatte. Arno Hesse bog in die Schildergasse ein, fuhr bis zur Kreuzung und dann links in die Hohe Straße. Hier hielt er an, und Anita rutschte mit wackligen Knien vom Sitz. Sie schob die Brille hoch, nahm den Helm ab und reichte ihn Arno Hesse. Dann fuhr sie sich mit den Händen durch das Haar, hoffte, dass ihre Frisur nicht vollkommen ruiniert war. Andererseits war es ihr diese Fahrt wert gewesen.

»Vielen Dank«, sagte sie.

»Keine Ursache.« Er stellte das Motorrad ab und hängte seinen Helm an den Lenker. Seine Haare brachte er in Form, indem er einmal mit der Hand hindurchfuhr.

Weil Anita nicht recht wusste, was sie nun sagen sollte, zupfte sie noch einmal an ihrem Haar, strich ihr Kleid glatt und wollte sich verabschieden, als er ihr zuvorkam.

»Wäre es vermessen, Sie zu fragen, ob Sie mit mir einen Kaffee trinken?«

Wieder schlug Anita das Herz so schnell, als sei sie ein Backfisch, der keinerlei Erfahrung mit Männern besaß. Aber das hier entsprach so sehr dem, wie sie sich ihren Tag in Köln erträumt hatte, dass sie für einen Moment nicht wusste, was sie sagen sollte. Sie brachte ein »Sehr gerne« heraus, das etwas atemlos klang.

»Dann kommen Sie, ich zeige Ihnen mein Lieblingscafé.« Er

bot ihr nicht seinen Arm, was sie in eine gewisse Verlegenheit gebracht hätte, sondern wies nur den Weg die Straße hinauf.

Wie groß war wohl die Gefahr, dass man sie zusammen sehen könnte in dieser belebten Einkaufsstraße? Aber wenn er in dieser Hinsicht etwas befürchtete, hätte er das gemeinsame Kaffeetrinken sicher nicht vorgeschlagen. Anita schob ihre Bedenken beiseite und ging an seiner Seite die Straße entlang, warf immer wieder einen Blick in ein Schaufenster, wäre dann und wann gerne stehen geblieben, um sich ein Kleid oder eine Tasche genauer anzusehen, aber das konnte sie mit ihm neben sich schlecht tun. Nach dem Kaffee würde sie noch einmal hierherkommen und sich in Ruhe umschauen. So langsam erhob sich die Stadt aus ihren Trümmern, wuchs, wurde neuer und moderner. Wo früher Häuser mit Stuck und Zierrat waren, herrschten nun klare Formen ohne jeden Schnörkel. Die Straße wirkte dadurch breiter und lichter. Abends war es hier sicher hübsch, wenn die Werbeanzeigen und Lampen im Dunkeln leuchteten.

»Da wären wir.« Er deutete auf ein kleines Café, das sich zwischen zwei Geschäfte duckte wie das Überbleibsel einer vergangenen Epoche.

Galant hielt Arno Hesse ihr die Tür auf, und Anita trat ein. Der Innenraum war wirklich sehr einladend, genau die richtige Mischung aus Nostalgie und Moderne.

»Dort ist es doch nett«, er wies auf einen Platz in einer Fensternische.

Anita ließ sich von ihm den Stuhl zurechtrücken und setzte sich, dann griff sie zur Karte. Keinesfalls würde sie sich von ihm einladen lassen, denn sosehr sie sich diesen kleinen Flirt auch gewünscht hatte, wollte sie ihm nichts schuldig sein.

»Der Apfelkuchen ist wirklich hervorragend«, sagte Arno Hesse.

»Ein Lob aus berufenem Munde«, sagte die Kellnerin, eine Frau in den Fünfzigern, die mit Block und Stift in der Hand zu ihnen trat. »Wie schön, Sie zu sehen, Herr Hesse. In reizender Begleitung.«

Anita war nun doch ein wenig befangen. Sie wollte nicht, dass es die Runde machte, dass sie mit einem der Lehrer ausging. Als der Blick der freundlichen Kellnerin erwartungsvoll auf sie fiel, brachte sie ein wenig unsicher »Einen Kaffee und ein Stück Apfelkuchen, bitte« hervor.

»Keine Sorge«, sagte Arno Hesse, sobald die Kellnerin verschwunden war. »Niemand wird von unserem kleinen Ausflug erfahren.« Offenbar hatte er ihre Gedanken gelesen.

»Und das wissen Sie, weil Sie öfter mit Schülerinnen hierherkommen?«, fragte sie ein wenig spitz.

Ein feines Lächeln zuckte um seine Mundwinkel. »Nein, Sie sind in der Tat die erste. Aber wer sollte Interesse daran haben, es der Schule zu erzählen? Die Leute, die hier arbeiten, haben nur wenig Interesse an meinem Privatleben.«

Anita lag die Frage auf der Zunge, ob er öfter mit jungen Frauen hier auftauchte, aber sie beherrschte sich. Das ging sie im Grunde genommen nichts an. »Ich wollte nichts unterstellen«, sagte sie, denn immerhin war er immer noch Lehrer an ihrer Schule, und er sollte nicht jedes Mal, wenn sie sich begegneten, glauben, sie sei eifersüchtig. »Aber warum sind Sie mit mir hierhergekommen?«

»Weil ich Sie, wären wir uns unter anderen Umständen begegnet, um eine Verabredung gebeten hätte. So ist mir das allerdings kaum möglich.«

Wieder wurden Anitas Wangen warm. »Na ja, wir sind beide erwachsen, nicht wahr?«

Wieder dieses Lächeln. »Aber wir sind beide in einer Position, in der wir viel zu verlieren haben.«

»Ich noch mehr als Sie. Männern sieht man so etwas eher nach.«

»Edith Waltz nicht. Ich säße auf der Straße, bevor ich dazu kommen würde, meine Koffer zu packen. Ihre Schule soll ein sicheres Refugium für die jungen Frauen sein, was absolut nachvollziehbar ist. Und ein Lehrer, der in Verdacht gerät, seine Schülerinnen auf Abwege zu führen, ist nun einmal niemand, dem man seine Tochter anvertraut.«

»Verstehe. Ich würde mich jedoch kaum auf Abwege führen lassen.«

Sein Lächeln vertiefte sich kaum merklich. Anita musste sich insgeheim eingestehen, dass die Vorstellung durchaus einen enormen Reiz auf sie ausübte. Allerdings war es ihr wichtig, dass sie dabei die Zügel in der Hand behielt, denn niemals wollte sie eine dieser Frauen sein, mit denen sich Männer kurzzeitig vergnügten, nur um sie dann fallen zu lassen.

Die Kellnerin erschien und stellte ein Kaffeekännchen auf den Tisch, zwei Tassen sowie zwei Teller mit Kuchen. Es folgten ein Sahnekännchen und eine Zuckerdose. Nachdem sie sich zurückgezogen hatte, probierte Anita ein Stück von dem Kuchen, während Arno ihnen Kaffee einschenkte – dass er dies nicht ihr als Frau überließ, verbuchte sie als Punkt für ihn.

»Der Kuchen ist wirklich ganz hervorragend.«

»Meine Worte. Milch? Zucker?«

»Nur ein wenig Milch.«

Er reichte ihr die Tasse, und sie nahm einen Schluck. Der Kaffee war gut, sehr kräftig und aromatisch. Anita, die immer gerne ein wenig flirtete, brachte nun kaum ein Wort heraus. Es war eben doch ein Unterschied, ob man einen jungen Mann auf einer Party kennenlernte oder einen Lehrer der Schule, auf die man ging, in der Stadt traf. Aber schüchtern vor ihm zu sitzen kam auch nicht infrage.

»Wie kam es, dass Sie Lehrer geworden sind und nicht in einem Restaurant oder Hotel arbeiten?«, fragte sie.

Er setzte seine Tasse ab. »Die Vorstellung, den ganzen Tag in einer Küche zu stehen und auf Anweisung Gerichte zuzubereiten, hat mir nie so recht zugesagt. Ich hätte es natürlich getan, hätte sich nichts anderes ergeben, aber als ich nach dem Krieg nach einer Anstellung gesucht habe, bin ich auf die Anzeige von Frau Waltz gestoßen, und die Überlegung, anderen das Kochen und Backen beizubringen, hat mich stärker gereizt, als selbst als Koch zu arbeiten.«

»Sind Sie auch gelernter Bäcker?«

»Nein, natürlich war die Zubereitung von Süßspeisen Teil meiner Ausbildung. Aber wir haben ja aus gutem Grund eine gelernte Konditorin.«

»Ich koche und backe sehr gerne, aber die Idee, wieder zur Schule zu gehen, stammt von meiner Mutter.«

»Ist das der Grund dafür, dass Sie sich derzeit nicht so gut verstehen?«

Anita nickte. »Ich wurde gar nicht gefragt, sondern einfach hierherverfrachtet. Meine Mutter war der Meinung, ich würde mein Leben vertändeln.«

»Und? Hatte sie recht?«

»Das kann ich ja nun schlecht bestätigen.«

Er wirkte belustigt. »Und es gefällt Ihnen nach wie vor nicht bei uns?«

»Ach, das Haus gefällt mir durchaus, auch meine Mitschülerinnen sind reizend – also, die meisten zumindest. Aber ich war so froh, als ich endlich fertig war mit der Schule. Und jetzt geht das Ganze schon wieder los.«

»Dann hätten Sie frühzeitig heiraten müssen.« Es war nicht erkennbar, ob er das im Scherz sagte.

»Ach, das wäre doch auch nicht das Rechte.« Jetzt, da sie

es vor ihm aussprach, klang es in der Tat so, als sei sie sehr oberflächlich. Keine Ausbildung, keine Ehe – was blieb da? Im Elternhaus herumsitzen und in den Tag hineinleben.

»Welche Pläne hatten Sie denn für die Zukunft?«, fragte er.

Das konnte sie nicht beantworten – oder besser gesagt, sie wollte es nicht. Im heimischen Garten sonnenbaden, lange Einkaufstouren in der Stadt, mit Freundinnen tanzen gehen, flirten und im See baden – das klang nach Plänen für den Sommer, aber nicht nach einem Lebenskonzept. Also zuckte sie nur mit den Schultern. »So richtig weiß ich das gar nicht mal«, gestand sie.

»Dann ist eine Schule fürs Erste doch gar keine schlechte Idee. Wenn Sie es dann wissen, können Sie immer noch einen anderen Weg einschlagen.«

»Jetzt bin ich ja ohnehin hier, also mache ich das Beste daraus.«

Sein Lächeln wurde breiter. »Das ist doch schon mal ein Anfang.«

Nachdem sie den Kuchen gegessen und eine weitere Tasse Kaffee getrunken hatten, zückte Anita ihre Geldbörse, und Arno Hesse machte keine Anstalten, für sie zu bezahlen. Ein weiterer Punkt für ihn, dachte sie.

»Was haben Sie heute noch für Pläne?«, fragte er.

»Spazieren gehen und mir einige Geschäfte anschauen.«

»Ich werde jetzt einen Freund besuchen. Wenn Sie möchten, nehme ich Sie wieder mit zurück. Also bis zur Haltestelle, damit kein Gerede aufkommt.«

»Das ist sehr freundlich.«

Sie vereinbarten eine Uhrzeit, zu der sie sich treffen würden, und ehe Arno Hesse sich verabschiedete, hielt er noch einmal kurz inne.

»Fahren Sie nächsten Sonntag wieder nach Köln?«, fragte er.

»Ich denke darüber nach.«

»Es könnte sein, dass ich zur selben Zeit wie heute an der Haltestelle vorbeifahre.«

»Es könnte sein, dass ich dort stehe.«

Zum Abschied tippte er sich an den nicht vorhandenen Hut und wandte sich ab.

Kapitel 5

Wieder eine Woche hinter mich gebracht, dachte Helga, als endlich Freitag war. Diesen einen Tag galt es noch zu überstehen, und während sie mit schwitzigen Fingern in der Soße rührte – immer wieder innehielt, die Hand an der Schürze abwischte, nur damit sie wieder vom Dampf eingehüllt wurde –, wartete sie insgeheim nur darauf, dass es gleich wieder einen Rüffel setzte. Raymund Keller wurde nicht müde, sie zu tadeln und jeden Fehler peinlichst genau vor den anderen zu sezieren. Gut, dass er Koch geworden war und kein Zahnarzt.

Die Soße brodelte und klumpte, ganz gleich, wie schnell Helga rührte. Henriette stand neben ihr und drehte rasch die Flamme kleiner.

»Leicht blubbern, nicht so bullernd kochen«, erklärte sie leise. Ihre Soße war wunderbar cremig, während Helga sich abmühte, damit ihre nicht auch noch am Boden festbrannte. Das konnte man doch unmöglich jemandem zum Mittagessen vorsetzen. Raymund Keller sah das offensichtlich ähnlich.

»So etwas sollte kein Mensch essen müssen. Entsorgen Sie es, und dann lassen Sie die Nächste an den Herd.«

»Dann bereite ich die Soße noch einmal vor.«

»Nein, Sie stehen in Zweiergruppen an den Kochstellen, und wenn die letzte Gruppe durch ist, geht es zum nächsten Schritt.«

»Aber …«

»Für Sie bleibt es dann heute beim Zuschauen.« Er machte

einen Vermerk in seinen Block, was vermutlich nichts Gutes für Helga bedeutete. Einerseits war sie froh darum, nicht erneut kochen zu müssen, andererseits war klar, dass er sie zur Strafe untätig danebenstehen und zuschauen ließ, wie ein Kind, das die Mutter noch nicht an den Herd lassen wollte.

Später ging es dann in die Kaffeeküche, wo Hanne Mohnschau sie in die Feinheiten der Zubereitung eines Biskuitteigs einwies. Helga hatte sich zu Beginn gefragt, was mit dem Essen passierte, das nicht für Mittagessen und Kaffeestunde Verwendung fand. Mittlerweile wusste sie, dass ein nahe gelegenes Kinderheim damit beliefert wurde. In der Regel wurde das Mittagessen von den Schülerinnen des zweiten und dritten Lehrjahres zubereitet und die Süßspeisen im Wechsel von allen drei Jahrgängen.

»Ein guter Biskuitteig ist die Grundlage zur Zubereitung vieler Kuchen und feiner Torten.« Sie wies ihre Schülerinnen an, das Schulbackbuch aufzuschlagen. »Natürlich sind Sie noch nicht so weit, sich an eine Torte zu wagen, daher werden wir uns an die simple Variante machen, nämlich ein Obstkuchen.«

Sie verteilte die Aufgaben, und kurz darauf saß Helga vor einer Schale Zwetschgen und hatte die Aufgabe, diese zu waschen und zu entsteinen. Damit es schneller ging, wurde Marlene dazugesetzt, während sich die Übrigen die einzelnen Arbeitsschritte teilten.

»Ein guter Biskuitteig«, erklärte Frau Mohnschau, »ist locker, darf aber nicht zerfallen. In der Zubereitung muss sorgfältig gearbeitet sein, die Zutaten genau abgemessen werden. Wir beginnen mit den Vorbereitungen, indem das Papierfutter für die Springform hergestellt wird. Bitte, Fräulein Holstein.«

Tanja trat vor, drehte die Springform um, legte weißes Papier darauf und schnitt es in Form, indem sie am Rand mit einem Messer entlangfuhr. Katharina zerließ Butter und fettete den Boden der Form mit einem Pinsel aus, damit das Papier daraufgedrückt werden konnte.

Henriette begann damit, Eigelb und Wasser mit einem Schneebesen schaumig zu rühren, und ließ dann langsam den Zucker einrieseln, den Anita zuvor abgewogen hatte.

»Sehr schön«, sagte Frau Mohnschau. »Jetzt so lange rühren, bis eine lockere Masse entstanden ist.«

Schließlich kamen ein paar Tropfen Backöl mit Zitrone dazu. Linda machte sich währenddessen daran, das Eiweiß zu steifem Schnee zu schlagen.

»Man muss mit einem Messer hineinschneiden können«, sagte Frau Mohnschau. »Wenn Ihnen der Arm ermüdet, wechseln Sie die Hand.«

Schließlich gab Linda vorsichtig den Eischnee auf die cremige Eigelbmasse, und Antonia siebte Mehl mit Backpulver darüber.

»Vorsichtig unterheben, keinesfalls rühren. Ziehen Sie behutsam den Schneebesen von einer Seite auf die andere, so tief, dass Sie den Boden der Schüssel berühren.«

Helga war froh, dass sie das nicht machen musste, denn spätestens jetzt wäre vermutlich die ganze Arbeit hinüber. Henriette hob den Schneebesen hoch, schüttelte ihn leicht, damit der Teig in die Schüssel tropfte und legte ihn beiseite. Antonia machte sich nun daran, den Teig in die Springform zu füllen.

»Nehmen Sie einen Löffel, den Sie immer wieder ins Wasser tauchen, und streichen Sie den Teig damit glatt. Jetzt bitte die Zwetschgen.«

Helga und Marlene verteilten das Obst sorgfältig auf dem Kuchen, der umgehend in den Backofen geschoben wurde.

»Nach einer halben Stunde machen wir die erste Stäbchenprobe«, erklärte Frau Mohnschau.

Sie räumten auf, spülten ab, und Anita holte schließlich den Kuchen aus dem Ofen, der wunderbar duftete.

Nach dem Mittagessen hatten sie eine halbe Stunde Pause, ehe zwei Stunden Unterricht in Hauswirtschaft folgten, die im Klassenraum stattfanden. Danach trafen sie sich wieder im Speisesaal zur Kaffeestunde, bei der neben einem Schokoladenkuchen auch der Pflaumenkuchen serviert wurde. Dazu gab es frische Schlagsahne. Da sich Helgas Stimmung durch gutes Essen immer ein wenig hob, fühlte sie sich nach Kaffee und Kuchen ausreichend gestärkt, um sich zur Nähstunde zu begeben, wo sie lernten, wichtige Näharbeiten zu erledigen, wie sie eine Hausfrau können musste. Löchrige Socken aus dem Kinderheim dienten als Lehrmaterial, um das Stopfen zu lernen. Es war so mühsam, und Helga sah immerfort auf die Uhr, in der Hoffnung, es möge endlich vorbei sein.

»Denken Sie, irgendein Kind möchte eine Socke mit so einem knubbligen Wulst über dem Zeh tragen?«, fragte Fräulein Markwort streng und sah Helga über ihre Brille hinweg an. Marlene sagte nach dem Unterricht, dass sie viel lieber Zuschnitte für schöne Kleidung lernen würde als das Reparieren von Kleidung und das richtige Annähen von Knöpfen.

»Das lernen wir sicher auch noch«, beruhigte Katharina sie. »Aber erst einmal geht es eben darum, sparsam einen Haushalt zu führen, und da ist es natürlich wichtig, die Sachen instand halten zu können.«

Die freien Stunden gingen nun vielfach fürs Stricken drauf, denn die Schule beteiligte sich stets am Weihnachtsbasar der Kirche, und so mussten die Schülerinnen Socken, Mützen und Schals in allen Größen stricken.

»Das macht wenigstens noch Spaß«, meinte Linda.

»Spaß liegt da wohl im Auge des Betrachters«, entgegnete Antonia.

Helga fand es gar nicht so übel, man saß gemütlich beisammen und konnte sich unterhalten. Leider waren die Farben sehr trist, sie hätte lieber bunte Sachen für die Kinder gestrickt, aber offenbar ging für Edith Waltz, Wohltätigkeit einher mit zurückhaltender Farbgebung.

Auch am späten Nachmittag saßen sie alle noch bei Anita und Helga im Zimmer und strickten. Frau Markwort war erfreut darüber, dass sie es alle konnten und sie niemandem die Grundlagen beibringen musste. Sie hatten es von ihren Müttern gelernt und lange Winterabende damit verbracht, aus aufgeribbelten alten Pullovern warme Mützen und Schals für die kalten Tage herzustellen. Gerade nach dem Krieg, als es von nichts genug gab, hatten sie erfinderisch sein müssen und sogar verschlissene Baumwolle in feine Streifen geschnitten, um sie zu verstricken.

»Was macht ihr am Wochenende?«, fragte Linda.

Wie immer fuhren fast alle nach Hause, wo sie die beiden Tage mit Familie und Freunden verbringen würden.

»Ich bleibe dieses Wochenende hier«, sagte Henriette, und Katharina tat es ihr gleich.

»Ich gehe Samstag mit einem jungen Mann aus«, entgegnete Anita, als die Reihe an ihr war.

»Ach was!«, rief Linda in die Ausrufe des Erstaunens hinein.

»Und das erwähnst du jetzt so nebenbei?«, beschwerte sich Marlene in einer Empörung, die wohl nur teilweise gespielt war.

»Lass keine Einzelheiten aus«, forderte Antonia.

»Jemand aus Bonn?«, wollte Katharina wissen.

»Nein, ich habe ihn hier kennengelernt.«

»Arno Hesse?«, scherzte Henriette, und Anita wurde tatsächlich rot, was Helga mit Interesse beobachtete.

»Der Bruder von Melanie Voigt aus dem dritten Jahrgang, Henrik.«

Helga wusste sofort, um wen es sich handelte, und der Gedanke daran versetzte ihr einen Stich. Dieser junge Mann hatte sie kaum eines Blickes gewürdigt. War Anita das aufgefallen? Hatte sie sich deswegen an ihn herangeschmissen?

»Dieser hübsche Kerl«, sagte Marlene. »Ach, hast du es gut. Wie hast du das nur angestellt?«

»Ich habe überhaupt nichts getan. Als ich draußen stand und geraucht habe, ist er zu mir gekommen und hat gefragt, ob wir zusammen in Köln ausgehen.«

»Wie aufregend«, rief Linda. »So etwas Romantisches passiert mir nie.«

»Du weißt doch gar nicht, ob es romantisch wird«, entgegnete Henriette.

»Ach, du wieder«, sagte Katharina. »Du bist viel zu pragmatisch. Ich sehe es auch lieber von der romantischen Seite.«

»Wie macht ihr das denn?«, fragte Marlene. »Wenn euch die Waltz erwischt, kriegst du Ärger, du weißt ja, was sie davon hält, wenn wir mit Männern ausgehen.«

»Ich gehe allein los und steige erst außerhalb der Sichtweite des Hauses in seinen Wagen.«

»Ach«, seufzten Marlene, Katharina und Tanja, während Linda ein verträumtes Lächeln zeigte, als stellte sie sich vor, selbst in diesem Wagen zu sitzen. Helga verdrehte die Augen.

»Erzähl später, wie er küsst«, verlangte Antonia.

»Ich weiß doch noch gar nicht, ob wir uns küssen.«

»Henriette«, sagte Marlene, »du hast doch auch einen älteren Bruder, oder? Lad den doch mal ein. Wir sind jetzt drei Jahre zusammen hier, Zeit genug, über potenzielle Heiratskandidaten zu sprechen.«

Dem stimmte Helga im Stillen zu.

»Der Älteste ist schon verlobt, und der andere ist gerade ziemlich wild und macht keine Anstalten, sich zu binden.«

Deutete man die Blicke der anderen, klang das geradezu verlockend. Wer wollte nicht diejenige sein, für die der wilde junge Mann sich änderte? Nun, Helga für ihren Teil konnte darauf gut und gerne verzichten. Sie wollte einen verlässlichen Mann, der ihr Wohlstand bieten konnte. Die Erzieherin für einen Mann zu spielen, der offenkundig noch nicht so recht erwachsen werden wollte, brauchte sie nicht, besten Dank auch.

Sie ergingen sich in Plänen, ihre Brüder zu verkuppeln, und Linda schlug sogar vor, ihren älteren Bruder einmal einzuladen, wobei sie zu dem jüngeren eine engere Bindung hatte. »Aber der ist erst fünfzehn, das nützt euch also nichts.«

Vielleicht entwickelte sich die Sache ja doch, dachte Helga.

Es gab eine Tageszeit, zu der den Schülerinnen erlaubt war, vor dem Fernseher zu sitzen, und das war stets dann, wenn Clemens Wilmenrods Kochshow lief. Eigentlich war er Schauspieler, aber zu wahrer Berühmtheit hatte er es als Deutschlands erster Fernsehkoch gebracht. Erst vor Kurzem hatte er eine Neuheit vorgestellt, die Anita auf einer Party mit einigem Erfolg auf dem Büfett präsentiert hatte – Toast Hawaii. Es war schon erstaunlich, dass etwas, das aus so simplen Zutaten bestand – eine gebutterte, leicht angeröstete Scheibe Toast, Schinken, Ananas, mit Schmelzkäse überbacken –, so gut ankam. Ihre Mutter hatte neben ihr gestanden und gesagt: »Das kann doch nicht schmecken.« Sie hatte sich geweigert, auch nur zu probieren.

»Eigentlich soll ja Wilmenrods Lehrer Karl Adam den Toast Hawaii erfunden haben«, erklärte Antonia, als Anita ihr von dem Partyerfolg erzählte.

»Der Croque Monsieur ist so ähnlich«, sagte Henriette, »und schon viel älter.«

Anita bemerkte, dass Helga die Augen verdrehte. Warum saß sie überhaupt hier mit ihnen, wenn sie das alles sowieso nicht interessierte? Es war ja keine Pflicht, und von den älteren Jahrgängen saß hier auch nur gut die Hälfte.

Die Sendung *Clemens Wilmenrod bittet zu Tisch* lief stets jeden zweiten Freitag im NWDR um halb zehn – also zur besten Sendezeit. Einiges hatte Anita schon nachgekocht, so die Kalbsniere in Konserven-Mischgemüse oder das Arabische Reiterfleisch.

Wie immer begrüßte er die Zuschauer mit »Ihr lieben, goldigen Menschen«, und wieder bemerkte Anita, wie Helga die Augen verdrehte. Na gut, dieses Mal konnte sie es ihr nicht verdenken, sie selbst fand die Anrede auch etwas seltsam. Aber unterhaltsam war es dennoch, und so achtete sie bald nicht mehr auf Helga, sondern sah zu, wie Clemens Wilmenrod in der kommenden Viertelstunde eine neue Kreation vorstellte.

»Für die gehobene Küche taugt das ja nun nicht«, sagte eine Frau aus dem zweiten Jahrgang.

»Für den normalen Haushalt allerdings schon«, entgegnete Marlene. »Da braucht es gute Ideen, die sich preissparend und schnell umsetzen lassen.«

Anita stand von dem nur mäßig bequemen Stuhl auf. Vermutlich war das Absicht, damit man hier nicht zu lange herumsaß und womöglich in Versuchung geriet, die Fernsehzeit auszudehnen. Sie glättete das Kleid und verließ den Aufenthaltsraum.

Ehe sie ins Zimmer ging, war ihr nach einer Zigarette, und so lief sie rasch die Treppe hinunter und verließ das Haus, um vor der Tür zu rauchen.

»Wir schließen gleich ab«, erklärte ihr Frau Schmitz, die Haushälterin.

»Ich bin nur kurz vor der Tür.« Insgeheim hoffte sie, dass

sich Arno Hesse blicken ließ, auch wenn kaum Zeit war für ein Gespräch. Sie war ihm die ganze Woche über nur im Vorbeigehen begegnet, und fast war ihr so, als hätte sie sich den Anflug von Vertrautheit letzten Sonntag nur eingebildet. Hoffentlich machte sie sich nicht zum Narren, wenn sie Sonntag an der Haltestelle auf ihn wartete. Nun ja, wenn er nicht kam, würde sie einfach in den Bus steigen und einen schönen Tag in Köln verbringen – sie wahrte also in jedem Fall das Gesicht. Und morgen würde sie ohnehin mit einem anderen jungen Mann den Nachmittag verbringen.

Als sie aufgeraucht hatte, bemerkte sie aus dem Augenwinkel eine Bewegung und versuchte, in der Dunkelheit zu erspähen, ob noch jemand außer ihr draußen war. Doch, da war jemand, eine schmale Gestalt mit wippendem blondem Pferdeschwanz, die es vermied, über den Kies zu laufen, und stattdessen über die Rasenfläche huschte. Ganz konnte sie das Licht nicht meiden, denn man gelangte nur durch den Torbogen hinaus, und an diesem leuchteten rechts und links Laternen. Jetzt erkannte Anita sie. Es war Inga Waltz, die eigentlich schon im Bett liegen sollte. Anita fand neun Uhr zu früh für eine Fünfzehnjährige, noch dazu vor dem Wochenende, aber da war Edith Waltz sehr strikt. Früh ins Bett und früh raus, Müßiggang gab es bei ihr nicht.

Aber befürchtete Inga nicht, dass ihre Mutter noch einmal nach ihr sah? Wenn man sich schon heimlich davonschlich, dann wäre es doch klüger, das erst später zu tun. Aber gut, Anitas Problem war das nicht. Sie drückte ihre Zigarette aus und ging die breiten Stufen zur Tür hoch. Das Wochenende würde sehr unterhaltsam werden, sie freute sich schon darauf. Blieb nur zu hoffen, dass ihr ein glaubhafter Grund einfiel, warum sie Sonntag allein in die Stadt fuhr.

Am Samstag machte Anita sich gleich nach dem Mittagessen auf den Weg und stellte überrascht fest, dass Henrik Voigt bereits auf sie wartete. Er fuhr einen wirklich schicken Wagen, einen schnittigen roten Benz mit Ledersitzen, in denen man wunderbar bequem saß. Mit dem Motorrad zu fahren hatte Anita zwar gefallen, aber das hier war genau das, was sie sich an Komfort wünschte. Mit Arno Hesse reizte sie ein Flirt, während Henrik Voigt in der Kategorie »möglicher Heiratskandidat« spielte. Noch war der Funke zwar nicht übergesprungen, sie fand ihn attraktiv, aber da war keine kribbelige Vorfreude, jedoch konnte das ja noch kommen. Sie hatte Zeit, so eilig war es für Anita nicht mit dem Heiraten. Gut Ding will Weile haben, sagte ihre Großmutter stets.

»Wo fahren wir hin?«, fragte sie.

»In ein Café, dann ein wenig durch Köln spazieren und später vielleicht tanzen.«

Das klang ja gar nicht mal übel, vor allem das Tanzen. Anita vermisste Vergnügungen dieser Art sehr. »Ich muss aber pünktlich zurück sein.«

»Ich weiß, meine Schwester geht schließlich im dritten Jahr hier zur Schule. Wir sind pünktlich zurück, ehe abgeschlossen wird. Das heißt, Sie sind pünktlich zurück, ich selbst trete selbstverständlich nicht in Erscheinung.«

Er fuhr ziemlich rasant, aber Anita gefiel das. Sie genoss die Fahrt, und am liebsten wäre sie offen gefahren, hätte den Wind in den Haaren gespürt. Ach, dachte sie, das war einfach herrlich. Hin und wieder sah sie verstohlen zu Henrik, der mit seinem markanten Gesicht, dem hellbraunen Haar und den blauen Augen auf eine eigenwillige Art attraktiv war, nicht gut aussehend im eigentlichen Sinne – zumindest nicht nach Anitas Maßstäben –, aber durchaus anziehend. Dennoch blieb das erregte Kribbeln bislang aus, was einerseits schade war, andererseits aber immerhin dafür sorgte, dass die Stimmung zwischen ihnen locker blieb. Da war die Gefahr bei Arno Hesse deutlich größer, und da durfte nun wirklich nicht mehr passieren als ein kleiner Flirt.

Sie hatten mittlerweile ein ordentliches Tempo drauf, und langsam wurde es auch Anita zu schnell. Obwohl sich die Straße schnurgerade vor ihnen erstreckte, griff sie unweigerlich nach dem Handgriff an der Tür. Henrik fragte sie, woher genau aus Bonn sie kam, wie ihr die Schule gefiel, während er lässig das Lenkrad hielt und Anita nur hoffte, er würde seinen Blick auf der Straße behalten. Als sie sich der Stadt näherten, musste er das Tempo drosseln, und sie atmete wieder ruhiger.

»Was machen Sie eigentlich beruflich?«, fragte sie nun in das Schweigen hinein.

»Ich bin Ökonom und arbeite für ein Bauunternehmen.«

Sie wusste zwar, dass Ökonomen irgendwie mit Wirtschaft zu tun hatten, nicht jedoch, was sie genau taten. Allerdings fand sie das auch nicht spannend genug, um mehr erfahren zu wollen, und so fragte sie nicht weiter.

»Und Sie machen die vollen drei Jahre?«, fragte er.

»Ja, wie es aussieht, schon.« Sie hoffte es zwar nicht, aber da sie ihre Mutter kannte, wusste sie, ihr würde kein Jahr erlassen – es sei denn, sie fand vorher eine gute Partie.

»Meine Schwester wird später im Restaurant meiner Großeltern arbeiten«, erzählte er.

»Wo leben Ihre Großeltern?«

»In Königswinter.«

Anita sah aus dem Fenster, während sie durch die Straßen fuhren. Einige Kinder nutzten einen Trümmerhof als Spielplatz, zwei Frauen unterhielten sich an ihren offenen Fenstern über eine Gasse hinweg. Obwohl allerorten gebaut wurde und die Zeichen vergangener Zerstörung noch zu sehen waren, so war dieses Stadtbild doch kein Vergleich zu jenem, das sich ihnen nach dem Krieg geboten hatte. Der Kaiser-Wilhelm-Ring präsentierte sich nun ohne das Reiterstandbild von Kaiser Wilhelm I., aber dafür mit klaren Linien und umgeben von moderner Architektur.

Henrik Voigt lenkte den Wagen vor das Café *Wien* am Ring und fand fast direkt vor dem Eingang einen Parkplatz. Am Kaiser-Wilhelm-Ring befand sich auch das Residenz-Filmtheater, und Anita dachte, dass sie doch gerne mal wieder ins Kino gehen würde. Ehe sie nach dem Türgriff greifen konnte, war Henrik Voigt galant um den Wagen herumgekommen und öffnete ihr. Sie ließ sich von ihm aus dem Auto helfen und legte die Hand in seine Armbeuge.

Als sie das Café betraten, kam ein Kellner auf sie zu und führte sie zu einem Zweiertisch – leider nicht am Fenster, diese waren allesamt belegt. Höflich rückte Henrik Voigt ihr den Stuhl zurecht und Anita griff nach der Karte. Nachdem sie Kaffee und Buttergebäck bestellt hatten, unterhielt Henrik Voigt sie mit einigen Anekdoten von seinen Reisen, und Anita merkte dabei, wie wenig sie selbst herumgekommen war. Nach dem Krieg waren sie – dem allgemeinen Trend folgend – einige Male in Italien gewesen, das hatte ihr gut gefallen. Aber Henrik Voigt war nicht nur durch Europa gereist, sondern sogar bereits in die USA geflogen.

Alles in allem hatte Henrik Voigt sämtliche Qualitäten, die es brauchte – er war attraktiv, weltgewandt und offenbar sehr wohlhabend. Bedauerlich, dass der Funke einfach nicht übersprang, Anita ahnte, dass mehr daraus wohl nicht werden würde. Das war wirklich schade, denn er entsprach genau dem, was sie sich vorgestellt hatte. Immerhin reichte es für einen netten Tag zu zweit, das war ja auch etwas. Als er vorschlug, noch ein wenig spazieren zu gehen, willigte Anita ein und zückte ihre Geldbörse, um zu bezahlen, aber Henrik Voigt war schneller und sagte dem Kellner – der Anita gar nicht beachtete, sondern die Rechnung gleich ihrem Begleiter reichte –, dass er diese komplett übernahm. Das ärgerte sie, aber sie wollte auch keine peinliche Szene machen, und so schwieg sie verstimmt.

Der Spaziergang wiederum war sehr schön, sie fuhren zunächst an den Rhein, wo Henrik Voigt den Wagen abstellte. Von hier aus war die sich noch immer im Aufbau befindliche Hohenzollernbrücke zu sehen. Kurz nach dem Krieg war hier ein Provisorium entstanden, über das man von einer Rheinseite auf die andere gelangen konnte, denn die Brücke selbst war im Krieg zerstört worden. Anita erinnerte sich noch an ihren ersten Besuch in Köln nach dem Krieg, an den Anblick, der sich ihr geboten hatte. Von der Hohenzollernbrücke hatten damals nur die Bögen aus dem Rhein geragt. Es gab noch erhaltene Portalbauten und Brückentürme, die jedoch nicht in das Gesamtbild integriert wurden. Anstelle von zehn Brückenüberbauten würde es nur noch sechs geben.

»In der Stadt tobt wieder das Leben«, sagte Henrik Voigt, während sie am Rhein entlangspazierten. »Köln hat im Krieg eine Menge abbekommen, fast alles war zerstört.«

»Na ja, bei uns war es auch kein Zuckerschlecken.«

»Das nicht, aber letzten Endes waren es ja nun einmal wir Deutschen, die den Krieg erst angezettelt haben.«

»Waren Sie auch an der Front?«, fragte Anita.

»Nein, es blieb mir sehr knapp erspart. Mein großer Bruder ist gefallen, und als kleiner Junge habe ich ihn glühend darum beneidet, in den Krieg ziehen zu dürfen, ich empfand das als heldenhaft. Mittlerweile bin ich froh darum, dass ich nicht mehr eingezogen wurde.«

Anita dachte an all die Männer aus ihrem Freundes- und

Bekanntenkreis, die nicht zurückgekommen, in Gefangenschaft geraten oder verkrüppelt worden waren. Die Kriegsversehrten waren nach wie vor präsent in der Gesellschaft, eine hoffentlich mahnende Erinnerung an die Vergangenheit.

»Meine Mutter findet es furchtbar, dass man überall Englisch hört, aber mir gefällt es«, gestand Anita. »Ich verstehe es zwar nicht besonders gut, aber es hat so etwas Mondänes.«

»Es ist eben nicht mehr alles wie vor dem Krieg, daran muss sich die Generation unserer Eltern erst einmal gewöhnen.«

Sie kehrten zum Auto zurück und fuhren in ein Tanzcafé in Mülheim. Für Anitas Geschmack ein wenig zu klassisch, aber immerhin konnte sie wieder tanzen, also wollte sie nicht zu wählerisch sein. Vielleicht war Henrik – der darum bat, dass sie sich duzten – darauf bedacht, nicht den Eindruck zu erwecken, sie auf Abwege führen zu wollen. Und nett war es dennoch. Leider wurde Anitas Geste, mit der sie später den Geldbeutel aus ihrem Täschchen holte, wieder ignoriert, und Henrik bezahlte alles. Es war bereits nach acht, als sie sich auf den Heimweg machten, und die Dämmerung blich den Himmel aus, der über den Häuserdächern in rötlichen Wolken zerfranste.

In der Stadt fuhr Henrik angepasst, aber kaum war er auf die Landstraße eingebogen, drückte er aufs Gas, und der Wagen schoss in überhöhtem Tempo in Richtung Schule.

»Wir haben Zeit«, erklärte Anita, während ihre Hand den Haltegriff umfasste.

»Mach dir keine Sorgen, ich bin ein sehr sicherer Fahrer.«

Die Lichter des Wagens schnitten helle Lichtkegel in die Dunkelheit, und Henrik lenkte das Auto souverän um die leichten Kurven, ehe es wieder schnurgerade voranging. Wie es passiert war, konnte Anita im Nachhinein nicht mehr sagen, alles war so schnell gegangen. Eine Bewegung aus dem

Dickicht, ein Schatten, der in die Lichter sprang, dann ein dumpfer Aufprall. Anita schrie, und der Wagen kam zum Stehen. Mit zitternden Händen und wild schlagendem Herzen saß sie da, während Henrik die Wagentür öffnete und ausstieg.

Anita tastete nach dem Türgriff, öffnete und erhob sich aus dem Autositz, wobei ihr die bebenden Knie kurz wegknickten. Dann drang das Geräusch von abgehackten Lauten an ihr Ohr. Sie hatten jemanden überfahren, dachte sie. Ihr hob sich der Magen, und saure Galle stieg ihr in den Mund. Langsam kam sie um den Wagen herum, sah Henrik vor dem Auto hocken, vor ihm ein Reh, das versuchte, sich aufzurichten, und immer wieder zurückfiel. Eines seiner Beine war seltsam abgeknickt, und es stieß diese Jammerlaute aus, die Anita hatten erschauern lassen.

»Was hast du getan?«, fragte sie, als sie sich neben ihm auf die Knie fallen ließ.

»Es ist plötzlich aus dem Gebüsch gesprungen.« Henriks Stimme zitterte, und er fuhr sich mit der Hand über das Gesicht. »Verdammt noch mal.« Er wollte das Tier beruhigen, was die Panik bei dem Reh jedoch nur verschlimmerte, weil es neben den Schmerzen auch Angst hatte.

»Lass das«, sagte Anita, »fass es nicht an. Du siehst doch, dass es außer sich ist.«

»Ich wollte das nicht.«

Natürlich nicht, er war ja nicht vollkommen irre. Aber dennoch war er zu schnell gefahren, ohne jede Rücksicht, hatte offenbar geglaubt, ihm passiere so etwas nicht. Obwohl er elend aussah in dem kränklich bleichen Licht der Standlampe, wollte Anita ihn schütteln.

»Das Reh muss zu einem Tierarzt«, sagte sie.

»Ich kriege es nicht in meinen Wagen.«

»Dann lauf zum nächsten Haus und hol Hilfe.«

Er stand auf, stützte sich kurz auf der Motorhaube ab, als würden die Beine unter ihm nachgeben, und sah die Straße entlang. »Ich kann dich doch nicht allein im Dunkeln zurücklassen.«

»Das Reh kannst du auch nicht hier liegen lassen.«

Im nächsten Moment war der Motor eines Wagens zu hören, und vor ihnen tauchte ein Lichterpaar auf. Henrik trat auf die Straße und hob die Hand, um zu winken. Der Wagen verlangsamte die Fahrt, hielt an, und ein Mann stieg aus, ignorierte Henrik und lief zu dem Reh.

»So eine Sauerei.« Er beugte sich vor, schnalzte leise mit der Zunge, dann stand er auf. »Mein Hof ist in der Nähe, ich hole meinen Transporter und fahre das Tier zum Tierarzt. Wann lernt ihr Städter endlich, dass die Straßen, verdammt noch mal, nicht euch gehören?«

Henrik murmelte eine Antwort, die Anita nicht verstand. »Es tut mir so leid«, sagte sie an seiner Stelle.

»Davon hat das arme Reh auch nichts.« Der Mann stieg ein, schlug die Wagentür zu und fuhr davon.

Anita hielt ihren Arm an das Licht des Wagens, um auf die Uhr zu sehen. Gut, dass sie die Zeit nicht ausgereizt hatte. Wenn der Mann schnell zurück war, würde sie pünktlich in der Schule sein.

»Es tut mir leid«, sagte Henrik. »Hast du einen Führerschein? Dann kannst du mit meinem Wagen zur Schule fahren, und ich lasse mich später von jemandem mitnehmen.«

»Und wie bekommst du dein Auto?«

»Lass den Schlüssel stecken, irgendwer wird mich schon zur Schule bringen, ich nehme den Wagen dann mit.«

Anita sah das Auto an, dessen Motorhaube jetzt eine Delle hatte, während ein Riss durch die Frontscheibe verlief. Würde es Fragen nach sich ziehen, wenn sie mit einem Auto zur

Schule kam, dem man ansah, dass es einen Unfall hatte? Und das, obwohl jeder wusste, dass sie nicht einmal eines besaß? Andererseits durfte sie auf keinen Fall zu spät kommen, und wer konnte schon wissen, wann der Mann zurückkehrte? Und sie hatte zudem ein schlechtes Gewissen, das Tier hier zurückzulassen. Es lag auf der Straße, ein herannahender Autofahrer könnte es zu spät bemerken und überfahren. Und wenn Henrik mitten auf der Straße stand, um vor dem Tier zu warnen, sah man ihn womöglich auch zu spät, und Anita war zwar sauer auf ihn, aber dass er überfahren wurde, wollte sie natürlich nicht.

»Ich bleibe noch ein wenig«, antwortete sie. »Etwas Zeit habe ich ja noch.«

Es dauerte noch gut zwanzig Minuten, bis der Mann mit einem Transporter zurückkehrte. Gemeinsam mit Henrik verlud er das Reh, dann fuhr er davon, ohne ein weiteres Wort mit ihnen zu wechseln, und Anita stieg in den Wagen. Henrik zog die Fahrertür auf, ließ sich auf den Sitz sinken und startete den Motor. Dieses Mal fuhr er mit angepasster Geschwindigkeit, schwieg die Fahrt über, während Anita aus dem Fenster in die Dunkelheit starrte. Ob sie irgendwie in Erfahrung bringen konnte, ob das arme Reh überlebte?

»Lass mich nicht direkt vor der Schule raus, sonst sieht mich jemand aus deinem Wagen steigen.«

»Ich kann dich doch nicht allein durch die Dunkelheit laufen lassen.«

»Herrje, es wird schon niemand irgendwo frierend lauern und darauf hoffen, dass zufällig eine Frau vorbeikommt.«

Sie rechnete damit, dass er insistierte, aber er antwortete nicht, und sie befürchtete, dass er sie entgegen ihren Worten bis vor die Schule fahren würde. Dann könnte er sich aber auf etwas gefasst machen. Zusammen mit der Wut wegen seines

Zusammenstoßes mit dem Reh ergäbe das eine sehr explosive Mischung.

Er hielt gute hundert Meter von der Schule entfernt, stieg aber mit ihr aus.

»Wenn ich mit einem Mann dort auftauche, ist das nur wenig besser, als aus seinem Wagen zu steigen.«

»Ich gehe nur so weit mit, bis ich sehe, dass du durchs Schultor gegangen bist.«

Da Anita keine Lust hatte, zu diskutieren, und das ja durchaus eine nette Geste war, ließ sie ihn.

»Es ist ja immerhin meine Schuld, dass du so spät bist«, schob er als Erklärung hinterher.

»Schon gut.«

»Sehen wir uns trotzdem wieder?«

»Ja«, antwortete sie unbestimmt. »Gewiss.«

Er fragte nicht, wann, und darüber war sie froh, denn obwohl es ein schöner Tag gewesen war, war sie nicht in Stimmung, jetzt über einen erneuten Ausflug mit ihm nachzudenken. Als sie in Sichtweite des Tors kamen, verabschiedete er sich von ihr, und sie ging das letzte Stück allein. Unter der Lampe am Torbogen sah sie auf die Uhr und stellte fest, dass sie noch zwanzig Minuten hatte. Sie zog ihre Zigaretten heraus und steckte sich eine an. Die Anspannung löste sich nun, und sie begann wieder zu zittern. Der Schreck steckte ihr immer noch in den Gliedern.

»Guten Abend«, hörte sie eine Männerstimme sagen, und sie drehte sich um.

Arno Hesse war aus dem Haus getreten, kam zu ihr, und im nächsten Moment flammte ein Feuerzeug auf, und der rote Lichtpunkt einer glühenden Zigarettenspitze war vor der Kontur seines Gesichts zu sehen. »Wie geht es Ihnen?«

»Sehr gut.«

Er nickte. »Ich muss morgen kurzfristig zu einem Freund, daher werden wir uns auf dem Weg nach Köln wohl nicht begegnen.«

»Ich weiß ohnehin noch gar nicht, ob ich fahre.« Anita bemerkte das Zittern ihrer Hand, als sie die Zigarette zum Mund führte.

»Ist alles in Ordnung?«

»Selbstverständlich.« Ihre Stimme klang nicht ganz so fest, wie sie es sich gewünscht hätte, aber das war ihr gleich. Sie drückte die Zigarette aus, wünschte Arno Hesse eine gute Nacht und ging ins Haus.

Kapitel 6

Inga saß in der Regel allein bei Tisch, denn ihre Mutter fand es wichtig, Präsenz zu zeigen und mit den anderen im Speisesaal zu essen. Das wiederum wollte Inga nicht, sie blieb lieber allein im gemütlichen Esszimmer. Immerhin konnte sie so zu jeder Mahlzeit am Tisch herumlümmeln, wie sie wollte, vor sich ein aufgeschlagenes Buch, in dem sie beim Essen las.

Ihre Mutter bezog sie bereits seit frühester Kindheit in die Haushaltspflichten mit ein, was bedeutete, sie räumte auf, putzte und half bei der Wäsche. Da an diesem Tag Waschtag war, verbrachte Inga die Zeit nach dem Mittagessen in der Waschküche und an den Wäscheleinen auf dem Trockenboden. Hin und wieder waren auch Schülerinnen hier, dann konnte man die ein oder andere interessante Unterhaltung aufschnappen, aber an diesem Tag war Inga allein. Sie hängte die Wäsche auf und hing ihren Gedanken nach. Zweimal hatte sie sich abends davongestohlen, um mit Josh in die Stadt zu fahren. Obwohl sie ihre Treffen tagsüber auch schön fand und genoss, so war es doch etwas ganz anderes, an seiner Seite die nächtliche Stadt zu erkunden.

»Steh nicht da wie eine Träumerin«, riss die Stimme ihrer Mutter sie aus den Gedanken. »Die Wäsche hängt sich nicht von allein auf.«

»Was denkst du, was ich hier die ganze Zeit tue?« Wie zur Bestätigung hob Inga ein weiteres Wäschestück aus dem Korb und griff nach den Klammern.

»Nicht in diesem Ton, Fräulein.«

Inga verdrehte die Augen.

»Das habe ich gesehen.«

Solltest du auch, fügte Inga stumm hinzu. Sie hängte eine Bluse auf und bekam prompt einen Rüffel, weil die Wäscheklammer einen Kniff hineinmachte.

»Die wird doch ohnehin geplättet«, entgegnete Inga.

»Aber wir wollen uns doch so wenig Arbeit wie möglich machen, ja? Außerdem musst du schon ordentlich drüberplätten, um so einen Kniff wieder herauszubekommen. Wozu habe ich dir das alles beigebracht?«

Die Frage konnte Inga ihr nicht beantworten, denn sie hatte keineswegs vor, eine Hausfrau zu werden. Und ihre Kinder würde sie auch nicht mit diesen Dingen malträtieren, das wusste sie jetzt schon. Falls sie überhaupt heiratete und Kinder bekam, davon war sie noch gar nicht so recht überzeugt. Unvermittelt schob sich das Bild von Josh zwischen sie und ihre Mutter.

»Was ist so amüsant?«, fragte Edith Waltz auch sogleich, das Lächeln offenkundig fehldeutend.

»Gar nichts.«

Ihre Mutter taxierte sie argwöhnisch, dann wandte Inga sich ab und verließ den Trockenboden. Als sie durch das zweite Obergeschoss ging, bekam sie mit, wie die Schülerinnen aus dem ersten Jahrgang in die Säuglingspflege eingewiesen wurden. Sie selbst, das wusste sie jetzt schon, konnte gut auf diese Art von Unterricht verzichten. Wobei fraglich war, welche Möglichkeiten ihr blieben, wenn ihre Mutter sie nicht das Abitur machen ließ. Inga ging die Treppe hinunter und hinaus in den Garten, wo um diese Zeit nur zwei Lehrerinnen in den Korbsesseln saßen, Tee tranken und sich unterhielten.

Die eine mochte Inga sehr, Lena Heinrichs, die ihr auch

jetzt freundlich zulächelte. Sie war nicht viel älter als ihre Schülerinnen, hatte schulterlanges blondes Haar und warme braune Augen. Die zweite, Rita Englert, trug einen grauen Dutt und war zwar nicht unfreundlich, hatte aber eine spröde, distanzierte Art an sich. Normalerweise mussten Lehrerinnen Abitur haben, wobei in dieser Ausbildungsstätte keine Lehramtsausbildung nötig war, sondern eine abgeschlossene Koch- oder Konditorausbildung. Daher sprach aus Sicht von Edith Waltz auch der Zeitverlust gegen das Abitur. In den drei Jahren Oberstufe könnte Inga bereits eine komplette Ausbildung absolvieren. Josh bestärkte sie darin, das zu tun, woran ihr Herz hing, aber als Mann war das auch leicht gesagt, ihm wurden nicht beständig Steine in den Weg gelegt, von ihm verlangte niemand, die Erfüllung in Ehe, Küche und dem Gebären von Kindern zu finden.

Inga verließ den Garten durch das hintere Tor und machte einen Spaziergang – etwas anderes konnte man in dieser Einöde auch schwerlich tun. Manchmal erwischte sich Inga bei dem Wunsch, dieses Haus sei bei der Bombardierung getroffen worden und sie seien gezwungen, in der Stadt zu leben. Dann wiederum dachte sie an die vielen Menschen, die ihr Heim verloren hatten, und schämte sich für diesen Gedanken. Sie wusste, dass sie sich glücklich schätzen konnte, aber das Leben erschien ihr als so unfassbar öde. Und sie hatte keine Ahnung, wie sie ihm entkommen sollte.

Marlene schob sich eine blonde Strähne hinter das Ohr und wirkte sehr konzentriert, während sie vorgeführt bekamen, was man tat, wenn ein Kind sich verbrühte und Erste Hilfe geleistet werden musste. Anita stand ihr gegenüber und bemerkte, dass sie kurz blinzelte, als die Folgen einer Verbrennung mit heißem Wasser geschildert wurden. Während Anita diese Stunden normalerweise gelangweilt über sich ergehen ließ, war sie hier nun aufmerksam, denn das war etwas, das sich im Alltag durchaus als nützlich erweisen konnte. Nach der Stunde erzählte Marlene, dass ihre Tante sie als Kind durch eine Unaufmerksamkeit verbrüht hatte.

»Ich stand neben ihr in der Küche, während sie den Tee vorbereitet hat. Als sie die Kanne von der Kochstelle hob, hat sich der Griff einseitig gelöst, und ich habe einen ordentlichen Schwall kochend heißes Wasser abbekommen. Danach hat sie irgendwelche Hausmittel ausprobiert, durch die das Ganze noch schlimmer wurde. Meine Mutter hat mich abends sofort zum Arzt gefahren, aber an der linken Schulter und am Rücken sieht man immer noch die Verbrennungsnarben. Ich trage deshalb nur Kleider, die die Schultern bedecken. Im Badeanzug sieht man es natürlich.«

»Meinem Bruder ist das passiert«, antwortete Tanja. »Da war er noch ganz klein, in unserem Fall war es der Tee meines Großvaters. Er hatte meinen Bruder auf dem Schoß, und der hat die Kanne umgestoßen. Die Narbe zog sich über den ganzen Oberschenkel. Er fand das immer schrecklich, wenn er Badehosen trug und hoffte, eine Frau zu finden, die das nicht stört. Leider ergab sich durch den Krieg für ihn nicht mehr die Gelegenheit, jemanden kennenzulernen.«

Sie hatten sich nach der Stunde im Aufenthaltsraum eingefunden. Einige der älteren Schülerinnen saßen hier ebenfalls und unterhielten sich. Anita bemerkte den Blick von Melanie Voigt und war kurz irritiert, weil diese sie so durchdringend ansah, ehe sie sich wieder abwandte und ihr Gespräch mit einer Freundin fortsetzte. Schulterzuckend wandte auch Anita sich ab.

Seit ihrem Ausflug nach Köln war über eine Woche vergangen, und an dem Wochenende darauf hatte Henrik seine

Schwester nicht besucht, worüber Anita erleichtert war, denn sie war nicht in der Stimmung, ihm zu begegnen. Zu ihrer Enttäuschung hatte auch Arno Hesse keinen erneuten Versuch unternommen, sich mit ihr in Köln zu verabreden. Wenn sie ehrlich war, ernüchterte sie das etwas, andererseits war ihr durchaus bewusst, dass das mit ihm nirgendwo hinführen konnte. Zwar übte er durchaus eine gewisse Anziehung auf sie aus, aber wenn sie pragmatisch an die Sache heranging, musste sie einfach zugeben, dass es eine große Torheit wäre, sich auf weitere Treffen mit ihm einzulassen.

Vor dem Abendessen ging Anita noch einmal auf ihr Zimmer, um sich ein wenig auszuruhen. Es war so anstrengend, den halben Tag in der Küche zu stehen, sich dann noch auf die Unterrichtsstunden zu konzentrieren, ganz zu schweigen von Fächern wie Nähen und Säuglingspflege. Anita erinnerte sich noch an Zeiten, als Wäsche mühsam per Hand gewaschen und geschrubbt werden musste, und war heilfroh, dass es jetzt Maschinen gab, die diese Arbeit erleichterten. Nicht auszudenken, wenn das auch noch Bestandteil ihrer Ausbildung wäre. Oder gar das Heizen mit Kohle.

Sie wollte gerade den Korridor betreten, als Melanie Voigt sie einholte. »Du warst mit meinem Bruder aus, ja?«, fragte sie übergangslos.

Anita starrte sie an. Er hatte seiner Schwester davon erzählt? Obwohl er wusste, dass es nicht zu Gerede kommen sollte?

»Es gibt nichts, was er mir nicht erzählt. Und keine Sorge, natürlich behalte ich es für mich. Du warst nach dem Unfall mit dem Reh sehr verstimmt, hat er mir erzählt.«

»Er war viel zu schnell.«

»Dem Reh geht es gut, er hat sich noch einmal danach erkundigt.«

Dadurch stieg er wieder ein wenig in ihrem Ansehen. Manch

einer hätte sich vielleicht nicht dafür interessiert, aber offenbar tat es ihm wirklich leid. Wenn er dadurch in Zukunft mehr achtgab, umso besser.

»Es ist so«, sagte Melanie, »dass ich nicht möchte, dass ihr euch seht.«

»Wie bitte?«

»Du hast schon richtig verstanden. Meine beste Freundin ist schon seit Längerem verliebt in ihn, und sie wäre eine hervorragende Partie. Also bitte, lass die Finger von ihm, ja? Heiraten wird er dich ohnehin nicht.«

Zwar war Anita nicht mehr so richtig interessiert an weiteren Unternehmungen mit Henrik, aber dass seine Schwester ihr dies praktisch verbot, konnte sie auch nicht so ohne Weiteres hinnehmen. »Das kann er doch wohl immer noch selbst entscheiden.«

»Ja, aber wie Männer sind, entscheiden sie sich eben oft für das Falsche. Und du hast doch sicher kein Interesse daran, nur eine weitere Kerbe in seinem Bettpfosten zu werden.«

»Ich hatte nicht den Eindruck, dass es ihm darum ging.«

»Dann kennst du die Männer aber schlecht.«

Dass diese Frau, die vielleicht zwei Jahre älter war als Anita – wenn überhaupt –, sich hier als so weltgewandt aufspielte, ärgerte sie. »Ich habe nicht vor, mich mit dir darüber zu unterhalten. Und wenn er nur mit mir ins Bett will, hat deine Freundin ja nichts zu befürchten, nicht wahr?«

Daran, dass Melanies Wangen sich röteten, erkannte sie, dass ihr der Fehler in ihrer Argumentation bewusst geworden war. Anita wandte sich ab und zog die Tür zum Korridor auf, um in ihr Zimmer zu gehen. Sie ärgerte sich mehr, als sie sich eingestehen wollte. Wie unverschämt das war! Eigentlich hatte sie gar nicht unbedingt vorgehabt, wieder mit Henrik auszugehen, aber nun beschloss sie, dass sie in jedem Fall zusagen würde, wenn er sie fragte. Henrik Voigt war ein erwachsener Mann, und gerade Männer konnten doch in dieser Gesellschaft durchaus ihre eigenen Entscheidungen treffen. Er war schließlich keine Trophäe, die einem verliehen wurde.

Sie blieb bis kurz vor dem Abendessen in ihrem Zimmer, von so einer trägen Müdigkeit umfangen, dass sie am liebsten geschlafen hätte. Aber dann würde sie mitten in der Nacht mit Hunger aufwachen, also erhob sie sich von ihrem Bett, glättete ihr Kleid und richtete das Haar. Gähnend ging sie zur Tür, traf auf dem Flur drei Frauen aus den höheren Jahrgängen – glücklicherweise nicht Melanie Voigt – und ging mit ihnen gemeinsam hinunter und zum Speisesaal.

Sie ließ sich auf ihrem Platz nieder und verbarg ein Gähnen hinter der Hand.

»Hast du geschlafen?«, fragte Henriette.

»Fast.«

»Wo ist denn Helga?« Marlene sah auf den freien Platz neben sich, als bestünde die Möglichkeit, Helga könnte plötzlich unter dem Stuhl hervorspringen.

»Sie wollte ein wenig spazieren gehen«, antwortete Antonia. Stirnrunzelnd blickte sie zur Tür. »So langsam sollte sie aber kommen, sonst kriegt sie heute Abend nichts mehr.«

»Wieso will sie überhaupt bei diesem Wetter rausgehen?«, wunderte sich Tanja. »Es hat den ganzen Tag geregnet.«

»Es kann ja nicht jeder so eine Stubenhockerin sein wie du«, spöttelte Linda.

»Ich bin keine Stubenhockerin, aber durch Pfützen zu waten brauche ich nun nicht, schönen Dank auch.«

Die Lehrer traten zusammen mit Edith Waltz ein, und die Türen wurden geschlossen.

»Arme Helga«, sagte Henriette. »Die lässt auch wirklich kein Fettnäpfchen aus.«

»Es kann ja wohl nicht so schwer sein, mal auf die Uhr zu schauen«, bemerkte Linda.

»Sie ist doch ohnehin nie so richtig bei der Sache«, sagte Marlene. »Im Grunde genommen frage ich mich schon, warum sie eigentlich hier ist. Um einen Landgasthof zu führen, braucht es doch wohl keine Ausbildung.«

»Auch ein Landgasthof hat eine Küche«, antwortete Antonia.

Die Tür wurde geöffnet, und Helga trat ein, sichtlich abgehetzt. Die Frauen aus dem zweiten Jahrgang hielten kurz inne, fuhren dann jedoch fort, das Essen aufzutragen. Dafür erhob sich Edith Waltz.

»Fräulein Langen, die Regeln des Hauses dürften selbst Ihnen bekannt sein. Wer sich verspätet, für den fällt die Mahlzeit aus. Noch dazu, wenn man in solch einem Aufzug erscheint wie Sie.«

In der Tat war der Saum von Helgas Kleid schlammbesudelt, ebenso wie ihre Strumpfhosen.

»Ich …«, setzte Helga an, aber Edith Waltz schnitt ihr mit einer Handbewegung das Wort ab, und so gab sie es auf. Ihre Schultern sackten kaum merklich nach unten, sie drehte sich um und verließ den Raum.

Anita senkte den Blick. Sie fand es immer ganz furchtbar, wenn Menschen in ihrer Gegenwart bloßgestellt wurden, daran änderte auch nicht, dass sie Helga nicht besonders mochte.

»Meine Güte, hat die sich im Schlamm gewälzt?«, fragte Linda.

»Na ja, sie kommt ja vom Land«, antwortete Katharina.

»Sei nicht so eklig«, entgegnete Henriette. »Vielleicht hatte sie einen Unfall und hat sich deshalb verspätet.«

»Das hätte sie doch sagen können«, wandte Linda ein.

»Hat man sie zu Wort kommen lassen?«, fragte Antonia.

»Ruhe, die Damen. Bei Tisch werden Unterhaltungen in gedämpftem Ton geführt.« Edith Waltz musste nicht laut werden, um ihre Stimme zum Tragen zu bringen.

Es gab ein klassisches Abendbrot mit Aufschnitt, Käse, Butter und verschiedenen Sorten Kompott, die allesamt in der Schule eingekocht worden waren. Brot bezogen sie von der Bäckerei, allerdings war auch das Brotbacken Teil ihres Lehrplans ab dem zweiten Halbjahr. Darauf freute sich Anita sogar, denn sie liebte frisch gebackenes Brot und hatte durchaus Spaß daran, welches herzustellen.

Nach dem Essen verließ Anita das Haus, um vor der Tür zu rauchen. Es hatte wieder angefangen zu regnen, und so blieb sie unter dem Vordach stehen. Die meisten Schülerinnen rauchten lieber im Garten, wo es hübscher war und geselliger. Anita jedoch genoss die Momente des Alleinseins, die viel zu selten waren.

»Guten Abend.« Arno Hesse trat hinaus. Hatte er mitbekommen, dass sie direkt vom Speisesaal hierhergegangen war, oder war die Begegnung Zufall? Er stellte sich zu ihr unter das Vordach und steckte sich eine Zigarette an. »Wie geht es Ihnen?«

»Gut.«

»Waren Sie mittlerweile mal wieder in Köln?«

»Nein.«

Er rauchte schweigend und beobachtete sie. »Würden Sie am Wochenende gerne hin?«

»Durchaus, ja.« Sie bekam ein paar Regentropfen ab und stellte sich dichter an die Hauswand. »Falls das Wetter mitspielt. Bei Regen macht es ja keinen Spaß.«

»Ich bin mir sicher, es findet sich auch bei Regen einiges, das amüsant ist.«

Mit leicht verengten Augen taxierte sie ihn. Wollte er anzüglich werden, oder war das eine ganz und gar harmlose Bemerkung?

»Samstag?«, fragte er. »Sie könnten nach dem Frühstück auf den Bus warten.«

Sie zögerte, rauchte ihre Zigarette auf. Dann nickte sie. »Ja, das könnte ich tun.«

Helga wollte nicht so empfindlich sein, aber sie ertrug es nur schwer, immerzu gedemütigt zu werden. Zudem steckte ihr der Schreck nach ihrem Unfall immer noch in allen Gliedern. Drei junge Männer waren mit Mopeds angefahren gekommen, viel zu schnell für das Wetter. Sie war zur Seite ausgewichen, aber einer hatte die Kurve zu eng genommen, war mit dem Moped hingeschlagen, und einer der Reifen hatte sie am Schienbein getroffen, sodass auch sie in den Matsch gefallen war. Es hatte wehgetan, aber noch schlimmer war der Schreck gewesen. Einer der Männer hatte sie hochgezogen, und ihr hatten die Knie so sehr gezittert, dass sie sich im ersten Moment kaum aufrecht halten konnte.

Der gestürzte Fahrer war sehr unglücklich aufgekommen und hatte sich den Arm entweder verstaucht oder gebrochen, das hatte Helga nicht erkennen können. Während einer der beiden losfuhr, um Hilfe zu rufen, war sie mit dem anderen Fahrer bei dem Verletzten geblieben, der, wie sie dann erkannt hatte, erst sechzehn oder siebzehn Jahre alt sein konnte, ebenso wie sein Freund. Sie hatte einfach kein gutes Gefühl dabei gehabt, zu gehen. Erst als der Krankenwagen gekommen war, hatte sie sich auf den Weg gemacht, wobei sie fest damit rechnete, dass Edith Waltz ihren Einsatz für den Verletzten honorieren würde. Aber hier zählte offenbar nur der Glockenschlag. Da konnte jemand auf der Straße sterben, Hauptsache, man war pünktlich zum Essen, dachte Helga gehässig.

Sie hatte sich im Waschraum mit einem Waschlappen gesäubert, denn Duschen war nur zu bestimmten Zeiten erlaubt, die streng eingehalten werden mussten. Nachdem sie sauber war, zog Helga sich den Morgenmantel über und kehrte zurück in ihr Zimmer, wo sie die beschmutzte Kleidung in ihren Wäschesack stopfte. Für die Frauen, die nicht nach Hause fuhren, war einmal die Woche Waschtag, und in der Regel wechselten sie sich ab. Immerhin hatte Helga den getrockneten Matsch notdürftig aus der Kleidung gebürstet, und da sie vier Kleider besaßen – es konnte nie ausgeschlossen werden, dass beim Kochen ein Malheur passierte –, war sie für den Rest der Woche ausreichend ausgestattet.

Über ihr rechtes Bein zogen sich mehrere Blutergüsse, ein riesiger auf dem Schienbein, wo sie das Moped getroffen hatte, sowie weitere seitlich am Knie und entlang ihres Oberschenkels, wo sie auf Steinen am Wegesrand aufgekommen war. Ihre Hände waren aufgeschürft, weil sie versucht hatte, den Sturz abzufangen. Dass ihre Strümpfe nicht zerrissen waren, grenzte angesichts dessen schon an ein Wunder. Müde ließ sich Helga auf dem Bett nieder und löste ihr Haar, sodass es ihr offen auf die Schultern fiel. Sie atmete den zarten Duft des Shampoos, das sie vor Kurzem aus einer nostalgischen Anwandlung heraus gekauft hatte. Als Kind und Halbwüchsige hatte sie es stets benutzt, und jetzt kamen unvermittelt so viele Erinnerungen hoch, dass Helga blinzeln musste. Obwohl sie zu Hause immer nur die zweite Wahl gewesen war, so hing ihm doch die Atmosphäre vertrauter Geborgenheit an.

Sie hüllte sich in ihren weichen Bademantel und fühlte sich einsam wie nie zuvor in ihrem Leben. Wieder musste sie blinzeln, und ausgerechnet, als sich eine Träne aus ihrem Augenwinkel löste, wurde die Tür geöffnet, und Anita trat ein. Sie sah sie an, schien etwas fragen zu wollen, ließ es dann jedoch und ging zu ihrem Schrank, kramte darin herum und zog eine ihrer unvermeidlichen Zigarettenschachteln heraus, die sie in die Schürzentasche gleiten ließ. Kurz darauf klopfte es, und auf Anitas »Herein« betrat Antonia den Raum.

»Du lieber Himmel, was ist dir denn passiert?«, fragte sie an Helga gewandt.

Diese bemerkte, dass ihr Bademantel aufklaffte und den Blick auf ihr lädiertes Bein freigab. Nun drehte sich auch Anita um, und ihre schönen Augen weiteten sich kaum merklich.

»Ich hatte einen Unfall, ein Moped hat mich angefahren.«

»Ach, du liebe Zeit«, rief Antonia. »Musst du damit nicht zum Arzt?«

»Das sind nur blaue Flecken, ein paar Prellungen, mehr nicht.«

»Warum hast du das denn vorhin nicht gesagt?«

»Das habe ich doch versucht, die Waltz hat mich gar nicht zu Wort kommen lassen.«

»Kannst du in der Küche noch etwas zu essen bekommen?«, fragte Antonia.

Helga zuckte nur mit den Schultern. Sie mochte nicht fragen, befürchtete eine weitere demütigende Abfuhr. »Ich bin ohnehin müde und werde zu Bett gehen. Bis zum Frühstück halte ich es aus.«

»Ja, dann …« Antonia erschien unschlüssig. Sie schien mit Anita gehen zu wollen, aber die Höflichkeit hielt sie wohl davon ab.

Da Helga jetzt nicht auch noch Mitleid ertrug, gähnte sie und griff nach ihrem Nachthemd.

Es funktionierte. »Dann eine gute Nacht«, sagte Antonia.

Helga erwiderte den Gruß und stand auf, um sich das Nachthemd überzuziehen. Hätte Antonia bloß das Essen nicht erwähnt, jetzt bekam Helga doch Hunger. Sie ärgerte sich über

Edith Waltz. Was dachte sie sich eigentlich dabei? Die Frauen hier waren erwachsen und keine Kinder, die man ohne Essen zu Bett schickte. Ihre Eltern zahlten Schulgeld, da war es doch wohl das Mindeste, dass sie hier etwas zu essen bekamen.

War um die Zeit noch jemand in der Küche? Oder sollte Helga einfach ihren Wagen nehmen und in ein Gasthaus fahren? Sie überlegte und wog die Konsequenzen gegeneinander ab. Wenn sie dabei erwischt wurde, wie sie sich in der Küche bediente, würde das sicher einigen Ärger nach sich ziehen, und womöglich informierte die Waltz dann sogar Helgas Eltern, und deren Reaktion konnte sie sich nur allzu gut vorstellen. So etwas war streng verboten und konnte sogar zum Schulverweis führen. Wo kam man denn da hin, wenn sich die Schülerinnen an den überreichen Vorräten vergriffen, nur, weil sie mal einen Abend nichts zu essen bekamen?

Helga zog das Nachthemd wieder aus und ein Alltagskleid an. Sie suchte ein Paar saubere Strümpfe heraus und schlüpfte in Mantel und Stiefel. Im nächsten Ort gab es ein Wirtshaus, und sie wäre pünktlich wieder hier, ehe abgeschlossen wurde. Rasch huschte sie aus dem Zimmer und lief die Treppe hinunter. Weder dort noch in der Eingangshalle begegnete ihr jemand. Sie bemerkte einige Frauen auf dem Hof, die dort standen und rauchten, aber sie ignorierte sie und eilte zu ihrem Auto.

Es war kalt und klamm im Innern des Wagens, und Helga fröstelte, als sie die Tür hinter sich schloss. Sie steckte den Schlüssel ins Zündschloss und startete den Motor. Wenigstens der Wagen war eine verlässliche Konstante in ihrem Leben. Und natürlich nicht zu vergessen die Gleichgültigkeit ihrer Eltern, auf die konnte sie auch immer zählen. Solange sie den Gasthof weiterführte, war alles in bester Ordnung. Kurz hatte sie es in Erwägung gezogen, ihnen von ihrem Unfall zu erzählen, den Gedanken dann aber wieder verworfen. Während sie vom Hof fuhr, kochte wieder die Wut über die Demütigung in ihr hoch. Was hatte die Waltz denn gedacht, warum Helga so verdreckt und verspätet aufgetaucht war? Dass sie sich wie die Schweine ein wenig im Schlamm gesuhlt hatte? Vielleicht würden ihre Eltern sich sogar darüber empören, gar in der Schule anrufen und sich beschweren, denn immerhin zahlten sie Schulgeld, da hatte die Tochter doch wohl das Recht auf eine angemessene Behandlung. Aber Helga wollte nicht wie ein Schulmädchen zu den Eltern laufen, sie wollte unabhängig sein.

Das abendliche Licht war nach dem Regentag weich und satt, ein Herbsttag wie aus dem Bilderbuch. Die Farben wirkten intensiver, die Schatten waren länger geworden und würden sich schon bald verdichten, wenn die Dämmerung sich über die Landschaft senkte. Helga stellte sich vor, wie es wäre, jetzt in ein schönes Zuhause zu fahren. Die Kinder wären im Bett, das Essen von der Haushaltshilfe zubereitet, und ihr Ehemann würde im Salon mit einem kalten Cocktail auf sie warten. Sie seufzte und war so gefangen in der Vorstellung, dass sie die Kurve ein wenig zu nachlässig nahm und fast vom Weg abgekommen wäre. Gerade eben schaffte sie es noch, den Wagen auf der Spur zu halten. Das hätte jetzt gerade noch gefehlt.

Das Gasthaus befand sich direkt an einer Straßenkreuzung, sodass Helga nicht unmittelbar davor parken konnte. Sie stellte den Wagen ab, stieg aus und verriegelte die Tür. Nach Ladenschluss hatten sich die Straßen geleert, aber es waren immer noch viele Passanten unterwegs. Helga ging zu dem Gasthaus, zog die Tür auf und trat ein. Es duftete so wunderbar nach Gewürzen und deftigem Essen, dass ihr Magen sich zusammenzog. Erst jetzt bemerkte sie, was für einen Hunger sie hatte. Blicke folgten ihr, als sie sich an einen Zweiertisch setzte. Sie bemerkte, wie einige Männer sie ansahen, und auch Frauen, die mit ihren Partnern am Tisch saßen, beäugten sie. Helga ignorierte sie allesamt und griff nach der Karte.

»Guten Abend, die Dame.« Eine Kellnerin erschien an ihrem Tisch. »Möchten Sie schon ein Getränk bestellen, oder warten Sie auf Ihre Begleitung?«

»Ich möchte schon komplett bestellen, ich bin allein.«

»Verstehe.« Die Frau nahm die Bestellung entgegen und ging.

Kurz darauf erschien eine ältere Frau und blieb vor Helgas Tisch stehen. »Ich möchte Sie bitten, zu gehen.«

Irritiert blickte Helga auf. »Wie bitte?«

»Ich dulde hier keine Unruhe, wir sind ein respektables Haus.«

»Welche Art von Unruhe könnte ich wohl über Ihr Haus bringen?«

»Warum geht man als junge Frau abends allein aus? Setzt sich in ein Lokal?«

»Weil man Hunger hat womöglich?«

Die Frau stieß ein höhnisches Lachen aus. »Ich bin ein paar Jährchen älter als Sie, und ich habe schon alle Ausreden gehört. Eine Frau, die sich abends allein in ein Gasthaus setzt, tut dies sicher nicht, weil sie Hunger hat. Zumindest keinen, den eine ordentliche Mahlzeit stillen könnte.«

»Meine Eltern sind selbst Betreiber eines Gasthauses«, war alles, was Helga zu antworten einfiel, und sie ärgerte sich im nächsten Moment dafür.

»Dann können Sie ja dort etwas zu essen bekommen.«

»Das würde ich, wenn es in der Nähe wäre.«

»Sie leben allein in Köln?« Das Gesicht der Frau wurde noch eine Spur verkniffener.

»Ich mache hier eine Ausbildung.« Im nächsten Moment

fragte sie sich, warum sie sich hier überhaupt rechtfertigte. »In unserem Gasthaus wurde noch nie jemand vor die Tür gesetzt.«

»Dann herrschen dort wohl andere Sitten. Wir hier sind ein ehrbares Haus und kein Kupplerbetrieb.«

Das war so unverschämt, dass Helga nicht wusste, was sie antworten sollte. Sie spürte die Blicke der Leute auf sich, und ihr stieg das Blut ins Gesicht. Das war einfach zu viel an diesem Tag. Sie erhob sich, so würdevoll es ging, und ließ die Frau einfach stehen. Auf dem Weg zur Tür schaffte sie es noch, die Fassade aufrechtzuerhalten, aber kaum stand sie vor der Tür, kämpfte sie mit den Tränen.

Als sie zum Auto lief, sah sie einen Stand, der Bratwurst und Schaschlikspieße verkaufte. Sie ging hin, kaufte einen Spieß, setzte sich damit in ihren Wagen, kurbelte das Fenster hinunter, um die frische Abendluft hineinzulassen, und aß. Danach kaufte sie noch einen zweiten, bemerkte die Blicke einiger Passanten, die vorbeigingen. Immerhin hatte sie jetzt keinen Hunger mehr. Dafür war sie immer noch so wütend, dass ihr das Blut in den Ohren rauschte. Sie lehnte den Kopf zurück, rang den Ärger herunter, denn es half ja alles nichts.

Ein Blick auf die Uhr sagte ihr, dass sie zumindest pünktlich zurück in der Schule sein würde, und so drehte sie den Schlüssel, und der Wagen erwachte brummend zum Leben. Das Fahren hatte stets eine beruhigende Wirkung auf sie, und diese verfehlte es auch an diesem Abend nicht. Helga hatte gehofft, dass sich nach dem Krieg etwas änderte, dass diese verkrusteten Strukturen aus den Dreißigern und Vierzigern endlich der Geschichte angehörten. Aber stattdessen schien es nur noch schlimmer zu werden.

Als Helga zwanzig Minuten später auf den Hof vor der Schule fuhr, lag dieser verlassen da. Nur Anita stand unter einem ausladenden Baum und rauchte eine ihrer unvermeidlichen Zigaretten. Immerhin verzichtete sie darauf, das Zimmer vollzuqualmen, vermutlich weil sie selbst nicht gerne in wabernden Dunstschwaden schlief. So viel konnte man ja gar nicht lüften. Und im restlichen Gebäude war das Rauchen ohnehin nicht gestattet.

Sie nickten einander knapp zu, als Helga auf das Schulgebäude zuging und die Tür aufzog. Arno Hesse kam ihr in der Halle entgegen, grüßte im Vorbeigehen und trat auf den Hof. Da würde sich Anita freuen, dachte Helga gehässig. Ihm war dieser Blick kuhäugigen Schmachtens bestimmt nicht entgangen, und vielleicht gefiel es ihm sogar. Helga war gerade im Begriff, die Tür zum ehemaligen Dienstbotenkorridor aufzuziehen, als Edith Waltz aus Richtung der Treppe kam.

»Fräulein Langen, ich hoffe, diese Verspätung und dieser unmögliche Auftritt waren eine einmalige Angelegenheit. So bei Tisch zu erscheinen hätte sich meine Tochter nicht einmal als Kind erlaubt. Ich befürchte, wenn sich das wiederholt, muss ich Ihre Eltern in Kenntnis setzen.«

»Ich hatte einen Unfall, eine Gruppe Mopeds fuhr an mir vorbei, und einer der Fahrer hat mich angefahren, als er die Kontrolle über seine Maschine verloren hat.«

Zu sehen, wie blass Edith Waltz nun wurde, hatte etwas Befriedigendes, und Helga spürte, wie immerhin ein wenig ihrer Wut verrauchte. »Ich hoffe in der Tat, so ein Vorfall wiederholt sich nicht, die Prellungen wird man noch eine ganze Weile sehen können. Ich habe meinen Eltern noch nichts davon erzählt, aber wenn Sie möchten, dürfen Sie das natürlich gerne tun. Darf ich nun zu Bett? Ich möchte mich gerne ausruhen.«

Edith Waltz, auf deren Wangen nun rote Flecken traten, räusperte sich. »Hm, natürlich. Möchten Sie einen Arzt aufsuchen?«

»Nein danke.«

»Sie können sich einen kleinen Imbiss aus der Küche holen, wenn Sie möchten.«

»Ich bin gerade nach Köln gefahren und habe mir dort etwas zu essen gekauft.«

»Sie hätten einfach sagen können, was passiert ist.«

»Ich habe es versucht.«

Das konnte Edith Waltz nun schlecht leugnen. »Nun, die Umstände waren natürlich überaus unglücklich in diesem Moment. Aber natürlich hätten Sie mich nach dem Essen jederzeit ansprechen können. Die Eltern vertrauen mir ihre Töchter an, selbstverständlich dürfen sich alle jungen Frauen stets vertrauensvoll an mich wenden.«

»Selbstverständlich.« Helga hoffte, dass es nicht allzu sarkastisch klang. »Vielen Dank.«

Erneut räusperte Edith Waltz sich, dann wünschte sie ihr eine gute Nacht.

Anita stand unter der Ulme und drückte gerade ihre Zigarette aus, als sie Arno Hesse über den Hof kommen sah. Erwartungsvoll blickte sie ihm entgegen. So recht wusste sie nicht, wie sie ihm begegnen sollte, aber als er ihren Blick nun erwiderte, schob sie die Bedenken beiseite. Sie war eine erwachsene Frau und kein Schulmädchen. Wenn sie mit einem Lehrer flirten wollte, so durfte sie das tun, und da er sie nicht unterrichtete, verschaffte sie sich damit auch keine Vorteile gegenüber ihren Mitauszubildenden.

Er stellte sich zu ihr, lächelte sie an. »Wie geht es Ihnen?«

Ah, *diese* Art von Unterhaltung wollte er führen? »Sehr gut, vielen Dank der Nachfrage. Nur sind die Wochenenden nach wie vor furchtbar langweilig«, konnte sie sich nicht verkneifen, hinzuzufügen.

»Sie bleiben bei Ihrer Haltung, Ihre Mutter nicht zu besuchen.«

»Ganz recht.«

»Aber so übel ist es hier doch gar nicht, oder?«

»Ich kann nun ja schlecht Nein sagen.«

Er grinste. »Keine Sorge, ich verrate es niemandem.«

»Ich koche und backe durchaus gerne.«

»Das freut mich zu hören.«

Anita zog an ihrer Zigarette und stieß den Rauch langsam aus. »Aber ich war gerne zu Hause. Anstatt die Schulbank zu drücken, würde ich viel lieber Cocktails im Garten schlürfen, ausgehen, tanzen und in den Pool unserer Nachbarn springen.«

»Klingt ja hochherrschaftlich.«

Ein wenig verträumt lächelte Anita, als sei dies alles eine ferne Erinnerung und nicht erst wenige Wochen her. »Es ist wirklich schön bei uns.«

»Umso unverständlicher, dass Sie es nicht wenigstens an den Wochenenden genießen.«

Daraufhin zuckte sie nur mit den Schultern. »Ich bin nicht gefragt worden, ob ich hierherkommen möchte. Meine Mutter hat mich vor vollendete Tatsachen gestellt, meine Koffer gepackt und mir die Wahl gelassen, ins Auto zu steigen oder auszuziehen und mir irgendwo eine Stelle als ungelernte Hilfskraft zu suchen.«

»Eine sehr unerfreuliche Aussicht.«

»In der Tat. Ich bin also in ihren Wagen gestiegen und habe mich herfahren lassen. Aber Sie verstehen sicher, dass ich ihr nach wie vor böse bin.«

»Was haben Sie denn angestellt, dass Ihre Mutter so entschieden hat?«

»Sie war der Meinung, ich würde nur in den Tag hineinleben.«

Wieder grinste er. »Und? War dem so?«

Sie zuckte nur mit den Schultern. »Der Krieg war vorbei, die notleidenden Zeiten auch, warum sollte ich mich nicht amüsieren?«

»Ja, warum eigentlich nicht? Möchten Sie gerne tanzen gehen?«

»Ja, das wäre sehr schön.«

»Da Sie ja Ihre Wochenenden allesamt hier zu verbringen gedenken, findet sich bestimmt die Möglichkeit zur Zerstreuung.«

»So, wie Sie es sagen, klingt es ein wenig unanständig.«

»Ich dachte jetzt tatsächlich nur ans Tanzen.«

Anita schenkte ihm ein keckes Lächeln, in das er gerne ein klein wenig mehr deuten durfte. »Mal wieder abends zu tanzen wäre traumhaft, aber da muss ich ja stets achtgeben, pünktlich wieder hier zu sein.«

Arno Hesse sah sie aufmerksam an. »Ich habe einen Schlüssel, daran soll es nicht scheitern.«

Anitas Augen weiteten sich. Das war ja geradezu wahnwitzig. »Aber es wird doch auffallen, wenn ich nicht auf meinem Zimmer bin.«

»Das merkt allenfalls Ihre Zimmergenossin. Denken Sie, sie wird Sie verraten?«

Anita dachte an Helga. Sie mochten sich nicht besonders, aber so etwas traute sie ihr eigentlich nicht zu. »Das würde sie bestimmt nicht tun …«

»Aber?« Er drückte seinen Zigarettenstummel aus.

»Jemand könnte mitbekommen, wie Sie mich hereinlassen, und womöglich die, hm, falschen Schlüsse ziehen. Ich meine, ich bin dann nicht nur zu spät, ich bin mit Ihnen zu spät.«

»Eine pikante Situation«, gestand er. »Aber keine Sorge, ich bin bisher noch nie jemandem über den Weg gelaufen, wenn ich nachts zurückgekommen bin. Und wir stellen es geschickt genug an, dass niemand etwas bemerkt. Wenn Sie erst im Haus sind und im Korridor jemandem begegnen, dann sagen Sie einfach, Sie seien nachts im Garten gewesen oder so. Das wird man seltsam finden und Sie möglicherweise dafür tadeln, aber ich denke, mehr wird da nicht kommen.«

»Na, wenn Sie das sagen?«

»Ich würde nie riskieren, dass man Sie von der Schule wirft, abgesehen davon, dass in dem Fall auch meine Tage hier gezählt wären.«

»Das ist natürlich ein Argument.«

»Wenn Sie jedoch zu große Bedenken haben, können wir auch tagsüber irgendwo tanzen gehen, es findet sich bestimmt etwas Passendes.«

Anita hatte jedoch Blut geleckt, sie wollte tanzen, wollte sich endlich wieder einen Abend lang amüsieren. Und mit diesem Mann hatte es zudem noch den richtigen Nervenkitzel. »Nein, abends ist genau richtig. Und was wäre das Leben ohne Risiko?«

»Dann ist es abgemacht. Diesen Samstag?«

»Nur zu gern.«

Er verabschiedete sich, und auch Anita ging zurück in ihr Zimmer, summte dabei leise vor sich hin. Sie war bester Stimmung, und die Aussicht darauf, mit Arno Hesse bis in die Nacht zu tanzen, war überaus reizvoll. Als sie das Zimmer betrat, lag Helga bereits im Bett und las ein Buch.

»Du riechst nach Zigaretten«, begrüßte sie Anita, woraufhin diese die Augen verdrehte.

»Tut mir leid, ich rauche ja nun schon ausschließlich draußen, während sich die anderen Frauen auf ihren Zimmern nicht so anstellen.«

»Wer mag denn inmitten von Qualmwolken schlafen?«

Anita hatte keine Lust auf diese Art von Diskussion, und so zog sie sich schweigend um, schlüpfte in ihren Morgenmantel und ging in den Waschraum, um sich die Zähne zu putzen. Sie war allein, und so konnte sie sich Zeit lassen für die gesamte Abendtoilette. Auf ihrem Zimmer cremte sie sich das Gesicht ein, kämmte ihr Haar und war schließlich so weit, ins Bett zu gehen.

»Hast du noch etwas zu essen bekommen?«, fragte sie. »Marlene sagte, sie hätte dich wegfahren sehen.«

Erst schien es, als wollte Helga nicht antworten, aber schließlich seufzte sie. »Ich war in einem Restaurant, aber dort weigerte man sich, mich zu bedienen.«

Anita drehte sich zu ihr um. »Wie bitte? Das ist ja die Höhe!«

»Man war der Meinung, als Frau, die ohne Begleitung erscheint, löste ich zu viel Unruhe aus.«

»Das ist ja nicht zu fassen. Ich hoffe, du hast denen ordentlich die Meinung gesagt?«

Helga zuckte nur mit den Schultern. »Ich habe mir dann bei einem Imbiss etwas geholt. Aber wenigstens dürfte die Waltz heute schlecht schlafen, denn als sie mich wieder schelten wollte, habe ich ihr von meinem Unfall erzählt. Jetzt hat sie Angst, ich berichte meinen Eltern davon.«

Anita kuschelte sich in ihr Kissen. »Geschieht ihr recht.« Sie knipste das Licht auf ihrer Seite aus. »Gute Nacht.«

Helga erwiderte den Gruß, und obwohl das Licht auf deren Seite noch brannte, schlief Anita sofort ein.

Kapitel 7

Anita hatte mit Arno Hesse vereinbart, dass sie sich nachmittags an der Bushaltestelle treffen würden. Normalerweise wurde nicht täglich kontrolliert, dass sie alle in ihren Betten lagen, sie waren erwachsen, und dies war eine Ausbildungsstätte – da konnte man durchaus auf Eigenständigkeit und Verantwortungsgefühl setzen. So gab es auch keine festen Schlafenszeiten, es musste nur jeder im Haus sein, ehe abgeschlossen wurde. Und wer diese Regel nicht einhielt, verriet sich zwangsläufig, das lag in der Natur der Sache. Man konnte dann nur klingeln oder aber die Nacht woanders verbringen.

Nach dem Frühstück würden ihre Mitschülerinnen aufbrechen, um zu ihren Familien zu fahren, und an diesem Wochenende blieben Anita und Helga wieder als Einzige aus ihrem Jahrgang zurück. Sie war so voller Vorfreude auf den Nachmittag, dass ihre gute Laune beim Frühstück auch den anderen auffiel.

»Triffst du dich wieder mit Henrik Voigt?«, fragte Antonia.

»Nein, dieses Wochenende nicht. Übrigens, habe ich euch erzählt, dass seine Schwester mir den Umgang mit ihm verbieten wollte?«, sprach Anita rasch weiter, ehe noch die Frage kam, mit wem sie sich denn stattdessen treffen würde.

»Das ist nicht dein Ernst!« Marlene starrte sie an.

»Doch, allerdings. Sie hat mich auf dem Weg zu den Quartieren angesprochen und meinte, er wäre für ihre Freundin bestimmt, ich solle mich zurückhalten. Ohnehin würde ich nur eine weitere Kerbe auf seinem Bettpfosten.«

»Na, das ist ja allerhand«, kam es von Henriette.

»Sie ist sehr arrogant«, sagte Marlene. »Die Eltern sind so richtig reich.«

»Ja, den Eindruck hatte ich auch«, entgegnete Anita.

»Wirst du dich daran halten?«, fragte Tanja.

»Ich hatte eigentlich gar nicht vor, ihn noch einmal zu treffen. Es war zwar ein sehr netter Tag, aber so richtig gefunkt hat es nicht. Allerdings ziehe ich es nun doch in Erwägung, mich wieder mit ihm zu verabreden, allein aus dem Grund, damit Melanie merkt, dass ich mir nicht vorschreiben lasse, mit wem ich ausgehe.«

»So ist es richtig«, bekräftigte Antonia. »Das wäre ja noch schöner.«

Anita war aufgeregt. Sie konnte es kaum erwarten, mit Arno Hesse in die Stadt zu fahren. Es würde sicher wundervoll werden, und irgendwie hatte sie das Gefühl, dass er ein hervorragender Tänzer war. Nachdem ihre Mitschülerinnen abgereist waren, ging Anita auf ihr Zimmer, wo Helga mit einem Buch auf dem Bett lag und las. Sie blickte kurz auf, als Anita eintrat, und widmete sich dann wieder der Lektüre. Anita kannte keine Frau, die so viel las wie Helga, und nach allem, was sie bisher mitbekommen hatte, stellten Bücher in ihrem Leben die einzige Möglichkeit der Flucht dar.

Noch während Anita überlegte, wie sie die Zeit bis zum Nachmittag herumbringen sollte, klopfte es an der Tür. Auf ihr verwundertes »Herein« hin kam Frau Schmitz, die Haushälterin, in ihr Zimmer. »Besuch für Sie im Salon.«

Irritiert sah Anita die Frau an, aber die hatte sich bereits abgewandt und verließ das Zimmer wieder.

»Willst du nicht nachsehen?«, fragte Helga, ohne von ihrem Buch aufzublicken. »Vielleicht ist es ja dieser hübsche Kerl, mit dem du letztens aus warst.«

»So dreist wäre der nicht, hier einfach aufzutauchen. Er weiß genau, dass mir dann ein Riesenärger ins Haus stünde. Wenn er käme, würde er vorgeben, seine Schwester sehen zu wollen.«

Anita hatte bereits eine böse Vorahnung, um wen es sich bei dem Besuch handeln könnte. Während sie das Zimmer verließ, betete sie noch dafür, gleich einer ihrer Schwestern gegenüberzustehen, doch diese Hoffnung zerschlug sich, als Anita die Tür zum Salon öffnete.

»Wie lange willst du mir noch aus dem Weg gehen und so tun, als hättest du keine Familie mehr?«

»Wenn mich meine Erinnerung nicht trügt, warst du es, die mich aus dem Schoß der Familie gestoßen und hierher verfrachtet hat.«

»Übertreibe bitte nicht so maßlos.« Martha Kronberg saß in einem der modernen Sessel und sah sich um. »Sehr hübsch habt ihr es hier, geradezu herrschaftlich.«

Dass sie nahezu dieselbe Formulierung nutzte, mit der Arno Hesse ihr eigenes Zuhause belegt hatte, entlockte Anita ein kleines Lächeln, das jedoch augenblicklich erstarb. Arno Hesse! Ihre Mutter hatte doch hoffentlich nicht vor, länger zu bleiben.

»Möchtest du etwas trinken?« Anita besann sich auf ihre gute Erziehung.

»Einen Kaffee bitte. Der Blick auf den Garten ist ja entzückend.« Mit anerkennender Miene blickte Martha Kronberg durch die hohen Fenster. »Und danach werden wir uns auf den Weg machen.«

»Auf den Weg wohin?«

»Nach Hause. Du kommst übers Wochenende heim.«

»Aber … aber das geht nicht.«

»Ach? Ist das so?«

»Du kannst hier doch nicht einfach auftauchen und meine ganze Planung über den Haufen werfen.«

»Was sollst du hier schon groß geplant haben?« Die Art, wie ihre Mutter den Einwand mit einer wegwerfenden Handbewegung beiseiteschob, machte Anita wütend.

»Ich habe hier immerhin durchaus schon Bekanntschaften gemacht.«

»Deine Mitschülerinnen meinst du? Na, das wird ja nicht so furchtbar dringend sein, dass es nicht bis zum nächsten Wochenende warten kann.«

»Ich wollte nach Köln fahren.«

»Wie ich sehe, hat sich nicht so viel geändert, du denkst immer noch ausschließlich ans Amüsement.«

»Irgendeinen Ausgleich brauche ich schließlich dafür, dass ich gezwungen bin, mich die ganze Woche über mit Dingen zu befassen, die mich nicht interessieren.«

»Wie auch immer.« Wieder diese wegwerfende Handbewegung. »Du wolltest mir doch einen Kaffee bringen. Dann tu das bitte, und danach werden wir fahren, darüber lasse ich nicht mit mir reden.«

Wütend erhob sich Anita und verließ den Salon. Das durfte doch alles nicht wahr sein. Wenn ihre Mutter schon unbedingt kommen musste, hätte sie das nicht am letzten Wochenende tun können? Das war doch einfach zu ärgerlich!

Es gab Kaffee, der für Gäste aufgebrüht werden durfte – eine der Ausgaben, die schon pauschal im hohen Schulpreis inbegriffen waren. Anita nahm die Dose vom Regalbrett und begann damit, die Kaffeebohnen zu mahlen. Was sollte sie denn jetzt tun? Ihre Mutter würde darauf bestehen, dass sie mitkam, und keinesfalls wollte Anita hier eine peinliche Szene riskieren, in der ihre Mutter sie lautstark schalt, als sei sie ein ungehorsames Schulkind. Mit einem frustrierten Seufzer fing sie an, das Wasser aufzubrühen, und füllte währenddessen den Kaffee in den Filter, den sie auf das Kännchen stellte.

Schritte näherten sich, und im nächsten Moment trat Arno Hesse ein und hob erstaunt die Brauen, als er sie bemerkte. »Kaffeedurst? Sie wissen, dass Sie sich nicht nach Belieben am Kaffee bedienen dürfen?«

»Ach, der ist doch nicht für mich, obwohl ich jetzt auch welchen vertragen könnte. Meine Mutter sitzt oben im Salon und möchte, dass ich ausgerechnet heute mit ihr nach Hause fahre.«

»Gibt es dafür einen besonderen Anlass?«

»Nein, sie denkt sich einfach, dass ich mich mal wieder zu Hause blicken lassen soll, und ist wohl verärgert über die Funkstille.«

»Taktisch wäre es womöglich klug gewesen, sie ab und an zu besuchen.«

Verärgert goss Anita den Kaffee auf und hätte sich in dem Schwung fast die Hand verbrüht. »Tja, das weiß ich jetzt auch. Aber wer rechnet denn damit, dass sie hier einfach auftaucht?«

»Offenbar hat sie Sie vermisst.«

»Sie hat höchstens die Kontrolle über mich vermisst. Vermutlich hat sie sich vorgestellt, wie ich jedes Wochenende voller Sehnsucht nach Hause eile und mir reuevoll bewusst wird, wie gut ich es habe.«

»Ein Zuhause, in das man immer zurückkehren kann, ist doch etwas Wunderbares.«

Sie zuckte nur mit den Schultern, wusste, dass er im Grunde genommen recht hatte, und wollte es sich doch nicht eingestehen. Nachdem sie den Deckel auf das Kännchen gesetzt hatte, stellte sie es mit zwei Kaffeetassen, einem Milchkännchen und einer Zuckerdose auf ein Tablett. »Es tut mir leid, aber es führt wohl kein Weg darum herum, dass ich mit ihr fahre.«

»Das sollten Sie unbedingt. Und Sie wissen ja, aufgeschoben ist nicht aufgehoben.«

Ihre Laune hob die Aussicht darauf, nun noch länger darauf warten zu müssen, mit ihm tanzen zu gehen, zwar nicht gerade, aber es ließ sich nun einmal nicht ändern. Sie nickte ihm zum Abschied zu, nahm das Tablett und verließ die Kaffeeküche. Ihre Mutter hatte sich mittlerweile aus dem Sessel erhoben und sah nun hinaus in den Garten.

»Wer ist denn dieses Kind?«

Anita stellte das Tablett ab und blickte ebenfalls in den Garten. »Das ist Edith Waltz' Tochter Inga.«

»Ich wusste gar nicht, dass sie eine Tochter hat.«

Unwillkürlich musste Anita an den späten Abend denken, an dem sich das Mädchen davongeschlichen hatte. Ob sie das wohl öfter tat? In dem Fall musste Anita aufpassen, wenn sie am kommenden Wochenende zurückkehrte.

»Der Kaffee ist hervorragend«, sagte ihre Mutter anerkennend. »Der Aufenthalt hier scheint dir gutzutun.«

»Ich konnte vorher bereits Kaffee kochen.« Anita schenkte sich auch eine Tasse ein.

»Du hast sicherlich schon eine ganze Menge gelernt.«

Ein knappes Schulterzucken war Anitas einzige Antwort.

»Hast du nette Freundinnen gefunden?«

»Mit den Frauen meines Jahrgangs verstehe ich mich gut, aber Freundschaft würde ich das noch nicht nennen.«

Die Tür wurde geöffnet, und Edith Waltz trat ein. »Ich hörte, dass eine meiner Schülerinnen Besuch von ihrer Mutter hatte, und da wollte ich doch mal vorbeischauen und Guten Tag sagen.«

Martha Kronberg erhob sich und reichte Edith Waltz die Hand. »Es ist mir eine Freude.«

»Die Freude ist ganz meinerseits.«

»Sie haben es hier ja wirklich wunderschön. Die Informationsbroschüren können der Umgebung und dem Haus kaum gerecht werden.«

Edith Waltz lächelte und wirkte unverkennbar geschmeichelt. »Das ist sehr freundlich von Ihnen, vielen Dank.«

»Es ist ja eine großartige Leistung, so etwas nach dem Krieg aufzubauen«, sagte Martha Kronberg.

»Nun ja, es war nicht leicht. Mein Mann ist nicht zurückgekehrt, der Hunger war allgegenwärtig – und ich dachte mir: Was kann ich tun, um mein Kind und mich zu versorgen und gleichzeitig der Gesellschaft einen wertvollen Dienst zu erweisen? Da kam ich darauf, eine Schule für junge Damen zu eröffnen, denn was braucht diese Nation nun dringender als Frauen, die zu kochen und zu wirtschaften wissen?«

Verständnisvoll nickte Martha Kronberg. Da auch Anitas Vater nicht zurückgekehrt war, wusste sie natürlich, was diese Zeiten als Witwe ohne Ernährer bedeuteten. Allerdings waren sie beide immerhin weich gefallen, hatten ein Vermögen sowie ein großes Haus geerbt, da gab es nun durchaus ganz andere Fälle, selbst in ihrem unmittelbaren Bekanntenkreis. Anita zweifelte nicht daran, dass es schlimm gewesen war, den Ehemann im Krieg zu verlieren, aber dieses Schicksal teilten sie mit vielen anderen, und Anita war diese Geschichten darüber, wie schwer es ihre Mutter und ihresgleichen hatte, leid. Anita hatte zwei Klassenkameradinnen, deren kleine Geschwister in den Jahren nach dem Krieg Hungerödeme bekommen hatten.

»Anita?« Sie bemerkte daran, wie ihre Mutter leicht die Stimme hob, dass sie offenbar schon mehrmals versucht hatte, ihre Aufmerksamkeit zu bekommen.

»Ja?«

»Können wir fahren?«

»Natürlich.« Anita trank den letzten Schluck Kaffee und erhob sich.

Edith Waltz gehörte glücklicherweise nicht zu denen, die sich leutselig über die Leistungen ihrer Schülerinnen austauschte. Sie wünschte ihnen mit einem herzlichen Lächeln ein schönes Wochenende und verabschiedete sich.

»Wirklich eine sehr nette Frau«, sagte Martha Kronberg beim Hinausgehen. »Sie hat Klasse.«

»Hm«, machte Anita unbestimmt.

Sie bekam gerade genug Zeit, um das Nötigste zusammenzupacken, dann ging sie zum cremeweißen Benz ihrer Mutter und wartete, bis sie ihr von innen die Tür entriegelt hatte. Mit einem Seufzen ließ sich Anita in den Ledersitz sinken, und ihre Mutter startete den Wagen.

Der Weg nach Bonn verlief schweigsam. Möglicherweise hatte ihre Mutter gehofft, Anita würde ihr von ihrem Schulalltag berichten, aber stattdessen sah sie nur aus dem Fenster und betrachtete die Landschaft.

»Deine Schwestern sind übrigens auch da«, erzählte ihre Mutter. »Mit ihren Männern.«

Na, das hatte Anita zu ihrem Glück ja gerade noch gefehlt. Seit sie sich geweigert hatten, ihr beizustehen, war sie auf beide nicht mehr besonders gut zu sprechen.

Eine Stunde später fuhr der Wagen die Auffahrt zur hübschen Villa Kronberg hinauf. Jetzt, da sie ihr Zuhause sah, wurde Anita schmerzlich bewusst, wie sehr es ihr gefehlt hatte. Sie stieß einen leisen, wehmütigen Seufzer aus und öffnete die Beifahrertür, nachdem der Wagen zum Stehen gekommen war. Der Kies knirschte unter ihren Füßen, als sie auf das Haus aus rotem Backstein mit weißen Stuckverzierungen und einem säulenbestandenen Vorbau zuging. Es war so schön hier, selbst an diesem grauen Herbsttag.

Die Tür wurde geöffnet, und Anitas älteste Schwester Annelis trat hinaus. An ihr vorbei drängte sich ein kleiner Junge.

»Tante Anita!«

Georg war der Lichtblick im Hause Kronberg, das erste, bisher einzige und über alles geliebte Enkelkind. Er war jetzt vier Jahre alt und wurde nach Anitas Dafürhalten von Tag zu Tag niedlicher, obwohl er schon seit Geburt das schönste und süßeste Kind der Welt gewesen war. Anita ging in die Hocke, und er sprang ihr in die Arme, wobei er sie fast hintenüberwarf.

»Nicht so wild«, mahnte Annelis streng.

»Wenn er jetzt nicht wild sein darf, wann dann?«, fragte Anita und erhob sich aus der Hocke, wobei sich Georg mit seinen Armen um ihren Nacken klammerte und kicherte, als sie vernehmlich laut stöhnte und ächzte, wie schwer er sei.

Greta, ihre zweite Schwester, wartete in der Eingangshalle, ebenso die Ehemänner der beiden, Joachim und Wolfgang. Mit Wolfgang kam Anita eigentlich ganz gut zurecht, er konnte zuweilen sogar recht lustig sein. Joachim hingegen war so steif und fantasielos, dass sie sich fragte, wie ihre Schwester Tag für Tag mit ihm verbringen konnte – geschweige denn ein Kind mit ihm zeugen. Einmal hatte Anita ihre Schwester gefragt, ob er im Bett auch so konservativ sei, woraufhin Annelis ihr zwei Tage lang böse gewesen war.

»Georg, lass den Unsinn«, sagte er nun, als er seinen Sohn auf Anitas Arm bemerkte. »Du bist kein Kleinkind mehr und kannst allein laufen.«

»Ach, lass ihn doch. Ich sehe ihn so selten.«

»Was wohl eher an dir liegt als an uns. Trotz allem kein Grund, meinen Jungen zu verzärteln, das habe ich euch allen mehr als einmal gesagt. Georg?«

Der Junge ließ Anita los, und sie ließ ihn zu Boden gleiten. »Wir malen gleich zusammen, ja?«, fragte sie.

Über das Gesicht des Kindes glitt ein Strahlen.

»Das Mittagessen ist im Esszimmer bereits angerichtet«, sagte Greta. »Ich habe es gerade aufgetragen.« Sie umarmte Anita. »Schön, dass du da bist. Ich habe Hirschragout zubereitet und als Nachtisch Pudding mit Karamellguss. Für den Nachmittag hat Annelis ihre wunderbaren Apfeltaschen gebacken.«

»Beim nächsten Mal kann uns Anita ja vorführen, was sie so alles gelernt hat«, schlug Joachim vor. »Dann können wir gleich beurteilen, ob es für das Eheleben ausreicht.«

Anita beschwor sich innerlich, ganz ruhig zu bleiben. »Wunderbar, Greta, vielen Dank.«

Nachdem sie ihren Mantel aufgehängt hatte, gingen sie ins Esszimmer, in dem es warm und behaglich war. Die Heizung war im letzten Jahr installiert worden und machte den gekachelten Ofen und den Kamin im Grunde genommen überflüssig. Dennoch wurde beides hin und wieder betrieben, weil so eine besonders gemütliche Atmosphäre geschaffen werden konnte.

Sie nahmen bei Tisch Platz, und Greta gab das Essen auf. Zu dem Ragout gab es Kartoffeln und einen kleinen Salat, und Anita fand alles überaus gelungen. Ihre Schwester wurde rot vor Freude.

»Und ganz ohne Kochschule«, konnte sich Joachim nicht verkneifen, anzumerken.

»Es wird zumindest gerade deutlich, warum Anita so selten kommt«, sagte Wolfgang trocken.

»Selten ist gut«, antwortete Annelis. »Gar nicht bisher. Erst wollte sie nicht weg, jetzt will sie nicht mehr zurück.«

»Was soll ich auch hier, wenn ich nicht erwünscht bin?«, konnte sich Anita nicht verkneifen, zu entgegnen.

»Niemand behauptet, du seist hier nicht erwünscht«, schnappte ihre Mutter. »Du sollst lediglich etwas anderes tun als in den Tag hineinleben.«

Anita zuckte nur mit den Schultern und widmete sich wieder dem Essen.

»Wenn du Lust hast, kannst du dich ja dann um das Weihnachtsmenü kümmern«, sagte Greta, offenbar bemüht darum, die Stimmung zu heben.

»Falls ich Weihnachten zu Hause bin.«

Es herrschte schlagartig Stille am Tisch, selbst das Besteckklappern verstummte. »Das ist doch wohl nicht dein Ernst?«, schimpfte ihre Mutter. »Wo willst du denn stattdessen hin?«

Anstelle einer Antwort zuckte Anita erneut mit den Schultern.

»Das kommt überhaupt nicht infrage. Weihnachten wird im Kreis der Familie gefeiert«, ereiferte sich Martha Kronberg. »Was ist denn das für ein Benehmen, das du da an den Tag legst? Ist dir jeder Sinn für Anstand abhandengekommen?«

»Es hat sich also durch die Schule nichts verändert«, bemerkte Annelis. »Derselbe Egoismus wie zuvor.«

Wieder zuckte Anita nur mit den Schultern.

»Du wirst natürlich nach Hause kommen, nicht nur über Weihnachten, sondern auch an den Wochenenden«, beschied ihre Mutter ihr.

»Mir ist nicht danach, jedes Wochenende über eine Stunde im Zug zu sitzen. Oder hast du vor, jeden Samstag aufzutauchen und mich zum Mitkommen zu nötigen?«

»Ich muss dich nicht nötigen. Wenn ich dir sage, du kommst mit, dann kommst du mit.«

»Und wenn ich Nein sage? Zerrst du mich dann hinaus? Das gäbe ja ein tolles Bild ab für die anderen.«

Ihre Mutter presste die Lippen zusammen, während Annelis sie böse anfunkelte.

Greta verdrehte nur die Augen und sagte: »Können wir jetzt in Ruhe weiteressen? Oder habe ich umsonst stundenlang in der Küche gestanden?«

»Georg!« Joachim schlug mit der flachen Hand auf den Tisch, sodass alle zusammenfuhren. »Pass doch auf.«

Der Junge hatte den ganzen Ärmel voller Bratensoße, und Annelis beugte sich vor, um das Malheur mit einer Serviette zu beseitigen.

»Das wird so nichts«, merkte Martha Kronberg an. »Probiere es lieber direkt unter Wasser, sonst reibst du den Fleck noch ein.«

»Du kannst auch gerne auf deinen Nachtisch verzichten, wenn du dich beim Essen nicht benehmen kannst«, schickte sein Vater den beiden hinterher.

»Ach je«, sagte Wolfgang, »wenn ich bedenke, wie oft ich mich früher als Bub beim Essen bekleckert habe. Er ist doch noch klein.«

»Krieg selbst ein Kind, dann reden wir weiter«, schnauzte Joachim.

»Ich muss kein Kind haben, um mich daran zu erinnern, wie es war, eins zu sein«, konterte Wolfgang.

»Obwohl es ja langsam an der Zeit wäre«, wandte Martha Kronberg ein. »Ihr seid seit über einem Jahr verheiratet, wie lange wollt ihr denn noch warten?«

Greta verengte die Augen. »Müssen wir das jetzt bei Tisch diskutieren? Das ist doch unsere Angelegenheit.«

»Es gibt Möglichkeiten, sich helfen zu lassen«, fuhr ihre Mutter fort. »Joachim, du hast doch diesen Arzt im Freundeskreis.«

»Mutter!«, kam es scharf von Greta. »Jetzt reicht es. Wir

wollen noch keine Kinder, finde dich damit ab. Und es wäre großartig, wenn wir jetzt endlich das Essen genießen könnten.«

»Ihr habt es gehört«, fügte Wolfgang hinzu, als Joachim gerade den Mund öffnete, offenbar im Begriff, zu widersprechen. »Die ganze Arbeit mit diesem großartigen Ragout soll doch nicht umsonst gewesen sein, oder?«

»Natürlich nicht, mein Liebes«, entgegnete Martha Kronberg an Greta gewandt. »Das Essen ist ganz wunderbar.«

Annelis kehrte mit Georg zurück, und immerhin drehte sich die Unterhaltung nun mehr um allgemeine Themen. Der Nachtisch wurde gereicht, danach erhob sich Anita, um mit ihren Schwestern zusammen den Tisch abzuräumen und den Abwasch zu machen. Währenddessen plauderten sie, stritten, wer abwusch, wer abtrocknete und wer alles forträumte, und fast war es wie früher. Natürlich hatte Anita als Jüngste am wenigsten zu sagen, und ihr wurde die ungeliebte Aufgabe zugeteilt, das Geschirr fortzuräumen.

Dabei scherzte Greta herum, während Annelis sie immer wieder ermahnte, schneller abzutrocknen, da sie stetig gespültes Geschirr nachreichte. So war es früher oft gewesen, ehe sie geheiratet hatten. Aus dem Wohnzimmer waren die Stimmen der Männer und die ihrer Mutter zu hören. Offenbar führten sie eine ernste Unterhaltung, die nur einmal unterbrochen wurde, als Joachim mit erhobener Stimme seinen Sohn ermahnte.

»Was hat er eigentlich immer an ihm herumzumäkeln?«, fragte Greta. »Der Kleine ist so lieb.«

»In Joachims Familie legt man fast schon übertrieben viel Wert auf gutes Benehmen, und er möchte nicht, dass ausgerechnet sein Sohn uns blamiert.«

»Der kann einen gar nicht blamieren«, sagte Anita, »dafür ist er viel zu süß und zu lieb.«

»Meine Schwiegermutter würde dir da sicherlich nicht zustimmen, die hat immer etwas auszusetzen.«

Anita fragte sich, warum Annelis, die nun wahrlich nicht auf den Mund gefallen war, sich das bieten ließ, aber sie wollte keinen Streit, und so schwieg sie. Sie war froh, dass die Stimmung gerade nicht mehr so angespannt war, da war es besser, nichts zu riskieren.

Als sie ins Wohnzimmer kam, war die Unterhaltung gerade zu einem Bauprojekt umgeschwenkt, für das Joachim als Architekt verantwortlich war. Anita unterdrückte ein Gähnen und ließ sich im Sessel nahe der Verandatür nieder. Der Garten lag in herbstlicher Pracht da, und ihr wurde bewusst, wie sehr sie ihn vermisst hatte. Wie schön wäre es, wenn jetzt noch Sommer wäre und sie sich einfach draußen in die Sonne legen könnte. Immerhin würde sie am kommenden Tag mal ausschlafen können, das war in all dem Ärger ein kleiner Lichtblick. Sie wusste nicht, ob ihre Mutter sie zurückbringen würde, vielleicht würde sie sie einfach in einen Zug setzen. Anita wäre das beinahe noch lieber, denn ihr widerstrebte nach wie vor die Art, in der ihre Mutter sie dazu gezwungen hatte, mit ihr zu kommen. Würde Anita nie selbst über sich entscheiden können? Erst wurde sie gegen ihren Willen in diese Schule verfrachtet, und als sie sich gerade arrangiert und ein Wochenende geplant hatte, auf das sie sich freute, kam ihre Mutter und verdarb alles, weil sie entschied, dass Anita nun nach Hause kommen musste.

»Hast du nette Bekanntschaften gemacht?«, fragte Martha Kronberg, und Anita merkte erst an der folgenden Stille, dass sie gemeint war.

Sie zuckte nur mit den Schultern.

»Du hast dir eine seltsame Art der Kommunikation angewöhnt.«

»Es gibt nun einmal nichts zu erzählen.«

»Du musst doch Leute kennengelernt haben, immerhin bleibst du jedes Wochenende dort.«

»Ja, meine Mitschülerinnen sind sehr nett.« Größtenteils zumindest.

»Und außerdem?«, fuhr ihre Mutter fort. »Vielleicht auch der ein oder andere nette junge Mann aus gutem Hause?«

Anita verdrehte die Augen. »Männer sind als Auszubildende nicht erlaubt.«

»Das ist mir durchaus bewusst!« Ihre Mutter klang konsterniert. »Aber bestimmt hat doch die ein oder andere der jungen Damen einen Bruder, der hin und wieder zu Besuch kommt.«

»Ja, hin und wieder kriegen sie Besuch, das ist richtig. Aber das interessiert mich nicht weiter.« Von Henrik würde sie ihr nicht erzählen, am Ende kannte noch jemand seine Familie, und dann würde daraus ein größeres Thema, als Anita beabsichtigte.

»Jetzt lass dir doch nicht jeden Satz aus der Nase ziehen«, tadelte Annelis.

»Ich habe keinen netten jungen Mann kennengelernt«, sagte Anita. »Wie weit soll ich das ausführen, hm?«

»Einen Ton hast du an dir«, schimpfte ihre Mutter.

Wieder verdrehte Anita die Augen.

»Wie ein bockiger Backfisch«, kommentierte Joachim. »Man könnte kaum glauben, dass du schon alt genug für die Ehe bist. In deinem Alter hatte meine Mutter bereits das erste Kind.«

»Wie schön für sie.«

»Bitte, streitet euch nicht«, bat Greta. »Anita, magst du nicht erzählen, wie das Haus ist? Auf den Prospekten sieht es ja riesig aus. Gibt es so einen richtig alten Dienstbotentrakt?«

»Ja, da sind jetzt die Zimmer der Schülerinnen untergebracht.« Und weil dieses Thema so wunderbar unverfänglich war, begann Anita, das Haus in allen Details zu beschreiben.

Im Grunde machte es für Helga keinen Unterschied, ob Anita da war oder ob sie das Wochenende allein verbrachte. Allerdings war es doch seltsam, als einzig Verbliebene am Tisch ihres Jahrgangs zu sitzen. Aus dem zweiten und dem dritten Jahrgang waren je drei junge Frauen da, aber keine machte Anstalten, Helga zu sich an den Tisch zu bitten. Entweder war es nicht gern gesehen, wenn sie die Sitzordnung änderten, oder aber sie hatten schlicht kein Interesse an ihr. Unvermittelt fragte Helga sich, ob Anita oder die hübsche Henriette ebenfalls allein am Tisch hätten sitzen müssen oder ob man sie eingeladen hätte. Na, Anita wohl zumindest nicht an den Tisch des dritten Jahrgangs, dachte Helga ein wenig gehässig, denn dort saß Melanie Voigt.

Am Wochenende kam im Wechsel immer eine der beiden Küchenkräfte und wärmte das vorbereitete Essen auf. Daher war es stets wichtig, dass vorab gemeldet wurde, wie viele der Damen nach Hause fuhren, damit nichts fortgeworfen werden musste. In dieser Hinsicht war Anita dieses Mal aus der Reihe getanzt, aber Ärger stand ihr dafür wohl nicht ins Haus, denn Frau Waltz würde deren Mutter nicht verstimmen wollen.

Da sie nichts Rechtes mit sich anzufangen wusste und es ihr auch nicht gefiel, ganz allein am Tisch zu sitzen, packte sie ein paar Kleidungsstücke zusammen und beschloss, ihren Eltern nun doch einen kurzen Besuch abzustatten. Sie meldete sich bei der Haushälterin, Frau Schmitz, ab und ging mit ihrer Tasche zum Auto. Gewaschen hatte sie am Vortag, und ihre Kleider würde sie Sonntag noch rasch bügeln, was ein guter Grund war, sich zeitig wieder auf den Weg zu machen.

Helga startete den Wagen und fuhr vom Hof. Sie drehte am Knopf für das Radio, suchte ein wenig herum und fand schließlich einen Kanal, auf dem moderne Schlager liefen. Das Heißluftgebläse pumpte warme Luft in das kalte Innere des Autos, und schließlich musste Helga den Regler ein wenig runterdrehen. Sie fuhr fast eineinhalb Stunden, ehe sie in ihrem Heimatort in der Nähe von Bergisch Gladbach ankam, wo sie vergeblich darauf wartete, dass sich ein Gefühl anheimelnder Nostalgie einstellte. Im Grunde genommen wäre sie am liebsten umgedreht und direkt wieder zurückgefahren, aber nun war sie schon einmal hier, und ihre Eltern würden sich vielleicht sogar freuen, sie zu sehen.

Ihre Mutter sah überrascht auf, als Helga mit der Tasche in der Hand durch den Gastraum der Wirtschaft ins Haus trat. »Na, so etwas. Warum hast du nicht angerufen und gesagt, dass du kommst?«

»Es war eine spontane Idee.«

»Passt doch gerade ganz gut«, sagte ihr Vater an ihre Mutter gewandt, »dann kann das Mädel heute Abend aushelfen, wo die Gundi sich krankgemeldet hat.«

Das fing ja gut an. »Kann ich eben meine Tasche in mein Zimmer bringen und mich frisch machen?«

»Hm, dein Zimmer …«, begann ihre Mutter. »Da muss ich dir noch etwas sagen.«

»Der Walther wohnt da vorübergehend.« Ihr Vater hielt nichts davon, um die Dinge herumzureden. »In seiner Wohnung gab's einen Rohrbruch, und er wusste nicht, wohin er sollte.«

»Wir haben doch ein leer stehendes Zimmer im Haus und drei Gästezimmer in der Wirtschaft.«

»Die sind ausgebucht, und in das Zimmer vom Helmut lass ich niemanden«, entgegnete ihre Mutter. Helmut war Helgas Bruder gewesen, und obwohl ihre Eltern aus dem Zimmer kein Museum machten, so hielten sie es doch beständig in Ordnung.

»Da wird irgendwann einmal dein ältester Sohn schlafen«, erklärte ihre Mutter, womit klar war, dass sie, Helga, das große Zimmer nicht beziehen würde.

»Und wo soll ich schlafen?«

»Hättest dich ja anmelden können«, antwortete ihr Vater.

»Und was hätte das geändert? Wäre mein Zimmer dann frei gewesen?«

»Nein, aber wir hätten dich vielleicht woanders untergebracht. Das können wir jetzt so kurzfristig nicht, das wäre unhöflich, die Leute so zu überfallen. Außerdem weiß dann jeder, dass du es nicht einmal für nötig erachtet hast, deinen Eltern deine Ankunft mitzuteilen. Du kannst aufs Sofa in der Wohnstube.«

Na, großartig. Helga bereute es zutiefst, dass sie dem Impuls, hierherzukommen, nachgegeben hatte, aber nun konnte sie auch nicht so einfach wieder fahren. Also brachte sie ihre Tasche in die Stube und sah sich seufzend um. Die altmodische Uhr an der Wand tickte laut, und Helga würde sie über Nacht still stellen, sonst könnte sie nicht schlafen. Eigentlich sollte sie das mit dem Zimmer nicht so ärgern, schließlich hatte sie nicht vor, hier jemals wieder zu wohnen. Aber das wussten ihre Eltern ja nicht, ihnen war es schlicht egal. Anita hatte sich zwar sichtlich darüber geärgert, dass ihre Mutter sie einfach abgeholt hatte, aber immerhin lag ihrer Familie offensichtlich etwas daran, dass Anita nach Hause kam. Von Helgas Familie konnte man das nun wahrlich nicht behaupten.

»Wie machst du dich denn in der Schule?«, fragte ihre Mutter, als Helga in den Gastraum kam.

»Ganz gut.«

»Kannst du mittlerweile schon einigermaßen hauswirtschaften?«

»Ich gehe seit gerade einmal zwei Monaten hin, ich denke, bis ich es richtig kann, dauert es noch.«

»Hauptsache, das teure Schulgeld war nicht umsonst.«

Wenn Helga über die Schule den richtigen Mann kennenlernte, war es das sicher nicht.

»Hier, kannst direkt helfen.« Ihre Mutter reichte ihr eine Schürze.

»Darf ich vorher einen Kaffee trinken?«

»Trink ihn, während du arbeitest, mache ich auch schon den ganzen Morgen. Hier war den ganzen Tag so viel los, jetzt gerade entspannt es sich ein wenig, aber für heute Abend sind bereits alle Tische reserviert.«

Helga sehnte sich zurück in die Schule. Sie band die Schürze um und ging zur Kaffeemaschine, mahlte zunächst Kaffeebohnen und füllte schließlich die Menge für zwei Tassen in den Filter.

»Der Walther ist ein stattlicher Bursche«, fuhr ihre Mutter mit betonter Beiläufigkeit fort.

»Aha.« Helga schaltete die Maschine ein. Sie kannte Walther Menninghof, sein Vater hatte bis zum Krieg eine Kneipe betrieben, die Walther aufgegeben hatte. Er selbst arbeitete in einer Bäckerei, und obwohl Helga ihn recht nett fand, wäre sie nie auf die Idee gekommen, jemals mehr in ihm zu sehen als einen Bekannten ihrer Eltern. Gut, einmal hatte sie sich hinreißen lassen, ihn zu küssen, aber das war damals eben einfach so passiert. Dass ihre Eltern ihn in ihrem Zimmer einquartiert hatten, bekam angesichts dessen einen etwas anzüglichen Beigeschmack, fand Helga. Vielleicht hatte er ja Andeutungen gemacht, dass er sich mehr mit ihr vorstellen könnte, und nun lag er in ihrem Bett, malte sich womöglich aus, sie und er …

Sie schüttelte den Kopf. Diesen Gedanken wollte sich keinesfalls fortführen.

»Du musst das ja nicht gleich abtun«, entgegnete ihre Mutter, die das Kopfschütteln offenbar auf Walthers Stattlichkeit münzte. »Er ist heute Abend vielleicht auch hier, und zumindest zum Frühstück seht ihr euch.« Sie hatte offenbar beschlossen, nun direkt zum Anliegen vorzustoßen. »Vielleicht könnt ihr morgen gemeinsam etwas unternehmen.«

»Ich muss morgen zeitig zurück.«

Ihr Vater kam zu ihnen hinter den Tresen. »Der Walther wird heute Abend auch hier sein«, erzählte er. »Hat die Mama dir erzählt, dass er sich ordentlich gemacht hat?«

»Ich habe ihn vor zwei Monaten das letzte Mal gesehen, wie sehr kann er sich da schon verändert haben?«

»Hat ordentlich Muskeln angesetzt, weil er die schweren Mehlsäcke schleppt, wenn er das Mehl von der Mühle holt.«

Helga goss sich eine Tasse Kaffee ein und trank ihn schwarz. Sie sah sich im Gastraum um, und unvermittelt kam ihr die Erinnerung an Kindertage, als sie mit Helmut hier gespielt hatte. Es war immer klar gewesen, dass er das alles einmal erben würde, und so war sie in ihren Spielen immer der Gast, den er bewirtete. Als Kinder hatten sie sich gut verstanden, später hatten sich ihre Interessen gewandelt, und sie hatten sich zunehmend voneinander distanziert. Sie war zu einem Bücherwurm geworden, er zum Draufgänger, der mit jungen Frauen herumtändelte und mit seinen Freunden auf Partys ging. Noch ehe er eingezogen wurde, hatte er sich im Krieg zum Dienst an der Front gemeldet, als sei das alles ein Riesenspaß. Ein Jahr später war er gefallen, und es kam ihr so vor, als hätten ihre Eltern sie da zum ersten Mal richtig wahrgenommen.

Ihr Vater trat zu ihr hinter den Tresen und schenkte sich die zweite Tasse Kaffee aus der Kanne ein. »Der Walther ist morgen zum Frühstück hier.«

»Hat Mama schon gesagt.«

»Wenn du in drei Jahren fertig bist, ist es doch nicht das Schlechteste, wenn jemand auf dich wartet«, entgegnete er. »Wirst ja auch nicht jünger.«

»Ich bin zwanzig.«

»Deswegen kannst du dich doch heute Abend trotzdem nett mit ihm unterhalten.«

»Ja, ist gut.« Helga würde am kommenden Tag zurückfahren, da konnte sie ihren Eltern den Gefallen tun. So bald würde sie jedoch nicht mehr hierherkommen, das stand fest.

Kapitel 8

An diesem Wochenende würde Anita nicht heimfahren, das hatte sie ihrer Mutter sehr nachdrücklich mitgeteilt. Wenn diese erneut auftauchen würde, um sie mitzunehmen, würde sie sich schlicht weigern. Martha Kronberg konnte ja gerne überlegen, ob sie sich diese Blöße gab, ihre Tochter aus dem Haus zu zerren. Zurück war Anita mit dem Zug gefahren, und die Woche über hatte sie nicht mit ihrer Mutter telefoniert. Es war so anstrengend gewesen zu Hause, dass sie überaus froh gewesen war, endlich wieder abreisen zu können. Als sie hier aus dem Bus gestiegen war, hatte sie regelrecht aufgeatmet.

Immerhin hielt Arno Hesse sie nicht wieder hin, sondern hatte sie bereits Anfang der Woche gefragt, ob ihr Ausflug am Sonntag stattfinden könne, und Anita hatte zugesagt. Voller Vorfreude hatte sie die Woche hinter sich gebracht, auch wenn immer die Sorge über ihr hing, ihre Mutter könne es sich doch noch anders überlegen und unangekündigt hier auftauchen. Denn Anita war sich keineswegs sicher, dass sie es wirklich wagen würde, eine peinliche Szene zu machen. Aber wie es aussah, schien ihre Mutter dieses Risiko nicht eingehen zu wollen, denn es wurde schon Mittag, und weit und breit war keine Martha Kronberg zu sehen.

Nach dem Essen zog sich Anita ein dunkelgrünes Kleid an, dessen Ausschnitt in hellerem Grün eingefasst war, eine Farbe, die sich auch im breiten Band um die Taille fand. Dazu zog sie Nylonstrümpfe an und schicke Stiefel. Sie legte Make-up auf, schlüpfte in ihren Mantel, band einen seidenen Schal um und verließ das Zimmer.

Während sie zur Bushaltestelle ging, warf sie immer wieder einen besorgten Blick zum Himmel, dessen Bleigrau am Horizont einen nahezu violetten Stich bekam. Kaltes und diesiges Oktoberwetter. Hoffentlich käme es nicht ausgerechnet dann zum Wolkenbruch, wenn sie noch auf der Straße unterwegs war. Sie hatte zwar sicherheitshalber eine Regenhaube in ihre Handtasche gepackt, aber tropfnass wollte sie trotzdem nicht in Köln ankommen. Als sie am Wartehäuschen der Haltestelle angelangt war, atmete sie erst einmal auf. Falls es doch regnete, würde sie Arno Hesse sagen, sie nehme den Bus, und sie könnten sich dann in der Stadt treffen.

Zehn Minuten später war das Brummen des Motorrads zu hören. Anita stand von dem Bänkchen auf und trat zur Straße, als Arno Hesse auch schon um die Ecke kam. Wieder schickte sie einen prüfenden Blick zum Himmel. Der Bus kam in einer halben Stunde, und es war durchaus verlockend, jetzt aufs Motorrad zu steigen. Wenn es trocken blieb, ärgerte sie sich bestimmt über ihre übertriebene Vorsicht.

»Guten Tag.« Arno Hesse schob die Brille auf den Helm und grinste sie mit einem Ausdruck erwartungsvollen Übermuts an. »Bereit für die rasante Fahrt?«

»Solange dabei nicht wieder ein armes Reh das Nachsehen hat wie bei dem letzten Herrn, der mich etwas zu rasant über die Straßen gefahren hat, nur zu gern.«

Er holte den zweiten Helm hervor und reichte ihn ihr. »Machen Sie sich keine Sorgen. Eines sollten wir vorab allerdings unbedingt klären. Wenn wir zusammen tanzen, sollten wir uns nicht mit Fräulein Kronberg und Herr Hesse ansprechen, das bleibt der Schule vorbehalten. Was denken Sie?«

»Von mir aus gerne.« Sie streckte ihm die Hand hin. »Anita.«

»Arno.«

Anita und Arno, das passte doch wunderbar zusammen. Sie stülpte den Helm über den Kopf, was ihr hoffentlich gelang, ohne ihr Haar allzu sehr in Unordnung zu bringen, und setzte die Fliegerbrille auf. Dieses Mal stieg sie, ohne zu zögern, auf und legte die Arme um Arnos Mitte. Dass sie bereits miteinander gefahren waren und sich nun nicht mehr so förmlich beim Nachnamen nannten, hatte ein Stück Nähe geschaffen, die ihr die Befangenheit nahm.

Die Landschaft flog an ihnen vorbei, und Anita genoss die Fahrt, auch wenn es auf den letzten Kilometern anfing zu regnen. Arno nahm das Tempo zurück, als sie in die Stadt einfuhren, und parkte das Motorrad. Mit einem Lachen schob Anita die Brille hoch und nahm den Helm ab.

»Das war wirklich famos. Aber jetzt sollten wir zusehen, dass wir ins Trockene kommen, ehe es richtig losgeht und wir bis auf die Haut durchnässt sind.«

Arno verstaute die Helme und bot ihr galant den Arm, sodass sie sich einhaken konnte. In diesem Moment hätte sie fast vergessen, dass er Lehrer war und sie Schülerin, sie waren einfach ein Mann und eine Frau, die den Nachmittag miteinander verbrachten. Wenn es nach Anita ging, würde sie die Schule ohnehin schnellstmöglich verlassen, da kam sie womöglich gar nicht in die Verlegenheit, seine Schülerin zu werden.

Ihr Weg führte sie zunächst in Arnos Lieblingscafé, und Anita entschuldigte sich umgehend, um sich ein wenig frisch zu machen. Im Waschraum besah sie ihr Spiegelbild und stellte fest, dass ihr Make-up durch die Fliegerbrille immerhin gut geschützt gewesen war und sie nun keine zerlaufenden Spuren von Mascara und Khol beseitigen musste. Das Haar war ebenfalls nur feucht, da es bis zu ihrer Ankunft vom Helm verdeckt gewesen war, und so brachte sie es nur mit den Fingern in Form. Als sie zurückkehrte, unterhielt sich Arno gerade mit der Kellnerin, die lachte, als hätte er einen Scherz gemacht. Als sie sich näherte, nickte die Frau ihr zu und ging zum nächsten Tisch.

»Eine gute Bekannte«, erklärte Arno, als sie sich zu ihm setzte.

»Ich habe gar nicht gefragt.«

»Das mussten Sie bei dem Blick auch nicht.«

»Haben Sie schon bestellt?«

»Wirke ich so ungalant auf Sie?«

»Vielleicht glauben Sie, mir damit einen Gefallen zu tun.«

»Wie ich Sie einschätze, tue ich Ihnen den *Gefallen* vermutlich nur ein einziges Mal.«

»Sie schätzen mich richtig ein. Vor nichts graust es mir mehr als vor Männern, die meinen, sie könnten für mich entscheiden.« Anita schlug die Karte auf und wählte Kaffee mit einem Stück Apfelkuchen.

»Ein Kännchen Kaffee und zweimal Apfelkuchen«, bestellte Arno.

»Mit oder ohne Sahne?«, fragte die junge Kellnerin.

»Mit«, entgegnete Anita, während Arno keine wollte.

»Wie war das Wochenende mit der Familie?«, fragte er, als sie wieder allein waren.

»Ach, fragen Sie nicht. Meine Schwestern waren beide Tage mit ihren Ehemännern da. Glücklicherweise wohnen sie nicht weit entfernt, sodass sie nach dem Abendessen wieder nach Hause fahren konnten und zumindest abends und zum Frühstück Ruhe war.«

»Sie haben kein gutes Verhältnis zu Ihren Schwestern?«

Anita schlug ein Bein über das andere. »Eigentlich schon, zu Greta am ehesten, sie ist zwei Jahre älter als ich, und sie hat den netteren Ehemann. Annelis ist fünf Jahre älter, und sie war schon immer anstrengender, weil sie so überkorrekt ist. Allerdings muss man dazu sagen, dass sie den ganzen Krieg hindurch auch stärker gefordert war als wir, weil sie eben die Älteste ist und meine Mutter unterstützt hat, nachdem unser Vater und unser Bruder gefallen sind.«

Arno nickte. »Ein trauriges Schicksal, das so viele teilen.«

»Ja, und nach wie vor kann ich nicht verstehen, wieso es heißt, geteiltes Leid sei halbes Leid. Es ging uns kein bisschen besser, nur weil wir wussten, dass es vielen Bekannten und Freunden ähnlich ergangen ist.«

»Verständlich.«

»Ich kann Ihnen gar nicht sagen, wie sehr ich den Krieg gehasst habe. Jahr um Jahr. Mir ist ganz schlecht geworden, wenn die Leute von Vaterlandsliebe gesprochen haben, während all die Männer darin aufgerieben wurden und die Frauen zusehen mussten, hier irgendwie über die Runden zu kommen. Und alles selbst verschuldet. Sie waren ja sicher auch an der Front, nicht wahr?«

Er nickte nur, schien das Thema nicht weiter vertiefen zu wollen, was Anita von anderen Heimkehrern kannte. Kaum jemand sprach offenbar gerne darüber, und so schwieg man es eben tot, in der Hoffnung, dass die Erinnerung darüber verblasste.

»Freuen wir uns einfach, dass es vorbei ist«, sagte er schließlich.

»Und darüber, dass wir hier nun so unbefangen sitzen und Kaffee trinken können, was vor wenigen Jahren ein so unvorstellbarer Luxus gewesen wäre.« Anita blickte auf, als sich die Kellnerin näherte. Die junge Frau stellte Kännchen, Tassen und Kuchenteller vor ihnen ab, und Anita übernahm es, ihnen den Kaffee einzuschenken.

»Hin und wieder hat meine Mutter zu besonderen Gelegenheiten Kaffee vom Schwarzmarkt geholt, auch wenn sie von den Schwarzmarkthändlern nichts hielt und der Meinung war, es seien herzlose Wucherer.«

In Arnos Gesicht zuckte es kurz. »Ohne diese angeblichen Wucherer wäre vieles überhaupt nicht verfügbar gewesen.«

»Zumindest für die, die es sich leisten konnten.«

»Wie so vieles im Leben.«

»Wollten wir nicht über Erfreulicheres reden?«

Er nahm ein Stück Kuchen, und Anita nippte an dem heißen Kaffee. Ach, das war wunderbar, so viel schöner als der steife Kaffeenachmittag im Haus ihrer Mutter. So langsam fragte sie sich, warum sie eigentlich zurückwollte. Hatte ihr das letzte Wochenende nicht sehr eindrücklich vor Augen geführt, wie unerträglich es im Haus der Mutter sein konnte mit den andauernden Vorwürfen? Aber dort hätte sie ihre Freundinnen und könnte ausgehen – vorausgesetzt, ihre Mutter verlieh ihr die nötigen Mittel. War sie nicht sogar erleichtert gewesen, endlich abreisen zu können?

»Woran denken Sie?«, fragte Arno.

»Daran, dass ich es zu Hause nicht mehr so schön finde wie vor meiner Abreise im Sommer. Ich war richtiggehend froh, endlich zurückzukommen, obwohl ich – das muss ich ehrlich gestehen – wirklich nicht weiter in die Schule gehen möchte.«

»Das muss ja kein Widerspruch sein. Sie sind vermutlich das erste Mal fort von zu Hause und in gewisser Weise unabhängig, haben nur Frauen Ihres Alters um sich und bestimmt schon die ein oder andere Freundschaft geknüpft. Man könnte sagen, Sie sind flügge geworden, und nun zieht es Sie in die Welt hinaus und nicht mehr ins heimische Nest.«

Sie löffelte die Sahne von ihrem Kuchen. »Aber wenn ich nur wüsste, wohin in der Welt es mich zieht.«

»Sie haben ja jetzt erst einmal drei Jahre Zeit. Auch, wenn Sie nicht gerne in die Schule gehen, so ist es doch eine Möglichkeit, herauszufinden, was Sie eigentlich tun wollen. Selbst wenn Sie eine schnelle Heirat anstreben, ist die Zeit hier nicht verloren.«

»Ach, das tue ich bestimmt nicht.«

Er grinste. »Umso besser. Genießen Sie die Zeit.«

»Das werde ich.«

Nach dem Kaffee unternahmen sie einen ausgedehnten Spaziergang durch Köln, und Anita konnte es kaum erwarten, dass es dunkel wurde und somit die richtige Atmosphäre geschaffen war für ihren Tanzabend. Sie hatten das Motorrad stehen gelassen, aber nun stiegen sie doch wieder auf und fuhren zum Rudolfplatz, wo sich ein Tanzkeller befand, den Arno mit ihr ansteuerte. Mitreißende Rhythmen schlugen ihr entgegen, als er die Tür aufzog und sie in einen Schwall warmer Luft eintauchten. Trotz der noch recht frühen Stunde war der Keller schon gut besucht, und Anita wollte am liebsten direkt tanzen. Nachdem Arno ihr den Mantel abgenommen und diesen zusammen mit seinem an die Garderobe gehängt hatte, nahm er ihre Hand und führte sie auf die Tanzfläche.

Das hier war so viel besser als der Tanz mit Henrik, und Anita merkte, dass sie gar nicht genug davon bekommen konnte, sich zu den wilden Tanzrhythmen zu bewegen. Glücklicherweise war Arno ebenfalls ein begeisterter Tänzer, und so verließen sie die Tanzfläche nur einmal kurz, um etwas zu trinken. Als ein langsamer Tanz gespielt wurde, schob sich seine Hand um ihre Taille, und Anita ließ zu, dass er sie enger an sich zog. Ach, das war so schön. Der Keller hatte sich mittlerweile gefüllt, und es wurde enger, was jedoch auch bedeutete, dass man sich unbeobachtet fühlen konnte.

»Ich möchte Sie gerne küssen«, sagte Arno.

Ihr Herzschlag beschleunigte sich, und Anita hob den Kopf, hoffte, dass er die stumme Einladung verstand. Er tat es, und im nächsten Augenblick fanden sich ihre Lippen in einem langen und intensiven Kuss. Anita hatte die Augen geschlossen und kostete den Moment aus, indem sie alles andere ausblendete. Erst, als sich die Musik wieder beschleunigte, lösten sie sich voneinander, und sie öffnete die Augen.

»Das war unglaublich.« Arno klang etwas atemlos.

»Das Kompliment gebe ich gerne zurück.«

Während sie nun weitertanzten, hatte sich etwas zwischen ihnen verändert, ihr Tanzrhythmus war nicht mehr aufeinander und auf die Musik abgestimmt, und Anita fragte sich, ob Arno ebenso wie sie daran dachte, diesen Kuss zu wiederholen. Er tat es, wie sie kurz darauf feststellte, als er sie bei der Hand nahm, von der Tanzfläche zog und in einer Nische erneut küsste. Anita schlang die Arme um seinen Nacken, hielt ihn fest, wollte, dass der Kuss andauerte. Irgendjemand rempelte sie an, entschuldigte sich lachend. Als sich Anita schließlich aus dem Kuss löste, ging ihr der Atem, als wäre sie gerannt.

»Ich glaube, wir können jetzt weitertanzen«, erklärte sie.

Er wirkte belustigt. »Dann nur zu.«

Als Anita nach mehreren Tänzen einen Blick auf die Uhr warf, erschrak sie, denn es war bereits nach elf. »Wir werden erst gegen Mitternacht zurück sein.«

»Spielt keine Rolle, du weißt doch, ich habe einen Schlüssel.« Irgendwann zwischen Küssen und Tanzen waren sie zum Du übergangen.

Das hatte Anita nicht vergessen, und im Grunde genommen war es egal, ob sie nun eine halbe Stunde zu spät kam oder zwei, aber ein gewisses Unwohlsein begleitete dieser Umstand dennoch.

»Möchtest du fahren?«, fragte er.

»Ja, irgendwie wäre mir wohler.«

»Dann lass uns aufbrechen.«

Sie holten ihre Mäntel, und Anita erschauderte, als sie in die feuchte Kälte hinaustraten. Erhitzt vom Tanzen in dem viel zu warmen Keller begann Anita nun in der Nachtluft zu zittern, und sie hüllte sich enger in ihren Mantel. Als sie auf dem Motorrad saßen und Arno anfuhr, fror sie so sehr im Fahrtwind, dass ihre Zähne aufeinanderschlugen – und das, obwohl Arno sie immerhin ein wenig abschirmte. Sie schmiegte sich enger an ihn, wobei ihr jedoch nicht nennenswert wärmer wurde.

Als sie an der Schule angekommen waren, waren Anitas Hände bereits ganz taub vor Kälte. Darüber hinaus hatte es auch wieder angefangen zu regnen. Arno stellte das Motorrad ab, und gemeinsam betraten sie die Schule. Für Anita fühlte es sich so an, als könnte ihr gar nicht mehr richtig warm werden, und zitternd ging sie an seiner Hand, während sie sich umsah, in der steten Sorge, jemand könne gehört haben, wie mitten in der Nacht die Tür aufgeschlossen wurde. Die Eingangshalle lag jedoch still da, und so wagte Anita es, langsam aufzuatmen. Ihr Abenteuer blieb offenbar ohne Konsequenzen.

Arno begleitete sie bis zur Tür zum ehemaligen Dienstbotentrakt, wo er sie an sich zog und sie ein weiteres Mal küsste. Es war so wunderbar, dass Anita gar nicht mehr damit aufhören wollte, obwohl ihr die Kälte in allen Gliedern saß und ihr auch nicht wärmer wurde, als Arno – ebenfalls nass und kalt – sie an sich drückte. Dennoch machte sie keine Anstalten, sich aus dem Kuss zu lösen. Es war Arno, der den Kuss beendete, und das so abrupt, dass Anita ihn irritiert ansah, ehe sie bemerkte, dass sein Blick an ihr vorbeiging. Mit einem unguten Gefühl im Magen drehte sie sich um und zuckte zusammen.

Mit einem Glas Milch in der einen und einem Buch in der anderen Hand stand Helga im Morgenmantel da und starrte sie an. Dann murmelte sie ein »Verzeihung«, ging an ihnen vorbei, klemmte sich das Buch unter den Arm und öffnete die Tür, um im nächsten Moment im Korridor zu verschwinden. Anita sah Arno an, der aschfahl geworden war.

»Ich kümmere mich darum«, sagte sie und drückte seine Hand, bemühte sich um Ruhe, obwohl ihr selbst der Schreck einen dumpfen Druck im Magen beschert hatte.

Er schwieg, fuhr sich durch das Haar und schien nicht zu wissen, was er sagen sollte.

Rasch drückte Anita ein weiteres Mal seine Hand, dann wandte sie sich ab und verschwand ebenfalls im Flur zu den Quartieren. Für Arno würde das sicher keine schöne Nacht werden, aber daran konnte sie nun nichts ändern. Obwohl sie sich nicht vorstellen konnte, dass Helga sie wirklich verraten würde – das traute sie nicht einmal ihr zu –, hatte sie ein mulmiges Gefühl. Helga hätte nun etwas gegen sie in der Hand, und gleich, ob sie es nützen würde oder nicht, Anita fühlte sich nicht wohl damit.

Als sie das Zimmer betrat, saß Helga auf ihrem Bett, las und trank dabei ihre Milch. Sie blickte nicht auf, als Anita eintrat. Die seufzte leise. Es nutzte nichts, jetzt darum herumzureden.

»Also, was du da gerade gesehen hast ...«

»Du meinst dich und Herrn Hesse knutschend im Korridor?«, unterbrach Helga sie, ohne von ihrem Buch aufzublickend.

Anita verdrehte die Augen. »Hör zu, du wirst das doch nicht weitererzählen, oder?«

»Nein, natürlich nicht. Wofür hältst du mich?« Dass sie das so beiläufig sagte und Anita dabei nicht einmal ansah, wirkte auf sie alles andere als beruhigend.

»Frau Waltz würde dir ohnehin nicht glauben, wenn Arno und ich versichern, dass nichts dran ist an deinen Unterstellungen«, ging Anita in Verteidigungshaltung. »Sie wird annehmen, du seist neidisch oder missgünstig.«

Nun blickte Helga auf, und Anita erkannte, dass sie einen Fehler gemacht hatte. »Weißt du«, begann Helga, »ich wollte in der Tat nichts sagen, wirklich nicht, weil das einfach nicht meine Art ist. Aber wenn du mir so kommst, mit dieser überheblichen Herablassung, obwohl nicht ich es war, die sich gerade etwas hat zuschulden kommen lassen, dann werde ich es doch erzählen. Nicht offen, sondern subtil in kleinen Andeutungen, sodass später keiner mehr weiß, wie dieses Gerücht zustande gekommen ist. Aber sobald du und dein *Arno* euch einmal zu lange in die Augen seht oder man euch womöglich bei einer Berührung beobachtet, die ansonsten nicht aufgefallen wäre, wird es über kurz oder lang eng für ihn. Und für dich auch.«

Anitas Beine gaben unter ihr nach, und sie sank auf ihr Bett. »Ich ... Es tut mir leid«, machte sie den Versuch, noch etwas zu retten.

»Nein, tut es nicht. Du merkst nur gerade, dass du etwas Dummes gesagt hast und doch nicht so überlegen bist, wie du geglaubt hast.« Helga schlug ihr Buch zu. »Allerdings könnte ich davon absehen, mich so schändlich zu verhalten, wenn du mir hilfst, die richtigen Männer kennenzulernen.«

»Wie bitte?«

»Ich möchte heiraten, so bald wie möglich und so reich wie möglich. Leider ergibt sich für mich nicht die Möglichkeit, in eure Kreise vorzustoßen, und Männer, die ihre Schwestern hier besuchen, springen ja eher auf dich an als auf mich. Du könntest mich mit ihnen bekannt machen.«

»Ich soll mich als Heiratskupplerin betätigen?«

»Nenn es, wie du willst. Aber im Gegenzug verrate ich dich und Herrn Hesse nicht, ich werde euch sogar decken, wenn es sein muss.«

Anita wusste nicht, was sie sagen sollte.

»Du kannst ja eine Nacht drüber schlafen«, schlug Helga vor.

»Nein, schon gut, ich mach's.«

»Wunderbar. In dem Fall sind meine Lippen versiegelt.« Helga legte das Buch auf den Nachttisch und schaltete das Licht neben ihrem Bett aus.

Als der Wecker morgens schrillte, war es Arno, als wäre er gerade erst eingeschlafen. Normalerweise hielt ihn nichts so einfach wach, aber er hatte sich auch noch nie in eine solche Situation gebracht. Da wagte er es einmal, eine der Auszubildenden zu küssen, und dann wurden sie gleich erwischt. Im Grunde genommen musste er sich keine Sorgen machen, denn wenn er in Ruhe darüber nachdachte – was konnte diese junge Frau schon tun? Zu Edith Waltz gehen? Er würde sich eine derartige Unterstellung verbitten. Sie hatte zudem nicht gerade den besten Stand in der Schule. Würde man da nicht annehmen, Helga wäre schlichtweg neidisch auf Anita und wütend auf ihren Lehrer, sodass sie eine solche empörende Behauptung aufstellte? Arno kam sich schäbig vor bei dem Gedanken, aber er konnte es auch nicht riskieren, von der Schule geworfen zu werden.

Nachdem er sich rasiert und angekleidet hatte, verließ er sein Zimmer und begegnete auf dem Korridor Lena Heinrichs.

»Na, nicht gut geschlafen?«, begrüßte sie ihn.

»Guten Morgen.« Er rieb sich über das Kinn. »Nein, nicht so besonders.«

»Bist du mondfühlig?«

»Eigentlich nicht.«

Zusammen gingen sie die Treppe hinunter zum Speisesaal, der sich langsam füllte. Unauffällig hielt Arno Ausschau nach Anita, konnte sie aber nirgends entdecken. Am Lehrertisch fehlten nur noch Edith Waltz, Hanne Mohnschau und Raymund Keller. Arno ließ sich auf seinem Stuhl nieder und sah erneut zu den Schülerinnen. Da kam Anita mit zwei jungen Frauen ihres Jahrgangs in den Raum. Sie wirkte aufgeräumt und gut gelaunt, was ihn erleichtern sollte, aber die Anspannung wollte nicht abfallen. Nun trat Helga Langen ein und ging, den Blick zum Lehrertisch meidend, zu ihrem Platz.

Arno konnte nicht mehr tun, als abzuwarten, denn es war natürlich ausgeschlossen, zu ihnen zu gehen und mit Anita zu sprechen. Vielleicht ergab sich zwischen zwei Stunden die Gelegenheit, ansonsten würde er warten müssen bis nach dem Unterricht. Am Nachmittag war es unverfänglicher, sie anzusprechen. Hoffentlich hatte Helga Langen bis dahin nicht bereits die Pferde scheu gemacht. Dabei hatte Arno keineswegs vor, es bei dieser einen Verabredung mit Anita zu belassen, denn sosehr es ihn auch erschreckt hatte, als sie erwischt worden waren, so hatte er den Abend doch durchaus genossen.

Nach dem Frühstück unterrichtete er die Auszubildenden des dritten Jahrgangs, was ihm gerade recht war, denn am besten lenkte ihn nun das Zubereiten anspruchsvoller Gerichte ab. Drei von seinen Schülerinnen waren hervorragende Köchinnen, und falls sie sich nicht dazu entschlossen, dieses Talent am heimischen Herd verkümmern zu lassen, konnten sie es weit bringen in der gehobenen Gastronomie.

Den gesamten Vormittag verbrachte er in der Küche, dann war es Zeit zum Mittagessen, wo er wieder nur einen kurzen Blick auf Anita erhaschen konnte. Immerhin hatte Helga Langen bisher Edith Waltz nichts erzählt, das ließ wohl hoffen.

Darüber hinaus wirkte Anita nach wie vor gut gelaunt, und sie unterließ jeden verräterischen Blick in seine Richtung. Er konnte wohl in der Tat aufatmen, und das tat er tatsächlich.

»Bist du erleichtert darüber, dass es heute deine Schülerinnen sind, die ihre Speisen servieren?«, fragte Lena amüsiert.

Raymund Keller verzog säuerlich das Gesicht. »Wenigstens bleibt ihm der Trampel erspart, der unter meinen Auszubildenden wirklich das einfachste Gericht verdirbt.«

»Du bist zu streng mit ihr«, sagte sie.

»Mir ist daran gelegen, dass nicht alles, was sie zubereitet, zur Katastrophe wird.«

»Und das erreichst du, indem du sie immerzu demütigst?«

»Sie stellt sich allerdings auch wirklich ungeschickt an«, sagte Hanne Mohnschau. »Allerdings muss ich sagen, dass sie sich Mühe gibt. Es liegt ihr einfach nicht.«

»Dann ist ja eine Schule, in der die anspruchsvolle Küche unterrichtet wird, genau der richtige Ort für sie«, ätzte Raymund Keller.

»Ich würde es begrüßen«, mischte sich Edith Waltz nun ein, »wenn Sie darauf verzichten würden, die Schülerinnen zu schmähen. Ich werbe damit, dass jede junge Dame, die meine Schule verlässt, vollständig ausgebildet ist, und bisher habe ich dieses Versprechen stets halten können, gleich, wie ungeschickt sich die ein oder andere zu Beginn angestellt hat.«

Raymund Keller hob die Brauen, dann wandte sich das Gespräch anderen Themen zu. Arno erlaubte sich einen kurzen Blick zu Anita und sah sie angeregt plaudern. Würde sie das tun, wenn sie befürchten müsste, verraten zu werden? Das war doch überaus unwahrscheinlich. Er wandte den Blick ab, ehe noch jemandem auffiel, dass er ungebührlich lange zum Tisch der jungen Frauen starrte. Sollte Edith Waltz dergleichen bemerken, wäre sie zukünftig wohl überaus wachsam.

Nach dem Mittagessen hatten sie eine kurze Pause, ehe der Unterricht weiterging. Für Arno bedeutete das an diesem Tag nur noch Theoriestunden mit den Frauen aus dem dritten Jahrgang. Obwohl er sich sagte, dass kein Anlass zur Sorge bestand, konnte er die Gedanken daran nur schwer beiseiteschieben. Für ihn hing so viel davon ab, und er wollte nicht von der Laune einer Schülerin abhängig sein, die noch dazu zu jenen gehörte, die sich ohnehin schwertaten, und nun womöglich das, was sie gesehen hatte, triumphierend auskostete oder gar als Druckmittel verwendete. War Anita deshalb so ruhig? Weil Helga Langen ihr gesagt hatte, sie würde schweigen, wenn er seine Möglichkeiten als Lehrer ausschöpfte und sie irgendwie durch das Schuljahr brachte? Denn das würde er keinesfalls tun. Oder doch? Wenn die Alternative lautete, auf der Straße zu landen?

Irgendwie brachte er die Schulstunden mit der nötigen Konzentration hinter sich, fand sich zur Kaffeestunde ein und hatte danach den restlichen Tag frei. Da Anita bis in den späten Nachmittag Unterricht hatte und gerade in der Küche in die Kunst des Einkochens eingewiesen wurde, musste er sich noch gedulden, ehe er sie sprechen konnte. Die Zeit bis dahin verbrachte er damit, den Sekretär in seinem Zimmer aufzuräumen. Es war ein schöner, gemütlicher Raum, dem man ansah, dass er einstmals ein herrschaftliches Schlafgemach gewesen war. Dieses Haus hatte schon einige Generationen aus der Familie von Edith Waltz' Ehemann beherbergt. Es war eine reiche Kaufmannsfamilie gewesen, sogenannter Geldadel, der es schon im 19. Jahrhundert zu beträchtlichem Reichtum gebracht hatte. Davon war jedoch zum Kriegsende nicht mehr viel übrig, sonst hätte sie hier auch einfach als reiche Witwe mit ihrer Tochter gemeinsam leben können. Dass sie nicht klagend die Hände in den Schoß gelegt, sondern sich einer praktischen und sinnvollen Aufgabe verschrieben hatte, imponierte ihm.

Nachdem er alle Unterlagen sortiert hatte, sagte ihm ein Blick auf die Uhr, dass es sich nun lohnen könnte, sich unter die Ulme zu stellen und darauf zu warten, dass Anita zu einer ihrer Raucherpausen erschien. Auf seinem Weg die Treppe hinab begegnete ihm Inga, die – wie stets – gelangweilt und genervt wirkte.

»Na«, begrüßte er sie. »Wie geht es dir?«

»Ich habe mit Mama gestritten«, gestand sie. »Sie will nicht einsehen, dass ich das Abitur machen möchte, sondern besteht darauf, dass ich die Schule nach der zehnten Klasse verlasse und eine Lehre beginne.«

Arno betrat an ihrer Seite die Eingangshalle. »Und du möchtest gerne studieren?«

»Das weiß ich noch nicht. Aber muss ich deshalb ausschließen, dass ich es könnte?«

»Was bringt deine Mutter denn als Begründung an?«

»Dass Mädchen kein Abitur brauchen.«

Diese Einstellung kannte Arno, er hatte sie durchaus auch im eigenen Verwandtschaftskreis gehört. Mädchen eine umfassende Bildung zukommen zu lassen empfand man vielerorts immer noch als unsinnig und nutzlos. Wozu der Aufwand, wenn sie letzten Endes ja doch heiratete? Er konnte über so etwas nur den Kopf schütteln, denn er für seinen Teil wäre nicht zufrieden damit, eine Frau zu ehelichen, die ihre Erfüllung einzig und allein darin fand, ihn rund um die Uhr zufriedenstellen zu wollen. Wo blieb da die Herausforderung?

»Vielleicht lässt deine Mutter mit sich reden, wenn du ihr

konkret sagst, worauf du beruflich hinauswillst. So wirkt das alles auf sie möglicherweise etwas planlos.«

»Aber es ist doch nichts verschwendet, wenn ich Abitur habe. Ob ich es brauche, sehe ich ja dann.«

Da hatte sie natürlich recht. »Ich würde dir gerne helfen, aber ich befürchte, da lässt sie sich nicht reinreden.« Es war von Anfang an klar, dass Edith Waltz' persönliche Belange genau das waren – persönlich. Sie verbat sich jeglichen Kommentar, was die Erziehung ihrer Tochter anging.

An der Haustür verabschiedete sich Inga von ihm und lief in Richtung der Bibliothek, während Arno in den Hof trat. Es war ein diesiger Herbsttag, aber immerhin trocken. Arno hatte seinen warmen Mantel angezogen und klappte den Kragen hoch, als er zur Ulme ging, unter der – wie erwartet – Anita stand und rauchte.

»Verwegen«, begrüßte sie ihn mit Blick auf seinen hochgeschlagenen Kragen.

»Ich wollte als Kind Spion werden«, gestand er.

»Als Koch könntest du diese Laufbahn durchaus noch einschlagen, auch große Staatsoberhäupter schätzen gutes Essen.«

»Wenn mich Edith Waltz von der Schule wirft, werde ich es als zweite Berufslaufbahn in Erwägung ziehen.«

Anita stieß einen Rauchkringel aus. »Nun, falls du entlassen wirst, dann nicht wegen des Vorfalls gestern.« Jetzt lächelte sie, und endlich setzte bei ihm die Erleichterung ein.

»Sie erzählt nichts?«

»Nein.« Anita rauchte auf und drückte die Kippe aus. »Aber dafür musste ich mit ihr verhandeln.«

Augenblicklich war Arno wieder wachsam. »Ach ja? Und wie sah die Verhandlung aus?«

»Sie schweigt und deckt uns sogar, wenn ich ihr dafür einen Mann vermittle, der sie heiratet.«

Ungläubig sah Arno sie an. »Du scherzt?«

»Leider nicht. Ich soll mich als Heiratskupplerin betätigen.« Bei der Vorstellung zuckte es in Arnos Mundwinkeln, und Anita stieß ihn an, nachdem sie sich vergewissert hatte, dass niemand sie sah. »Mach dich nur lustig. Ich hoffe, das hier lohnt die Mühe.«

»Wenn es nach mir geht, können wir gerne dort weitermachen, wo wir gestern aufgehört haben.«

Sie sah sich um. »Ist das nicht zu riskant?«

»Ich dachte mir, wenn dich deine Zimmergenossin schon deckt, können wir das doch nutzen, und du schleichst dich nach der offiziellen Schlafenszeit hinunter.«

»Nur küssen«, sagte sie.

»Selbstverständlich.«

Jetzt lächelte sie wieder. »Abgemacht. Um halb elf bin ich unten am Eingang zu unserem Treppenhaus.«

»Ich werde da sein.« Er zwinkerte ihr zu und wandte sich ab, um zurück ins Haus zu gehen.

Kapitel 9

Helga fand, dass es für einen November außergewöhnlich kalt war, aber vielleicht lag das auch daran, dass ein so großes Gebäude einfach schwerer zu heizen war, als sie das von zu Hause kannte. Dabei war es nicht so, dass sie nicht schon eisige Winter erlebt hatte, immerhin war in der Zeit nach dem Krieg die Kohle knapp gewesen, und neben dem Hunger hatten sie andauernd gefroren. Aber das war nun zehn Jahre her, und die Erinnerung erschien Helga manchmal wie aus einem anderen Leben. Sie war damals noch ein Kind gewesen und ohnehin ständig in Bewegung.

In der Küche war es immerhin schön warm – vorausgesetzt, sie waren nicht in der kalten Küche tätig –, und so konnte Helga selbst den Kochlektionen etwas abgewinnen. Das war aber auch schon der einzige Vorteil, denn als sie nun schwitzend vor einem Topf stand, in dem die Soße köchelte, und Raymund Kellers Blick im Nacken spürte, wäre ihr ein kühler Unterrichtsraum fast schon lieber gewesen. Nun kam er näher und sah ihr über die Schulter.

»Na, das wird ja langsam. Offenbar lernen Sie es doch.«

Helga glaubte, ihren Ohren nicht zu trauen, und hätte beinahe vergessen, weiterzurühren. Rasch bewegte sie den Kochlöffel wieder, um zu verhindern, dass die Soße unten anbrannte. Immerhin konnte sie hier nun etwas entspannter stehen. Sie schmeckte die Soße ab, stellte fest, dass Salz fehlte, und salzte behutsam nach, um nun nicht alles zu verderben, indem die Soße ungenießbar wurde. Ja, das passte.

Danach ging es dann doch in die kalte Küche, wo das Fleisch für die Verarbeitung vorbereitet wurde. Die richtige Benennung hatten sie anhand der Fleischtafeln lernen müssen, aber Helga tat sich nach wie vor schwer damit, die einzelnen Teile nicht nur in ihrer Form zu unterscheiden, sondern auch zu erkennen, ob sie vom Rind, vom Kalb oder vom Schwein stammten. Da sie nicht vorhatte, jemals in einer Küche zu stehen und Fleisch zu schneiden, empfand sie dieses mangelnde Wissen als nicht allzu gravierend. Durch den Glücksfall, Anita mit diesem Lehrer erwischt zu haben, taten sich bezüglich ihrer Heiratsabsichten nun ja ganz neue Möglichkeiten auf. Wobei sich da bisher nichts getan hatte.

»Sag mal«, begann sie, als sie vor dem Mittagessen kurz auf ihr Zimmer gehen durften, »wie läuft das jetzt eigentlich im Weiteren ab? Wann stellst du mir endlich jemanden vor?«

Anita wirkte genervt. »So schnell geht das nicht.«

»Schnell? Es ist jetzt fast vier Wochen her, und seither schleichst du dich fast jede Nacht raus, um mit deinem Verehrer herumzuknutschen.«

»Woher willst du das wissen? Spionierst du mir nach?«

»Was solltest du wohl sonst mit ihm hier tun?«

»Man kann so manches mit einem Mann anstellen, außer ihn zu küssen. Du wirst es nicht glauben, aber wir unterhalten uns auch oder gehen im Dunkeln spazieren.«

Helga zuckte mit den Schultern. »Spielt auch keine Rolle. Hauptsache, du vergisst nicht, was du mir im Gegenzug für mein Schweigen zugesichert hast.«

»Keine Sorge, es hat sich bisher nur einfach noch nicht die Gelegenheit ergeben. Aber ich kümmere mich darum.«

Hoffentlich. »Was ist eigentlich mit diesem Typen, mit dem du aus warst? Der dich dann doch nicht interessiert hat.«

»Henrik? Was soll mit ihm sein?«

»Der war doch sehr attraktiv.«

»Von dem rate ich dir ab, seine Schwester wollte nicht einmal, dass ich mit ihm ausgehe.«

»Oh, wenn sie dich schon nicht möchte, dann mich natürlich erst recht nicht«, höhnte Helga.

»Du weißt genau, wie ich das meine. Henrik hat mich angesprochen, wir sind nicht verkuppelt worden. Und selbst das war seiner Schwester nicht recht. Dich hat er offenbar nicht einmal beachtet bisher. Und dann soll ich da irgendetwas einfädeln? Ein bisschen mehr Stolz solltest du schon haben.«

»Ich will ihn ja nur kennenlernen.«

»Ach, wenn du unbedingt willst. Aber sag später nicht, ich hätte dich nicht gewarnt, wenn seine Schwester wie eine Furie auf dich losgeht.«

»Damit komme ich schon zurecht.«

»Wie du meinst.« Anita sah in den Spiegel und legte ein wenig Make-up auf.

»Vielleicht werden die Augenringe weniger, wenn du nachts mal im Bett bleibst«, schlug Helga vor.

Anita antwortete nicht, sondern schminkte sich nach. Ohne auf sie zu warten, verließ Helga das Zimmer und traf im Korridor auf Marlene und Katharina.

»Warum besuchen euch eure Familien eigentlich nie hier?«, fragte Helga, der gerade einfiel, dass Marlene auch zwei Brüder hatte.

»Weil sich das nicht lohnt, wenn wir ohnehin jedes Wochenende nach Hause fahren.«

»Aber ihr könntet ihnen die Schule zeigen, die Umgebung, und es würde euch die Fahrerei ersparen.«

»Das stimmt schon«, entgegnete Katharina. »Aber bisher kam der Vorschlag von meinen Eltern noch nicht.«

»Mein Bruder Peter ist hin und wieder in der Gegend, ich

vermute, er hat hier eine Freundin«, sagte Marlene. »Eigentlich könnte er ja tatsächlich mal vorbeikommen.«

Na, da kam ja dann genau der richtige Bruder vorbei. Katharina und Marlene unterhielten sich auf dem Weg zum Speisesaal, während Helga schweigend an ihrer Seite ging. Am Tisch hatten sich bereits Antonia, Henriette und Linda eingefunden, und als Helga sich setzte, unterbrachen sie ihre Unterhaltung und blickten auf.

»Habt ihr schon den Aushang zur Adventsfeier gesehen?«, fragte Henriette.

»Nein«, entgegnete Katharina. »Eine richtige Feier, sagst du?«

»Ja, und jeder soll etwas dazu beisteuern.«

Helga sank der Mut. Sie sah es regelrecht vor sich, wie sie anstelle von leichtem Gebäck und buttrigen Plätzchen irgendeinen pappigen Kuchen servierte. Die anderen schienen bei der Vorstellung einer Feier jedoch ganz euphorisch zu sein.

»Das ist ja famos!«, rief Marlene.

»Was ist famos?«, fragte Anita, die gerade mit Tanja an den Tisch trat.

»Es wird eine Adventsfeier im Dezember geben«, antwortete Henriette.

»So eine richtige Feier?« Anita wirkte begeistert. »Wie schön!«

»Ich glaube, ich mache die Anisplätzchen, die meine Mutter jedes Jahr backt«, kam es von Katharina. »Die sind so lecker.«

»Müssen wir für die Feier backen?«, wollte Anita wissen.

»Jeder soll etwas vorbereiten und beisteuern.« Henriette blickte auf, als eine der jungen Frauen die Servierschüssel mit dem Gemüse auf den Tisch stellte. Es folgten die Platte mit dem Fisch – wie jeden Freitag – und die Saucieren.

Helga fragte sich, ob es eine Möglichkeit gab, der Feier

irgendwie zu entkommen. Vielleicht konnte sie eine Krankheit vortäuschen. Aber die Sachen mussten ja mindestens einen Tag vorher vorbereitet werden, also fing sie am besten schon zwei Tage vor der geplanten Feier an, zu schniefen und zu hüsteln, dann wäre es glaubwürdig, wenn sie am kommenden Tag im Bett bliebe. Und zur Feier würde sie – unter steten Ausdrücken des Bedauerns – dann nicht teilnehmen können.

Immerhin wollte am kommenden Wochenende der ein oder andere Bruder ihrer Mitschülerinnen vorbeikommen, und Anita würde hoffentlich eine Verabredung für sie organisieren. Sie sah ihre Zimmergenossin über den Tisch hinweg an, wie diese sich unterhielt und dabei lächelte. Als spürte Anita ihren Blick, erwiderte sie ihn kurz, ehe sie sich abwandte und das Gespräch mit Henriette fortsetzte.

»Ich dachte schon, der Abend kommt nie«, sagte Anita, als sie im dunklen Salon stand, die Arme um Arnos Hals geschlungen.

»Mir fällt die Wartezeit auch schwer.«

Sie küssten sich, und Anita schmiegte sich an ihn, bewegte ihre Hüfte leicht und ein wenig kokett, weil sie es mochte, wie er auf sie reagierte. Einmal hatte sie sogar die Hand wie unabsichtlich über seinen Bauch gleiten lassen, hatte die Härte flüchtig ertastet und gehört, wie er die Luft einsog. Sie wagte diese kleine Liebkosung auch jetzt, lächelte an seinem Mund, als ihm der Atem stockte.

»Es ist kalt«, murmelte sie.

Er blickte auf, sah sich im Raum um, als könnte er in der Finsternis die Ursache erspähen. »Du hast recht, ich glaube, von irgendwoher zieht es.«

»Ist ein Fenster auf?«

»Das kann ich mir kaum vorstellen.« Seine Hände lösten

sich von ihrer Taille, und er ging langsam durch den Salon, stieß einmal gegen etwas – vermutlich den Tisch –, stöhnte dabei auf und fluchte leise. Dann hörte Anita das Klicken, als würde etwas verriegelt. »Die Verandatür stand offen.«

»Hast du nachgesehen, ob draußen jemand ist?«

»Wer sollte denn um die Zeit draußen sein?«

»Edith Waltz? Und die steht jetzt vor verschlossener Tür?«

Wieder klickte es, und Anita hörte, wie Arno mit gedämpfter Stimme nach draußen rief. »Da antwortet niemand.« Er verriegelte die Tür erneut. »Warum soll sich Edith Waltz bei Nacht im Garten herumtreiben?«

»Vielleicht trifft sie einen Liebhaber?«

»Den kann sie auch im Haus empfangen, ihr droht ja niemand mit Kündigung.«

»Die Eltern der Frauen, die hier unterrichtet werden, möglicherweise.«

»Ich halte sie für erfahren genug, das klug anzustellen. Aber wie auch immer, selbst wenn sie draußen sein sollte, wird sie einen Schlüssel dabeihaben und kann vorne herum wieder rein. Ich vermute eher, dass jemand abends vergessen hat, die Tür vernünftig zu schließen.« Er kam zu ihr zurück, hob sie auf eine Kommode und küsste sie, aber Anita war die ganze Zeit gedanklich bei der Tür.

»Was«, sagte sie und drehte ihren Kopf beiseite, sodass sein Mund ihre Wange streifte, »wenn jemand da draußen steht und uns beobachtet?«

»Was sollte derjenige denn sehen im Finstern?«

»Ich weiß es nicht, es ist einfach ein komisches Gefühl.«

»Sollen wir woanders hingehen?«

»Was schlägst du vor?«

Er zögerte. »Mein Zimmer?«

»Na, so weit sind wir noch nicht, oder?«

»Wir müssen ja nicht gleich …«

Sie rutschte von der Kommode. »Was ist mit der Bibliothek?«

»Auch eine Möglichkeit.«

Sie verließen den Salon und gingen durch das dunkle, stille Haus, wobei Arno Anitas Hand hielt, ihre Finger liebkoste. In der Bibliothek war es etwas wärmer als in der Halle. Der Raum durfte nicht auskühlen, da sonst die Bücher schimmelten. Es wirkte heimelig durch den Geruch von Papier, gewachstem Holz und Leder.

»Das ist viel besser.« Anita zog Arno an sich und küsste ihn.

Es war kurz vor zwei Uhr, als Josh sein Motorrad abstellte und Inga zu Fuß das letzte Stück zum Haus begleitete. Ihre Beteuerungen, er solle sich keine Umstände machen, tat er mit einer knappen Handbewegung ab.

»Ich lasse dich nicht im Stockfinstern allein.«

»Das Haus ist doch in Sichtweite.« Insgeheim freute sich Inga dennoch über seine Fürsorge. Der Abend war so wunderschön gewesen, sie waren in Köln spazieren gegangen und sogar in einen Tanzschuppen gekommen, in dem man es mit dem Einlass nicht ganz so streng sah. Mit dem offenen Haar und dem Make-up konnte man Inga durchaus auch ein paar Jahre älter schätzen, sofern man in dem schummrigen Licht nicht allzu genau hinsah. Es war einfach herrlich, wie sie getanzt hatten, teils ausgelassen, teils eng umschlungen. Beinahe hätte Inga sich gewünscht, dass er sie küsste, aber es war nichts passiert.

Nun gingen sie nebeneinanderher. Er hielt ihre Hand, und sie fragte sich, ob das eine freundschaftliche Geste war oder ob er vielleicht doch tiefere Gefühle für sie hegte. Doch wenn er in sie verliebt war, wie sollte sie damit umgehen?

Der Weg war stockfinster, die Lampen an der Toreinfahrt warfen nur bleiche Lichtpfützen. Inga und Josh betraten den Hof und umrundeten das Haus, bis sie ans Gartentor kamen. Hier trennten sie sich voneinander, und Josh gab ihr einen keuschen Kuss auf die Wange.

»Bis zum nächsten Mal«, verabschiedete er sich.

Inga drückte seinen Arm und wandte sich ab, um durch den Garten zu eilen. Sie lächelte vor sich hin, während die Tanzmusik in ihr nachhallte und sie sich am liebsten im Takt dazu bewegt hätte. Auf der Veranda blieb sie stehen, umfasste den Knauf der Tür und wollte diese aufrücken, aber sie gab nicht nach. Irritiert drückte Inga erneut dagegen. Klemmte sie? Sie drückte fester, versuchte, sie mit ihrem Gewicht aufzustemmen. Jemand hatte sie verriegelt. Das durfte doch nicht wahr sein. Inga trat zurück, überlegte, was sie nun tun sollte. Warum hatte sie sich nicht den Schlüssel ihrer Mutter gemopst? Sie selbst hatte keinen eigenen, da ihre Mutter dachte, sie würde ihn womöglich noch verlieren – als wäre sie ein kleines Kind.

Und nun? Inga ging langsam an den Fenstern entlang, obwohl sie wusste, dass es sinnlos wäre, denn Frau Schmitz machte jeden Abend einen Rundgang und kontrollierte, dass alles verschlossen war. Hatte sie dieses Mal einen zweiten gemacht? Aber nein, das tat sie nie, sie ging stets um acht Uhr in ihr Zimmer, danach konnte man die Uhr stellen. Im Sommer, wenn die Lehrer oder Schülerinnen den Abend im Garten ausklingen lassen wollten, kümmerten diese sich selbst darum, hinter sich die Tür zu schließen. Inga fragte sich, ob ihr jemand gefolgt war und ihr eins auswischen wollte.

Ratlos ging sie um das Haus herum, kaute auf ihrer Unterlippe, prüfte die Seitentür zum ehemaligen Dienstboteneingang, die erwartungsgemäß abgeschlossen war. Ebenso war natürlich kein einziges Fenster geöffnet. Während anfangs die Anspannung Inga das Herz hatte schneller gehen lassen, war sie nun den Tränen nahe, als sie merkte, dass es keinen Weg ins Haus gab. Das konnte doch nicht sein, sie war doch schon mehrmals fort gewesen, und immer hatte sie problemlos und unentdeckt zurück ins Haus und in ihr Zimmer huschen können.

Obwohl sie wusste, dass er längst fort sein musste, lief Inga in den Hof und hielt Ausschau nach Josh. Die Situation wäre einfacher zu meistern, wenn jemand bei ihr wäre. Außerdem hätte er vielleicht eine Idee gehabt. Warum nur hatte sie ihn nicht darum gebeten, sie in den Garten zu begleiten? Ganz einfach, gab sie sich selbst die Antwort, weil sie das sonst auch nicht tat. Sie wischte sich die Tränen von den Wangen, und schon quollen die nächsten hervor. Das war doch einfach zu dumm. Sie schniefte und ging zur Tür, lehnte sich daran. Abgesehen von der Sorge darum, entdeckt zu werden, war es auch lausig kalt. Konnte man erfrieren, wenn man die ganze Nacht hier draußen verbrachte? Nein, so schnell ging das sicher nicht, auch wenn es nachts schon empfindlich kalt werden konnte.

Obwohl sie wusste, dass es zwecklos war, tastete Inga die Fenster ab, drückte dagegen, rüttelte sacht daran, in der Hoffnung, eines werde nachgeben. Dabei weinte sie vor Verzweiflung, stellte sich vor, was ihre Mutter tun würde, wenn sie sie nun bei Nacht aus dem Bett läutete. Welche Entschuldigung sollte sie vorbringen? Dass sie nachts frische Luft hatte schnappen wollen und nicht wieder hineingekommen war? Aber die Person, die die Tür geschlossen hatte, würde die Wahrheit kennen, vielleicht war es sogar ihre Mutter selbst gewesen. Ein geradezu lähmender Schreck durchzuckte sie. Und wenn ihre Mutter entdeckt hatte, dass Inga nicht in ihrem Bett lag, und die Tür verriegelt hatte, um sie zu bestrafen und dazu zu zwingen, über die Haustür wieder ins Haus zu kommen?

Während sie gerade verzweifelt am nächsten Fenster rüttelte, gab dieses so unvermittelt nach, dass sich Inga ein leiser Schrei entrang.

»Wer ist da?«, hörte sie eine Männerstimme, und ihr blieb fast das Herz stehen.

»Herr Hesse?«

»Inga?« Die Stimme klang ungläubig. »Was machst du denn dort draußen?«

»Die Salontür war verschlossen?« Sie hörte selbst, wie klein und verheult ihre Stimme klang.

»Du liebe Güte, das tut mir leid.« Er öffnete das Fenster ganz, nahm ihren Arm und half ihr hindurch. »Ich war kurz im Salon und habe gemerkt, dass es zieht.«

Sie schniefte und wischte sich die Nase sehr undamenhaft mit dem Mantelärmel ab. »Bitte, Herr Hesse, verraten Sie mich nicht.«

»Keine Sorge. Ich habe auch schon die ein oder andere Dummheit gemacht.«

»Warum stehen Sie denn hier im Dunkeln in der Bibliothek?« Bei allem Schreck und gleichzeitiger Erleichterung fand Inga es doch seltsam, ihn hier so vorzufinden.

»Ich habe gehört, dass jemand am Fenster rüttelt, da erschien es mir besser, wenn ich nicht im hell erleuchteten Raum stehe wie auf einem Präsentierteller.« Nun jedoch legte er den Schalter um, und in der plötzlichen Helligkeit musste Inga blinzeln.

Die Anspannung fiel in diesem Moment von ihr ab, ihr war so schlecht, dass sie sich hätte übergeben können, und sie lehnte sich mit dem Rücken an eine Kommode, atmete tief durch.

»Geht es?«, fragte Arno Hesse.

Sie nickte nur, und er gab ihr einen Moment, wandte sich ab und ging zielstrebig auf ein Regal zu, hielt einen Moment inne und griff dann nach einem Buch.

»Machst du das öfter?«, fragte er. »Dich bei Nacht davonschleichen?«

Sie schwieg.

»Du musst es mir natürlich nicht erzählen, aber künftig solltest du es vielleicht klüger anstellen und dafür sorgen, wieder hineinzukommen.«

»Ach, denken Sie mal an. Was glauben Sie, wofür die offene Verandatür gedacht war?«

»Viel zu unsicher, da besteht immer die Gefahr, dass es jemand merkt. Aber du könntest die Seitentür aufschließen, das überprüft nachts niemand mehr.«

»Wenn meine Mutter wüsste, dass Sie mir helfen, nachts auszubüxen.«

»Das tue ich nicht, ich halte es sogar in höchstem Maße für unvernünftig. Aber dass du die ganze Nacht draußen stehst und nicht wieder zurück ins Haus kommst, macht die Sache ja nun nicht gerade sicherer.«

Sie schwieg.

»Dann sieh nur zu, dass du wenigstens unbemerkt in dein Zimmer kommst.«

»Ja, das sollte ich jetzt wohl tun. Vielen Dank und gute Nacht.«

»Gute Nacht.« Inga verließ die Bibliothek und ging die Treppe hinauf, wickelte sich den Schal vom Hals, denn mittlerweile war ihr ziemlich heiß geworden.

Auf ihrem Zimmer zog sie den Mantel aus, streifte sich die Stiefel von den Füßen, knöpfte das Kleid auf und konnte nun sogar wieder den Nachhall der Nacht mit Josh genießen, sich an den Tanz mit ihm erinnern. Im Nachthemd lief sie leise durch den Korridor zum Bad, putzte sich die Zähne, ging zur Toilette und hörte, wie jemand den Flur durchquerte. Vermutlich Arno Hesse, der jetzt auch den Weg ins Bett fand. Inga kämmte sich das Haar, flocht es ein und ging zurück in ihr Zimmer. Obwohl sie müde war, konnte sie erst einmal nicht einschlafen, weil sie viel zu aufgewühlt war von den Ereignissen der Nacht. Sie dachte an Josh, lächelte und merkte, wie sie langsam wegdämmerte.

Als Helgas Wecker am Samstagmorgen schrillte, kam es Anita so vor, als wäre sie gerade erst ins Bett gegangen. Sie richtete sich auf, fühlte sich wie gerädert, dabei hatte es sich dieses Mal nicht einmal gelohnt, sich die Nacht um die Ohren zu schlagen. Erst die Unterbrechung im Salon, und dann, als sie Arno in der Bibliothek gerade gestattet hatte, mit der Hand unter ihren Pullover zu gleiten und ihren Bauch zu liebkosen, hatte jemand am Fenster gerüttelt. Erschrocken waren sie auseinandergefahren, und Anita hatte Arno gebeten, nicht zum Fenster zu gehen, aber er hatte – sicher zu Recht – zu bedenken gegeben, sie hätten womöglich doch jemanden ausgesperrt.

Während er zum Fenster geeilt war, hatte Anita rasch den Raum verlassen, und da sie Arno danach nicht mehr gesehen hatte, wusste sie immer noch nicht, wer dort am Fenster gewesen war. Sie drehte sich im Bett um, hörte, wie Helga das Zimmer verließ, und schloss die Augen wieder. Beim Schrillen ihres eigenen Weckers tastete sie mit der Hand unter der Decke hervor, stöhnte leise und wollte am liebsten einfach liegen bleiben. Sollte sie Unwohlschein vorschützen? Aber dann müsste sie womöglich den ganzen Tag im Bett bleiben, und das wollte sie nun auch nicht. Kurz darauf ertönte ihr Wecker erneut, und sie tastete mit der Hand unter der Decke hervor, um ihn auszuschalten. Nur noch einmal die Augen schließen, dachte sie.

Sie wurde wach, als Helga hereinkam und ein betont lautes »Guten Morgen« rief. Blinzelnd und gähnend richtete Anita sich auf, warf die Decke zurück und erschauderte. An die morgendliche Kälte in den Schlafzimmern würde sie sich nie gewöhnen. Eine Gänsehaut kroch über ihre Arme und Beine, während sie nach ihren Pantoffeln tastete und den Morgenmantel überzog. Im Korridor war es noch kälter, und bibbernd ging sie zu den Waschräumen. Immerhin vertrieb die Kälte auch den letzten Rest Müdigkeit, und so war sie deutlich wacher, als sie in ihr Zimmer zurückkehrte, wo sie sich nun beeilen musste, um pünktlich beim Frühstück zu erscheinen.

Die anderen saßen schon alle, als Anita dazukam. Sie warf einen verstohlenen Blick zum Tisch der Lehrer und stellte fest, dass Arno noch nicht da war. Hoffentlich hatte es nachts keinen unangenehmen Zusammenstoß am Fenster gegeben. Andererseits hätten sie davon schon längst gehört, denn ein Einbruch und Überfall wären sicher nicht unbemerkt geblieben. Kaum hatte sie den Gedanken zu Ende gedacht, sah sie Arno in den Saal kommen und atmete auf. Sie war begierig darauf, zu erfahren, wer dort am Fenster gewesen war, aber sie würde sich gedulden müssen.

Nach dem Frühstück brachen die Frauen, die jede Woche heimfuhren, auf, während sich Anita mit Henriette, Katharina und Helga in den Aufenthaltsraum zurückzog. Sie hatte überlegt, nach Köln zu fahren, aber das kam natürlich nicht infrage, weil Helga auf Ergebnisse drängte. Hoffentlich kam dieses Wochenende ein junger Mann, mit dem sie sie bekannt machen konnte. Während sich Helga mit einer Kladde auf dem Schoß hinsetzte und eifrig hineinschrieb, unterhielten sich die anderen über den jüngeren, heiratsunwilligen Bruder von Henriette.

»Bring ihn doch mal mit«, schlug Katharina vor.

»Besser nicht.« Henriette lachte. »Nachher werde ich noch von der Schule geworfen.«

»Ich finde, ihr könntet eure Familien ruhig mal hierher einladen«, sagte Anita. »Wäre bestimmt unterhaltsam, mit den älteren Brüdern und Schwestern nach Köln zu fahren. Es sind ja nicht alle so konservativ wie meine Schwestern.«

»Meine wäre sofort dabei«, entgegnete Katharina.

»Mein vernünftiger Bruder auch«, sagte Henriette, »aber seine künftige Verlobte ist sehr eifersüchtig. Kaum auszudenken, was passiert, wenn er mit mehreren jungen Frauen in die Stadt fährt.«

Die jungen Frauen kicherten.

»Was schreibst du da eigentlich?«, fragte Henriette. »Einen Brief?«

Helga schlug die Kladde zu, und ihre Wangen röteten sich leicht. »Ach, nichts Besonderes.«

»Du wirst ganz rot«, neckte Katharina sie. »Ein Liebesbrief, ja? Erzähl mal.«

»Lass sie doch«, kam es von Henriette. »Wenn sie es nicht erzählen will.«

»Ach, es ist nur eine kurze Geschichte«, antwortete Helga. »Ich schreibe sehr gerne.«

»Und was machst du mit den Geschichten?«

Helga zuckte nur mit den Schultern und schien nicht gewillt, darüber zu sprechen, als sei ihr die plötzliche Aufmerksamkeit unangenehm.

Später gingen sie hinunter. In der Eingangshalle begrüßte Melanie Voigt gerade ihren Bruder und ihren Verlobten. Wahrscheinlich würden sie später zusammen zu Mittag essen.

»Pass auf«, sagte sie zu Helga. »Geh zu der Ulme, wo ich immer rauche, und ich sehe zu, dass Henrik dazukommt.«

»Aber sag ihm nicht so plump, dass er zu mir kommen soll, das wirkt dann irgendwie seltsam.«

Anita verdrehte die Augen. »Das weiß ich selbst. Also los.«

Unter Melanies missbilligenden Blicken sah sie Henrik an, lächelte und neigte den Kopf. Dann ging sie hinaus zu der Ulme, wo Helga stand. Die sah sie fragend an.

»Gedulde dich«, antwortete Anita. Und in der Tat trat kurz darauf Henrik hinaus, stutzte kurz, als er bemerkte, dass sie nicht allein wartete, aber näherte sich dennoch folgsam. Freundlich grüßte er Helga, die nun doch etwas nervös wirkte. Anita wartete, bis er sich eine Zigarette angezündet hatte, und entschuldigte sich dann. Seinen fragenden Blick ignorierend ging sie rasch zurück zum Haus und schloss die Eingangstür hinter sich. Mit der Zigarette in der Hand konnte er ihr jetzt nicht einfach hinterher, das wäre Helga gegenüber unhöflich.

Anita war zufrieden mit sich. Zumindest konnte Helga ihr nicht vorwerfen, sich nicht bemüht zu haben. Dass aus ihr und Henrik etwas werden würde, bezweifelte sie zwar, aber das war dann ja nicht mehr ihre Sache. Sie suchte nach Arno, in der Hoffnung, ihn unauffällig sprechen zu können. Schließlich fand sie ihn in der Küche, was ihr gut passte, denn hierher konnte sie immer unter einem Vorwand kommen.

»Wer war das letzte Nacht?«, fragte sie ohne Umschweife.

»Inga Waltz«, entgegnete er sehr leise, nachdem er sich vergewissert hatte, dass niemand sie hörte.

»Ach?« Anita erinnerte sich daran, wie sie Inga abends hatte fortschleichen sehen. »Und wo war sie?«

»Das hat sie mir nicht verraten. Künftig wird sie sich wohl besser vorsehen.« Er sah sie an, ein liebkosender Blick, der einen kleinen Schauer durch ihren Bauch jagte. »Sehen wir uns heute Abend wieder?«

Sie nickte.

»In der Bibliothek?«

Jetzt lächelte sie. »Gerne. Dieses Mal wird wohl niemand Einlass verlangen.«

»Das hoffe ich doch.«

Sie bereitete sich einen Tee zu und wollte gerade in den Aufenthaltsraum gehen, als ihr Henrik begegnete, der übel gelaunt wirkte.

»Weißt du«, begann er, »du kannst es mir auch einfach sagen, wenn du mich nicht mehr treffen willst. Aber hinauslocken und mir dieses Mauerblümchen ans Bein zu binden ist wirklich schäbig.«

»Sag nicht so hässliche Dinge über sie«, entgegnete Anita und meinte es ernst. Wenn sie so über Helga dachte, war das eine Sache, aber es aus dem Mund eines Mannes zu hören, dem vermutlich im Leben alles in den Schoß gefallen war, stieß ihr übel auf. »Du hättest ja nicht bei ihr bleiben müssen.«

»Ich konnte ja nicht einfach gehen und sie stehen lassen. Und sie anschweigen ging auch schlecht.«

»Und worüber ärgerst du dich nun? Mit ihr zu reden heißt ja wohl nicht, dass ich sie dir ans Bein gebunden habe.«

»Wir fahren morgen nach Köln.«

Anita hob die Brauen.

»Das ergab sich einfach so, ich weiß selbst nicht, wie sie das Gespräch dorthin gelenkt hat. Aber sie nicht in die Stadt einzuladen hätte mich zutiefst ungalant wirken lassen.«

Jetzt musste Anita lachen. »Und daran soll ich schuld sein? Dass du ihr als Gesprächspartner nicht gewachsen bist und dich von ihr dorthin dirigieren lässt, wo sie dich haben möchte?«

Er wirkte verärgert. »Ich bin eben nicht so erzogen, einer Dame eine Abfuhr zu erteilen.«

»Aber dazu, schlecht hinter ihrem Rücken über sie zu reden?«

»Du hast recht, es tut mir leid.«

»Vielleicht ist sie ja gar nicht so übel, und ihr unterhaltet euch gut.«

Er zuckte nur mit den Schultern.

»Im Übrigen«, konnte sich Anita nun nicht verkneifen, zu sagen, »hat deine Schwester mir sehr deutlich zu verstehen gegeben, dass sie nicht wünscht, dass ich dich weiterhin treffe. Offenbar bist du ihrer Freundin versprochen.«

Er zog die Brauen zusammen. »Das hat sie gesagt?«

Anita nickte.

»Also, das ist doch … Entschuldige mich bitte.« Er stürmte davon, vermutlich stand seiner Schwester ein unerfreuliches Gespräch bevor. Zufrieden lächelnd ging Anita in ihr Zimmer.

Kapitel 10

Der erste Advent rückte näher, und obwohl Anita fand, dass die Weihnachtsdekoration der Bibliothek einen wunderbar heimeligen und nostalgischen Anstrich verlieh – auch bei Nacht, wenn nur das Mondlicht in den Raum schien, so hatte sie derzeit keinen Sinn dafür. Sie lag mit Arno auf dem Sofa, der sie küsste und sie gleichzeitig mit sehr gewagten Liebkosungen bedachte. Seine Hand war über ihren Bauch geglitten, hatte den Rock gerafft, ihre Oberschenkel gestreichelt, war langsam immer forscher geworden. Anita keuchte, schloss die Augen, löste sich aus dem Kuss, um ihr Gesicht in seine Armbeuge zu drücken, während ihre Hand sich in sein Hemd krallte, als sich ihr Verlangen in einer Welle entlud.

Heftig atmend richtete sie sich auf, wand sich unter seinem Arm hervor und schob seine Hand weg. So hatte sie sich noch nie gehen lassen, und so aufregend es gewesen war, war es ihr nun irgendwie peinlich. Was hatte sie sich denn dabei gedacht, sich von ihm auf diese Weise berühren zu lassen? In dem sachten Nachhall war ihr gar, als hätten seine Finger Spuren hinterlassen, die unter ihrer Haut glühten.

»War es nicht schön?«, fragte er, wobei er ihre Reaktion offenbar fehldeutete.

Anita schloss die oberen Knöpfe ihrer Bluse. Wie widersinnig, dachte sie, dass sie ihm diesen Zugang verwehrt, ihm aber einen anderen erlaubt hatte. Mit einem Aufseufzen lehnte sie sich zurück, wobei ihr der Atem immer noch schnell ging. Arno hatte sich ebenfalls aufgesetzt, drehte sich nun zu ihr und berührte sanft ihr Gesicht, damit sie ihn ansah. Dann küsste er sie, und sie erwiderte den Kuss, schlang schließlich die Arme um seinen Hals und presste den Körper an ihn. Wie schnell die Scham vergessen war, dachte sie noch, als sie seine Hände unter der Bluse spürte und sich ihrerseits daranmachte, ihn zu erkunden, ihn zu streicheln, während er leise aufstöhnte. Irgendwann fiel ihre Bluse zu Boden, das Hemdchen folgte, und Anita gebot seinen Zärtlichkeiten keinen Einhalt, ließ zu, dass er sie mit Liebkosungen und Küssen liebte.

Die Vernunft setzte auch dieses Mal erst ein, als die Lust in ihr abklang. Was tat sie hier eigentlich? Lag halb nackt bei einem Mann, den sie kaum kannte, und gebärdete sich vollkommen enthemmt. Sie zog sich wieder an, schloss die Knöpfe ihrer Bluse und rückte den Rock zurecht, als sie sich erhob.

»Bist du sicher, dass du schon gehen möchtest?«, fragte Arno.

»Ja, ich … ich bin müde.«

»Verstehe.« Er stand nun auch auf. »Ich hoffe, ich war dir nicht zu forsch?«

»Nein, schon gut. Wenn wir es auf diese Weise tun, kann ich wenigstens nicht schwanger werden.«

»Das dürfte in der Tat schwierig sein.«

Anita hatte durchaus gespürt, wie erregt er gewesen war, er hatte aber nicht einmal den Versuch gemacht, sich seiner Hose zu entledigen, sondern sich ganz und gar ihrem Genuss hingegeben. Das rechnete sie ihm durchaus an.

»Sehen wir uns morgen Abend wieder?«, fragte er.

»Ich … Mir geht das zu schnell, Arno.«

»Du hättest doch Nein sagen können.«

Wenn das nur so einfach wäre. Es war ja nicht so, dass es ihr nicht gefiel, ganz im Gegenteil. Aber sie wollte auch nicht, dass er dachte, sie sei so leicht zu haben. Was käme als Nächstes? Zweifellos sein Bett, denn irgendwann wollte schließlich auch er auf seine Kosten kommen. Und Anita ahnte, dass sie sich nur zu bereitwillig darauf einlassen würde. Aber war sie bereit, die möglichen Konsequenzen zu tragen? Was, wenn er daraufhin das Interesse verlor, wie Männer das gelegentlich taten, wenn sie bekommen hatten, was sie wollten?

»Wir könnten mal wieder am Wochenende zusammen ausgehen.«

»Sehr gerne.«

»Samstag?«

»Nach dem Mittagessen?«

»Das klingt wunderbar.«

Er zog sie an sich, küsste sie zum Abschied, und kurz darauf huschte sie aus der Bibliothek. In ihr pochte das Verlangen, während sie zur Tür ging und den Korridor betrat, der zur Schülerinnentreppe führte. Jetzt verstand sie, warum man sich gar zu leicht auf eine solche Beziehung einließ, denn sogar jetzt wäre sie am liebsten zurückgelaufen und hätte sich erneut mit ihm auf das Sofa gelegt, damit er all das wieder tat, was er zuvor mit ihr getan hatte. Aber mit einigem Abstand zu ihm siegte immerhin die Vernunft.

Anita wusch sich, kleidete sich um und legte sich ins Bett, nur um dann nicht einschlafen zu können. Es war so schön gewesen mit Arno, so aufregend, und jetzt pulsierte das Verlangen in ihr. Warum nur hatte sie abgelehnt, ihn in der kommenden Nacht zu treffen? Sie wollte ihn so sehr, dass sie überlegte, ihm einfach zu sagen, sie hätte es sich anders überlegt. Über diesen Gedanken schlief sie ein und wachte wenige Stunden später beim Schrillen des Weckers wie gerädert auf.

Das Essen mit Henrik Voigt war nett – aber leider auch nicht mehr als das. Er und Helga hatten sich gut unterhalten, er war überaus höflich und … nun ja, nett eben. Darüber hinaus hatte er kein Interesse an ihr, das war Helga klar. Allerdings war sie sich nicht sicher, ob sie selbst überhaupt mehr wollte als dieses eine Treffen. Sie hatten sich wirklich überhaupt nichts zu erzählen. Dabei gefiel er ihr ausnehmend gut, er sah blendend aus, war kultiviert, aber der Funke sprang einfach nicht über. Sie hätte gerne ausprobiert, ob das vielleicht anders war, wenn sie ihn küsste, aber dazu war es gar nicht gekommen.

Auf Anitas Frage, wie das Treffen verlaufen sei, hatte Helga nur mit den Schultern gezuckt und gesagt, dass sie es noch mit anderen jungen Männern versuchen wolle. Immerhin hatte Anita sich einen triumphierenden oder gar schadenfrohen Kommentar verkniffen, sondern lediglich genickt. Es war ärgerlich, dass es nicht auf Anhieb geklappt hatte, aber Helga blieben ja noch gut zweieinhalb Jahre bis zum Abschluss. Jetzt galt es erst einmal, eine Taktik zu entwickeln, um der Adventsfeier zu entgehen. Während die anderen schon planten, was sie beisteuerten, hüllte sie sich in Schweigen. Marlene fragte sie einmal, was sie denn backen würde, und Helga murmelte etwas von einem geheimnisvollen Familien-Plätzchenrezept. Das war nicht einmal gelogen, sie besaßen wirklich ein famoses Rezept, das innerhalb der Familie weitergegeben wurde, aber so geheim war es letztlich nicht.

»Was schreibst du da eigentlich die ganze Zeit?«, fragte Antonia, während sie ihre freie Stunde im Aufenthaltsraum verbrachten. »Die ganze Zeit sitzt du mit dieser Kladde da.«

»Ach, nichts Besonderes.« Helga schlug das Notizbuch zu.

»Jetzt mach doch nicht so ein Geheimnis daraus. Schreibst du einen Brief vor?«, fragte Katharina.

»Lass sie doch, wenn sie es nicht erzählen will«, entgegnete Henriette.

Helga spürte, wie ihr das Blut ins Gesicht stieg. »Es ist wirklich nichts Aufregendes, nur ein Text.«

»Aber nicht für den Unterricht?«, fragte Marlene.

»Daraus müsste sie ja kein Geheimnis machen«, kam es von Tanja.

»Es ist eine Geschichte für eine Zeitschrift, die einen Wettbewerb ausgeschrieben hat«, antwortete Helga.

»Wirklich? Wie spannend«, sagte Linda.

»Dürfen mir es mal sehen?«, fragte Antonia.

Genau das hatte Helga geahnt und befürchtet, und so wusste sie nicht, was sie antworten sollte.

»Wenn du es veröffentlichst, können wir es doch ohnehin lesen«, führte Antonia ins Feld.

Das stimmte natürlich. Aber Helga war es trotzdem unangenehm. Es war ein sehr beliebtes Haushaltsmagazin, in dessen Backsparte eine Kurzgeschichte erscheinen sollte, in der es um das Thema Backen ging. Zudem sollte in der Geschichte ein eigenes Rezept vorkommen. Helga hatte ihre eigenen Missgeschicke mit beißendem Witz und Ironie schriftstellerisch verarbeitet und dabei das Plätzchenrezept ihrer Familie beigesteuert. Das gelang am Ende dann nur deshalb, weil sie die spezielle Butter benutzt hatte, die ebenfalls in der Kurzgeschichte beworben werden sollte. Zögernd reichte sie Antonia die Kladde, und die anderen beugten sich über Antonias Schultern, um mitlesen zu können. Helga hörte, wie Marlene auflachte, und auch Antonia grinste breit beim Lesen. Auch von den anderen hörte man immer wieder ein Lachen, während sie lasen. Schließlich sagte Henriette: »Du hast ja ein verborgenes Talent. Ich wusste gar nicht, dass du so gut schreiben kannst. Warum trägst du es nicht zur Adventsfeier vor?«

Helga spürte, wie ihr das Blut ins Gesicht stieg. »Ich kann

mich doch nicht einfach hinstellen und eine Geschichte vorlesen.«

»Doch, natürlich«, entschied Henriette. »Jeder soll etwas beisteuern, und du hast eben deine Geschichte.«

»Aber gemeint ist doch, dass wir etwas backen sollen«, wandte Marlene ein.

»Wo steht das?«, fragte Antonia.

»Na ja, das ist doch selbstverständlich ...«

»Finde ich nicht«, widersprach Henriette. »Es gibt sicher genug zu essen, da ist eine Geschichte mit einem Rezept darin doch eine schöne Abwechslung.« Sie reichte Helga die Kladde. »So, wie ich das einschätze, hast du ohnehin keine rechte Lust zu backen, nicht wahr? Deine mangelnde Begeisterung für die Feier ist ja kaum zu übersehen.«

Wieder stieg Helga das Blut ins Gesicht, dabei neigte sie normalerweise nicht zu dieser Art von Verlegenheit. »Na ja, es gibt in der Tat Dinge, die mir mehr Spaß machen ...«, wandte sie zögernd ein.

»Wie Schreiben?« Antonia klatschte in die Hände. »Das ist famos. Und wenn die Geschichte dann auch noch in einer Zeitschrift erscheint, wird Edith Waltz mit dir angeben wollen.«

»Dafür muss sie erst einmal genommen werden.« Helga hoffte zwar darauf, war aber nicht ganz so zuversichtlich, dass es klappte.

»Das wird sie bestimmt, sie ist so lustig. Wie kann man sich selbst so geschickt aufs Korn nehmen? Ich könnte das nicht«, sagte Katharina.

»Ich schreibe einfach gern«, antwortete Helga.

»Hast du noch mehr Geschichten?« Antonia zwirbelte eine Haarsträhne um ihren Finger.

»Ja, aber das ist die erste, die ich hier geschrieben habe.«

Henriette sah auf die Uhr. »Wir müssen los. Trag die Geschichte auf jeden Fall vor, Helga. Ich denke, an fehlenden Plätzchen sollte es nicht scheitern.«

Nachmittags standen nur noch die Handarbeitsstunden an. Es galt immer noch, Schals und Mützen für notleidende Kinder zu fertigen, und das ging ihr leicht und schnell von der Hand, sodass sie ihre Gedanken schweifen lassen konnte. Der Zuspruch der anderen tat ihr gut, es war das erste Mal, dass sie sich in einem Bereich hervortat. Dass ihr jetzt auch der Schal so leicht von der Hand ging, tat sein Übriges, damit ihre Laune zum Abend hin deutlich gehoben war. Als Marlene beim Abendessen ankündigte, ihre Brüder würden am Wochenende zu Besuch kommen, und sie könnten dann zusammen nach Köln, war sie fast schon glücklich, weil sich nun doch alles so gut entwickelte. Vielleicht kam sie ihren Zielen ja endlich Stück für Stück näher.

Henriette, Antonia und Katharina hatten sich bei Anita und Helga im Zimmer eingefunden, und zunächst drehte sich die Unterhaltung um einen jungen Mann, den Katharina beim letzten Besuch in ihrer Heimatstadt kennengelernt hatte.

»Helga«, sagte Antonia dann. »Wir kennen mittlerweile von allen den ersten Kuss, nur von dir noch nicht.«

Interessiert sah Anita Helga an, die nun verlegen wirkte. »Ach«, antwortete diese schließlich, »das war nicht weiter spektakulär. Er heißt Walther, wohnt derzeit bei meinen Eltern in meinem Zimmer, schläft in meinem Bett und hat mich einmal auf einer Maifeier geküsst. Nicht sehr erinnerungswürdig, muss ich gestehen.«

»Warum schläft er in deinem Bett?«, fragte Henriette.

»Weil seine Wohnung wohl renoviert wird oder so, und da haben meine Eltern großzügig mein Zimmer angeboten, sodass ich bei meinem Überraschungsbesuch aufs Wohnzimmersofa musste. Es gibt zwar noch das Zimmer meines verstorbenen Bruders, aber da durfte ich nicht hinein, der Besuch ebenso wenig. In den Genuss, dort schlafen zu dürfen, kommt nur mein erstgeborener Sohn.«

Anita starrte Helga ebenso ungläubig an wie die anderen drei. »Wollen sie womöglich auch noch, dass du diesen Walther heiratest, wenn sie ihn schon in dein Bett lassen?«

»Ja, das sähen sie wohl gerne. Aber darauf können sie lange warten.«

»Eben«, bestätigte Antonia. »Das darfst du dir nicht bieten lassen.«

»Es gibt nur leider nicht viel, was ich dagegen tun kann, zumindest, was mein Zimmer angeht, auf das ich offenbar keinen Anspruch mehr habe. Aber heiraten werde ich ihn nicht.«

»Solltest du auch nicht, wenn er dir nicht gefällt.«

Anita wollte gerade etwas sagen, als das Licht flackerte und im nächsten Moment erlosch.

»Ist die Glühbirne durch?«, fragte Katharina.

»Könnte sein.« Anita erhob sich, als sie Stimmen auf dem Korridor hörte, und lauschte. »Klingt allerdings eher so, als hätten nicht nur wir dieses Problem.«

Sie tastete sich zur Tür, hörte, wie die anderen ihr folgten, wobei Katharina aufstöhnte, als sie offenbar irgendwo anstieß. In der Tat war auch der Korridor stockfinster, und sie hörte das Klicken, als jemand mehrmals den Lichtschalter betätigte.

»Der wird auch nicht wieder funktionieren, wenn du die ganze Zeit auf den Schalter drückst«, sagte eine Frauenstimme.

»Ja, schon gut, hab's ja nur probiert.«

Im Dunkeln tasteten sie sich durch den Korridor. »Hat jemand eine Taschenlampe?«

Niemand antwortete.

»Tja, jetzt wäre die gute alte Zeit hilfreich, wo es überall Kerzen, Öllampen und Streichhölzer gab«, sagte eine andere.

»Hör mir damit auf, diese Zeiten hatte ich nach dem Krieg ausreichend, und so schnell brauche ich die nicht wieder«, entgegnete Antonia.

Anita musste ihr insgeheim zustimmen. Sie fand es außerdem ganz amüsant, hier im Dunkeln durch die Gänge zu schleichen und sich zur Treppe zu tasten. Vielleicht war der Strom ja auch morgen noch nicht wieder da, was bedeuten würde, sie hätten einen freien Tag.

Als sie durch die Tür in die Halle traten, stellten sie fest, dass auch hier alles finster war, und irgendwie hatte das etwas Unheimliches, befand Anita. Die Stimme der Haushälterin Frau Schmitz war zu hören, und kurz darauf kam jemand mit einer Taschenlampe, Raymund Keller, wie Anita erkannte.

»Herr Hesse geht gerade in den Keller zum Stromkasten«, erklärte er den jungen Frauen. »In Kürze wird das Licht bestimmt wieder funktionieren.«

Die anderen dachten offenbar so wenig wie Anita daran, sich in ihre Zimmer zurückzuziehen, und so war bald vielstimmiges Geplauder zu hören, teilweise sogar leises Lachen. Für Anita war die Hauptsache, dass die Heizung funktionierte, und die lief ja nicht über Strom. Das Wasser wurde von einem gasbetriebenen Boiler beheizt, also stand nicht zu befürchten, dass sie würde frieren müssen. Eigentlich war das Ganze dann in dieser Hinsicht doch recht amüsant. Ob sie einmal das Haus erkunden sollte? Sich im Dunkeln durch verbotene Räume tasten? Aber wenn dann plötzlich das Licht anging, wäre sie wohl in arger Erklärungsnot.

Kurz darauf trat Arno mit Edith Waltz in die Halle. »Es lag nicht am Hauptschalter«, erklärte er. »Da ist irgendetwas durchgeschmort, und wir werden einen Elektriker rufen müssen. Der wird aber nicht vor morgen kommen.«

Jemand kicherte nervös.

»Wir versorgen Sie gerne mit Taschenlampen«, sagte Edith Waltz. »Leider habe ich nicht ausreichend, um jedes Zimmer auszustatten, aber eine pro Jahrgang wird genügen, um es sicher nach oben zu schaffen. Dort können Sie sich bald zur Ruhe begeben.«

Um sieben Uhr? Sie hatten doch erst vor einer Stunde zu Abend gegessen. Anita war überhaupt noch nicht müde, und als sie einen Blick zu Arno wagte, der sie anblickte, glomm das Gefühl reinen Übermuts in ihr auf. Stumm verständigten sie sich mit Blicken, und Anita lächelte. Edith Waltz schickte Frau Schmitz los, um die Taschenlampen zu holen, während die Frauen allesamt noch gar nicht gewillt zu sein schienen, sich in ihre finsteren Zimmer zurückzuziehen. Als die Taschenlampen schließlich da waren, gingen viele der Frauen zwar hoch, kamen aber kurz darauf mit ihren Mänteln wieder hinunter und schienen eher die Absicht zu haben, einen abendlichen Spaziergang zu unternehmen, als untätig in den Zimmern zu sitzen. Zwei Frauen gingen mit Lena Heinrichs in die Küche, um Tee zu kochen, was mit dem Gasofen ja ohne Weiteres möglich war.

Anita sah Arno, der mit einer Taschenlampe in der Hand dastand und mit Edith Waltz sprach, kurz an, dann ging sie ebenfalls in ihr Zimmer, holte ihren Mantel und kehrte zurück. Nun stand Arno allein in der Halle, und sie nickte ihm zu, ehe sie das Haus verließ.

Wie immer wartete sie unter der Ulme auf ihn und hörte, wie Henriette sich mit Antonia unterhielt, während sie über den Hof gingen, vermutlich auch im Begriff, einen Spaziergang zu machen. Arno kam kurz darauf zu ihr.

»Lust auf ein Abenteuer?«, fragte er.

»Woran dachtest du?«

»Einen Spaziergang im Dunkeln, ohne dass man uns erkennt, und später lassen wir den Abend gemeinsam ausklingen. Pünktlich geht es morgen früh ohnehin nicht los, auch wenn Edith Waltz das jetzt nicht zugeben will, weil sie befürchtet, dass dann gleich der Schlendrian Einzug hält.« Ein Grinsen lag in seiner Stimme.

»Also gut, gehen wir spazieren.« Sie nahm seine Hand. »Die Entscheidung über den weiteren Verlauf des Abends treffe ich dann später.«

Hand in Hand spazierten sie über die dunklen Wege, und Anita hörte aus der Ferne vereinzelt die Stimmen junger Frauen. Sie genoss den Spaziergang, zwar fror sie mittlerweile ziemlich, aber es war einfach schön, in einhelligem Schweigen nebeneinander herzugehen. Offenbar empfand er es ebenso, denn er sagte nichts, sondern streichelte nur mit dem Daumen ihren Handrücken, während er ihre Finger umschlossen hielt. Als es ihr irgendwann zu kalt wurde, sagte Anita, dass sie nun langsam zurückgehen könnten.

»Und was machen wir danach? In diesem Geisterhaus in völliger Finsternis?«, scherzte er.

»Wir könnten uns Bettlaken überwerfen und Leute erschrecken«, schlug sie vor, und er lachte.

Langsam gingen sie auf den Hof zu, und als Arno den Arm um sie legte, sich zu ihr hinunterbeugte und sie küsste, kam sich Anita geradezu verwegen vor. Erst, als sie durch das Portal traten, lösten sich ihre Hände voneinander.

»Kommst du mit mir hoch?«, fragte Arno. »Niemand würde es bemerken.«

Anita dachte an die Antwort, die sie ihm zuvor gegeben hatte, daran, dass sie ihn erst am Wochenende wieder treffen wollte. Andererseits konnte sie nicht leugnen, dass sie die Vorstellung reizvoll fand. Eine so günstige Gelegenheit ergab sich womöglich nie wieder.

»Und wenn man mich bemerkt?«, fragte sie dann doch.

»Wir warten, bis alle im Bett sind, dann geistert auch niemand mehr mit der Taschenlampe durchs Haus.«

Er zog die Tür auf und ließ ihr den Vortritt. In der Halle war es dunkel und still, vermutlich hatten sich die Schülerinnen in ihre Zimmer zurückgezogen oder saßen zusammen im Aufenthaltsraum. Jemand ging oben mit einer Taschenlampe über die Galerie, und Anita hörte die gedämpften Stimmen einer leise geführten Unterhaltung. Seltsam, dachte sie, dass man automatisch die Stimme senkte, wenn es dunkel war. Vielleicht eine Art Instinkt, um im Finstern nicht von den Feinden aufgespürt zu werden.

Sie gingen in die Küche, und nun schaltete Arno die Taschenlampe an und entfachte das Herdfeuer, das auf kleiner Flamme brannte.

»Heiße Schokolade, die Dame?«, fragte er.

»Und wenn uns jemand erwischt?«, entgegnete sie wispernd.

»Dann koche ich Milch auf, und dich hat der Hunger in die Küche getrieben.«

Anita lehnte sich an die Anrichte und sah ihm zu, wie er Milch abmaß und in einen Topf gab. Während er darauf wartete, dass die Milch kochte, schlug er mit einem handbetriebenen Rührgerät Sahne auf. Dann gab er Schokoladenflocken in zwei Tassen, goss die Milch darüber und drückte durch eine Spritztüte je ein Sahnehäubchen darauf.

»Ich glaube, spätestens jetzt wirkt die Ausrede nicht mehr, dass ich mir nur etwas zu essen holen wollte.«

»Ich habe mir eine heiße Schokolade zubereitet und war so galant, dich nicht zuschauen zu lassen.«

Sie tranken die Schokolade im Stehen, damit es nicht allzu vertraulich wirkte, wenn jemand doch noch den Weg in die Küche fand. Es kam jedoch niemand, und nachdem Anita ausgetrunken hatte, stand ihr Entschluss fest, wie sie die Nacht verbringen wollte. Arno schien das zu ahnen, denn er fragte nicht, sondern nahm ihre Hand und führte sie mit sich aus der Küche. Im Stockfinstern gingen sie über die Haupttreppe nach oben, und nun wurde es Anita doch ein wenig flau im Magen.

Sie lief mit ihm durch den Korridor, bis er an einer Tür stehen blieb und sie hörte, wie er einen Schlüssel ins Schloss steckte, es entriegelte und die Klinke drückte. Mit ihm zusammen trat sie ein, und die Tür fiel leise zu, wurde abgeschlossen, und erst dann schaltete Arno die Taschenlampe an. Das Zimmer war hübsch, wirkte von der Einrichtung her nostalgisch angehaucht. Modern waren die Vorhänge und der Lesesessel mit der Stehlampe dahinter. Arno zog seinen Mantel aus, nahm ihr ihren ab und warf beide achtlos über eine Sessellehne.

Danach öffnete er die Vorhänge, sodass der bläuliche Schimmer der Nacht ins Zimmer fiel, dann knipste er die Taschenlampe aus. Es brauchte einen Moment, ehe sich Anitas Augen an die Dunkelheit gewöhnt hatten, und sie nahm Arnos Umriss wahr, die Konturen, die sich mit jeder Bewegung in nächtlichem Zwielicht aufzulösen schienen. Er trat zu ihr, und sie spürte seine Hände auf ihrer Taille, ehe er den Kopf senkte und sie küsste. Sein Mund liebkoste den ihren, während er sie behutsam an sich zog, ihren Rücken streichelte. Anita spürte seine Erregung, streichelte über seinen Bauch, zog das Hemd hoch, um die Hand über seine bloße Haut gleiten zu lassen.

Seine Lippen liebkosten ihren Hals, und Anita spürte, wie er die Knöpfe ihrer Bluse öffnete. Obwohl sie wusste, dass sie ihm Einhalt gebieten sollte, tat sie es nicht, ließ zu, dass er sie ihr auszog und ihren Rock öffnete. Sie löste Knopf um Knopf seines Hemds, schob es ihm über die Schultern, spürte, wie ihr Rock über die Hüften glitt und auf ihre Füße fiel. Sie bückte sich, um aus ihren Stiefeln zu schlüpfen, sah, dass Arno sich seine ebenfalls abstreifte. Im nächsten Moment war sie wieder in seinen Armen, und er hob sie hoch, trug sie durch den Raum, um sie auf sein Bett zu legen. Jetzt erst wurde Anita vollumfänglich klar, was sie hier gerade zu tun gedachte. Vielleicht nahm er ihr Zögern wahr, denn er hielt in seinen Liebkosungen inne.

»Möchtest du lieber gehen?«

»Nein.« Die Antwort war heraus, noch ehe Anita darüber nachgedacht hatte, und als Arno sie küsste, spürte sie, dass er lächelte. Dann tat sie es jetzt eben, hier in diesem Zimmer und mit diesem Mann, dessen Hände sie auf eine Art liebkosten, die ihr einen tiefen Seufzer entrangen. Selbst wenn sie gewollt hätte, in diesem Moment hätte sie unmöglich aufstehen können. Sie wollte nichts mehr, als dass er so weitermachte.

Er zog seine Hose aus, streifte ihr das Hemdchen ab, ließ ihre Wäsche folgen, und bald spürte sie nichts mehr auf ihrer Haut als ihn. Als er schließlich in sie eindrang, sich bewegte, während er sie küsste und Zärtlichkeiten in ihre Kehle murmelte, keuchte sie, und er erstickte jeden verräterischen Laut mit seinen Lippen. Als sich ihr Verlangen schließlich entlud, stöhnte sie auf, klammerte sich an ihn. Kurz darauf erschauerte sein Körper, und sie hörte, wie er ihren Namen hervorstieß, dann sank er heftig atmend neben sie in die Kissen.

Anita spürte tief in sich ein leichtes Pochen, wollte umarmt und gestreichelt werden, und als ahnte Arno das, zog er sie an sich und strich sanft über ihren Rücken, durch ihr Haar, ihren Nacken entlang. Während sie mit geschlossenen Augen dalag und die Zärtlichkeiten genoss, fragte sich Anita jedoch, ob es wirklich das war, was sie gewollt hatte. Sie war so neugierig auf die Liebe gewesen, aber war es wirklich richtig gewesen auf diese Art? Mit einem Mann, mit dem sie im Grunde nur herumtändelte, der keinerlei Anzeichen für ernste Absichten erkennen ließ und darüber hinaus ihr Lehrer war. Sie wollte jetzt nicht darüber nachdenken, denn es war nun einmal geschehen, und da konnte sie es auch genauso gut genießen und sich erst am kommenden Tag Gedanken machen.

»Da hatte der Stromausfall ja doch sein Gutes«, sagte Arno.

»Hm«, entgegnete Anita träge. Dann kam ihr ein Gedanke. »Sag mal, hast du das schon öfter gemacht? Schülerinnen mit auf dein Zimmer genommen?«

»Nein, in dieser Hinsicht war es ebenfalls mein erstes Mal.«

Sie schlang den Arm um seinen Nacken und zog seinen Kopf zu sich hinunter, um ihn zu küssen. »Pass nur auf, dass ich nicht schwanger werde«, sagte sie. »Das könnte uns beide in ziemlich große Probleme stürzen.«

»Ich bin vorsichtig«, antwortete er, und einen kurzen Moment lang war Anita ernüchtert, weil er nicht sagte, sie würden auch da einen gemeinsamen Weg finden. Allerdings wusste sie ja gar nicht, ob es das war, was sie eigentlich wollte. Für immer mit ihm zusammen sein?

Sie kam jedoch nicht dazu, sich darüber Gedanken zu machen, da er bereits wieder damit angefangen hatte, sie zu liebkosen. Sein Verlangen war erneut erwacht, und dieses Mal liebte er sie weniger zurückhaltend und deutlich fordernder als beim ersten Mal, was Anita gut gefiel. Sie schlang die Beine um seine Hüften, während sie dem lustvollen Sog nachgab, der sie mit sich riss.

Sie wäre gerne liegen geblieben, befürchtete jedoch, einzuschlafen und zu spät wieder aufzuwachen. Sobald es draußen hell wurde, schützte sie auch der Stromausfall nicht mehr.

Widerwillig richtete sie sich auf und streckte sich. Sie war zum Umfallen müde und wollte am liebsten unter dem warmen Plumeau in Arnos Armen liegen bleiben.

»Das war wunderschön«, sagte sie und neigte sich noch einmal zu ihm, um ihn zu küssen.

»Ja, das war es.«

»Schade, dass ich jetzt gehen muss.«

Er beugte sich zu seinem Nachtschränkchen und schaltete die Taschenlampe an, um auf die Uhr zu leuchten. Es war kurz nach drei. »Bis zum Morgen sind es noch ein paar Stunden.«

»Ich riskiere lieber nichts.« Anita stand auf, während Arno im Bett blieb und sie im matten Licht der Taschenlampe beobachtete, wie sie ihre Kleidung zusammensammelte und sich anzog.

»Sehen wir uns morgen Abend wieder?«, fragte er.

»Ich möchte mein Glück lieber nicht überstrapazieren«, antwortete Anita, obwohl sie am liebsten »Ja« gesagt hätte. »Aber es bleibt nach wie vor bei Samstag, oder?«

»Das hoffe ich doch.«

Er stand jetzt auch auf und zog sich seine Hose an. »Warte, es ist besser, wenn ich erst einmal schaue, ob niemand auf dem Korridor ist.«

»Halb nackt?« Sie trat zu ihm, streichelte seine Brust und hob den Kopf, um ihn zu küssen.

»Es ist ja dunkel.« Er ging zur Tür, während sie sich ihren Mantel anzog, und öffnete sie gerade weit genug, um hinauszuschauen. »Niemand da.«

»Was hättest du gesagt, wenn jemand dich dabei erwischt hätte, so konspirativ hinauszublicken?«

»Ich hätte einfach gesagt, etwas auf dem Korridor gehört zu haben.«

Sie küssten sich noch ein weiteres Mal, dann huschte Anita

hinaus und ging langsam den Flur entlang. Das Licht einer Taschenlampe blendete sie so unvermittelt, dass sie stehen blieb und die Hand an die Augen hob.

»Darf ich fragen«, kam Edith Waltz' harsche Stimme, »was Sie um diese Uhrzeit hier verloren haben? Auf diesem Korridor?«

Anita war so erschrocken, dass sie kein Wort herausbrachte. Der Strahl der Taschenlampe hatte sich gesenkt, sodass sie die Frau ansehen konnte, die sie in der Hand hielt. Edith Waltz trug einen samtenen Morgenmantel, der vermutlich noch aus der Zeit vor dem Krieg stammte, als sich Frauen ihres Ranges in dergleichen kleideten, um auch in der Abgeschiedenheit ihres Zimmers angemessen aufzutreten.

»Haben Sie Ihre Zunge verschluckt? Im Bett waren Sie ja offenbar noch nicht. Zumindest nicht in Ihrem eigenen.«

Hinter ihr ging eine Tür auf, und Anita erwartete, jeden Moment Arnos Stimme zu hören, es war jedoch die helle eines Mädchens. »Mama, sie war bei mir. Mir hat die Dunkelheit Angst gemacht, da habe ich sie darum gebeten, bei mir zu bleiben, und sie ist wohl im Sessel eingeschlafen.«

»Seit wann hast du Angst vor der Dunkelheit?«, fragte ihre Mutter argwöhnisch.

»Heute war das eben so.« Inga Waltz klang beinahe patzig. »Tut mir leid, wenn das nicht in dein Weltbild passt.«

»Sei nicht ständig so impertinent!« Edith Waltz sah Anita an. »Gehen Sie auf Ihr Zimmer. Sie haben in den privaten Räumlichkeiten nichts zu suchen, aber das möchte ich Ihnen heute Nacht nachsehen. Und du«, wandte sie sich an ihre Tochter, »verschwindest augenblicklich in deinem Bett.«

Anita atmete langsam aus, als sie in Richtung des ehemaligen Dienstbotenkorridors ging. Jetzt, da sie allein war, schlug ihr das Herz bis zum Hals, und ihr wurde klar, wie knapp das gerade gewesen war. Man hätte sie augenblicklich der Schule verwiesen, und wie hätte sie dann dagestanden? Ja, sie wollte nicht hier sein – zumindest zu Beginn nicht, inzwischen gewöhnte sie sich daran –, aber auf diese Weise sollte der Abgang nun nicht geschehen.

Als sie die Tür zu ihrem Zimmer öffnete, lag Helga bereits in tiefem Schlaf. Leise kleidete Anita sich aus, ging ins Bad, um sich zu waschen, und war schließlich bettfertig. Als sie jedoch lag, war die Müdigkeit wie weggeblasen, sie hatte offenbar den Punkt überschritten, an dem sie hätte schlafen gehen sollen. Der Schreck über die Begegnung mit Edith Waltz saß ihr zudem noch in den Gliedern und hinderte sie am Einschlafen. Außerdem war da der Nachklang ihrer Liebesnacht mit Arno, in die sich nun doch die diffuse Angst mischte, einen Fehler begangen zu haben. Und wenn sie nun schwanger war? Könnte man das so einfach vermeiden, gäbe es ja überhaupt keine ungewollten Schwangerschaften. Irgendwann musste sie doch eingeschlafen sein, denn als der Wecker schrillte, öffnete sie die Augen und fühlte eine bleierne Erschöpfung.

Kapitel 11

Helga hätte gerne gesagt, dass ihr zum Jahresende hin das Backen etwas leichter von der Hand ging, aber es war nach wie vor ein Elend. Immerhin war Hanne Mohnschau nicht ganz so streng wie Raymund Keller, aber auch sie machte keinen Hehl daraus, dass sie Helga für einen hoffnungslosen Fall hielt. Der Teig für die Quarkhörnchen war viel zu klebrig, Helga gelang es einfach nicht, ihn in die richtige Konsistenz zu bringen. Es war zum Verzweifeln. Dabei hatte sie alles richtig gemacht, hatte das Mehl mit dem Backpulver gesiebt, dann eine Kuhle hineingedrückt, Ei, Gewürze und Zucker hineingegeben, Wasser zugefügt und alles zu einer Masse verarbeitet. Die war zunächst klumpig geworden, und Helga hatte in Kleinarbeit jeden Mehlklumpen zerdrückt.

Schließlich kamen gepellte Kartoffeln, Quark und Margarine dazu. Helga hatte noch etwas Mehl darübergestreut und dann alles geknetet. Laut Backbuch sollte man, wenn der Teig zu klebrig war, mehr Mehl hinzufügen, und das tat sie nun, ohne einen rechten Erfolg zu sehen. Also mehr Mehl. Und noch mehr. Nun war er zu trocken, das spürte sie direkt. Mit glühenden Wangen knetete Helga verbissen den Teigklumpen, stellte fest, dass die der anderen viel geschmeidiger waren. Als sie ihn auf der bemehlten Fläche ausrollen wollte, war er trocken wie Papier.

»Feuchte deine Hände mit Wasser an«, empfahl Henriette, »und dann knete noch einmal durch.«

Das tat Helga, und jetzt war der Teig zwar wieder etwas

klebrig, aber immerhin formbar. Sie rollte ihn aus, und als Fräulein Mohnschau kam, um einen Blick darauf zu werfen, nickte diese einigermaßen zufrieden. Zwar war der Teig nicht so dünn, wie er sein sollte – man konnte nicht alles haben –, aber immerhin annehmbar. Helga räderte Platten in der Größe eines Tellers, viertelte sie von der Mitte aus und teilte sie dann ein weiteres Mal, sodass sie acht Stücke erhielt. Die bestrich sie an den Spitzen mit verquirltem Ei, oben mit Marmelade, rollte sie zu Hörnchen und bestrich diese wieder mit Ei. Danach kamen sie für zwanzig Minuten in den Ofen.

Helga war danach vollkommen erledigt und froh, dass die Hörnchen frisch und noch warm gegessen werden mussten und daher kurz vor der Kaffeestunde zubereitet worden waren. Sie räumte ihre Arbeitsutensilien weg, spülte ab und wartete darauf, dass die Hörnchen fertig waren.

Am kommenden Freitag würde die Adventsfeier stattfinden, und Helga war sich immer noch nicht sicher, ob sie ihre Geschichte wirklich vortragen sollte. Andererseits bestärkte sie Antonia weiterhin darin, und auch die anderen Frauen ermunterten sie immer wieder. Angesichts der vermutlich misslungenen Hörnchen war die Idee ja auch gar nicht mal schlecht, denn etwas zu essen wollte sie keinesfalls anbieten. Den Tag krank im Bett zu verbringen war jedoch auch keine gute Idee mehr, nachdem sie erfahren hatte, dass bei dieser Feierlichkeit auch die Familienmitglieder anwesend waren und alles etwas entspannter gehandhabt wurde. Zwar würde Helga ihre Eltern nicht einladen, aber sie hatte mitbekommen, dass Henriettes und Marlenes Brüder kommen würden. Lindas Bruder war sich noch nicht sicher, da er seinen Dienstplan nicht kannte. Er war Arzt, was für Helga ein Punkt zu seinen Gunsten war, denn diese verdienten gut, leisteten einen wertvollen Beitrag für die Gemeinschaft und waren oft genug außer Haus, um einem nicht auf die Nerven zu gehen.

Als sie die Hörnchen aus dem Ofen zog, sahen diese immerhin fast genauso gut aus wie die der anderen. Vielleicht waren sie doch nicht völlig misslungen. Sie ließ sie auf einem Rost abkühlen und richtete sie schließlich an, damit sie serviert werden konnten. Dann erst waren sie aus der Küche entlassen.

Auf dem Weg in den Speisesaal plauderten die Frauen miteinander und tauschten sich begeistert und voller Vorfreude über die anstehende Feier aus. Helga sah dem Ereignis mit gemischten Gefühlen entgegen. Einerseits befürchtete sie, sich vollkommen lächerlich zu machen mit ihrer Geschichte und dass man sie womöglich sogar schelten würde, weil sie nichts für das Büfett beisteuerte. Andererseits wären da die jungen Männer und mit ihnen die vielversprechende Möglichkeit, in höhere Kreise einzuheiraten, was es ihr ermöglichen würde, ihr Leben dem zu widmen, was ihr Spaß machte. Wenn man sie vor ihnen zurechtwies, wäre das furchtbar demütigend. Andererseits wäre es das auch, wenn sie Gebäck beisteuerte, das entweder steinhart war oder zerbröselte, sobald mal hineinbiss.

Im Speisesaal standen zwei Lehrerinnen zusammen und unterhielten sich. Helga bemerkte, dass Arno Hesse sich kurz umwandte und zu ihnen sah. Hinter ihnen betrat Raymund Keller den Saal, zusammen mit Edith Waltz. Vier Frauen aus dem zweiten Jahrgang standen schon bereit, um Kaffee und Gebäck aufzutragen, das von den anderen vier mit Servierwagen aus der Küche geholt wurde.

»Ich mag Quarkhörnchen nicht besonders«, gestand Marlene. »Ihr könnt also gerne meine Portion auch haben.«

»Wie kann man denn keine Quarkhörnchen mögen?«, fragte Henriette.

»Ich mag nichts, worin Marmelade gebacken wird.«

Zu den Hörnchen gab es frisch geschlagene Sahne, und Helga hoffte zutiefst, dass sie keines von denen erwischte, die sie selbst gebacken hatte. Entweder hatte sie Glück, oder die Hörnchen waren ihr besser gelungen, als sie geglaubt hatte, denn es schmeckte wunderbar. Sie nahm ein zweites und trank eine Tasse Kaffee dazu. Wie beiläufig ließ sie ihren Blick durch den Saal schweifen. Hier wirkte niemand, als würde er gerade etwas essen, das vollkommen misslungen war.

»Bleibt es jetzt dabei, dass du deine Geschichte vorträgst?«, fragte Antonia.

Helga zuckte mit den Schultern. »Ich bin wirklich nicht gut in so etwas. Entweder ich rede zu schnell oder zu langsam, und dann verhasple ich mich ... Mir war es schon in der Schule ein Graus, vor anderen etwas vorzutragen.«

»Also gut, dann mache ich es«, entgegnete Antonia.

Helga sah sie erstaunt an. »Das würdest du tun?«

»Sicher. Warum denn nicht? Das wird ein Riesenspaß.«

»Oder aber ich bekomme Ärger, weil ich als Einzige nichts Kulinarisches beisteuere.«

»Ach was.« Antonia machte eine wegwerfende Handbewegung. »Wir alle können backen und kochen, aber eine richtig gute Geschichte kann niemand von uns schreiben.«

Helga nickte vage, war jedoch nicht vollkommen überzeugt. Andererseits wollte sie gerne an der Feier teilnehmen und die Brüder der anderen Schülerinnen kennenlernen, und wenn sie dafür nicht ihre miserablen Backkünste unter Beweis stellen musste, war das umso besser.

»Wie willst du das denn ankündigen?«, fragte Katharina. »Dich einfach nach vorne stellen?«

»Ich spreche das natürlich vorher mit Frau Waltz ab. Wir sagen einfach, dass wir als erster Jahrgang mit etwas Besonderem aufwarten. Letzten Endes zahlen unsere Eltern gut, und sie wird wohl kaum einen Verweis aussprechen, weil jemand von uns anstelle von Plätzchen lieber eine Geschichte beisteuert.« Antonia lächelte Helga an. »Dann ist das also abgemacht, ja?«

»Sehr gerne.«

Nach dem Kaffee fand direkt der Nachmittagsunterricht statt, Säuglingspflege. Schon auf dem Weg dorthin bemerkte sie, wie Anita die Augen verdrehte. Helga wüsste zu gerne, wie weit die Beziehung zwischen ihr und Arno Hesse ging. Dass Anita immer mal wieder spätnachts für ein paar Stunden aus ihrem gemeinsamen Zimmer verschwand, war Helga nicht entgangen, und sie fragte sich, ob die beiden es bei stundenlangen Küssen beließen. Letzten Endes konnte ihr das jedoch egal sein. Hauptsache, Anita vergaß nicht, was sie ihr im Gegenzug für ihr Schweigen zugesichert hatte. Dabei hätte Helga sie keineswegs verraten. Aber das musste Anita ja nicht wissen.

Arno würde mit seinen Schülerinnen des dritten Jahrgangs das Festmahl für die Adventsfeier zubereiten – was eine lange und sorgfältige Planung mit sich brachte. Die Feier würde Anfang Dezember stattfinden, drei Wochen bevor es in die Weihnachtsferien ging. Für ihn bedeutete Weihnachten eine Zeit des Alleinseins. Er war der Einzige unter den Lehrerinnen und Lehrern, der keine Familie hatte, zu der er reisen könnte, und Edith Waltz feierte mit Inga zusammen in ihren privaten Räumlichkeiten. Da Arno nicht aus Mitleid eingeladen werden wollte, mietete er sich über die Feiertage meistens in Köln ein und verbrachte Weihnachten lesend auf seinem Zimmer oder mit ausgedehnten Spaziergängen. Vielleicht würde sich das ändern, wenn die Beziehung mit Anita von Dauer wäre. Dann könnte er mit ihr im herrschaftlichen Sitz ihrer Familie das Fest begehen.

Bisher ließ Anita nicht erkennen, welche Art von Beziehung sie sich mit ihm wünschte. Sie schlief mit ihm, das ja, aber er wusste nicht, ob sie das tat, weil sie sich eine Ehe mit ihm erhoffte oder einfach nur etwas Spaß wollte. Immerhin war er der Erste, mit dem sie ins Bett gegangen war, das ließ hoffen, es könnte mehr für sie sein. Andererseits wirkte sie vollkommen sorglos, schien nicht zu befürchten, dass er sie einfach fallen ließ. Entweder war sie sich ihrer Sache sehr sicher und traute ihm das einfach nicht zu, oder aber es war ihr schlichtweg egal.

So weit wie jetzt hatte er sich bisher mit einer Schülerin nie gewagt, hatte sich nicht einmal auf einen Flirt eingelassen, um nur keinen falschen Eindruck zu erwecken. Aber Anita hatte ihn mit ihrer sinnlichen Ausstrahlung vom ersten Moment in den Bann gezogen. Dass sie sich, ohne zu zögern, auf seine Avancen einließ, hatte ihn darin bestärkt, sein Glück bei ihr zu versuchen. Natürlich würde er weiterhin arbeiten, er kochte gerne und mochte es, zu unterrichten, jedoch würde ihm das Vermögen, das er nun im Hintergrund hätte, einen ganz anderen Lebensstil ermöglichen. Jedes Wochenende in eine Villa zu fahren und auf das von seiner Frau in die Ehe mitgebrachte Vermögen zurückgreifen zu können, das würde ihm durchaus gefallen.

Den ganzen Vormittag und einen Teil des Nachmittags hatte Arno mit der Menüplanung und den Kochstunden verbracht. Den Rest des Tages hatte er frei, und da Anita noch Unterricht hatte, entschied er sich, einen Spaziergang zu machen. Über Nacht hatte es geschneit, und Arno hatte sich die kindliche Freude bewahrt, über unberührte Schneeflächen zu wandern und auf das Knirschen des Schnees unter seinen Stiefeln zu lauschen. Obwohl er das Leben in der Stadt bevorzugte, würde er dort wohl kaum in den Genuss dieses Vergnügens kommen.

In seinen dicken Mantel gehüllt verließ er den Hof, wand sich den Schal noch ein weiteres Mal um den Hals und schob die Hände in die Taschen. Der Himmel war bleigrau, und bis zur Dämmerung war es nicht mehr lange hin. Arno wollte gerade losgehen, als sich eine Gestalt aus den Schatten der Bäume löste und auf ihn zukam. Es war Ernst Reuther, mit dem er nach dem Krieg zu tun gehabt hatte und der sich das Wissen um Arnos Vergangenheit gut bezahlen ließ. Dass er so kurz nach dem letzten Treffen wieder hier auftauchte, ließ Böses ahnen.

»Genießt du den Tag?«, fragte Ernst mit gespielter Leutseligkeit.

»So gut es geht«, antwortete Arno.

»Hm«, machte der andere. »Wie schön für dich. Ich wünschte, ich könnte dasselbe von mir behaupten. Fallen nach dem Krieg nicht alle so weich wie du.«

»Ich bin nicht weich gefallen, sondern arbeite hart dafür.«

Ernst lachte und deutete mit dem Kinn zum Haus hin. »Hart nennst du das? Wenn ich so leben könnte und dafür nur ein paar hübschen Damen in der Küche über die Schulter schauen müsste, würde ich das auf der Stelle tun.«

»Dann nur zu, bewirb dich.«

Das Lachen wich aus Ernsts Miene. »Du sitzt auf einem ziemlich hohen Ross, nicht wahr? Dabei reicht ein Wort von mir, und das ganze Lebensgebäude fällt in sich zusammen.«

»Und was würde dir das bringen? Dann siehst du doch erst recht kein Geld mehr.«

Das war Ernst nur ein Schulterzucken wert. »Sei froh, dass ich nur Geld fordere und nicht, dass du mir Zugang zum Haus und den hübschen Damen verschaffst.«

Arno verengte die Augen. »Wag es, eine von ihnen anzurühren, und ich …«

»Ja? Was dann? Dann erzähle ich, dass du in der Vergangenheit …«

»Das spielt dann keine Rolle mehr. Ich lasse nicht zu, dass du auch nur eine der Frauen hier belästigst, ganz gleich, ob du mich bloßstellst oder nicht. Und für dich endet der Weg dann zwangsläufig im Gefängnis. Die jungen Damen stammen allesamt aus Elternhäusern, von denen keins zögern würde, entsprechende Schritte einzuleiten. Und ich wäre dann in jedem Fall Zeuge der Anklage, das kann ich dir schon jetzt versichern.«

»Jetzt halt mal die Luft an, ich hab ja gesagt, du kannst froh sein, dass ich das *nicht* fordere.«

»Als stünde das überhaupt zur Diskussion.«

»Ich hab kein Geld mehr, das ist der Grund, warum ich hier bin. Wenn du mir etwas gibst, haue ich gleich wieder ab.«

»Ich habe dir gerade erst etwas gegeben.«

»Ist schon wieder aufgebraucht.«

»Was machst du mit all dem Geld in so kurzer Zeit?«

»Das geht dich überhaupt nichts an.«

»Doch, wenn du mehr verprasst, als ich heranschaffen kann. Ich muss schließlich auch von etwas leben.«

Wieder lachte Ernst. »Du lebst in einer Luxusvilla. Zahlst du überhaupt Miete und Unterhaltskosten?«

»Umsonst füttert mich Edith Waltz nicht durch.« Arno wollte, dass der Mann verschwand, und so gab er ohne weitere Diskussion nach. »Sei morgen um dieselbe Zeit wieder hier, dann sehe ich zu, was ich tun kann.«

»Ist ein ordentlicher Weg hier hinaus.«

»Ich kann jetzt aber nicht einfach rein und Geld holen, ich muss erst einmal sehen, wie viel ich diesen Monat noch abzweigen kann, immerhin steht Weihnachten vor der Tür.«

»Und du musst eine Großfamilie beschenken«, ätzte Ernst.

»Nein, aber ein Hotel in der Stadt zahlen.«

»Also gut, morgen um dieselbe Zeit.«

Arno sah seinem ehemaligen Kumpan nach, als dieser sich abwandte und auf den Weg in Richtung Bushaltestelle machte. Auch das war ein Grund, reich zu heiraten. Er wäre nicht darauf angewiesen, seinen Lebensunterhalt zu bestreiten, sondern könnte einfach schulterzuckend über Forderungen hinweggehen. Wenn Ernst es erzählen wollte, sollte er das tun – was schadete es da noch? Ins Gefängnis würde er sicher nicht gehen, und in einer gut situierten Familie würde sein Wort mehr zählen als das eines Mannes wie Ernst. Es würde nicht einmal einen Skandal auslösen.

Da Inga die Kaffeestunde in der Regel allein verbrachte, stahl sie sich hin und wieder schon nach dem Mittagessen davon – meist an Tagen, an denen ihre Mutter mit schulischen Angelegenheiten beschäftigt war und ihr so gut wie keine Beachtung schenkte. Jetzt spazierte sie durch den Schnee, die Hände in dicken Fausthandschuhen, den Schal bis zur Nase gewickelt. Die frostige Kälte biss in ihre Wangen, und Inga genoss die kühle, frische Luft. Sie hatte Josh angerufen und sich mit ihm verabredet. Jetzt, da die Tage kürzer wurden und ihre Mutter es nicht gerne sah, wenn sie im Dunkeln allein unterwegs war, galt es, die knappen Stunden der Helligkeit sorgsam zu nutzen.

In den letzten Tagen hatte sie Arno Hesse und diese Auszubildende beobachtet, hatte auf Blicke zwischen ihnen geachtet und auf flüchtige Berührungen. Warum sie dieser jungen Frau geholfen hatte, wusste sie selbst nicht, es war ein Impuls gewesen, sie nicht dem Zorn der Mutter auszuliefern. Und aus wessen Zimmer hätte sie kommen sollen außer dem von Arno Hesse? Aus Raymund Kellers bestimmt nicht. Natürlich hätte sie auch bei einer der Lehrerinnen sein können, aber die wären den Gang runter gewesen, das passte also nicht. Die beiden waren zwar überaus diskret, allerdings glaubte Inga doch, in dem ein oder anderen Blicktausch Vertrautheit zu bemerken. Und zweimal hatte sie Arno Hesse mit ihr unter der Ulme stehen und rauchen sehen. Auch wenn das nicht zwangsläufig etwas bedeuten musste. Ob die junge Frau mit ihm schlief? Was wollte sie sonst nachts bei ihm im Zimmer? Allerdings hatte Arno Hesse ihr auch einmal geholfen, und er hielt dicht. So konnte Inga sich revanchieren.

Die tief hängenden Wolken kündigten weiteren Schneefall an, verdüsterten den Tag lange, ehe die Dämmerung einsetzte. Inga hatte keine Furcht davor, im Dunkeln unterwegs zu sein, im Gegensatz zu ihrer Mutter war sie da ganz und gar unbekümmert. Es würde sich wohl kaum einer in der Einsamkeit frierend im Schnee auf die Lauer legen, in der Hoffnung, dass ein einsames, schutzloses Mädchen vorbeikäme. Inga mochte es sogar sehr, in der einsamen Dunkelheit spazieren zu gehen und auf die Geräusche ihrer Schritte zu lauschen, das Knirschen von kleinen Steinchen oder das des Schnees.

Als sie an der Wegbiegung ankam und auf das Bushaltestellenhäuschen zusteuerte, sah sie Josh bereits dort warten. Er bemerkte sie und hob grüßend die Hand, lächelte sie an. In letzter Zeit ging ihr das Herz schneller, wenn er das tat, und Inga fand das beunruhigend, fragte sich, was das mit ihrer Freundschaft machte, wenn sie sich nun doch in ihn verliebte. Er selbst hatte nie das geringste Anzeichen dafür gezeigt, dass da mehr zwischen ihnen sein könnte. Vielleicht traute er sich jedoch nicht, seine Gefühle zu zeigen, weil er sich ihrer ebenso unsicher war wie Inga.

»Na, du«, begrüßte er sie. »Wohin soll es gehen?«

»Am liebsten nach Köln in die Stadt, aber dafür reicht unsere Zeit nicht.«

»Leider nicht. Sobald es nachts nicht mehr glatt ist und ich mit dem Motorrad fahren kann, können wir aber gerne mal wieder einen abendlichen Ausflug wagen, wenn du möchtest. Oder sitzt dir der Schreck nach dem letzten Mal noch zu tief in den Knochen?«

»Nein, Herr Hesse hat mich ja nicht verraten und wird sicher auch die Tür nicht mehr schließen. Außerdem habe ich ihm ebenfalls geholfen, indem ich seine Liebschaft vor Mama in Schutz genommen habe.«

Josh grinste. »Da ist ja ordentlich was los in diesem Hort sittlichen Anstands.«

Sie musste lachen. »Wenn meine Mutter das auch nur ahnen würde.«

»Hast du mit ihr noch einmal über das Abitur gesprochen?«, fragte er, während sie nebeneinander hergingen.

»Ja, aber sie hält an ihrer Einstellung fest. Und die Zeit wird langsam knapp, in einem halben Jahr beende ich die zehnten Klasse. Wenn sie mir das Abitur nicht erlaubt, muss ich mir eine Ausbildungsstelle suchen, und dafür fühle ich mich einfach noch nicht bereit.«

»Leider teilt deine Mutter diese Einstellung mit vielen anderen, die der Meinung sind, zehn Jahre Schulbildung reichen für eine Frau, die ohnehin irgendwann heiraten wird.«

Inga war der Gedanke an eine Heirat derzeit noch vollkommen fremd. Im Herbst war sie sechzehn geworden, da war sie weit entfernt davon, sich ehelich binden zu wollen, sie wollte feiern, reisen und Spaß haben. Ihr Wunsch wäre, das Abitur zu machen und dann irgendetwas zu studieren, um in der Stadt eine Wohnung zu nehmen und ein wildes Studentenleben zu führen. Aber das würde ihre Mutter ihr vermutlich niemals erlauben. Inga wäre dazu gezwungen, nebenher zu arbeiten und sich selbst zu finanzieren. Wie wundervoll unabhängig sie dann wäre. Ihren Vater hatte sie nie kennengelernt, sie war kurz vor dem Krieg gezeugt worden, bald darauf war er einberufen worden und gefallen. Manchmal fragte sie sich, wie er wohl dazu gestanden hätte, dass sie eigenständig sein wollte. Hätte er sie unterstützt? Oder war er ebenso konservativ gewesen wie ihre Mutter?

Inga setzte sich neben Josh, und er holte aus seiner Tasche eine Flasche heraus, die er aufschraubte und aus der es dampfte. Sie schnupperte. »Du hast heiße Schokolade mitgebracht?«

»Von meiner Mutter, die ist so gut, da könnt sicher nicht einmal ihr mithalten.« Behutsam goss er die heiße Flüssigkeit in den abgeschraubten Becher und reichte ihn Inga, die daran nippte und sich prompt die Lippe verbrannte.

»Hätte ich gewusst, dass du ein Picknick planst, hätte ich die Küche geplündert«, sagte sie.

»Ab und zu überrasche ich dich eben gerne.« Sein Lächeln löste ein feines Prickeln in ihrem Magen aus, und Inga neigte den Kopf wieder über die Tasse.

»Ich würde so gerne mal im Winter einen nächtlichen Ausflug in die Stadt machen, es ist bestimmt schön in der vorweihnachtlichen Stimmung.«

»Ja, das ist es. Leider fahren so spät keine Busse mehr, aber vielleicht kann ich mir das Auto meiner Mutter ausleihen. Das meines Vaters bekomme ich nicht, der fährt so einen teuren Benz und dreht durch, wenn ich den auch nur in die Garage setzen will.« Josh zog eine Grimasse.

Inga hatte seine Eltern bisher noch nicht kennengelernt, stellte sich seinen Vater aber nach allem, was sie so gehört hatte, als sehr strengen Mann vor, auch wenn Josh sich im Großen und Ganzen gut mit ihm zu verstehen schien. »Mit dem Auto nachts in die Stadt zu fahren wäre sehr aufregend«, entgegnete sie. »Aber ist das nicht zu gefährlich, jetzt, da die Straßen nachts doch so glatt sind?«

»Ich fahre vorsichtig.«

Inga überlegte, dann nickte sie. »Also gut. Das wird aufregend.« Sie gab ihm den leer getrunkenen Becher, und er schenkte nun sich selbst ein.

Der Bus fuhr vor, hielt, fuhr weiter, als der Fahrer merkte, dass sie nicht mitwollten. Inga fror und zog die Schultern hoch. »Sollen wir gleich ein wenig spazieren gehen? Mir ist lausig kalt.«

Er trank aus, schloss die Flasche und erhob sich. Es hatte wieder angefangen zu schneien, und Inga blinzelte die Nässe aus den Wimpern. Durch den Schnee zu spazieren war so wildromantisch, dass sie geradezu erwartete, dass irgendetwas Aufregendes passierte. Josh jedoch ging neben ihr her und erzählte von der Schule. Er reichte ihr nicht die Hand, bot ihr nicht an, sich bei ihm einzuhaken, und Inga fragte sich, wie er reagieren würde, wenn sie es einfach täte. Sie könnte ja immer noch sagen, das sei nur eine freundschaftliche Geste.

Gerade erzählte Josh, wie sein Lateinlehrer ihnen bei der Klausur die Übersetzung des *Bello Gallico* weggenommen und auf sein Pult gelegt hatte, von wo aus diese über die Schülerbänke wieder nach hinten gewandert war, während jemand anders den Lehrer mit Fragen abgelenkt hatte. Zögerlich schob Inga ihre Hand in seine Armbeuge, hakte sich kameradschaftlich bei ihm ein, und er stockte nicht einmal in der Erzählung, sondern ging weiter, den Arm nun angewinkelt. Inga ging das Herz nun schneller, und sie dachte, dass sie sich künftig immer an diesen Moment erinnern würde, in dem sie mit knirschenden Schritten zusammen durch den Schnee gestapft waren. Dieser zauberhafte Moment, in dem sie wusste, dass sie verliebt war.

Anita war froh, dass der Schultag vorbei war, vor allem die drögen Momente der Säuglingspflege, in denen sie Puppen wickeln und versorgen musste sowie allerlei erklärt bekam, von dem sie nicht einmal die Hälfte interessierte. Immerhin hatten sie danach frei und konnten den restlichen Tag ihren Vorbereitungen für das Fest widmen. Der Weihnachtsbaum für den Speisesaal würde in der kommenden Woche gebracht werden, und laut Tradition waren für den Schmuck immer die Auszubildenden aus dem ersten Jahr zuständig. Darauf freute sich Anita schon, denn sie liebte es, einen Weihnachtsbaum zu schmücken.

Vorbereiten musste sie im Grunde genommen nichts mehr, sie wusste, was sie backen würde, und die Zutaten dafür waren alle in der Speisekammer und in der Kühlung, das hatte sie bereits überprüft. Ihre Mutter würde kommen und vielleicht ihre Schwester Greta mit ihrem Mann. Da Annelis auf Feiern grundsätzlich nur noch gemeinsam mit ihrem Ehemann erschien, war Anita nicht unglücklich darüber, dass ihre ältere Schwester ihr abgesagt hatte. Den Kleinen hätte sie gern gesehen, aber den hätten seine Eltern zu dem Fest ohnehin nicht mitgebracht.

Als sie zum Rauchen unter die Ulme ging, traf sie dort zu ihrer Freude Arno. Er bemerkte sie, blickte auf und lächelte, aber sie erkannte, dass es aufgesetzt war und nicht übertünchte, dass ihn etwas bekümmerte. Die Zigarette hatte er fast aufgeraucht, daher würde er sicher nur kurz bei ihr stehen bleiben.

»Sehen wir uns heute?«, fragte sie.

»Ja, das hatten wir doch vereinbart. Um elf in der Bibliothek.«

»Ist alles in Ordnung? Du klingst irgendwie … hm, schroff.«

»Alles bestens.« Er trat die Zigarette aus und hob sie auf,

um sie in den Kübel zu werfen. »Dann bis heute Abend.« Er nickte ihr zu und ging. Anita kramte ihre Zigaretten hervor, aber eigentlich war ihr die Lust vergangen, und sie hielt sie nur in der Hand, ohne sich eine anzustecken. War er ihrer überdrüssig? Im Grunde genommen hatte Anita nie vorgehabt, länger mit ihm zusammen zu sein, aber dass er mit ihr schlief und sie dann so leichtfertig abservierte, ging natürlich nicht. Was glaubte er denn, wer er war? Ob er das schon mit anderen Schülerinnen gemacht hatte? Und Anita war so naiv gewesen, zu glauben, es sei mit ihr anders. Na, da konnte er sich aber auf etwas gefasst machen.

Anita ging zurück zum Haus, nun ordentlich durchgefroren, und ärgerte sich den ganzen Weg über. Schließlich rief sie sich zur Ordnung. Er hatte mitgenommen ausgesehen, hatte sich aber bemüht, sich das nicht anmerken zu lassen. War das die Miene eines Mannes, der im Begriff war, seine Geliebte zu verlassen? Und warum sollte er das überhaupt tun? Sie hatten Spaß, und Anita stellte keine Forderungen. Er würde es doch vermutlich so lange genießen, wie es ihm möglich war. Zwar traute Anita sich nur selten, mit ihm zu schlafen – dreimal waren es nach ihrem ersten Mal gewesen und jedes Mal begleitet von der Angst, erwischt zu werden –, aber wenn sie es taten, war es schön. Einmal noch war sie nachts zu ihm ins Zimmer gehuscht, danach hatten sie sich in der Bibliothek geliebt, wo die Wahrscheinlichkeit, erwischt zu werden, deutlich geringer war, denn hierher verirrte sich nachts in der Regel niemand, während sie im Korridor Gefahr lief, einem Lehrer oder Edith Waltz in die Arme zu laufen. Eigentlich war das Irrsinn, aber Anita konnte einfach nicht damit aufhören.

»Stimmt etwas nicht?«, fragte Henriette, als sich Anita zu ihr ins Zimmer gesellte, wo sie mit Marlene, Katharina und Antonia saß.

»Das sind die Nachwirkungen der Säuglingspflege«, antwortete Marlene.

Am liebsten hätte Anita ihnen alles erzählt, von dieser neuen Erfahrung, den Gefühlen und was das alles in ihr auslöste. Vermutlich kämen dann scherzhafte Antworten in der Art, sie müsse nun bei den wöchentlichen Lektionen zur Säuglingspflege besser aufpassen. Aber es hing ja nicht nur ihr Schicksal daran, sondern auch Arnos. Sollte er allerdings in dieser Nacht mit ihr Schluss machen, würde sie das sicher nicht auf sich beruhen lassen, dann konnte er sich auf eine wütende Szene vorbereiten. Kein Mann durfte sich so etwas mit ihr erlauben, sie war doch kein Spielzeug, das man benutzte und dann wegwarf, wenn man keine Lust mehr darauf hatte.

»Ich weiß gar nicht, was du hast«, sagte Katharina. »Irgendwann wirst du Kinder haben, denn ich kann mir nicht vorstellen, dass dein Zukünftiger darauf verzichten möchte. Und dann wirst du froh sein, wenn du alles kannst und dein Kind gut versorgst.«

Anita zuckte mit den Schultern. »Ich heirate nur einen Mann, der so reich ist, dass er mir ein Kindermädchen bezahlt.«

»Gute Entscheidung«, sagte Helga, die in diesem Moment eintrat, ein wenig schüchtern, als wüsste sie nicht, ob sie willkommen war.

»Mach schnell die Tür zu«, sagte Antonia und rückte auf dem Bett beiseite, um neben sich Platz zu machen. »Es zieht vom Flur so kalt hier hinein.«

Helga trat ein, schloss die Tür hinter sich und ließ sich neben Antonia nieder. »Ich kann mir auch nicht so recht vorstellen, einmal eine treu sorgende Mutter zu sein.«

»Dafür machst du das mit der Säuglingspflege aber ziemlich gut«, entgegnete Marlene.

»Wenn ich schon der Küche nichts zustande bringe.« Helga

zuckte mit den Schultern. »Da ist es vergleichsweise einfach, eine Puppe zu versorgen.«

»Ich möchte mindestens drei Kinder haben«, sagte Katharina. »Und ich werde sicher nicht arbeiten und sie jemand anderem überlassen. Ich möchte ein hübsches Haus und einen Mann, der genug Geld verdient, seine Familie zu versorgen. Dafür kümmere ich mich zu Hause um alles.«

»Und wenn er abends heimkommt, reichst du ihm die Pantoffeln, stellst die Kinder adrett wie die Orgelpfeifen auf und hast dich natürlich ordentlich in Schale geworfen«, spöttelte Antonia.

»Mach dich nur lustig.« Katharina wirkte nicht beleidigt, sondern winkte nur ab. »Letzten Endes wird das doch bei uns allen so sein, auch bei dir. Du wärest nicht die Erste, die das lachend abtut und dann beim richtigen Mann eine tüchtige Hausfrau wird.«

Anita ersparte sich eine Antwort darauf, und sie bemerkte, wie Antonia die Augen verdrehte. Henriette kramte ihr Strickzeug hervor, um weitere Mützen und Schals für das Waisenhaus zu fertigen. Da Anita schon etliche gestrickt hatte, befand sie, dass es nun genug sei, und unterhielt sich mit Marlene über deren Ideen für die Adventsfeier.

»Ich weiß nicht, ob ich lieber kleine Neujahrskuchen backe oder Knetwaffeln.«

Da Anita beides mochte, riet sie ihr, einfach das zu backen, was weniger Arbeit machte. Sie sah auf die Uhr. Noch drei Stunden, bis sie Arno traf, und bei dem Gedanken daran verspürte sie trotz ihrer Unsicherheit in Bezug auf sein Verhalten ein kribbeliges Gefühl im Bauch. Es war schon erregend, nur daran zu denken, in seinen Armen zu liegen, und sie konnte sich einfach nicht vorstellen, dass er nicht auch so empfand. Natürlich war es riskant, aber er hatte nicht den Eindruck gemacht, als sei das ein Hinderungsgrund für ihn. Und er genoss es sehr offensichtlich.

Kurz vor neun Uhr stand Antonia auf, um noch einmal an die frische Luft zu gehen. »Kommt jemand mit?«

Alle zogen fröstelnd die Schultern hoch, und Henriette sagte: »Nein, besten Dank auch.«

Schließlich erhob sich Anita. Ihr war zwar ebenso wenig nach abendlicher Kälte, aber sie spürte die Müdigkeit, und da würde ihr die belebende, frische Abendluft sicher guttun. Sie holten ihre warmen Mäntel und gingen gemeinsam den Korridor entlang zum Treppenhaus, wo Anita in der klammen Kälte erschauerte. Als sie die Tür zum Korridor öffneten, der in den Eingangsbereich führte, schalt Edith Waltz ihre Tochter gerade, verstummte jedoch, als sie die beiden jungen Frauen bemerkte. Sie grüßten und gingen vorbei an der großen Haupttreppe zur Eingangstür.

Draußen hörte Anita, wie Antonia tief durchatmete. »Das tut gut. Ich war immer schon gerne draußen, als Kind bei jedem Wetter.«

»Ich am liebsten im Sommer im Pool unserer Nachbarn.«

Antonia lachte. »Einen Pool haben wir nicht, aber mein Elternhaus hat einen wunderbar großen Garten mit vielen Obstbäumen, in denen ich immer herumgeklettert bin.«

»Geklettert bin ich auch gerne, aber das wollte meine Mutter nicht, weil sie immer Angst hatte, dass ich falle.«

»Man muss auch mal fallen dürfen«, antwortete Antonia. »Sonst lernt man das Aufstehen nicht.«

»Sag mal, wie hast du eigentlich verhindert, schwanger zu werden?« Trotz der Dunkelheit spürte Anita Antonias Blick.

»Er hat aufgepasst, und ich habe ein Diaphragma verwendet. Warum?«

»Hm, nur so.«

»Wer ist denn der Glückliche?«

Anita schwieg und lauschte auf das Geräusch ihrer Schritte im Schnee. »Eine kleine Affäre«, antwortete sie schließlich.

»Für so draufgängerisch hätte ich dich überhaupt nicht gehalten.« Antonia klang erstaunt. »Und wie bewerkstelligst du das überhaupt? Schleichst du dich nachts davon, und er holt dich ab?«

»Ach, hier und da kriegt man es ja immer ganz gut hin, unbeobachtet zu verschwinden.«

»Ist dir das nicht zu riskant? Nur für eine Affäre? Ich meine, ich habe ja auch mit meinem Liebsten damals geschlafen, aber da dachte ich noch, er würde mich heiraten. Für eine Affäre wäre mir das Risiko zu groß gewesen.«

»Na ja, ist es mir eigentlich auch, aber ...« Sie ließ den Satz in der Luft hängen.

»Es macht so viel Spaß, dass du nicht damit aufhören kannst«, führte Antonia den Satz zu Ende.

»Ja, so ungefähr.«

Antonia seufzte. »Na, fast beneide ich dich. Wenn du dir ein Diaphragma holst, dann sieh nur zu, dass du dich als verheiratete Frau ausgibst in der Apotheke. Falls du einen schlichten Ring hast, kann es nicht schaden, ihn zu tragen.«

»Verstehe.«

»Du kannst ihn natürlich schicken, um Kondome zu kaufen, aber die sind sündhaft teuer, und er müsste außerdem ständig die Apotheke wechseln, sonst gilt er als triebhafter Mensch, der sich womöglich wahllos mit Frauen vergnügt, denn mit der eigenen muss man ja nicht verhüten, immerhin braucht das Land Kinder.«

Die Vorstellung, Arno mit diesem Anliegen in die Apotheke zu schicken, war Anita peinlich, was seltsam genug war, bedachte man, welche Intimität sie teilten. Und die Vorstellung, einem Apotheker gegenüberzutreten und nach Verhütungsmitteln zu fragen, trieb ihr sogar das Blut ins Gesicht. Vielleicht sollten sie doch damit aufhören. Nur diesen einen Abend noch, und dann wäre Schluss, und Anita müsste sich nicht mehr mit solchen Dingen befassen.

»Henrik Voigt ist es aber nicht, oder?«, fragte Antonia.

»Nein, das ist vorbei und war auch nie der Rede wert.«

»Er war mit Helga aus, ja?«

»Ja, aber zwischen den beiden funkte es wohl nicht so richtig.«

»Hätte mich auch gewundert, die passen ja nun überhaupt nicht zusammen. Ich verstehe gar nicht, dass Helga überhaupt mit ihm ausgegangen ist, wo seine Schwester dich ja schon so unmöglich abgefertigt hat.«

»Sie möchte gerne jemanden finden, der ihr ein anderes Leben ermöglicht als das, was ihre Eltern für sie geplant haben.«

»Das kann ich sogar verstehen, aber ob eine Ehe da die bessere Alternative ist? Also nicht, dass ich etwas gegen das Heiraten habe, ich möchte mich durchaus irgendwann binden, aber wenn das so überstürzt vonstattengeht, weil man seinem Leben davonlaufen möchte, dann kann das auch böse enden.«

Sie spazierten zum Haus zurück. Die Zeit bis zu ihrem Treffen mit Arno verbrachte Anita lesend auf ihrem Zimmer. Helga hatte um zehn das Licht auf ihrer Seite gelöscht und war offenbar schnell eingeschlafen. Anita sah auf die Uhr, schlug das Buch zu und stand auf, um hinunter in die Bibliothek zu gehen. Sie blickte hinaus auf den Korridor und huschte dann zur Tür. Wenn man sie hier erwischte, könnte sie immer noch sagen, sie wolle sich etwas zu trinken aus der Küche holen. Schwierig wurde es erst, sobald sie die Halle durchquerte, denn im Grunde genommen hatte sie in dem Teil des Hauses nachts nichts zu suchen. Aber im Notfall würde ihr da schon eine Ausrede einfallen.

Arno wartete bereits in der Bibliothek auf sie und zog sie in die Arme, kaum, dass sie die Tür hinter sich geschlossen hatte. Es war kalt, und Anitas Körper überzog eine Gänsehaut, als Arno ihre Bluse aufknöpfte. Sie liebten sich auf dem dicken Teppich vor dem ausgefegten Kamin, und schon bald hatte Anita die Kälte vergessen. Danach zog Arno sie an sich und legte seinen Mantel, den er vorsorglich mitgebracht hatte, um sie beide. Wie immer war Anita nach dem Liebesspiel so erschöpft, dass sie ganz schläfrig wurde. Einzuschlafen traute sie sich jedoch nicht, da sie befürchtete, Arno könnte es ihr gleichtun, und morgens würden sie dann von Frau Schmitz oder Edith Waltz hier entdeckt.

»Wie lange bleibst du bei deiner Familie?«, fragte er.

»Nur über die Feiertage.«

»Die Schule öffnet nach dem Dreikönigstag wieder«, murmelte er in ihr Haar. »Du könntest den einen Tag nach Neujahr zurückfahren, und dann kommst du zu mir ins Hotel und bleibst ein paar Nächte, ehe du zur Schule fährst.«

Sie richtete sich auf und sah ihn an, konnte in der vom Fenster her schwach beleuchteten Dunkelheit nur die Konturen seines Gesichts ausmachen. »Das würden sie im Hotel dulden?«

»Da fällt mir schon etwas ein.« Sanft streichelte er ihren Rücken und küsste sie.

Kapitel 12

»Meine Plätzchen sind wie Beton«, rief Marlene entsetzt. Anita blickte von ihrem Knetteig auf zu ihrer Mitschülerin, die gerade von Katharina getröstet wurde.

»Hast du sie zu lange im Ofen gelassen?«, fragte Henriette und nahm eins vom Blech, um versuchsweise zu kosten, verzog dann das Gesicht und warf es fort. Marlene brach in Tränen aus.

»Davon werden sie auch nicht besser«, sagte Antonia. »Was hast du denn anders gemacht als sonst?«

»Gar nichts.«

»Das ist doch nicht so schlimm«, entgegnete Katharina. »Wir haben genug Backwaren, um eine ganze Armee zu verköstigen.«

»Aber ich kann doch nicht als Einzige nichts beisteuern«, klagte Marlene.

»Tust du nicht. Helga hat auch nichts«, kam es von Linda.

»Das ist gemein«, sagte Antonia. »Du weißt ganz genau, dass ihre Geschichte vorgetragen wird.«

Linda zuckte mit den Schultern. »Na ja, wir sind eine Kochschule, oder? Und kein Schreibkurs. Wenn eine Adventsfeier geplant ist, und jeder soll etwas dazu beitragen, ist es ja ihre Sache, wenn sie nichts plant, aber ich sehe auch nicht ein, dass das gleichwertig sein soll mit unseren Bemühungen. Dann kann Marlene auch schnell irgendwas zusammenschreiben.«

Anita wandte sich um, um zu sehen, ob Helga die harsche

Kritik hörte, aber sie war gerade in die Speisekammer gegangen, um für Katharina Butter zu holen.

Henriette schüttelte nur den Kopf und wandte sich an Marlene. »Wir haben noch vier Stunden Zeit, dann back halt schnell neue.«

»Und wenn die wieder nichts werden? Bekomme ich nun womöglich sogar eine schlechte Note auf dem Halbjahreszeugnis?«

»Weil dir einmal Plätzchen misslungen sind?« Antonia stellte eine neue Packung Mehl auf den Tisch. »Nun übertreib nicht. Back einfach neue. Und nimm ein anderes Rezept, das hier taugt offenbar nichts.«

»Meine Oma backt damit immer.«

»Dann kann sie es offenbar auch«, kam es von Linda.

»Hast du heute deinen garstigen Tag, oder was?«, fragte Antonia.

Linda zuckte nur mit den Schultern und wandte sich wieder ihrem Kuchen zu, den sie locker und buttrig aus dem Ofen gezogen hatte. Anita fing an, Sterne auszustechen, eine Tätigkeit, die man wunderbar machen konnte, während man gedanklich woanders war. Aus der Hauptküche drangen die Stimmen von Arnos Schülerinnen, die das Menü zubereiteten. Am Abend zuvor hatten die Auszubildenden des ersten Jahrgangs den Baum geschmückt, was ein Riesenspaß gewesen war. Helga war nervös, weil sie befürchtete, dass es bei den Lehrern nicht gut ankam, wenn sie nur eine Geschichte vorbereitet hatte, und weil Henriette generöser Stimmung war, hatte sie aus Helgas Rezept am Vortag Plätzchen gebacken, die sie neben ihren eigenen präsentieren würde.

Als endlich alles fertig war, in Schalen auf Platten bereitstand, angerichtet zu werden, gingen die jungen Frauen auf ihre Zimmer, um sich für den Abend umzukleiden. Anita hatte ein hübsches blaues Kleid bereitgelegt, schimmernder Chiffon über Seide mit einem schwingenden Rock und einem Oberteil, das ihre schmale Taille betonte. Dazu schminkte sie sich dezent und trug kirschroten Lippenstift auf. Das Haar hatte sie in eine Welle geföhnt, die sie seitlich mit einer silbernen Spange feststeckte. Feine silberne Ohrstecker, ein Silberkettchen und ein dazu passendes Armband bildeten ihren einzigen Schmuck. Sie betrachtete sich im Spiegel und war zufrieden mit dem Bild, das sich ihr bot.

Helga hatte sich umgekleidet und begann damit, sich zu schminken, als Anita den Spiegel freigab. Sie trug ein grünes Kleid, das am Saum und an der Taille schwarz abgesetzt war. Das Haar hatte sie zu einem Pferdeschwanz gebunden, und ihr Make-up war dezent. Die Lippen zog sie sich mit einem Lippenstift nach, der eine leichte Nuance ins Roséfarbene hatte.

»Warum machst du das Haar nicht auf?«

»Ich mag es lieber so.« Immerhin zupfte Helga ein paar kürzere Strähnen hervor, die ihr Gesicht weicher wirken ließen.

»Kommt eigentlich jemand aus deiner Familie?«

»Nein, die arbeiten heute. Zum Glück, sonst hätten sie womöglich Walther mitgebracht, das hätte mir alle Möglichkeiten heute Abend ruiniert.«

Sie verließen gemeinsam das Zimmer und trafen im Korridor auf andere Frauen, die gerade auf dem Weg zur Treppe waren. Als sie die Halle betraten, hörten sie das Stimmengewirr und leise Musik im Hintergrund.

»Oh«, rief eine der Frauen entzückt. »Sie hat den Plattenspieler aufgestellt. Das hat sie letztes Jahr nicht.«

»Da war der defekt, offenbar hat sie ihn reparieren lassen«, antwortete eine andere.

»Nein, sie hat einen neuen gekauft«, entgegnete Melanie

Voigt. »Einen ganz modernen. Mein Bruder hat sie getroffen, als sie in Köln war, um einen auszusuchen.«

Vermutlich wäre Henrik an diesem Abend auch da, und vielleicht war es gar nicht verkehrt, ein wenig mit ihm zu flirten, damit niemand auch nur auf die Idee kam, sie könnte sich für Arno interessieren. Allerdings barg das die Tücke, dass Henrik dann denken würde, sie sei wieder an ihm interessiert. Anita strich über ihr Kleid, als müsste sie es glätten, und betrat mit den Frauen den Speisesaal, der nun, da die Tische als Büfett an der Wand aufgestellt waren, viel größer wirkte. Die doppelflügligen Türen zum Salon hin waren geöffnet, und das Licht wirkte warm, da nur die Stehlampen eingeschaltet waren und ansonsten die Kerzen in den Kandelabern leuchteten. Die kleinen Wachskerzen am Weihnachtsbaum brannten, und alles war wunderbar feierlich.

Anita fand ihre Mutter nach einigem Suchen, und zu ihrer Erleichterung war Annelis tatsächlich nicht mitgekommen. Dafür Greta, zusammen mit ihrem Ehemann.

»Hier ist es ja wirklich sehr hübsch«, sagte Greta, nachdem sie sie zur Begrüßung umarmt hatte. »Fast schon hochherrschaftlich.«

»Ist die Betreiberin eine ehemalige Adlige?«, fragte Wolfgang.

»Nein, das glaube ich nicht«, antwortete Anita. »Es sei denn, sie hätte ihren Titel abgelegt, und das kann ich mir bei ihr nicht vorstellen. Warum sollte sie ihn nicht nutzen, um ihre Schule zu bewerben?«

»Sie ist auf jeden Fall eine echte Dame«, sagte Anitas Mutter.

Arno betrat mit Lena Heinrichs den Saal, sehr attraktiv in seinem Anzug.

»Was für ein hübsches Paar«, sagte ihre Mutter prompt.

»Um die Eltern einer Schülerin zu sein, sehen sie aber noch recht jung aus.«

»Vielleicht die Geschwister«, schlug Greta vor.

»Die beiden sind Lehrer«, erklärte Anita. »Und übrigens sind sie auch kein Paar.«

»Oh«, sagte Greta, »so sahen die Lehrer an meiner Schule damals leider nicht aus.«

»Wie redest du denn vor deinem Ehemann?« Ihre Mutter wirkte entrüstet, Wolfgang hingegen amüsiert.

»Über alles, was vor meiner Zeit war, breiten wir den Schleier des Schweigens.«

»Da war natürlich überhaupt nichts.« Nun bekamen Martha Kronbergs Wangen sogar rote Flecken. »Ich habe meine Töchter anständig erzogen.«

»Nichts anderes denkt Wolfgang«, beruhigte Greta sie. »Keine Sorge.«

»Ich hole uns etwas zu trinken«, sagte Wolfgang galant und ging zum Büfett.

Seufzend sah Anita rasch zu Arno und fragte sich, ob sie an diesem Abend miteinander reden konnten, ohne dabei von den Argusaugen ihrer Mutter beobachtet zu werden. Martha Kronberg entging so schnell nichts, sobald sie Witterung aufgenommen hatte, und das tat sie sehr schnell, wenn sie Kleinigkeiten wahrnahm wie einen Blickkontakt, der zu lange dauerte, oder einen Tanz, bei dem man sich zu tief in die Augen sah.

Als Wolfgang mit langstieligen Gläsern zurückkam und ihr eins reichte, nahm sie es geistesabwesend, während sie die Gäste beobachtete. Immerhin war sie ja nicht nur zum Vergnügen hier, sondern musste auch zusehen, Helga zu verkuppeln. Henriettes Brüder waren gekommen, der jüngere davon ungebunden. Außerdem Lindas Bruder, aber nach dem

Auftritt vorhin war fraglich, ob es eine gute Idee war, sie auf ihn anzusprechen. Andererseits konnte er ja selbst entscheiden, mit wem er ausging, und ein Arzt war durchaus eine sehr annehmbare Wahl.

Schließlich waren alle Gäste eingetroffen, und Edith Waltz schlug einen kleinen Gong, sodass nach und nach auch das Geplauder verstummte. Raymund Keller schaltete den Plattenspieler ab, und alle drehten sich zu Edith Waltz, die mit den Lehrern an den hohen, mit schweren Samtvorhängen verhängten Fenstern stand.

»Meine sehr geehrten Damen und Herren, meine lieben Schülerinnen«, begann sie, und seufzend stellte sich Anita auf eine ermüdend lange Ansprache ein. Es war dann nicht ganz so schlimm wie erwartet, und Edith Waltz erzählte noch einmal von den Anfängen der Schule, von ihren ersten Schülerinnen, von den Begabtesten, die es weit gebracht hatten, und von ihrer Schülerin, die einen Sternekoch in der Schweiz geheiratet hatte. Dann kam sie langsam in der Gegenwart an und wünschte ihnen schließlich allen einen wunderschönen Abend.

Antonia trat zu ihr, sprach mit ihr, und Edith Waltz krauste die Stirn, dann hellte sich ihre Miene auf, und sie nickte. »In diesem Jahr hat eine unserer Schülerinnen eine Geschichte geschrieben, in der es – wie sollte es anders sein – ums Backen geht. Helga Langen heißt unsere begabte Schreiberin, und vortragen wird Antonia Van Geel.«

Alle applaudierten, sogar Raymund Keller, und während Helga hochrot nach vorne trat, lächelte Antonia selbstsicher, wartete, bis wieder Ruhe herrschte, und las vor. Sie konnte hervorragend vortragen, betonte richtig, las mit verstellten Stimmen, und schon bald waren die ersten Lacher zu hören. Anita atmete auf, denn sie hatte innerlich doch Sorge gehabt, dass niemand die Geschichte mochte und verlegene Stille herrschte. Nun jedoch lachten die Leute, und zum Schluss applaudierten sie. Helga strahlte über das ganze Gesicht, Anita hatte sie noch nie so glücklich gesehen.

»Die zu dem Rezept in der Geschichte passenden Plätzchen finden Sie auf dem Büfett«, sagte Antonia. »Ich bin mir sicher, wer gut zugehört hat, erkennt sie.« Sie zwinkerte den Leuten zu, und wieder war vereinzeltes Lachen zu hören. Helga wirkte erstaunt. Offensichtlich war Henriettes Überraschung gelungen.

»Da haben wir ja ungeahnte Talente«, sagte Raymund Keller.

»Sich selbst so aufs Korn zu nehmen«, sagte Lena Heinrichs, »dazu gehört viel Mut.«

Linda stand mit ihrer Familie zusammen, und Anita begutachtete den Bruder aus der Ferne. Hm, ja, nicht schlecht. Ihr Typ wäre er nicht, er war mittelgroß, blond und trug einen Schnurrbart, aber den konnte er sich ja wieder abrasieren. Also gut, da wartete sie besser, bis Linda außer Sichtweite war, ehe sie die Fühler ausstreckte. Henriettes jüngerer Bruder sah hingegen ziemlich gut aus, was zusammen mit seinem ungestümen Wesen für Anita eine unwiderstehliche Mischung ergab, aber dazu hatte Helga ja eine andere Meinung. Falls das mit dem Arzt nichts wurde, konnte man ihn jedoch durchaus als Alternative im Auge behalten. Marlenes Bruder war mit seiner Freundin hier, der fiel also aus. Blieben noch Katharinas Brüder. Der eine war in Helgas Alter, den stellte Anita für den absoluten Notfall zurück, der andere war durchaus annehmbar.

Für den Abend musste das reichen. Wenn es mit keinem von denen klappte, würde Anita sehen, ob sich bei den höheren Jahrgängen jemand fand, aber das musste warten, sie konnte nicht nacheinander alle Männer anschleppen und bei Helga stehen lassen. Noch hatten sie zweieinhalb Jahre Zeit, doch andererseits wollte Anita die Sache gerne so rasch wie möglich hinter sich bringen. Sie nippte an ihrem Glas, und während der Plattenspieler wieder lief und klassische Weihnachtsmusik in gemäßigter Lautstärke durch den Raum schwebte, schlenderte Anita mit dem Glas in der Hand zum Büfett, wo sich gerade Lindas Bruder eingefunden hatte.

»Guten Abend«, sagte Anita und schenkte ihm ihr entzückendstes Lächeln.

Erstaunt sah der junge Mann sie an. »Guten Abend.«

»Ich bin Anita Kronberg, Sie sind mit Linda hier, ja? Wir sind im selben Jahrgang.«

»Tatsächlich?« Er erwiderte das Lächeln, und Anita erkannte, dass er Feuer gefangen hatte. »Mein Name ist Matthias Webknecht.«

Er erwähnte weder seinen Doktortitel, noch, dass er Arzt war. Von sich eingenommen war er offenbar nicht, zumindest nicht in dem Maße, dass er allen Leuten umgehend auf die Nase binden musste, was er tat.

»Sind Sie zum ersten Mal hier in der Schule?«, fragte Anita.

»Ja, ich bin beruflich sehr eingebunden, und Linda kommt ja jedes Wochenende nach Hause. Wenn ich mir allerdings ansehe, wie schön es hier ist, bereue ich, dass ich sie nicht schon früher mal besucht habe.«

Anita hob ihr Glas. »Noch haben Sie ja die Möglichkeit, das Versäumnis nachzuholen.« Sie sah sich unauffällig um. Wo war denn Helga? Ah, da stand sie und unterhielt sich mit einer Frau. Während ihr Gegenüber – »Sag doch Matthias zu mir« – darüber redete, dass er in seiner Freizeit gerne ruderte, versuchte Anita, interessiert zu wirken und den Faden nicht zu verlieren, falls er sie etwas fragte. Gleichzeitig wollte sie

Helga signalisieren, dass diese sich langsam mal hierherbewegen durfte. Leider blickte Helga nicht einmal in ihre Richtung.

Da, endlich. Anita bat Matthias, ihr doch ein neues Glas zu reichen, und als er sich abwandte, winkte sie Helga rasch zu sich. Die verstand und kam zu ihnen. Als Matthias sich wieder zu ihnen drehte, stutzte er kurz, als er die zweite junge Frau bemerkte. Helga spielte sofort mit.

»Ach, wie reizend, ist das für mich?« Sie nahm dem verdutzten Matthias das Glas aus der Hand.

»Meine liebe Freundin Helga«, sagte Anita und legte ihr freundschaftlich die Hand auf den Arm. »Helga, das ist Matthias, der Bruder von Linda.«

»Sehr erfreut«, sagte Helga und lächelte ihn über das Glas hinweg keck an.

Ach, schau her, dachte Anita. »Oh, da vorne ist ein Bekannter, da muss ich mal eben hin.« Damit drehte sie sich um und ließ die beiden stehen. Das klappte ja wie am Schnürchen.

»Gehst du mir aus dem Weg?«, hörte sie Henrik Voigts Stimme und drehte sich zu ihm um.

»Keineswegs. Wie geht es dir?«

»Gut. Wie ich sehe, betätigst du dich weiterhin als Kupplerin für deine Freundin? Wer muss denn dieses Mal dran glauben?«

»Sei nicht so gemein.«

»Verzeihung, das war nicht meine Absicht. Sie war ja durchaus sehr unterhaltsam, das hätte ich gar nicht gedacht.«

»Da bist du wohl das bedauernswerte Opfer deiner eigenen Vorurteile.«

Er hob die Brauen. »So eine spitze Zunge heute?«

Sie zuckte mit den Schultern.

»Du trägst mir die Sache mit dem Reh noch nach, ja?«

»Nein. Ich fand es nicht in Ordnung, aber ich bin nicht nachtragend und nehme an, du hast daraus gelernt.«

»Damit liegst du richtig.«

»Es hat sich einfach nicht mehr ergeben, und vermutlich passen wir auch nicht so richtig zusammen.«

»Aber wir könnten doch trotzdem noch mal miteinander ausgehen, rein freundschaftlich.«

Anita blieb eine Antwort erspart, da sich in diesem Moment Melanie näherte und die Hand besitzergreifend auf den Arm ihres Bruders legte. Sie nickte Anita kühl zu und sah Henrik an. »Wo bleibst du denn? Mathilde sucht dich schon.«

Ergeben nickte er und sah Anita an. »Entschuldige uns bitte.«

Melanie zog ihn mit sich fort und redete dabei auf ihn ein. Mathilde war vermutlich die hoffnungsvolle Freundin. Kopfschüttelnd sah Anita den Geschwistern nach, die zum Büfett gingen, wo Melanie Henrik zwei Gläser in die Hände drückte. Wo waren denn Helga und Matthias? Anita sah sich um. Ah, da standen sie und plauderten. Zufrieden wandte sich Anita ab und spazierte durch den Saal. Arno stand mit einer Frau zusammen, die auf ihn einredete und dabei immerzu seinen Arm berührte. Offenbar die Mutter einer Frau aus dem zweiten Jahrgang, die danebenstand und wirkte, als sei ihr das alles unsagbar peinlich. Anita wechselte einen kurzen Blick mit ihm und lächelte ihm zu.

Helga fand diesen Mann nicht unattraktiv. Der Schnurrbart müsste nun nicht sein, aber das waren Kleinigkeiten, an denen man arbeiten konnte. Leider war Matthias kein begnadeter Erzähler, und seine Monologe um sein liebstes Hobby – Rudern – gerieten sehr langatmig. Unterhaltsam war einzig die Geschichte, als er einen Hund aus dem Rhein gerettet hatte, als dieser abgetrieben war und Matthias sich vom Ruderboot aus ins Wasser gebeugt und das arme Tier herausgezogen hatte. Helga spürte, wie ihre Augen glasig wurden, und blinzelte. Er war Arzt, er war sicher gut situiert, sonst könnte sich die Familie diese Schule hier nicht leisten, und ungebunden. Da konnte man sich nun wahrlich eine halbe Stunde lang Rudergeschichten anhören.

Henriette trat zu ihnen. »Dein Keksrezept ist ja wirklich famos. Vielleicht hat auch deine Geschichte dazu beigetragen, aber die Dinger sind so schnell weggegangen, dass ich von Glück sagen konnte, noch einen Keks zu erwischen.« Sie sah zu Matthias, und Helga stellte die beiden einander vor.

Matthias blickte Henriette hingerissen an, und Helga seufzte, da sie es bereits kommen sah.

»Darf ich Ihnen etwas vom Büfett holen?«, fragte er. »Und wie ich es verstanden habe, wird gleich getanzt. Erweisen Sie mir die Ehre?«

So ein Stiesel. War das der Dank dafür, dass Helga ihm so ausdauernd zugehört hatte bei seinen langweiligen Rudergeschichten? Als er mit den Gläsern zurückkam, hatte er nur Augen für Henriette, und als Helga sich entschuldigte, nickte er zerstreut. Das war ja wirklich ein Schuss in den Ofen gewesen. Wenn Helga so recht darüber nachdachte, war es vielleicht auch nicht unbedingt schade. Linda als Schwägerin wäre kein Vergnügen, denn Helga merkte durchaus, dass diese sie nicht besonders gut leiden konnte. Im Alltag kamen sie zwar miteinander aus, aber das war es auch schon.

Dass getanzt werden sollte, hatte sie zwar auch gehört, aber noch war es nicht so weit, und so schlenderte sie durch den Saal. Von allen waren Familienmitglieder gekommen, und angesichts dessen wünschte sie sich fast schon, ihre Eltern wären auch hier. Irgendwie hatte es ja doch etwas Bemitleidenswertes, als Einzige ohne Familienbesuch dazustehen. Aber sie war mehrfach für ihre Geschichte gelobt worden, und das gab ihren Hoffnungen Auftrieb. Sie hatte sie bereits an das Magazin geschickt und wartete nun auf Antwort.

Anita hatte sie offenbar erspäht, denn sie kam mit einem jungen Mann zusammen zu ihr, den sie als Jan vorstellte. »Katharinas Bruder. Jan, meine gute Freundin Helga.«

Jan Feldt sah sie an. »Die Schriftstellerin?« Er hatte ein schönes Lächeln, dachte Helga.

»Ja, genau die.«

»Sehr amüsante Geschichte.«

Anita gab vor, einen Bekannten zu sehen, und verabschiedete sich. Irritiert sah Jan ihr nach, wirkte ein wenig überrumpelt, aber er hatte offenbar gute Manieren und lächelte nun wieder. »Schreiben Sie oft?«

»Ja, sooft es geht.«

»Haben Sie auch schon etwas veröffentlicht?«

»Diese Geschichte ist mein erster Versuch. Ich habe sie bei einem Wettbewerb einer Zeitschrift eingereicht.«

»Na, da drücke ich die Daumen.«

Die Musik verstummte, und kurz darauf erklang ein Walzer von Johann Strauß. Jan grinste. »Sehr klassisch.«

»Ja, aber Walzer ist ja immer ein Genuss.«

Er reichte ihr die Hand. »Darf ich bitten?«, sagte er übertrieben formell.

»Aber sicher doch, mein Herr.« Helga ließ sich von ihm auf die Tanzfläche führen und stellte fest, dass sie es immer noch konnte. Sie hatte es mit ihren Freundinnen zusammen in der Tanzschule gelernt, danach aber nur sehr selten mal getanzt. Jan war ein hervorragender Tänzer, und so genoss Helga den Tanz in vollen Zügen.

Danach folgte ein Foxtrott. Als Jan sie von der Tanzfläche

führte, war Helga bestens gelaunt. Er war nicht nur ein hervorragender Tänzer, sondern verstand es auch, eine amüsante Unterhaltung zu führen, und er reiste gern, worum Helga ihn, die noch nie über den nächstgelegenen Landkreis hinausgekommen war, ein wenig beneidete. Außerdem war er Bankier und würde somit ein gutes Auskommen haben. Das war ja so perfekt, perfekter ging es gar nicht.

Ein junger Mann in Helgas Alter trat zu ihnen und klopfte Jan auf die Schulter, dann sah er Helga an. »Hallo, ich bin Andreas.«

»Mein nervtötender kleiner Bruder«, erklärte Jan.

Der Jüngere lächelte spitzbübisch. »Soll ich Luise erzählen, wie du hier auf Abwege gerätst?«

»Sei nicht so frech, nur weil ich tanze und mich unterhalte.« Er wandte sich an Helga. »Luise ist meine künftige Verlobte, aber noch ist nichts offiziell.«

Das durfte doch nicht wahr sein. Er war so gut wie verlobt, blickte Anita so flirtend an und widmete nun ihr, Helga, so viel Aufmerksamkeit? Ein Frauenheld also. Helga hätte ahnen müssen, dass dieses hinreißende Lächeln einen Haken hatte. Sie verabschiedete sich unterkühlt von ihm und ging zum Büfett.

»Was stimmt denn jetzt schon wieder nicht?«, fragte Anita, die nun zu ihr trat und etwas außer Atem wirkte, als hätte sie gerade getanzt.

»Er ist so gut wie verlobt und möchte wohl vorher nichts anbrennen lassen.«

»Leicht machst du es einem ja nicht.«

»Was kann ich denn dafür?«

»Woher weißt du das überhaupt?«

»Von seinem jüngeren Bruder, der stand plötzlich neben uns.«

»Ach, das ist ja ärgerlich, dann können wir den jetzt auch ausschließen, sonst wirkt das wie eine Notlösung.«

»Den hätte ich ohnehin nicht gewollt, der ist doch kaum dem Knabenalter entwachsen.«

Anita sah sich um. »Wir könnten es mit Henriettes Bruder versuchen.«

»Ich bin doch kein Kuchen, den man herumreicht, bis er endlich jemandem mundet.«

»Du wolltest doch Männer kennenlernen.«

»Ja, aber nach Möglichkeit diskret und nicht alle an einem Abend, als wäre ich eine Kuh, die eine Weide abgrast.«

Um Anitas Mundwinkel zuckte es. »Also gut, und was jetzt? Bin ich für diesen Abend aus deinen Diensten entlassen?«

»Meinst du, Henrik Voigt würde mit mir tanzen?«

»Willst du es jetzt doch weiter probieren?«

»Nein, das ist etwas anderes, mit ihm war ich ja schon aus.«

»Ich dachte, ihr wart euch einig, dass das nichts wird?«

»Ich spreche nur vom Tanzen. Er sieht aus wie jemand, der es gut kann.«

»Er sieht aus wie jemand, der so manches gut kann. Also gut, ich sehe zu, was ich tun kann. Vielleicht entreiße ich ihn dieser seltsamen Mathilde.«

»Mathilde?«

»Die Freundin seiner Schwester, mit der sie ihn verkuppeln möchte.«

»Das ist echt nicht mein Tag heute.«

Anita reichte ihr ein Glas. »Dann amüsiere dich trotzdem. Alle mochten deine Geschichte, das ist doch ein viel schönerer Erfolg.«

»Sagt sich leicht, wenn man einen Kerl an der Angel hat.«

Anita sah sich rasch um. »Wir wollen doch nicht heiraten«, entgegnete sie mit gesenkter Stimme.

»Das brauchst du auch nicht zu wollen, weil du vermutlich an jedem Finger einen zappeln lassen kannst, wenn dir danach ist.«

»Unsinn, ich kriege auch nicht alles, was ich will. Für dich finden wir schon noch den Richtigen, die heute waren einfach nichts. Aber demnächst könnten wir es ja mit Henriettes Bruder probieren.«

»Der Wilde? Na, ich weiß nicht. Ich will meinen Mann nicht erst erziehen müssen.«

»Schauen wir mal.« Anita wurde erneut aufgefordert und ging mit einem jungen Mann auf die Tanzfläche.

Seufzend sah Helga ihr nach.

Inga durfte an der Adventsfeier nicht teilnehmen, aber im Grunde war ihr das gleich, denn zwischen all den Leuten, die so viel älter waren als sie, hätte sie sich ohnehin nicht wohlgefühlt. Ihrer Erfahrung nach gingen diese Feiern immer bis weit nach Mitternacht, und da sie Müdigkeit vorgeschützt hatte, wusste sie, ihre Mutter würde sich nicht weiter um sie sorgen, ging sie doch davon aus, dass sie im Bett lag.

Da seine Eltern übers Wochenende verreist waren, hatte er den Wagen seiner Mutter genommen. »Sie hätte es mir vermutlich ohnehin erlaubt, allerdings mit der Einschränkung, nur im Kölner Stadtgebiet zu fahren.«

Er hatte sie am Bushaltestellenhäuschen abgeholt, und Inga freute sich unbändig auf die Fahrt.

»Wird deine Mutter ganz sicher nichts merken?«, fragte er. »Was, wenn sie während der Feier nach dir schaut?«

»Das hat sie noch nie getan, und heute fängt sie bestimmt nicht damit an.«

»Na, dann los.« Er legte den Gang ein, drückte vorsichtig das Gas, und der Wagen fuhr auf dem glatten Untergrund an.

Da Josh nicht schnell fahren konnte, dauerte es ziemlich lange, ehe sie in Köln waren, aber Inga genoss die Fahrt, während der sie sich unterhielten und lachten. Wenn sie Abitur hatte und studierte, würde sie nach Köln ziehen, egal, was ihre Mutter sagte. Und dann würde sie regelmäßig mit Josh ausgehen, und sie hätten viel Spaß miteinander.

Als sie die Stadt erreichten, konnte Josh etwas schneller fahren, denn hier waren die Straßen nicht mehr so glatt. Es war schön im abendlichen Köln mit der Weihnachtsbeleuchtung und den Kaufhausfenstern, der funkelnden Werbung und all dem Leben, das durch die Straßen pulsierte. Die Stadt erhob sich aus ihren Trümmern, modern und lebendig, für Inga die schönste Stadt, die es gab. Sie liebte Köln, und Ausflüge hierher waren schon in der Kindheit immer ein Moment des Glücks gewesen. Wenn sie von Weitem den Dom sah, ging ihr das Herz schneller, und jetzt, als Josh den Wagen in der Stiftsgasse parkte und sie die beleuchteten Schaufenster sah, wollte sie nichts so sehr, wie hier zu wohnen.

Sie gingen in eine Tanzbar, in die Josh sie schon einmal geführt hatte. Wieder hatte Inga sich so geschminkt, dass sie aussah wie mindestens achtzehn, und sie hoffte, dass einfach niemand so genau hinsah. Sie hatten Glück und kamen ohne Probleme in die Tanzbar, wo Josh sie zu einem Zweiertisch führte. Lange wollte Inga nicht sitzen bleiben, es zog sie auf die Tanzfläche. Der Kellner erschien, Josh gab eine Bestellung auf, und Inga hatte den Eindruck, der Mann musterte sie einen Augenblick zu lange. Sie erwiderte seinen Blick herausfordernd, obwohl sie sich lieber abgewandt hätte, aber sie wollte nicht verdächtig wirken. Immerhin sagte der Kellner nichts, sondern ging, um das Bestellte zu holen, und Inga entspannte sich.

Die Menschen drängten sich auf der Tanzfläche zu modernen Schlagerrhythmen, die Luft war verqualmt vom Zigarettenrauch, und es herrschte durch das Stimmengewirr und Gelächter ein Geräuschpegel, der ein Gespräch nur möglich machte, wenn Inga und Josh sich nahe zueinanderbeugten. Noch ein wenig mehr, dachte Inga, und sie könnten sich küssen. Unvermittelt fragte sie sich, wie sich sein Mund anfühlte, und ihr Herz schlug heftiger, während sie ihn ansah. Ob er dasselbe dachte? Und wollte sie das wirklich? Inga wusste nicht, wie sie mit diesem Durcheinander an Gefühlen umgehen sollte, und so war sie fast schon erleichtert, als sie den Kellner zurückkehren sah. Er trug ein Tablett, stellte die Gläser vor ihnen ab und ging wieder.

Inga nippte an ihrer kühlen Limonade und sah zur Tanzfläche. Es kribbelte ihr geradezu in den Füßen, aufzuspringen und bis zur Erschöpfung zu tanzen. Und wenn ein langsamer Tanz gespielt würde? Würde Josh sie dann dicht an sich ziehen und langsam im Takt der Musik wiegen? Inga schluckte und nahm ihr Glas, um einen großen Schluck zu trinken. Sie sah Josh an, der sich für Malzbier entschieden hatte. Angesichts der Getränkewahl der beiden hatte der Kellner bei der Bestellung gestutzt, aber Josh hatte erklärt, er fahre noch. Er hatte Inga gefragt, ob sie einen Schuss in die Limonade wollte, aber sie hatte abgelehnt. Sie wusste nicht, ob sie das vertrug, und keinesfalls wollte sie dummes Zeug reden oder sich durch Ungeschicklichkeit verraten bei der Heimkehr.

Josh schien gerade etwas sagen zu wollen, als der Kellner zurückkam, dieses Mal in Begleitung eines Mannes. Irritiert sah Inga die beiden an, und während Josh ihnen nur einen flüchtigen Blick wert war, taxierten sie Inga genauer.

»Ja bitte?«, fragte Josh, und Inga bewunderte ihn für seine Selbstbeherrschung. Ihr selbst versagte die Stimme.

»Heinrich Wohlfarth«, stellte der Mann sich vor. »Das hier

ist mein Laden. Darf ich fragen«, wandte er sich an Josh, »wie alte Ihre Begleitung ist?«

»Das können Sie mich auch selbst fragen«, entgegnete Inga, die ihre Stimme wiedergefunden hatte. »Ich bin achtzehn.«

»Tatsächlich? Eine aufgetakelte Achtzehnjährige, die Limonade trinkt und aussieht, als würde sie noch die Schulbank drücken?«

Inga spürte, wie ihre Wangen heiß wurden. »Und?«

»Werfen Sie meiner Freundin vor, dass sie zu jung aussieht?«, fragte Josh.

»Keineswegs, ich werfe ihr auch ihre Jugend nicht vor. Nur hat sie hier in ihrem Alter noch nichts verloren, und ich will keinen Ärger riskieren. Also muss ich Sie bitten, zu gehen.«

»Sie können uns doch nicht einfach hinauswerfen?«

»Ich könnte sogar die Polizei rufen, die das Alter der Dame feststellt und im Falle einer Minderjährigkeit die Eltern kontaktiert.«

Inga wurde ganz kalt. »Ist gut, lass uns gehen«, sagte sie zu Josh.

Der krauste die Stirn, wirkte aber auch nicht, als wollte er noch weiter diskutieren. Stattdessen zückte er die Geldbörse.

»Geht aufs Haus«, sagte Heinrich Wohlfarth. »Ist nicht so, dass ich es nicht verstehe, ich war auch mal jung. Aber ich kann hier keine Probleme gebrauchen.«

Inga bemerkte die Blicke der umstehenden Gäste. Die meisten hatten zwar sicher nicht mitbekommen, worum es ging – dafür war es einfach zu laut –, war doch klar, dass sie beide rausgeworfen wurden. Das war so peinlich, dass Inga kurz davor stand, in Tränen auszubrechen. Josh umfasste ihre Hand und ging mit ihr auf den Ausgang zu.

»Mach dir nichts draus, Kleine«, sagte eine Frau. »In ein paar Jahren lachst du darüber.«

Inga glaubte nicht, dass sie jemals über diese Scham und Demütigung lachen würde, und so antwortete sie nicht, sondern senkte nur den Blick, um niemanden ansehen zu müssen. Sie hörte jemanden lachen, wusste aber nicht, ob das auf sie gemünzt war. Erleichtert atmete sie auf, als sie endlich in der nächtlichen Kälte standen. Sie blickte zu Josh auf, der jedoch keineswegs so bekümmert wirkte wie sie.

»War den Versuch wert, hm? Und letztes Mal hat es ja geklappt. Also lass uns spazieren gehen, das wolltest du doch so gerne. Das vorweihnachtliche Köln genießen.«

Inga hakte sich bei ihm ein, und sie gingen langsam durch die verschneiten Straßen, wobei es nicht ganz so romantisch war, wie sie es sich erhofft hatte, denn durch die vielen Menschen und den Straßenverkehr war der Schnee am Straßenrand grauer Matsch und auf den Bürgersteig festgetrampelt mit Schlieren von Dreck. Aber die Beleuchtung war schön, und so genoss Inga es doch. Da sie sich in keine weitere Bar trauten und die Cafés spätabends nicht mehr geöffnet hatten, holten sie sich einen Schaschlikspieß bei einem Imbiss und aßen ihn, während sie auf den Rhein blickten.

Kurz vor Mitternacht machten sie sich mit dem Auto auf den Weg zurück, und Inga war ordentlich durchgefroren. Leider wirbelte das Gebläse nur kalte Luft in den Wagen, und Josh drehte an dem Regler herum.

»Es müsste gleich wärmer werden«, sagte er.

Es hatte gefroren, und während sie in Köln noch recht zügig durchkamen, waren die Straßen außerhalb der Stadt stellenweise spiegelglatt. Einmal schlitterte der Wagen, aber glücklicherweise bekam Josh ihn direkt wieder zurück auf die Spur. So richtig wohl war Inga dabei nicht, aber es gab schlicht keine Alternative, denn der Bus fuhr um die Zeit nicht mehr, und sie hätte sich auch nicht getraut, nachts allein einzusteigen. Jetzt konnte sie nur darauf hoffen, dass Josh den Wagen heil bis zur Villa Waltz brachte und wieder nach Hause. Nicht auszudenken, was passierte, wenn ihm auf dem Rückweg etwas zustieß. Sie hatte den Gedanken noch nicht ganz zu Ende gedacht, als der Wagen erneut schlitterte. Dieses Mal gelang es Josh nicht, ihn zurück auf die Straße zu lenken. Die Räder drehten durch, der Wagen rutschte quer über die Gegenfahrbahn, und Josh versuchte, gegenzulenken – ohne Erfolg. Der Wagen schlitterte weiter, streifte einen Pfosten, Inga hob erschrocken die Arme, schrie auf, als der Wagen ungebremst gegen einen Baum krachte.

Für Edith Waltz wurde die Adventsfeier zu einem vollen Erfolg. Die Gäste waren bis weit nach Mitternacht bester Laune. Anita hatte so viel getanzt wie schon lange nicht mehr. Auch ihre Mutter, Greta und Wolfgang schienen sich gut zu unterhalten, hatten sogar schon Bekannte ausfindig gemacht, da sie feststellten, dass der Vater einer Schülerin aus dem dritten Jahrgang früher mit Anitas Vater lose befreundet gewesen war. Henriette schien eine Eroberung gemacht zu haben, das zumindest legte der Blick eines jungen Mannes nahe – Bruder einer Schülerin aus dem zweiten Jahrgang –, der vollkommen hingerissen schien. Nur Helga wirkte ein wenig unglücklich, obwohl sie viel tanzte und auch außerhalb der Tanzfläche immer in ein Gespräch vertieft war.

Anita ging zu ihr. »Warum so niedergeschlagen?«

»Bin ich nicht, ich bin nur einfach irgendwie seltsamer Stimmung. Es ist so schön, und ich amüsiere mich durchaus, aber dann denke ich mir, es wäre doch schöner, wenn ich nicht die Einzige ohne Familie hier wäre. Andererseits will ich gar nicht, dass meine Eltern hierherkommen und womöglich Walther mitbringen.«

»Ist er wirklich so schlimm?«

»Schlimm nicht, nur etwas ungeschliffen, und das ist schon in Ordnung. Aber ich habe absolut kein Interesse an ihm, und er würde sich hier auch nicht wohlfühlen. Daher würde er vermutlich den ganzen Abend an mir kleben, und darauf kann ich gut verzichten.«

»Immerhin hast du zweimal mit Henrik getanzt.«

»Ja, das war wirklich sehr nett. Aber seiner Schwester begegne ich lieber nicht mehr im Dunkeln.«

Anita musste lachen. »Hab ich dir ja gesagt.«

Sie ging zu ihrer Mutter, die sich zum Rauchen in den Salon zurückgezogen hatte. Martha Kronberg brauchte ganz offensichtlich einen Moment für sich, denn sie hatte sich ein Stück abseits gestellt, sah zum Fenster hinaus, das ihr nichts anderes zeigte als ihr Spiegelbild in der Fensterscheibe.

»Du fühlst dich hier mittlerweile wohl, ja?«, sagte sie, als Anita zu ihr trat.

»Ich mach das Beste draus«, entgegnete Anita, die nicht bereit war, einzuräumen, dass ihre Mutter richtig gehandelt hatte. Nach wie vor war es so, dass sie nicht gefragt worden war. Da spielte es auch keine Rolle, dass sie hier mittlerweile Freundinnen gefunden und eine aufregende Affäre begonnen hatte.

»Hast du auch schon einen netten jungen Mann kennengelernt?«

»Wie kommst du darauf?« Anita fühlte sich ertappt.

»Nun ja, hier sind ja so einige, und alle von ihnen aus gutem Haus.«

Anita zuckte nur mit den Schultern. »Bisher interessieren mich die Brüder meiner Mitschülerinnen nicht besonders.«

»Du willst doch nach dem Schulabschluss nicht weiter so herumtändeln, oder?«

»Darüber mache ich mir momentan noch keine Gedanken.«

Unwillig zog ihre Mutter die Brauen zusammen. »Wie lange willst du noch so leben, ohne Verantwortung zu übernehmen?«

»Müssen wir dieses Gespräch ausgerechnet jetzt führen?«

»Nein, ich kann dir auch erst an Heiligabend unter dem Weihnachtsbaum eröffnen, dass ich so gut wie kein Geld mehr habe und es fraglich ist, wie lange ich das Haus noch halten kann.«

Sprachlos starrte Anita ihre Mutter an.

»Du siehst also, eine gute, besser noch hervorragende Partie ist äußerst wichtig, wenn du weiterhin einen gewissen Lebensstil pflegen willst. Jemand, der ausreichend Geld mitbringt, mein Haus zu kaufen und somit in der Familie zu halten, damit nicht alles verloren ist.«

»Ich soll also nicht nur zügig heiraten, sondern auch reich?«

»Ja, das solltest du.«

»Was ist mit Joachim und Wolfgang?«

»Joachim sagt, das wäre nicht sein Problem, er hätte ein Kind und eine Frau, die er versorgen müsse, und er könne mir gerne eine Wohnung bezahlen. Wolfgang ist zwar gut situiert, aber eben nicht reich.«

»Verstehe, da bleibe also nur ich als verfügbarer Wert, mit dem du das Haus retten kannst?«

»Rede nicht so abfällig, als wollte ich dir Böses. Du weißt ziemlich gut, dass du ein sehr verwöhntes Kind bist und ein Leben ohne einen gewissen Standard für dich nicht infrage kommt. Also richte dich lieber nicht darauf ein, dass ich das noch lange finanzieren kann.«

Nun brauchte Anita selbst eine Zigarette. Ihre Hände zitterten leicht, als sie sich an der Packung ihrer Mutter bediente.

Durch die offene Tür konnte sie am Treppenaufgang vorbei bis in die weitläufige Eingangshalle sehen, wo die Bilder der ehemaligen Absolventinnen hingen, immer als Jahrgang gruppiert mit den Lehrern. In zweieinhalb Jahren würde auch Anita mit ihren sieben Mitschülerinnen abgelichtet werden, ein Ritual zum Schuljahresende, wenn die Abschlusszeugnisse überreicht wurden.

Im nächsten Augenblick ertönte volltönend der Gong der Eingangshalle, und vermutlich war nicht nur Anita irritiert, denn um diese Uhrzeit erwartete man wohl kaum noch Besuch. Sie bemerkte, dass einige Leute fragend den Kopf wandten, als Arno den Saal verließ und durch die Halle zur Eingangstür ging. Nun machte niemand mehr einen Hehl aus seiner Neugierde, und auch Anita lief zur Tür, um sehen, was es bedeutete, dass zwei Polizisten davorstanden und eine Inga mit sich brachten, die dastand wie ein Häufchen Elend. Arno wies ihnen mit der Hand den Weg in die Halle, und er schien im Begriff zu sein, Edith Waltz zu holen, als diese bereits aus dem Saal trat, kurz stutzte und dann ihre Schritte beschleunigte. Was gesprochen wurde, war nicht ersichtlich, aber offenbar erregte es sie so sehr, dass sie zu ihrer Tochter herumfuhr und ihr eine schallende Ohrfeige verpasste. Mit der Hand wies sie Richtung Treppe, und das Mädchen floh aus der Halle, rannte beinahe die Stufen hoch und verschwand schließlich aus Anitas Blickfeld.

»Was ist denn da los?«, fragte Marlene, die neben ihr stand.

»Offenbar wurde eine nächtliche Ausreißerin eingefangen und nach Hause gebracht«, mutmaßte eine Männerstimme.

Die Polizisten wurden verabschiedet, und als Edith Waltz sich umdrehte, ein Lächeln auf ihre Lippen zwang, während ihre Wangen rot gefleckt waren, zogen sich alle von den Türen zurück.

»Kinder«, sagte Edith Waltz und lachte ein wenig zu schrill. »Immer für eine Überraschung gut.«

Anitas Blick traf Arnos, dann wandte sie sich ab, um ihrer Mutter keinen Anlass zu Spekulationen zu geben.

Kapitel 13

Es war das trostloseste Weihnachtsfest, das Inga je erlebt hatte. Einmal hatte sie heimlich mit Josh telefoniert und erfahren, dass er von seinem Vater mit einem Riemen so verprügelt worden war, dass er die Striemen noch tagelang auf der Haut gehabt hatte.

»Das letzte Mal hat er mich verdroschen, als ich vierzehn war und ein Lehrer angerufen und sich über mein Verhalten beschwert hat. Aber so wie dieses Mal noch nie, da ist es wirklich über ihn gekommen.«

Inga hatte außer der Ohrfeige keine weitere körperliche Bestrafung erhalten, wohl jedoch Hausarrest bis weit ins neue Jahr, was bedeutete, ihr war außer der Schule wirklich jeder Ausgang gestrichen, sogar ein Spaziergang. Bis Januar durfte sie nicht einmal in den Garten. Ihre Mutter hatte ihr vorgehalten, wie nachhaltig sie womöglich den Ruf des Hauses beschädigt hatte, ausgerechnet in der Nacht, als es wirklich jeder mitbekommen musste. Dass sie und Josh auch hätten tot sein können, schien sie nicht zu interessieren. Keine Spur von Erleichterung, dass sie den Unfall mit ein paar Kratzern überstanden hatten. Ja, sie hatte eine Dummheit gemacht, aber sie hatte ja kein Verbrechen begangen.

»Und wehe«, schloss ihre Mutter, »du triffst diesen Jungen wieder, diesen Joshua.«

Nun zogen sich die Tage elend lang dahin, und Inga konnte nichts anderes tun, als zu lesen. Auch zu Heiligabend blieb die Stimmung unterkühlt. Zwar bekam sie Geschenke, und es gab auch ein schönes Weihnachtsessen in dem stillen Haus, in dem nun nur noch sie und ihre Mutter wohnten, aber es wollte keine festliche Atmosphäre aufkommen. Am ersten Weihnachtstag waren sie bei einer Freundin ihrer Mutter eingeladen, aber diese nahm die Einladung allein wahr, ebenso die am zweiten Weihnachtstag bei einer Verwandten, sodass Inga einsam zu Hause saß und sich langweilte. Ihre Mutter hatte ihr bei Strafe untersagt, das Telefon zu benutzen, sie würde es anhand der Rechnung merken, wenn sie das tat. Aber wen hätte sie auch anrufen sollen? Alle feierten Weihnachten mit ihren Familien.

Inga war sehr versucht, einfach zu gehen, denn was sollte ihre Mutter tun? Sie noch länger einsperren? Irgendwann konnte sie das doch Ingas Freundinnen nicht mehr erklären und würde wirken wie eine Mutter, die ihr Kind nicht in den Griff bekam und in ihrer Hilflosigkeit mehr und mehr Strafen verhängte. Aber Inga hatte keine Lust auf die Konfrontation, und sie hätte auch gar nicht gewusst, wohin sie gehen sollte. Zu Josh konnte sie nicht, der wurde gerade selbst sehr kurzgehalten. Es war wirklich ein Elend.

Als sie auf den Baum zugeschlittert waren, hatte sie für einen kurzen schrecklichen Moment geglaubt, jetzt wäre alles vorbei. Aber es war ein Wunder. Sowohl sie als auch Josh hatten nahezu unverletzt aus dem Auto steigen können. Ein anderer Autofahrer hatte den Unfall bemerkt und war zum nächstgelegenen Haus gefahren, um die Polizei und einen Krankenwagen zu rufen. Da keiner von ihnen ernsthaft verletzt war, Josh jedoch mit dem Brustkorb gegen das Lenkrad geschlagen war, sodass er dort schmerzhafte Prellungen gehabt hatte, war er zur Untersuchung ins Krankenhaus gefahren worden und Inga nach Hause. Er hatte noch in derselben Nacht nach Hause gedurft und dort auf seine Eltern warten müssen, die am kommenden Tag zurückkamen. Dann folgte die unbarmherzigste Bestrafung seines Lebens. Inga hatte es fast nicht mit anhören können, ohne in Tränen auszubrechen. Aber immerhin waren die Eltern erleichtert darüber, dass er den Unfall überlebt hatte. Der Wagen war nun zwar nur noch ein Schrotthaufen, doch das war für sie zweitrangig. Vor einer Strafe bewahrte ihn das leider dennoch nicht.

Inga schlenderte durch das Haus, aß von den Resten, die von Weihnachten übrig waren, und sah bereits einem langatmigen Silvester entgegen, bei dem ihre Mutter zu einer Party in Köln eingeladen war und über Nacht bleiben würde. Leider änderte Edith Waltz ihre Meinung auch in den folgenden Tagen nicht, da mochte Inga so viel bitten, wie sie wollte.

»Du kannst dich in der Küche frei bedienen«, sagte ihre Mutter, »back dir eine schöne Süßspeise, die magst du doch.«

Daraufhin zuckte Inga nur mit den Schultern und antwortete nicht. Sie würde sich ganz sicher nicht hinstellen und für sich allein backen. Als ihre Mutter sich abends verabschiedete, hatte Inga für sie nur einen knappen Gruß übrig und blickte nicht einmal von ihrem Buch auf. Danach herrschte eine fast schon gespenstische Stille im Haus. Über die Weihnachtstage war sie auch allein gewesen, aber da war ihre Mutter zum Essen gegangen und irgendwann abends zurückgekehrt. Jetzt brach sie abends erst auf, und obwohl sich Inga nicht für furchtsam hielt, war es doch seltsam, zum ersten Mal ganz allein in diesem riesigen Haus zu sein.

Anfangs saß sie noch da und las, dann ging sie herum, machte einen Abstecher in die Küche, ohne jedoch Lust zu haben, etwas zu backen, sondern bediente sich stattdessen an den Plätzchen, die noch von Weihnachten übrig waren, und kochte sich eine heiße Schokolade. Auf dem Weg zurück fragte sie sich, ob das Geräusch, wie der Wind ums Haus fuhr, sonst auch immer so laut war. Es war ja nicht so, als wäre sie noch nie abends durchs Haus gegangen, aber es fühlte sich einfach anders an, wenn man wusste, dass überall Menschen waren. Oben die vierundzwanzig Auszubildenden, in der Beletage neben ihrer Mutter noch zwei Lehrer und drei Lehrerinnen, außerdem Frau Schmitz und die beiden Hilfskräfte, die ihre Schlafräume im Erdgeschoss hatten.

Inga beschloss, früh zu Bett zu gehen, da wäre die Nacht schneller um. Dann schalt sie sich. Was war sie nur für ein Angsthase? Was sollte schon passieren? Niemand wusste, dass sie allein hier war, die Fenster waren fest verriegelt, die Verandatür ebenfalls gut verschlossen. Und wenn jemand käme, so hätte sie das Telefon in Griffweite, denn sie hatte längst beschlossen, im Zimmer der Mutter zu schlafen, wo nicht nur das Telefon stand, sondern das auch eine Tür hatte, die man abschließen konnte.

Andererseits wollte sie gerne um Mitternacht das neue Jahr begrüßen, und sie war überhaupt noch nicht müde. Inga schaltete das Radio ein, damit es nicht mehr ganz so still war. Immerhin fühlte sie sich damit schon etwas besser, und als die neuesten Schlager gespielt wurden, musste sie an Josh denken und an ihren letzten Ausflug, der so gründlich schiefgegangen war. Was ihre Mutter wohl sagen würde, wenn sie zurückkäme und die Tür aufgebrochen vorfände und Inga entführt. Oder gar Schlimmeres. Dann würde sie es vermutlich bedauern, sie einfach allein gelassen zu haben, um feiern zu gehen.

Im nächsten Moment war ein Knall zu hören, und das Licht erlosch. Inga fuhr zusammen. Ihr Herz raste. Zitternd richtete sie sich auf. War nur die Glühbirne durchgebrannt? Aber nein, auch das Radio lief nicht mehr. Es musste die Sicherung sein, diesen Knall hatte es beim letzten Mal auch gegeben. Das durfte doch nicht wahr sein. Inga suchte nach der Taschenlampe und ging zur Tür, trat hinaus in den Flur, vorsichtig, als würde dort jemand auf sie lauern.

Sie hörte es, als sie die Treppe hinunterging – ein Knarzen, wie es die Stufen ins Untergeschoss von sich gaben. Da, schon wieder. Jemand war im Haus. Inga ging der Atem in einem kurzen Schluchzer, während sie auf der Treppe stand, die Lampe in der Hand. Sie musste zurück, so schnell wie möglich, und sich einschließen. Dann rief sie sich zur Ordnung. Was für eine dumme Gans sie war. Niemand konnte hier ins Haus gelangen, ohne ein Mordsgetöse zu veranstalten. Das hätte sie also trotz der Musik mitbekommen müssen. Und immerhin handelte es sich um ein altes Haus, da knarrte eben immer mal etwas.

Behutsam setzte Inga ihren Weg fort, stieg die Treppe hinab und ging durch die Halle. Da hörte sie es wieder, und im nächsten Augenblick löste sich ein Schatten von der Wand. Inga wich zurück und schrie aus Leibeskräften.

»Himmel, Mädchen!«, hörte sie eine Männerstimme. »Willst du, dass ich einen Herzanfall bekomme?«

Inga öffnete die Augen, sah die Gestalt, die im zitternden Licht der Taschenlampe stand. »Herr Keller? Was machen Sie denn hier?«

»Was machst du hier? Ich dachte, ihr seid feiern.«

»Meine Mutter, ich durfte nicht mit.«

»Wenn ich das gewusst hätte, wäre ich noch einen Tag länger bei meiner Tochter geblieben, auch wenn mir der Trubel da mit all den Gästen zu viel geworden ist. Es gehört sich ja nicht, dass ich hier mit dir allein bin.«

Daraufhin musste Inga trotz ihres Schrecks lachen. Der Mann war fast sechzig. »Niemand käme je auf die Idee, dass wir beide uns hier als heimliches Liebespaar versuchen.«

Nun schmunzelte sogar Raymund Keller. »Wie kommt es,

dass du nicht mit deiner Mutter gefahren bist, sondern hier ganz allein sitzt?«

»Das ist die Strafe für meinen verbotenen Ausflug.«

»Verstehe. Es tut mir leid, dass ich dir einen solchen Schrecken eingejagt habe. Ich wollte das Licht in der Eingangshalle einschalten, da ist der Strom ausgegangen. Und auf dem Weg in den Keller zum Stromkasten habe ich plötzlich Schritte gehört und gedacht, da wäre womöglich ein Einbrecher im Haus. Du hast mich wohl gerade zehn Jahre meines Lebens gekostet, mein Herz rast immer noch.«

»Das tut mir so leid.«

»Gibst du mir die Lampe? Dann schaue ich mal, ob einfach nur die Sicherung rausgesprungen ist.«

Inga reichte ihm die Taschenlampe und begleitete ihn ins Untergeschoss. Er öffnete den Sicherungskasten und leuchtete hinein.

»Ah, sieht tatsächlich so aus, als sei die Hauptsicherung rausgesprungen.« Er legte einen Schalter um. »Jetzt müsste der Strom wieder funktionieren. Allerdings sollte sich ein Elektriker die Lampe in der Halle ansehen, die machen wir wohl besser nicht an.«

Inga hatte normalerweise nicht viel zu tun mit Raymund Keller, er war ihr zu konservativ und schlicht zu alt, um ein Gespräch mit ihm zu führen. Jetzt jedoch war sie froh, dass er da war und sie nicht mehr so allein.

»Magst du einen kleinen Imbiss? Ich nehme an, du hast vor, bis Mitternacht wach zu bleiben.«

»Sie müssen nicht für mich kochen.«

Er lachte. »Das hatte ich auch nicht vor, ich dachte an so etwas wie Arme Ritter.«

»Mit Marmelade?«

»Wenn du möchtest.«

»Das klingt wunderbar, ich hatte nur Plätzchen zum Abendessen.«

»Dann bereite ich das Essen zu, und danach werde ich zu Bett gehen.«

Der Abend wurde überraschend kurzweilig. Raymund Keller erzählte von seiner Tochter, die mittlerweile Mitte zwanzig war und Architektin in Dortmund. Seine Frau war kurz vor dem Krieg gestorben, und ihn hatte man eingezogen, sodass seine Tochter bei einer Tante untergekommen war.

»Dieses Jahr feiert meine Tochter noch einmal so richtig groß Silvester, beim nächsten Mal sind sie zu dritt, und mit einem Säugling ändert sich das Leben.«

Eigentlich war er gar nicht so übel, fand Inga. Wenn er so erzählte, war er richtiggehend freundlich, und sie konnte sich gut vorstellen, dass er ein sehr liebevoller Vater und demnächst auch Großvater sein konnte.

Nach dem Essen räumte Inga den Tisch ab und machte den Abwasch, danach wünschte sie ihm eine gute Nacht. Obwohl sie jetzt keine Angst mehr vor dem Alleinsein hatte, würde sie im Zimmer der Mutter schlafen, denn dort hatte sie es sich schon gemütlich für die Nacht eingerichtet. Außerdem gab es einen Balkon, und kurz vor Mitternacht setzte sich Inga in einen warmen Mantel gehüllt hinaus und begrüßte das neue Jahr.

Nach der Ankündigung ihrer Mutter, dass sie künftig womöglich in Armut leben musste, war für Anita sowohl Weihnachten als auch Silvester verdorben. Bei den Geschenken fragte sie sich, ob sich ihre Mutter nicht finanziell übernahm, und bei der Silvesterparty kam es ihr vor, als würde hier gerade sinnlos viel Geld verschwendet, damit sich die Gäste, von denen Anita die Hälfte kaum kannte, am Büfett den Bauch vollschlagen konnten. Sie hatte Greta gefragt, ob das alles so stimmte oder ob ihre Mutter übertrieb, und ihre Schwester hatte ihr bestätigt, dass es wirklich düster aussah und sie das Haus bereits mit Hypotheken belasten musste.

Neujahr verbrachte Anita mit ihren Freundinnen, und es wurde sogar recht schön, wobei sie feststellte, dass sie sich nach dem halben Jahr Abwesenheit nicht mehr so viel zu erzählen hatten wie früher. Für ihre Freundinnen stand fest, dass sie demnächst heiraten würden, und sie hatten – im Gegensatz zu Anita – sehr konkrete Pläne für die Zukunft.

Am 2. Januar reiste sie ab, was ihre Mutter befremdete, denn die Schule begann erst nach dem Dreikönigstag, aber Anita sagte, sie langweile sich, und ihre Mutter hatte sich doch gewünscht, dass sie sich in der Schule wohlfühle. Vielleicht vermutete ihre Mutter, dass Anita doch jemanden kennengelernt hatte und die Schwester des jungen Mannes zu treffen hoffte. Ihr war es gleich, für sie zählte nur, dass sie aufbrechen konnte. Anstatt nur ein paar gestohlener Stunden würde sie vier ganze Tage mit Arno im Hotel verbringen. Er hatte ihr die Adresse genannt, und Anita lief vom Bahnhof aus zu Fuß hin.

Sie war mit ihm um drei Uhr verabredet, und wie versprochen wartete er vor dem Portal des Hotels. Als sie ihn von Weitem sah, machte ein Glücksgefühl ihr die Brust weit, und sie blieb kurz stehen, kostete die Vorfreude voll und ganz aus. Jetzt bemerkte er sie, winkte und kam auf sie zu, um ihr den Koffer abzunehmen.

»Wie schön, dass es geklappt hat«, sagte er. »Du hast mir gefehlt.«

»Du mir auch.«

In der Öffentlichkeit verzichteten sie auf Zärtlichkeiten, und Arno strich ihr nur über den Arm. »Ich habe uns als Ehepaar eingebucht.«

»Wollen sie dafür keinen Ausweis sehen?«

»Nein, meiner hat genügt.« Er reichte ihr den Arm und nahm ihren Koffer in die andere Hand. »Wir bringen das Gepäck hoch, und dann gehen wir in die Stadt?«

»Das klingt wunderbar.«

Sie kamen jedoch nur bis ins Zimmer, dort küssten sie sich, streiften sich hastig die Kleider ab und fielen aufs Bett, liebten sich, bis sie außer Atem waren. Anita sank auf den Rücken, hatte die Augen geschlossen und wartete darauf, dass ihr Herz wieder ruhiger ging. Sie hörte Arnos schnelle Atemzüge und musste lächeln. Er hatte ihr wirklich gefehlt, mehr, als sie geglaubt hatte. Sie drehte sich zu ihm und sah ihn an, streichelte seine Schulter.

»Wie war es denn ohne mich, hm?«

»Sehr eintönig.« Er umfasste ihre Hand und küsste die Finger. »Ich bin immer froh, wenn Weihnachten und Silvester vorbei sind.«

»Es tut mir so leid, dass du die Tage allein verbringen musst. Wenn es mir möglich gewesen wäre, hätte ich dich zu uns eingeladen.« Sie richtete sich auf ihren Ellbogen auf und neigte sich über Arno, um ihn zu küssen. »Bei uns war es im Grunde auch trostlos dieses Jahr. Wir sind praktisch bankrott.«

Arnos Augen weiteten sich. »Ist das dein Ernst?«

»Ja. Meine Mutter hat es mir auf der Adventsfeier schon gesagt, und ich wollte es erst nicht glauben, aber jetzt hat es meine Schwester bestätigt. Jetzt will sie, dass ich reich heirate, um das Haus zu retten. Ist das zu fassen?«

Darauf antwortete Arno nicht, er schien regelrecht erschüttert, was Anita rührte. Ob er doch stärkere Gefühle für sie hegte als gedacht? Und wie war es bei ihr? Sie hatte immer so vollmundig behauptet, es sei nur eine Affäre, aber was, wenn es auch von ihrer Seite aus tiefer ging. Bisher hatte sie immer geglaubt, nur einen reichen Mann heiraten zu wollen, aber nun war sie sich dessen gar nicht mehr so sicher. Oder war das nur eine Art Trotzreaktion auf die Worte ihrer Mutter?

Sie erhob sich vom Bett und begann damit, sich anzukleiden. »Komm, gehen wir ein wenig raus und genießen den Tag.«

»Ich fand es bisher durchaus genussvoll.«

Sie lachte. »Dafür haben wir die ganze Nacht. Und jetzt komm.«

Ergeben stand er auf und zog sich ebenfalls an. »Hast du einen besonderen Wunsch?«

»Einfach der Nase nach.«

»Dein Wunsch ist mir Befehl.«

Anita hatte den Eindruck, dass Arnos gute Laune ein wenig gezwungen wirkte, aber möglicherweise bildete sie sich das auch nur ein. Sie selbst war bester Stimmung, nun, da sie aus der bedrückenden Atmosphäre ihres Zuhauses entkommen war und ihr einige Tage allein mit Arno bevorstanden.

Von ihrem nahe dem Dom gelegenen Hotel aus gingen sie einfach drauflos, schlenderten durch die Straßen, über die sich die frühe Dämmerung legte, liefen über die Breite Straße und die Burgmauer entlang. Am Rudolfplatz regelte ein Polizist mit weißen Ärmelstulpen auf einem Podest den Verkehr, hinter ihm ragte das Geschäftshaus am Hohenzollernring auf. An der Ecke zur Aachener Straße stand ein Polizist in einem erhöhten überdachten Stand und überwachte den Platz. Noch waren viele Spaziergänger unterwegs, Autos sowie Fahrräder, und die Geschäfte waren gut besucht. Der Prinzenhof war im Krieg erhalten geblieben und schien guten Zulauf zu haben.

Über Hahnengasse und Schildergasse flanierten sie langsam in Richtung Heumarkt, aßen in der dortigen Imbissstube Reibekuchen und setzten sich am frühen Abend an den Rhein.

Arno hatte den Arm um Anita gelegt, und sie lehnte den Kopf an seine Schulter. Warum konnte es nicht immer so schön sein? Warum musste sie sich mit den finanziellen Sorgen ihrer Mutter belasten? Erst schickte sie sie gegen den Willen in die Schule von Edith Waltz, und kaum hatte sie sich eingefügt, kam sie ihr mit Heiratsplänen und Vorschriften. Die Schule! Anita ruckte hoch. Konnte sie die überhaupt noch bezahlen?

»Was ist los?« Arno sah sie irritiert an.

»Ich … nichts, schon gut.« Sie schmiegte sich wieder an ihn, konnte den Gedanken jedoch nicht verdrängen. Plante ihre Mutter gar, sie von der Schule zu nehmen? Was Anita sich noch vor einigen Wochen gewünscht hätte, löste nun Unbehagen in ihr aus. Sie mochte die anderen Frauen, hatte Freundschaften geschlossen, und abends zusammenzusitzen war lustig und unterhaltsam. Außerdem war Arno hier. Hatte Anita auch vor Helga gesagt, sie plane keineswegs eine Zukunft mit ihm, war sie sich nun gar nicht mehr so sicher. Würde sie so leichtfertig darauf verzichten können, ihn wiederzusehen? Natürlich könnten sie sich trotzdem treffen, sie könnte nach Köln fahren, er sie in Bonn besuchen, aber das war ja etwas vollkommen anderes, als sich täglich zu sehen. Ihn würde ihre Mutter ganz und gar nicht billigen, dessen war sie sich sicher.

»Du bist so still heute«, sagte sie, als sie aufstanden, um zum Hotel zurückzugehen.

»Ich genieße einfach deine Nähe.«

»Tust du das sonst, wenn du gesprächiger bist, nicht?«

»Touché.« Er lachte. »Ich war über Weihnachten einfach etwas melancholischer Stimmung.«

»Jetzt bin ich ja da und heitere dich auf.«

Er zog sie im Gehen an sich. »Du bist wunderbar, weißt du das?«

»Ja, aber ich höre es immer wieder gern.«

Erneut musste er lachen. »Ich sage es dir, sooft du es hören magst. Ich beweise es dir auch gerne die ganze Nacht.«

»Das klingt doch überaus verlockend.«

Sie betraten das Hotel, und Anita konnte die Sorge, man würde ihnen ansehen, dass sie nicht verheiratet waren, nicht ganz abschütteln. Doch niemand schien sich über die beiden zu wundern, und so konnten sie unbehelligt in ihrem Zimmer verschwinden.

»Sollen wir den Zimmerservice rufen?«, fragte Arno, als sie eng umschlungen im Bett lagen und der Nachhall genossener Leidenschaft immer noch in Anita pochte.

»Mach, aber ich gehe ins Bad, wenn der Kellner kommt, keinesfalls möchte ich dabei erwischt werden, wie ich hier im Bett liege.«

»Die haben schon ganz andere Dinge gesehen.«

»Das ist egal, ich mag es trotzdem nicht.«

Arno griff nach dem Telefon, und Anita zog sich ihren Morgenmantel über. Sie ging zum Fenster und sah hinaus in die spätabendliche Stadt. Was, wenn das, was sie empfand, doch über ein bisschen Spaß hinausging? Und was dachte überhaupt Arno davon? Er hatte nie von einer dauerhaften Beziehung gesprochen, und Anita hatte solch ein Gespräch auch nicht eingefordert. Musste ihr Leben so verworren sein? Wenn ihre Mutter sie nun von der Schule abmeldete, würde Anita zwar zu Hause wohnen, aber es wäre vielleicht nicht mehr lange das Zuhause, das sie kannte. Entweder, sie heiratete reich, oder aber sie musste mit ihrer Mutter in eine kleine Wohnung ziehen und irgendeine Stelle als ungelernte Kraft annehmen. Sie hätte Arno gerne von ihren Sorgen erzählt, wollte aber gleichzeitig diese wenigen Tage, die sie zusammen hatten, genießen und ihn nicht mit ihren Sorgen belasten.

Während der gesamten freien Zeit, die ihnen über die Feiertage zur Verfügung stand, hatte Helga in der Wirtschaft ihrer Eltern ausgeholfen. Mittlerweile sehnte sie den Tag der Rückkehr in die Schule regelrecht herbei. Walther war täglich da, und die Kuppelversuche ihrer Eltern waren so offensichtlich, dass Helga zu Neujahr einen handfesten Streit mit ihnen hatte. Ihr reichte es. Auch, wenn die Schule bis zum Dreikönigstag geschlossen war, würde sie abreisen. Lieber langweilte sie sich dort allein unter den frostigen Blicken von Edith Waltz, als noch einen Tag länger in diesem Haus zu bleiben.

»Du brauchst einen Mann, der an deiner Seite die Wirtschaft leitet, das kannst du als Frau nicht allein, erst recht nicht, wenn das erste Kind kommt.«

Ein Kind mit Walther? Im Leben nicht. Helga packte mit stoischer Miene ihre Sachen und verließ ihr Elternhaus. Sobald sie im Auto saß, entspannte sie sich und dachte daran, dass Mitte Januar der Gewinner des Geschichtenwettbewerbs bekannt gegeben würde. Was für ein erhebendes Gefühl das sein musste, wenn die eigene Geschichte von so vielen Menschen gelesen wurde, die sie nicht einmal kannte.

Sie nahm einen kleinen Umweg durch die Kölner Innenstadt, und für einen Moment glaubte sie gar, Anita auf der Straße zu sehen, aber die Frau war in der Menschenmenge verschwunden, kaum, dass Helga sie richtig erkennen konnte. Was sollte Anita auch in Köln? Sie würde sicher mit ihrer Familie schöne Tage in der traumhaften Villa verbringen, von der sie so oft erzählte. Sicher hatte es zu Silvester eine Riesenparty gegeben, und im Gegensatz zu Helga hatte sie mitfeiern dürfen und nicht bis in die Morgenstunden kellnern müssen.

Auf der Allee, die aus der Stadt hinausführte, beschleunigte Helga den Wagen. Vom Horizont her kroch langsam die Dämmerung heran, als sie auf die Allee in Richtung Schule fuhr. Der Moment, in dem das große, säulenbestandene Haus in Sicht kam, löste ein unerwartetes Gefühl von Vorfreude aus, gepaart mit einer Wärme, die tief in ihrer Brust aufstieg. Offenbar hatten sich ihre Gefühle langsam und unmerklich geändert. Sie kochte und backte nach wie vor nicht gerne und hasste es, wenn Raymund Keller ihr über die Schulter sah und sie zurechtwies. Aber es war ihr Schritt in die Unabhängigkeit, und inzwischen kam sie auch mit den anderen jungen Frauen gut aus, sah man mal von Linda ab, und auch mit Marlene verstand sie sich nur oberflächlich, aber auch das war nicht weiter schlimm.

Helga schleppte ihren Koffer über den Hof, stellte ihn vor der Eingangstür ab und drückte den Knopf für den Türgong. Sie wusste nicht, wie Edith Waltz reagierte, wenn sie verfrüht zurückkam, aber sie würde einfach sagen, dass es sich für sie so günstiger ergab und sie sich selbst versorgen würde, wenn die Küche kalt blieb, bis die anderen zurückkamen. Sie konnte für sich selbst ein paar Kleinigkeiten kaufen und zubereiten, dagegen würde Edith Waltz gewiss nichts einzuwenden haben.

Geöffnet wurde die Tür zu ihrem Erstaunen von Raymund Keller, der sie fragend musterte.

»Na, von Ihnen hätte ich nun ja zuletzt eine solche Sehnsucht erwartet«, begrüßte er sie.

»Ja, Ihnen auch ein frohes neues Jahr.«

Das entlockte ihm zu Helgas Erstaunen sogar ein flüchtiges Schmunzeln, und er trat beiseite, um sie einzulassen. »Weiß Frau Waltz von Ihrer verfrühten Rückkehr?«

»Nein, aber da in dieser Hinsicht kein Verbot ausgesprochen worden ist, bin ich nicht davon ausgegangen, dass ich mich anmelden muss.«

»Müssen Sie nicht, ich denke nicht, dass es ein Problem darstellt. Es ist sonst auch noch niemand da, wie Sie sich vermutlich denken können, wir können also drei Tage Intensivunterricht machen.«

Helga starrte ihn entgeistert an und bemerkte dann, dass er amüsiert wirkte. Hatte der Kerl am Ende sogar Humor? »Sie sind ja mutig«, antwortete sie.

Das brachte ihn erneut zum Schmunzeln. Helga nahm ihren Koffer und ging durch die Halle zum ehemaligen Dienstbotenaufgang. Es war bitterkalt im Treppenhaus, und die Schlafkammer war kaum wärmer. Ein Wunder, dass ihr keine Atemwölkchen vor dem Mund standen. Helga rieb sich die Hände und schaltete die Heizung ein. Das würde jetzt etwas dauern, und die Zeit wollte Helga in der Bibliothek verbringen, wo es hoffentlich wärmer wäre.

So richtig warm war es nicht, stellte sie beim Betreten fest, aber mit Strickjacke auszuhalten. Eigentlich hätte es die Höflichkeit erfordert, Edith Waltz zu begrüßen, aber Helga konnte ja nicht einfach in ihren Privaträumen erscheinen, daher würde sie warten, bis es Zeit war, das Abendessen zuzubereiten, denn spätestens dann würde Edith Waltz in der Küche erscheinen. Hoffentlich erschrak sie nicht zu Tode, wenn sie sie sah. Aber vielleicht hatte Raymund Keller sie bereits informiert, denn sicher hatte sie mitbekommen, dass der Türgong angeschlagen worden war, und würde wissen wollen, wer dort gewartet hatte.

Helga setzte sich in einen der gemütlichen Ledersessel, schlug das Buch auf, das sie mitgebracht hatte, und las. So richtig konzentrieren konnte sie sich jedoch nicht, da ihr so viel im Kopf herumging. Zweieinhalb Jahre hatte sie hier noch, und manchmal bereitete es ihr schlaflose Nächte, wenn sie sich vorstellte, dass sie danach noch genauso planlos dastand wie jetzt. Was, wenn sie nicht den richtigen Mann kennenlernte? Wenn sie dann nach Hause musste und in der Wirtschaft arbeitete? Womöglich mit Walther an ihrer Seite. Das konnte doch nicht ihre Zukunft sein.

Die Tür wurde geöffnet, und Edith Waltz trat ein. »Guten Abend, Fräulein Langen. Wie erfreulich, dass Sie offenbar Sehnsucht nach uns haben«, sagte sie und lächelte.

Hier taten sich ja ganz neue Seiten auf. »Ich wusste zu Hause gerade nichts Rechtes mit mir anzufangen, da dachte ich mir, ich kann auch einfach früher zurück. Ich falle auch sicher nicht zur Last. Mir ist klar, dass ich nicht von Ihnen verlangen kann, für mehrere Personen zu kochen, daher werde ich mich selbst versorgen.«

»Ach, so ein Unsinn. Herr Keller wird sich freuen, wenn er tatkräftige Hilfe in der Küche bekommt.«

Helga sah sie ungläubig an. »Ich glaube nicht, dass Sie das essen möchten, was ich Ihnen vorsetze.«

Edith Waltz lachte und winkte ab. »Ach, solange Sie es nicht allein zubereiten.«

Nachdem sie gegangen war, verließ Helga ebenfalls die Bibliothek und ging hoch in ihr Zimmer, wo es nun schön warm war. Um zehn schaltete sich die Heizung aus bis morgens um sechs, bis dahin war es noch ein bisschen hin, und Helga setzte sich auf ihr Bett, um ihr Buch weiterzulesen, und ging zeitig schlafen.

Morgens traf sie Raymund Keller in der Küche an, wo er gerade dabei war, sich Frühstück zu bereiten. Ein wenig befangen grüßte Helga ihn und nahm den Kaffeeduft war. Sie wusste nicht, ob sie auf ihrem Zimmer essen durfte, dazu gab es keine Regeln. Frau Schmitz und die beiden Hausangestellten aßen in einem eigenen Raum, der rechts der Küche lag und früher vermutlich einmal eine Art Dienstbotenaufenthaltsraum gewesen war. Heute war es ein gemütliches Zimmer mit einem Esstisch, einer Kommode und einem bequem aussehenden Sofa. An den Wänden hingen Bilder, und an einem Korkbord waren Postkarten angepinnt. Helga war einmal in dem Zimmer gewesen, als sie morgens von Frau Schmitz den Schlüssel für die Speisekammer holen musste.

»Wo kann ich frühstücken?«, fragte sie, da sie sich nicht einfach in den Raum des Personals setzen wollte, ohne dessen Einwilligung.

»Nehmen Sie gerne am Tisch in der Kaffeeküche Platz«, sagte er. »Dort ist es auch nicht so kalt wie hier.«

Das stimmte, stellte Helga fest, als sie mit ihrem belegten Brot und einer Tasse Kaffee, die Edith Waltz morgens zubereitet hatte, Platz nahm. Es gab auch einen Tisch in der Hauptküche, wo sie oft saßen und Gemüse putzten oder Kartoffeln schälten, aber den fand sie zum Frühstücken ungemütlich und war froh, hier sitzen zu dürfen. Raymund Keller betrat mit einer Tasse Kaffee den Raum, machte aber keine Anstalten, sich zu setzen, vermutlich wartete er darauf, dass sie ging.

»Ich werde gleich damit beginnen, ein Gulasch zuzubereiten. Sie dürfen mir zur Hand gehen. Finden Sie sich bitte um acht in der Küche ein.« Damit ging er, und Helga starrte ihm nach. Das war nicht ganz das, was sie sich bei ihrer Rückkehr vorgestellt hatte, aber ablehnen konnte sie nun auch nicht einfach. Seufzend beendete sie ihr Frühstück, ging auf ihr Zimmer, wo sie morgens gelüftet und das Bett gemacht hatte, setzte sich an ihren Schreibtisch und begann eine neue Geschichte.

Kurz vor acht band sie eine Schürze vor ihr Alltagskleid – die Schülerinnentracht würde sie nicht vor dem ersten Schultag wieder anlegen –, ging hinunter und fand Raymund Keller in der angrenzenden kalten Küche, wo er das Fleisch in Würfel schnitt. »Ich weiß, dass Ihr Kochbuch eine Schmorzeit von gut eineinhalb Stunden vorschreibt, aber ich bin alte Schule und lasse das Gulasch auf kleinerer Flamme für drei Stunden schmoren, dadurch entfaltet sich der Geschmack besser, das Essen wird aromatisch und das Fleisch butterzart.«

»Ich verstehe.«

»Würfeln Sie bitte eine große Zwiebel.«

Helga ging in die Hauptküche zurück, holte aus dem Korb eine Zwiebel, schälte sie und begann damit, sie auf dem Schneidebrett zu würfeln. Schon bald tränten ihr die Augen, und sie schniefte, blinzelte und hörte Raymund Keller sagen: »Nehmen Sie das nächste Mal den Mund voll Wasser, wenn Sie Zwiebeln schneiden, dann tränen die Augen nicht.«

Das hätte er ihr ja mal früher sagen können. Helga bedankte sich und reichte ihm zögerlich das Brett mit den Zwiebelwürfeln.

»Kein Grund, so befangen zu sein, vor dem 7. Januar bin ich nicht Ihr Lehrer und werde mich hüten, darauf hinzuweisen, dass die Zwiebel aussieht wie von meiner achtjährigen Großnichte geschnitten.«

Helga atmete tief ein und stieß den Atem langsam wieder aus. Sie sah ihm zu, wie er zischend das Fleisch anbriet, reichte ihm die gewünschten Gewürze und war entlassen, als er den Deckel auf den Schmortopf setzte.

»Sie dürfen, wenn es nicht zu viel Arbeit macht, später kommen und die Kartoffeln schälen.«

Das bedeutete ja wohl im Klartext, sie hatte sich hier nachher wieder einzufinden. Die Zeit bis dahin verbrachte sie schreibend, und als sie wieder in die Küche kam, standen die Kartoffeln schon bereit. Seufzend machte sie sich an die Arbeit. In der Küche hatte sich ein aromatischer Duft entfaltet, und kurze Zeit später erschien Raymund Keller, um nach dem Essen zu sehen.

»Ihre Geschichte hat mir gefallen«, sagte er. »Ich erinnere

mich sogar an den Tag, an dem Ihnen das beschriebene Malheur passiert ist. Das war, nachdem Sie fast die Küche in Brand gesetzt haben.«

Helga dachte nur ungern daran zurück. Das Fett in der Pfanne hatte angefangen zu brennen, was an und für sich nicht schlimm gewesen wäre, aber in ihrem ersten Schreck hatte sie die Pfanne in den Spülstein gestellt und war gerade im Begriff gewesen, das Feuer mit Wasser zu löschen, als Raymund Keller und Arno Hesse gleichzeitig quer durch die Küche gebrüllt hatten, begleitet von einem vielstimmigen »Nein« der Auszubildenden aus dem ersten und dritten Jahrgang.

»Du lieber Himmel!«, hatte Raymund Keller gerufen und war so erschrocken gewesen, dass es ihm sogar kurz die Stimme versagte. Dann hatte er sie so heruntergeputzt, wie es selbst für ihn ungewöhnlich gewesen war, und Arno Hesse war schließlich gekommen und hatte gesagt, nun sei es genug.

»Niemals«, hatte Raymund Keller dann laut und vernehmlich an alle gewandt gesagt, »niemals Wasser auf heißes Fett.«

Offenbar bemerkte er, dass die Erinnerung ihr Unbehagen verursachte. »Sie sind ja nicht die Erste, der so etwas passiert«, sagte er. »Aber seien Sie sich über eins bewusst. Wenn Sie erlebt hätten, was passiert, wenn Sie das Wasser eingeschaltet hätten, da würden Sie die Standpauke bevorzugen, das kann ich Ihnen versichern.«

»Ich wusste es eben nicht, und ich hätte es auch verstanden, wenn Sie es mir mit weniger, hm, Vehemenz erklärt hätten.«

Darauf entgegnete er nichts, sondern wandte sich wieder dem Essen zu. »Wie weit sind die Kartoffeln?«, fragte er schließlich.

»Gleich fertig.«

Edith Waltz kam in die Küche, als Helga gerade die Kartoffeln abgoss, und sagte, sie seien eingeladen, mit ihr und Inga zu essen. »Sie müssen hier natürlich nicht wie die Dienstboten am Küchentisch essen.«

Helga wäre das lieber gewesen, als mit ihr und Raymund Keller am Tisch zu sitzen und unter den gestrengen Blicken Sorge zu haben, ihr könnte Soße aufs Kleid tropfen. Aber abzulehnen wäre zutiefst unhöflich gewesen, und so fand sie sich um halb eins im privaten Esszimmer ein, wo eine gelangweilt wirkende Inga Waltz am Tisch herumlümmelte und von ihrer Mutter ermahnt wurde, sich gerade zu halten. Während Edith Waltz den Tisch deckte, trug Helga mit Raymund Keller das Essen auf.

»Was machen Ihre Eltern beruflich?«, fragte Raymund Keller beim Essen im Plauderton.

»Sie betreiben eine Wirtschaft mit gutbürgerlicher Küche, die eigentlich mein Bruder geerbt hätte. Aber weil er im Krieg gefallen ist, ruhen nun alle Hoffnungen auf mir.«

Immerhin verkniff sich Raymund Keller einen Kommentar dazu, wie es wohl um die gutbürgerliche Küche bestellt sein würde, wenn Helga dort das Zepter schwang. Stattdessen nahm er das Stichwort Krieg auf und erzählte ein wenig von seiner Zeit im Feldlazarett, wo er für die Verköstigung der Soldaten eingesetzt war, nachdem ihn eine Schussverletzung längere Zeit außer Gefecht gesetzt hatte.

»Später musste ich dann wieder an die Front, aber da war der Krieg schon fast vorbei.«

Edith Waltz erzählte aus der frühen Zeit der Schule, und Helga bemerkte, wie Inga hin und wieder die Augen verdrehte. Nach dem Essen trug Edith Waltz ihrer Tochter auf, den Tisch abzuräumen, und Helga stand auf, um zu helfen. Sie trugen Geschirr, Besteck und Schüsseln auf zwei Tabletts aus dem Raum.

»Ich bin dafür viel zu ungeschickt«, gestand Inga, als sie behutsam die Treppe hinunterbalancierte.

Für Helga, die praktisch von ihrem vierzehnten Lebensjahr an zum Kellnern herangezogen worden war, war es kein Problem, und sie wartete unten auf das Mädchen. Gemeinsam gingen sie in die Küche, und Helga ließ Wasser ein zum Abspülen.

»Hattest du schöne Weihnachtstage?«, fragte Helga, damit kein unangenehmes Schweigen aufkam.

»Nein, meine Mutter war wütend auf mich wegen des verbotenen Ausflugs.« Inga schnitt eine Grimasse. »Und Silvester durfte ich auch nicht mit ihr feiern, da war ich allein hier, der Strom fiel aus, und als ich zum Stromkasten wollte, stand plötzlich Raymund Keller vor mir. So habe ich mich in meinem ganzen Leben noch nicht erschrocken, ich dachte, da wäre ein Einbrecher.«

Helga fand, dass Edith Waltz zu streng war mit ihrer Tochter. Sie sollte doch froh sein, dass ihr bei dem Unfall nichts passiert war. Aber sie sagte nichts dazu, es ging sie nichts an.

»Warum sind Sie schon früher zurückgekommen?«, fragte Inga.

»Du musst mich nicht siezen, ich bin ja kaum älter als du. Ich heiße Helga.«

Inga nickte.

»Ich hatte keine Lust mehr, zu Hause zu bleiben«, erklärte Helga.

Das verstand Inga offenbar gut. »Magst du Brettspiele?«, fragte sie unvermittelt.

Helga war erstaunt. »Ja. Warum?«

»Meine Mutter spielt hin und wieder welche mit mir, aber sie mag es eigentlich nicht besonders, und dann macht es keinen Spaß. Wenn du Lust hast, kannst du mit mir spielen, wir haben mehrere zur Auswahl.«

»Sehr gerne«, erwiderte Helga und reichte ihr einen Teller zum Abtrocknen.

Es war die richtige Entscheidung gewesen, früher zurückzukehren. Und vielleicht würde sich alles andere bald fügen. Das erste Mal seit Langem hatte Helga das Gefühl, dass die Puzzleteile ihres Lebens an die richtigen Stellen rutschten.

Kapitel 14

Ende Januar hatte der Alltag sie alle wieder. Anita hatte die Tage mit Arno sehr genossen, und so war sie die erste Woche in der Schule voller Elan angegangen. Jede Nacht traf sie sich mit ihm in der Bibliothek, wo sie sich liebten. Die zweite Woche wurde sie nervös, wartete mit Sorge auf ihre Monatsblutung und war kurz davor, in Panik auszubrechen. In dieser Zeit wollte sie Arno nicht sehen, als könne Enthaltsamkeit an ihrem möglichen Zustand etwas ändern. Arno reagierte auf ihre Ablehnung befremdlich, aber sie lehnte es ab, ihm etwas zu erklären. Insgeheim quälte sie der Aberglaube, ihre größte Befürchtung würde sich bewahrheiten, wenn sie es nur offen aussprach. Dann, endlich, stellte sie nachmittags fest, dass sie blutete. Vor Erleichterung kamen ihr fast die Tränen.

Erst jetzt, als sie sich unter der Ulme trafen und rauchten, erzählte sie Arno davon.

»Ich weiß nicht, was ich gemacht hätte, wenn ich schwanger gewesen wäre.«

»Dann hätte sich eine Lösung gefunden.«

Eine Lösung finden. Nicht »dann hätte ich dich geheiratet«. Eine Lösung konnte alles Mögliche sein, auch ein Abbruch. Anita war verstimmt und verabschiedete sich brüsk von ihm, sobald sie aufgeraucht hatte. Dabei wusste sie, dass sie ihm nicht böse sein durfte, schließlich hatte sie nie den Anschein erweckt, ihn heiraten zu wollen, und vielleicht wollte er es einfach vermeiden, ins Fettnäpfchen zu treten.

Ihr ganzes Leben geriet aus den Fugen, und daran war ihre

Mutter schuld. Anita hatte überhaupt keine Ahnung, wie es weitergehen sollte. Als sie freitagmorgens in der Küche standen und in die Feinheiten der korrekten Menüplanung eingeweiht wurden, beobachtete Anita Arno, der mit seinen Schülerinnen ein aufwendiges Gericht vorbereitete. Er war ein guter Lehrer, zugewandt, aufmerksam und geduldig. Lena Heinrichs war auch so, wenn sie mit ihren Auszubildenden des zweiten Jahrgangs in der Küche stand. Mit Raymund Keller kam Anita zwar gut aus, und er war ein großartiger Koch, aber als Lehrer fand sie ihn nur bedingt geeignet. Zwar konnte er hervorragend erklären, aber seine Geduld erschöpfte sich schnell, was vor allem Helga zu spüren bekam. Allerdings zeigte er mehr Nachsicht als noch vor den Ferien.

Nach dem theoretischen Teil ging es an die Praxis. Heute stand die Zubereitung von Grießklößen auf dem Stundenplan. Anita erhitzte Milch mit Butter, Salz und einigen Tropfen Zitronenöl und Bittermandelöl. Als die Milch kochte, nahm Anita den Topf von der Feuerstelle und rührte Grieß hinein, bis eine glatte Masse entstand, die sie wieder erhitzte und dann rasch von der Kochstelle nahm, um sie in eine Schüssel zu kippen. Dort rührte sie rasch zwei Eier hinein, wobei sie schnell sein musste, damit das Eiweiß nicht direkt stockte. Raymund Keller kam vorbei, nickte zufrieden, und sie konnte die Masse beiseitestellen, um sie abkühlen zu lassen.

Henriette war ebenfalls fertig und stand gerade bei Helga, deren Grießklößchenteig eine klumpige Masse war, die rasch festbrannte am Boden, sodass nicht einmal Henriette noch etwas retten konnte. Helga goss versuchsweise Milch nach, aber nun schwammen Bröckchen von Teig in einer breiigen Masse.

»Wenn uns die Zeit nach dem Krieg etwas gelehrt hat, dann, dass Lebensmittel kostbar sind und nicht leichtfertig verschwendet werden sollten«, tadelte Raymund Keller. »Das hier kann man allenfalls den Ratten vorsetzen.«

»Dann ist es ja wenigstens aus deren Sicht nicht verschwendet«, antwortete Helga mit ungewohnter Patzigkeit.

Raymund Keller machte sich eine Notiz in seine Kladde.

Nachdem Anita die Klöße geformt hatte, garte sie diese und röstete Semmelbrösel. Später würden die Klöße zusammen mit Kompott als süße Mittagsspeise im Waisenhaus gereicht, wo Frau Schmitz sie nach der Zubereitung hinfuhr.

»Wie gut, dass wir hier immer etwas großzügiger planen«, konnte sich Raymund Keller offenbar nicht verkneifen zu sagen. »Sonst würden jetzt ein paar Kinder leer ausgehen.«

Vor dem Mittagessen ging Anita kurz an die frische Luft, allerdings nicht, um zu rauchen, sondern nur weil sie das Gefühl hatte, sie müsse einen klaren Kopf bekommen. Es hatte nachts getaut und dann gefroren, sodass Eistropfen von den kahlen Zweigen hingen. Zwei Raben flatterten auf, ließen sich auf dem Hof nieder und pickten im harschen Schnee.

Die Unsicherheit, die auf Anita lastete, zehrte an ihren Nerven, und sie nahm sich vor, ihre Mutter demnächst zu fragen, wie es um ihre Zukunft an der Schule bestellt sein würde. Keinesfalls wollte sie sich überstürzt an jemanden binden – Joachim hatte allen Ernstes heiratswütige Freunde mit gutem Einkommen vorgeschlagen –, noch hatte sie vor, sich irgendeine Arbeit als ungelernte Kraft zu suchen. Sich irgendwo als Sekretärin ausbilden zu lassen oder eine kaufmännische Ausbildung zu machen kam für sie ebenfalls nicht infrage, denn keinesfalls wollte sie wieder die Schulbank drücken und Mathematik lernen oder den ganzen Tag Briefe für einen launischen Vorgesetzten tippen. Fröstelnd schlang sie die Arme um den Oberkörper und blickte in den verhangenen Himmel, als stünden dort die Antworten auf all ihre Fragen.

Die Post wurde kurz vor Mittag an die jungen Frauen ausgeteilt, wobei es immer nur wenige Briefe waren, denn die meisten fuhren ohnehin jedes Wochenende nach Hause. Als Frau Schmitz Helga ein weißes Kuvert reichte, schlug ihr das Herz bis zum Hals, und sie wagte kaum zu atmen, als sie es in der Abgeschiedenheit ihres Zimmers öffnete. Sie schloss die Augen und zog den Brief aus dem Umschlag. Warum sollte man ihr schreiben, wenn sie den Wettbewerb nicht gewann? Die Zeitschrift würde doch sicher nicht jeden einzelnen Teilnehmer anschreiben, um ihm abzusagen. Zögernd öffnete sie die Augen, entfaltete das Schreiben und las. Dann schlug sie sich die Hand vor den Mund und erstickte den Freudenschrei. Sie hatte gewonnen, ihre Geschichte würde im März veröffentlicht, und dem Schreiben beigelegt war ein Scheck über zwanzig Mark Gewinnerprämie.

Helga sprang auf, verließ das Zimmer und lief nach unten, den Brief an die Brust gepresst. Mit einer Eile, die bei Edith Waltz und Hanne Mohnschau hochgezogene Augenbrauen auslöste, lief sie in den Speisesaal, wo Antonia, Henriette, Katharina und Marlene bereits am Tisch saßen.

»Meine Geschichte wird veröffentlicht«, sagte sie atemlos.

»Das ist ja großartig«, antwortete Antonia. »Gratuliere.«

Die Übrigen schlossen sich an, und Henriette fragte, in welcher Ausgabe die Geschichte erscheinen würde.

»Im März.«

»Was ist im März?«, fragte Linda, die in diesem Moment an den Tisch trat und sich neben Antonia niederließ.

»Da erscheint Helgas Geschichte in einer Zeitschrift«, erklärte Henriette.

Linda sah Helga an. »Schön. Herzlichen Glückwunsch.«

»Ich kann es kaum glauben. Meine erste Veröffentlichung.«

»Darauf kannst du zu Recht stolz sein«, antwortete Antonia.

Tanja kam etwas abgehetzt in den Raum, ehe die Türen geschlossen wurden. »Ich habe gerade noch einen Brief an Wilhelm beendet.«

»Du siehst ihn doch morgen«, sagte Katharina.

»Nein, eben nicht. Er ist bis nächste Woche verreist.«

»Wo ist denn Anita?«, wunderte sich Henriette.

»Vielleicht hat sie die Zeit vergessen?«

Das Essen wurde aufgetragen, und auch Helga fragte sich, wo Anita geblieben war. Vielleicht hatte sie in der Tat nicht auf die Uhr geschaut und wollte sich nun nicht die Blöße geben, zu spät zu kommen und wieder hinausgeschickt zu werden. Das konnte Helga nachvollziehen, sie hatte sich damals furchtbar gedemütigt gefühlt.

»Wo kann sie denn sein, dass sie nicht mitbekommt, dass der Gong geschlagen wird?«, wunderte sich Marlene. »Sie ist doch sonst so zuverlässig.«

»Nicht, dass ihr etwas passiert ist«, sagte Tanja.

»Was soll ihr denn passiert sein?« Henriette bemerkte offenbar den mahnenden Blick in ihre Richtung und senkte die Stimme. »Sie wird nach draußen gegangen sein, um zu rauchen, und hat vermutlich die Zeit vergessen.«

»So lange raucht doch kein Mensch«, entgegnete Tanja.

Das Essen wurde aufgetragen, und sie schwiegen, bis das Mädchen, das ihnen die Kartoffeln auf den Tisch stellte, gegangen war.

»Vielleicht trifft sie ja heimlich jemanden«, mutmaßte Marlene.

Antonia blickte kurz auf und widmete sich dann wieder dem Essen. Ob Anita ihr etwas erzählt hatte? Dass sie niemanden traf, wusste Helga genau, denn Arno Hesse saß drüben am Lehrertisch bei den anderen. Helga bekam mit, dass ihre Zimmerkameradin oftmals bis in die frühen Morgenstunden fortblieb, und sie fragte sich, wie weit diese Beziehung wohl gediehen war. Letzten Endes war es ihr egal, aber sie hatte sich an Anita gewöhnt und kam mit ihr aus. Der Gedanke, dass sie von der Schule geworfen wurde und Helga als Einzige ein Zimmer allein bewohnte, gefiel ihr nicht besonders.

»Hat sie nicht auf der Feier wieder mit dem Bruder von Melanie Voigt angebandelt?« Marlene konnte einfach keine Ruhe geben. »Vielleicht läuft da ja etwas.«

»Das wird sie wohl kaum so auffällig machen, dass sie nicht zum Essen erscheint.« Henriette schenkte sich Wasser nach. »Sie wird es uns später schon erzählen, wenn sie möchte.«

Helga war viel zu euphorisch, um sich Gedanken um Anitas Fernbleiben zu machen. Sie dachte an ihre Veröffentlichung und daran, wie die Leute ihre Geschichte lasen. Ihren Eltern würde sie eine Ausgabe schicken. Die taten ihr Schreiben zwar stets als Überspanntheit ab, aber ein Beitrag in einer großen Zeitschrift war vielleicht auch für sie eine gute Werbung. Möglicherweise würden sie sogar stolz auf sie sein.

Nach dem Essen verließen sie den Speisesaal und hatten ihre kurze Mittagspause, in der Helga nach oben in ihr Zimmer ging und dort Anita vorfand. Sie saß auf dem Bett und hatte einen Strickschal auf dem Schoß.

»Was war denn mit dir los? Warum bist du nicht zum Essen gekommen?«

Anita legte das Strickzeug beiseite. »Ich war draußen im Hof und habe die Zeit vergessen. Als ich reingekommen bin, wurden gerade die Türen geschlossen, und ich wollte nicht vor allen anderen zurechtgewiesen werden.«

»Das dachte ich mir schon. Marlene hat schon vermutet, du hättest einen Liebhaber, den du triffst, und Tanja dachte, dir sei was passiert.«

»Was soll mir denn hier passieren?« Anita legte das Strickzeug in einen kleinen Korb. »Hast du noch was von diesem Käseknabberzeug, das du letztens in Köln gekauft hast?«

Helga angelte die Packung aus ihrem Nachtschränkchen und reichte sie ihr. »Du warst ja vorhin nicht da, als ich es den anderen erzählt habe. Meine Geschichte wird veröffentlicht.«

Anita lächelte und strich sich Gebäckkrümel vom Kleid. »Das ist ja wunderbar. Herzlichen Glückwunsch.«

»Ein Preisgeld gab es auch. Ich überlege, ob ich es spare oder in Köln auf den Kopf haue.«

»Gibt es etwas Bestimmtes, für das du gerade sparst?«

»Nein.«

»Dann mach dir einen schönen Tag in Köln.«

Helga zögerte. »Allein macht es nicht ganz so viel Spaß.«

»Oh, ich bin jederzeit dabei, wenn es um Spaß in der Stadt geht. Daran soll es nicht scheitern.«

»Wie wäre es gleich morgen?«

»Wir könnten Henriette mitnehmen, sie wollte ja ohnehin hier raus, um Lindas Bruder zu entkommen, der hatte sich ja für Samstag angemeldet – offenbar hat er Feuer gefangen. Und frag doch auch Antonia, ob sie nicht Lust hat, das Wochenende hierzubleiben und mitzukommen, immerhin hat sie deine Geschichte so wunderbar vorgetragen.« Anita erhob sich, fegte die Krümel vom Bett und ließ sie in den Mülleimer rieseln. »Und jetzt lass uns gehen, sonst verpassen wir die irrsinnig spannende Handarbeitsstunde.«

»Was ist dir eigentlich über die Leber gelaufen?«, fragte Lena Heinrichs, als sie sich zu Arno auf die Veranda gesellte, wo er einen Tee trank, rauchte und in den winterlichen Garten hinausblickte, der im Grau des diesigen Wetters farblos dalag.

»Es ist alles bestens.« Er bot ihr eine Zigarette an, aber sie lehnte ab und ließ sich auf dem Stuhl neben ihm nieder.

»Du bist so still, seit du aus den Ferien zurück bist.«

»Mir wird über Weihnachten von Jahr zu Jahr bewusster, wie es ist, keine Familie mehr zu haben. Aber kein Grund, jetzt Mitleid mit mir zu haben.«

»Habe ich nicht. Außerdem bist du doch jung genug, um diesem Umstand irgendwann Abhilfe zu verschaffen, nicht wahr?«

Arno dachte an Anita, und ein leises Unbehagen erfasste ihn. Er wusste einfach nicht, wie es jetzt weitergehen sollte.

»Raymund ist etwas zahmer geworden, hast du nicht auch den Eindruck?«, wechselte Lena das Thema, als spürte sie seinen Unwillen, über seine möglichen Beziehungen zu sprechen.

»Ja, ein wenig jedenfalls. Er kann immer noch ganz gut austeilen, aber immerhin verzichtet er darauf, seine Schülerinnen zu demütigen.«

»War ein geschickter Schachzug von Fräulein Langen, mit ihrer Schwäche in der Küche so offen umzugehen.«

»Die Geschichte war auch wirklich amüsant.« Arno rauchte auf und drückte die Zigarette aus. »Und ich bin mir sicher, das Kochen und Backen lernt sie auch noch. Sie wird es sicher nicht zur Meisterschaft darin bringen, aber für den Hausgebrauch reicht es allemal. Bisher hat jede Schülerin diese Schule erfolgreich abgeschlossen.«

»Hast du Lust, morgen mit mir nach Köln zu fahren? Ich möchte ausgehen, aber meine Freundin hat mir vorhin abgesagt.«

»Immerhin gibst du zu, dass ich nur die zweite Wahl bin«, scherzte er.

»Ich befürchte, die seid ihr Männer nach der besten Freundin immer.«

Er lachte. »Gerne.« Kurz dachte er an Anita, aber sie würde ihm sicher keine eifersüchtige Szene machen, schließlich machte sie keinen Hehl daraus, dass es ihr mit ihm ausschließlich um das Vergnügen ging, und Lena war darüber hinaus nur eine Kollegin, zwischen ihnen war nie mehr gewesen als ein rein freundschaftliches Verhältnis.

Nachdem Lena zurück ins Haus gegangen war, blieb Arno draußen sitzen und sah in den Garten, über den sich langsam die Dämmerung senkte, sodass sich die Konturen auflösten. Er wusste einfach nicht, wie es jetzt weitergehen sollte. Seine Pläne waren fürs Erste dahin. Er würde weiterhin erpressbar bleiben mit seiner zwielichtigen Vergangenheit, in der es ihm stets einzig und allein ums Überleben gegangen war. Aber das würde weder Edith Waltz noch die Eltern der jungen Frauen, die er unterrichtete, interessieren. Und nun hätte er keinen großen Namen und ein Vermögen im Hintergrund, um diese Unverschämtheiten und Erpressungen in die Schranken zu weisen.

Sein Plan, reich zu heiraten, war wieder in weite Ferne gerückt. Es war doch zum Verzweifeln, da ließ er sich das erste Mal auf eine der jungen Frauen ein, und dann stellte ausgerechnet diese sich als verarmt heraus. Dass Anita nie Andeutungen machte, sich mehr mit ihm vorzustellen, hatte ihn anfangs bekümmert, denn er hatte durchaus den Plan gehabt, ihr einen Antrag zu machen. Allerdings bot sich dadurch nun der Vorteil, dass er die Sache einfach beenden konnte, ohne sich schäbig zu fühlen. Andererseits würde er danach wohl kaum gleich mit der nächsten jungen Frau anbandeln, und außerhalb der Schule ergab sich für ihn nicht die Möglichkeit, wohlhabende Frauen kennenzulernen.

Und je länger er darüber nachdachte, desto mehr stand für ihn fest, dass er das auch gar nicht wollte. Er mochte Anita, nein, mehr noch, er hatte in den Tagen mit ihr im Hotel das Gefühl bekommen, sich in sie zu verlieben. Er wollte es nicht beenden, und er wollte auch nicht, dass sie sich einem anderen Mann zuwandte und er wirklich nur ein kurzer Moment in ihrem Leben gewesen war. Ein Zeitvertreib, weil sie gegen die Schule rebellierte.

Er musste eine bessere Lösung finden, eine, bei der es nicht nur darum ging, eine reiche Erbin zu ehelichen. Allerdings konnte es auch gut sein, dass Anita ihn am Ende verließ, um irgendeinen wohlhabenden Schnösel zu heiraten, denn das war ja offenbar der Wunsch ihrer Mutter. Als ihm zu kalt wurde, stand er auf und ging hinein. An diesem Abend war er nicht mit ihr verabredet, vermutlich musste sie ebenso dringend wie er mal eine Nacht lang durchschlafen. Allerdings genügte schon der Gedanke daran, wie sie sich in seinen Armen wand, damit sein Körper reagierte, aber er machte dennoch keine Anstalten, sie zu treffen, sondern verbrachte die Zeit bis zum Abendessen mit einem Spaziergang und zog sich nach dem Essen in sein Zimmer zurück.

»Ein Ausflug nach Köln ist ja eine ganz wunderbare Idee«, rief Linda beim Frühstück, als sie erfuhr, dass Antonia aus dem Grund ihre Heimreise abgesagt hatte. »Dann können wir doch alle zusammen fahren. Katharina, du kannst auch mit, wenn du magst.«

Das war jetzt nicht das, was Anita sich vorgestellt hatte, und Helga ebenfalls nicht, wenn sie deren Blick richtig deutete. Eigentlich war das ja schon ein wenig unverschämt von Linda. Ihr musste doch klar sein, dass sie fuhren, um Helgas Erfolg zu feiern, und so, wie sie sie geschmäht hatte, wäre es nur anständig gewesen, sich jetzt zurückzuhalten.

Zu ihrem Erstaunen kam Edith Waltz zu ihnen an den Tisch. »Fräulein Langen, ich habe erfahren, dass Ihre zauberhafte Geschichte sogar in einer bekannten Zeitschrift abgedruckt wird. Das ist ja ganz wunderbar. Da gratuliere ich herzlich.«

Helga wurde rot. »Vielen Dank.«

Antonia hatte es ihr erzählt, und Anita fragte sich, wie sehr sie wohl aus dem Häuschen geraten würde, wenn sie erst las, dass dort sogar die Schule erwähnt war, auf die Helga derzeit ging. Vermutlich musste Helga künftig nicht mehr damit rechnen, garstig behandelt oder gedemütigt zu werden. Vor allem nach der Sache mit dem Unfall war Edith Waltz ausnehmend freundlich zu ihr.

Nach dem Frühstück gingen sie auf ihre Zimmer und machten sich frisch für den Ausflug. Anita schminkte sich die Lippen und legte einen Schal aus feiner Wolle um. Sie zog sich ihren Mantel an, schlüpfte in die Stiefel und stülpte vorsichtig die Mütze über ihr sorgsam frisiertes Haar. Helga schminkte sich noch ein wenig nach, und kurz darauf traten sie beide aus dem Zimmer.

Antonia und Henriette warteten bereits im Hof auf sie. »Ah, sehr gut«, sagte Henriette, »wir müssen uns beeilen, Lindas Bruder kommt gleich.«

»Der war doch sehr nett«, antwortete Anita.

»Ja, eben. *Nett.* Und allenfalls unterhaltsam, wenn man auf stundenlange Vorträge zur letzten Ruderregatta steht.«

»Dann los.« Helga klimperte mit dem Schlüsselbund.

Sie stiegen in den Käfer, wobei Anita vorne saß, und Helga ließ den Motor an. Sie fummelte am Gebläse herum, das kalte Luft in den Wagen pustete. »Das braucht immer ein bisschen, bis es warm wird«, erklärte sie.

»Ich musste zu meinem Erstaunen feststellen«, sagte Antonia, »dass es meinen Eltern nicht das Geringste ausmacht, wenn ich ein Wochenende mal nicht nach Hause komme. Sie meinten sogar, dass es toll sei, wenn ich mich mal ein Wochenende lang mit Freundinnen amüsiere. Ich habe sie immer für sehr konservativ gehalten.«

»Ist doch schön, wenn sie einen immer noch überraschen können«, entgegnete Henriette.

Anitas Mutter hatte sie auch überrascht, jedoch nicht gerade im besten Sinne. Sie musste unbedingt mit ihr sprechen und fragen, wie es mit der Schule weiterging, andererseits befürchtete sie, dadurch schlafende Hunde zu wecken. Möglicherweise hatte ihre Mutter überhaupt nicht darüber nachgedacht, sie abzumelden, und käme erst durch Anitas Frage auf den Gedanken.

Der Schnee sammelte sich als grauer Matsch am Straßenrand, und vereinzelte Sonnenstrahlen funkelten auf der nassen Fahrbahn. Das Wetter war durchwachsen, am Morgen hatte es noch Schneeregen gegeben, mittlerweile war der Himmel zwar bewölkt, aber hier und da blitzte Blau hindurch, und auch die Sonne zeigte sich immer wieder. Helga war eine gute Autofahrerin, stellte Anita fest, umsichtig, aber doch so zügig, wie es die Straßenverhältnisse zuließen.

In Köln war die Weihnachtsbeleuchtung mittlerweile abgenommen worden, und die Stadt zeigte sich in der üblichen nachweihnachtlichen Tristesse. Den Januar hatte Anita nie besonders gemocht. Ohne die feierliche Stimmung war der Winter einfach nur kalt und grau. Und im Februar erwarteten sie wenigstens die ersten Vorboten des Frühlings. Zu Hause hätte sie jetzt vermutlich einen Stadtbummel mit ihren Freundinnen unternommen und heiße Schokolade in einem Café getrunken. Im nächsten Moment wurde ihr bewusst, dass sie das ganz sicher nicht getan hätte, denn alles stünde unter dem Zeichen kommender Verarmung. Sie musste aufhören, sich ständig so etwas vorzustellen, denn die Zeit war unwiederbringlich vorbei, und wenn sie ehrlich war, wollte sie auch gar nicht mehr zurück. Außerdem tat sie gerade genau das, was sie sich ausgemalt hatte – sie fuhr mit Freundinnen in die Stadt und würde dort auch in einem Café einkehren.

Helga parkte den Wagen in der Nähe der Stiftsgasse, und sie stiegen aus, wobei Anita frierend die Schultern hochzog, als der nasskalte Wind ihr um die Beine und unter Mantel und Rock fuhr. Sie war einfach kein Wintermensch. Die Hände in den Muff geschoben, ging sie mit ihren Freundinnen – und das waren sie mittlerweile alle drei für sie – die Straße entlang. Ein Wagen fuhr so rasant vorbei, dass Schneematsch aufstob und Antonia zur Seite sprang und dabei Anita anrempelte, die dadurch einen Mann auf den Fuß trat.

»Passen Sie doch auf«, schimpfte dieser und wirkte, als würde er gerne zurücktreten, eilte dann aber doch weiter, an seiner Seite eine Frau, die Anita ansah, als hätte sie ihrem Begleiter gerade Avancen gemacht.

»Hast du Linda gesagt, wohin wir gehen?«, fragte Henriette an Helga gewandt.

»Nein, sie hat aber auch gar nicht gefragt. Sie wollte ja eigentlich zeitgleich mit uns aufbrechen.«

»Hoffentlich ist sie jetzt nicht beleidigt«, antwortete Antonia.

»Und selbst wenn«, Helga zuckte mit den Schultern, »ich hatte von Anfang an nicht geplant, den Ausflug mit ihr zu machen. Sonst legt sie ja auch keinen Wert auf meine Gesellschaft. Nur, weil ihr Bruder scharf ist auf Henriette, muss ich Linda ja nicht den ganzen Tag in Köln um mich haben.«

Anita fragte sich, ob sie Arno in der Stadt begegnen würde, denn sie hatte mitbekommen, dass er mit Lena Heinrichs ebenfalls einen Ausflug unternahm. Gesprochen hatte sie ihn nicht mehr allein, und sie begann, die gemeinsame Zeit mit ihm bereits zu vermissen. Vielleicht ergab sich ja in dieser

Nacht die Gelegenheit. Sie fühlte sich so wohl mit ihm und wollte keinesfalls auf ihn verzichten, das wurde ihr klar, wann immer sie von ihm getrennt war. Wie schön wäre es, wenn sie einfach offen zueinander stehen könnten. Aber das ginge nur, wenn ihre Beziehung offiziell wäre. Da wiederum war die Frage, ob sie das beide überhaupt wollten. Anita konnte es nicht sagen. Sie wusste nicht, ob sie dazu bereit war, diesen Schritt mit all seinen Konsequenzen zu gehen.

Sie liefen bis zum Kaiser-Wilhelm-Ring und setzten sich ins Café *Wien*. »Ihr seid natürlich eingeladen«, sagte Helga. »Ich bin so dankbar, dass ihr mich ermutigt habt, in der Schule mit meiner Geschichte aufzutreten, vor allem dir, Antonia. Ich hätte mich nie getraut, sie vorzutragen.«

Antonia machte eine übertriebene Verbeugung, und die anderen lachten. »War mir ein Vergnügen. Wenn du eine berühmte Schriftstellerin bist, kann ich sagen, dass ich die Erste war, die einen Text von dir öffentlich vorgelesen hat.«

»Was machst du denn jetzt als Nächstes?«, fragte Henriette. »Willst du weiter schreiben?«

»Ja, auf jeden Fall. Vielleicht veröffentlicht ja wieder jemand etwas von mir.«

»Bestimmt!«, entgegnete Antonia im Brustton der Überzeugung.

Eine Kellnerin erschien und nahm gut gelaunt ihre Bestellung auf. Anita entschied sich für ein Stück Bienenstich und ein Kännchen Kaffee. Sie sah aus dem Fenster hinaus auf die belebte Straße und bemerkte, dass wieder Schneeregen fiel. Da war es in dem Café gleich noch etwas behaglicher.

»Gibt es eigentlich auch Zuschriften von Leserinnen der Zeitschrift?«, fragte Antonia. »Sodass du erfährst, wie den Leuten deine Geschichte gefällt?«

»Das weiß ich gar nicht«, antwortete Helga. »Aber schön

wäre es schon. Und aufregend. Andererseits muss ich es nicht unbedingt hören, wenn jemand sie überhaupt nicht mag.«

»Den meisten gefällt sie sicher, mach dir keine Gedanken.«

»Und wenn nur die schreiben, die sie schrecklich finden?«

»Dann denk immer daran, dass sogar Edith Waltz sie gut findet.« Henriette grinste. »Vermutlich hängt sie später mit einem Bild von dir in der Halle, und Frau Waltz gibt damit an, dass du Schülerin bei ihr warst. So, wie sie das mit dieser einen Schülerin macht, die jetzt in der Schweiz so erfolgreich ist.«

»Das glaube ich eher nicht«, antwortete Helga. »Aber über die Anerkennung freue ich mich natürlich trotzdem.«

Während sie sich über Helgas weitere Pläne und künftige Geschichten unterhielten, wurde das Bestellte gebracht. Anita schenkte sich Kaffee ein, gab etwas Milch dazu und beobachtete das Treiben auf der Straße. Immer wieder musste sie an ihre Mutter und die ungewisse Zukunft denken. Ob Joachim oder Wolfgang für die Schule aufkämen? Wolfgang würde das vielleicht sogar tun, wenn das seine Mittel nicht überstieg. Aber Joachim? Der würde ihr nur raten, so schnell wie möglich zu heiraten, und eigentlich wollte Anita auch gar nicht, dass er sie finanzierte. Dann stand sie hinterher womöglich noch in seiner Schuld.

»Anita? Bist du noch da?« Henriettes Stimme brachte sie zurück ins Café. »An was denkst du?«

»Oder an wen?«, scherzte Antonia.

»An meine Mutter und eine unerfreuliche Eröffnung kurz vor Weihnachten«, gestand sie.

»Will deine Mutter wieder heiraten?«, fragte Antonia.

»Ach, das wäre doch erfreulich, dann würde sie sich nicht immerzu auf mich konzentrieren. Nein, es ist wirklich sehr vertrackt.« Sie erzählte von dem Gespräch auf der Adventsfeier.

»Ach je«, kam es von Henriette, als Anita geendet hatte. »Und jetzt sollst du dir eine gute Partie suchen?«

»Und womöglich die Schule verlassen?« Antonia sah sie ungläubig an. »Aber deine Mutter weiß doch sicher schon länger, wie ihr finanziell dasteht, und sie hätte die Schule nicht ausgesucht, wenn sie nicht wüsste, wie sie die weiter finanzieren soll. Es kann gut sein, dass sie dich genau aus diesem Grund hingeschickt hat. Weil sie weiß, dass sie künftig nicht mehr für dich aufkommen kann, sollst du etwas lernen und als perfekt ausgebildete Hausfrau eine gute Partie machen.«

Das klang schlüssig, so hatte Anita es noch gar nicht gesehen.

»Außerdem hätte sie bestimmt etwas gesagt, sie weiß ja, dass du eigentlich gar nicht auf der Schule sein möchtest, und da gäbe es ja keinen Grund, das zu verschweigen.«

»Ich hoffe so sehr, dass du recht hast«, antwortete Anita.

»Wie schön, dass du mittlerweile so gerne bei uns bist.« Henriette tat so, als wollte sie ihr mit der Tasse zuprosten.

Im Spaß stießen sie mit den Kaffeetassen miteinander an und bemerkten die befremdeten Blicke von den umliegenden Tischen. Sie lachten, und vermutlich hielt man sie für sehr albern, aber das war Anita egal. Zum ersten Mal seit einem Monat hatte sie das Gefühl, dass sich doch alles irgendwie fügen würde.

Kapitel 15

Anita lag mit geschlossenen Augen da, lauschte auf Arnos Herzschlag, während die Kälte vom Parkettboden durch den Teppich drang und eine Gänsehaut über ihren Körper kroch. Wenn sie sich liebten, spürte sie nie, wie kalt es im Raum war, aber nun, da sie ruhig dalag, begann sie zu frieren, trotz der Wärme von Arnos Körper und dem dicken Mantel, mit dem sie zugedeckt war. Auf Dauer konnte das doch auch kein Zustand sein, sich immer in aller Heimlichkeit zu treffen und auf dem Fußboden miteinander zu schlafen. Im Hotel war es so schön gewesen. Fast zwei Monate war das jetzt her, und Anita konnte kaum glauben, wie schnell die Zeit verging. Nach wie vor war von ihrer Mutter kein Wort dazu gekommen, wie es mit der Schule weitergehen würde.

Arno streichelte ihr Haar und zog sie enger an sich. »Frierst du?«

»Ist das so offensichtlich?«

»Hm.« Er nahm ihre Hand und küsste die Fingerspitzen. »Ich würde ja anbieten, dass wir in mein Zimmer umziehen.«

»Und wenn uns jemand erwischt?«

»Dann ist das wohl das Aus für uns beide hier.«

»Du sagst das so gelassen. Wäre das nicht schlimm für dich?«

»Doch, natürlich wäre es das, ich säße von einem Moment auf den anderen auf der Straße.«

Anita schauderte in der Kälte. »Und ich müsste zurück zu meiner Mutter, um mich dann nach irgendeinem Schnösel umzuschauen, der mich heiratet.«

»Wie stellst du dir die Zukunft vor?«, fragte er.

»Was meinst du?«

»Bin ich ein Teil der Zukunft, wie du sie vor dir siehst?«

Anita richtete sich auf und versuchte, in der Dunkelheit die Konturen seiner Züge auszumachen. »Wir haben nie darüber gesprochen.«

»Nein, daher tue ich es jetzt.«

»Ich hatte immer den Eindruck, du wolltest einfach nur deinen Spaß haben, und anfangs war es auch genau das, was ich gebraucht habe, um diesem Alltag hier zu entfliehen.«

»Und was hat sich für dich jetzt verändert?«

»Ich bin gerne hier, ich habe Freundinnen gefunden, und eigentlich macht mir einiges sogar Spaß. Also diese Dinge wie Säuglingspflege und Handarbeit nicht unbedingt, aber ich koche und backe sehr gerne. Na ja, und natürlich bist du hier, und ich glaube, ich wäre sehr traurig, wenn ich fortmüsste und dich nicht mehr jeden Tag sehen könnte.«

Seine Finger fuhren ihren Rücken hoch und runter. »So geht es mir mit dir auch. Ich … ich wollte zunächst aus sehr eigennützigen Gründen mit dir schlafen. Aber mittlerweile fühlt es sich anders an, nicht mehr ausschließlich das körperliche Vergnügen, sondern etwas, das tiefer geht. Ich wäre ebenfalls sehr unglücklich, wenn ich dich nicht mehr täglich sehen könnte.«

Anita neigte den Kopf und küsste ihn. »Und was folgern wir nun daraus?«

»Ich …« Wieder zögerte er. »Ich kann mir gut vorstellen, mein Leben mit dir zu verbringen.«

Erst wusste Anita nicht so recht, was sie darauf antworten sollte. Machte er ihr gerade einen Antrag? Oder wollte er nur, dass sie seine Geliebte blieb? Sie schluckte. »Ich kann mir das auch gut vorstellen.«

Er zog sie an sich, küsste sie und drehte sie auf den Rücken, liebte sie ein weiteres Mal. Danach standen sie auf – Anita mit recht wackligen Knien – und zogen sich an. Es war schon nach eins, und sie durfte sonntags zwar eine Stunde länger im Bett liegen bleiben, aber mit Ausschlafen hatte das für Anita nichts zu tun.

»Hast du dir denn für dich selbst noch keine Pläne überlegt für die Zeit nach der Schule?«, fragte Arno. »Jetzt, wo klar ist, dass du nicht in das Zuhause zurückkehrst, wie du es bisher kanntest?«

Anita drehte ihm den Rücken zu, damit er ihr Kleid schließen konnte. »Nein, so konkret noch nicht.« Ihr lag auf der Zunge, dass sie nun ja erst recht keinen reichen Mann mehr suchen würde, aber sie schwieg, wollte sich keine Blöße geben, falls Arno keine Heirat im Sinn gehabt hatte.

»Du kannst arbeiten gehen«, schlug er vor.

»Etwas anderes wird mir wohl kaum übrig bleiben.« Hätte er an der Stelle – wenn er ernste Absichten hegte – nicht sagen müssen, er würde für sie sorgen? Andererseits wusste sie nicht, wie viel er als Lehrer verdiente. Konnte man damit überhaupt eine Familie ernähren? Denn auch wenn sie jetzt nicht über Kinder nachdachte – über kurz oder lang würde das ein Thema werden.

»Hast du mal überlegt, Lehrerin zu werden?«

Sie spähte durch die Dunkelheit, als könnte sie sein Gesicht ausmachen und ausloten, ob er noch bei klarem Verstand war. »Wie kommst du nur auf den absurden Gedanken, ich könnte noch einmal eine Universitätslaufbahn durchlaufen – ohne Abitur! – und mich dann vor Kinder stellen, um ihnen etwas beizubringen?«

Er lachte. »Ich rede doch nicht davon. Ich meinte, hier bei uns. Raymund wird in gut fünf Jahren in den Ruhestand treten, Rita vermutlich schon etwas früher.«

Darauf wusste Anita zunächst keine Antwort, wollte im ersten Impuls rundheraus ablehnen, dachte dann jedoch darüber nach. Stellte sich vor, wie sie in der Küche stand und andere in die Kunst des Kochens einwies. Sie würde hier wohnen, hätte ihr eigenes und zweifellos hübsches Zimmer. Ein Auto würde sie sich sicher auch leisten können, sodass sie nach Köln könnte, wann immer ihr danach war.

»Darf ich dein Schweigen so interpretieren, dass du nicht abgeneigt bist?«

»Ich muss in Ruhe darüber nachdenken.«

Sie verließen die Bibliothek, und Arno schloss sacht die Tür hinter ihnen. Er begleitete sie bis zur Tür, die in den ehemaligen Dienstbotenkorridor führte, und küsste sie zum Abschied.

Als Anita ihr Zimmer betrat, stellte sie zu ihrem Erstaunen fest, dass Helga wach war. Sie hörte das Bettzeug rascheln und bemerkte eine Silhouette, die sich leicht aufrichtete. »Warum schläfst du noch nicht?«

»Das versuche ich seit Stunden«, entgegnete Helga. »Aber ich bin so unruhig.«

Anita zog sich aus und gähnte. »Warum denn?«

»Das weiß ich selbst nicht. Mir geht so viel im Kopf herum, Dinge, die ich tun möchte, Geschichten, die ich schreiben will. Und dann habe ich Angst, vollkommen zu versagen.«

Fröstelnd ließ Anita das Nachthemd über ihren Körper gleiten. »Das wird schon werden.«

»Das sagt sich so leicht.«

Wieder musste Anita gähnen. Sie kroch unter die Bettdecke und hüllte sich ein wie in einem Kokon. »Ich weiß ja auch noch nicht so recht, wie es bei mir weitergeht. Arno äußerte vorhin eine Idee, über die ich noch nachdenken muss.«

»Hat er dir einen Antrag gemacht?«

»Nein, so direkt nicht. Aber er schlug vor …«

»Was meinst du mit *so direkt nicht*? Kann man auch einen indirekten Antrag machen?«

»Also, er hat mich nicht in aller Form gefragt, ob ich seine Frau werden will, sondern meinte nur, er könne sich eine Zukunft mit mir vorstellen.«

»Wie romantisch«, murmelte Helga.

»Aber davon abgesehen hat er mir vorgeschlagen, es hier doch als Lehrerin zu versuchen, wenn ich mit der Ausbildung fertig bin.«

»Das ist doch gar keine üble Idee.«

»Findest du?«

»Na ja, irgendetwas wirst du tun müssen. Und da ist das hier doch nicht die schlechteste Möglichkeit. Es sei denn, du heiratest doch noch reich.«

»Wenn das so sein sollte, dann sicher nicht nur aus dem Grund, dass meine Mutter die Villa behalten kann.«

»Außerdem willst du ja in Wahrheit deinen Arno heiraten, den Romantiker.«

»Weißt du, je länger ich darüber nachdenke, umso verlockender ist der Gedanke, auf eigenen Füßen zu stehen. Also nicht, dass ich Arno nicht will, ich würde gerne mein Leben mit ihm verbringen. Aber ich möchte nicht von ihm abhängig sein.« Langsam wurde ihr wieder warm unter der Decke. »Und was ist mit deinen Plänen, einen reichen Mann zu finden?«

»Die verfolge ich nach wie vor. Schreiben möchte ich trotzdem weiterhin. Und das könnte ich dann, weil es ja *ihn* gibt, der alles finanziert.«

Anita schloss die Augen. »Ich werde das demnächst wieder in Angriff nehmen«, murmelte sie, während sie langsam wegdämmerte.

Am kommenden Tag würde Helgas Geschichte erscheinen, und der Verlag hatte ihr am Telefon zugesichert, ein Exemplar der Zeitschrift an die Schule zu schicken. Sie war unglaublich nervös und zog sich nach dem Frühstück in die Bibliothek zurück, um sich mit einem Buch abzulenken. Anita war nach Köln gefahren, allein, wie Helga festgestellt hatte, denn Arno Hesse war noch hier. Allerdings war es gut möglich, dass er ihr später folgte. Wie lange das wohl noch gut ging, ehe jemand sie erwischte?

Henriette hatte Besuch von ihrem Bruder, und Katharina war an diesem Wochenende nach Hause gefahren. Eine Woche war der gemeinsame Ausflug nach Köln nun schon her, und Helga hatte das Gefühl, endlich dazuzugehören. Sie hatten viel Spaß gehabt, waren durch die Hohe Straße gebummelt, hatten gelacht und die Auslagen in den Geschäften bewundert, bis sie schlussendlich dann doch auf Linda, ihren Bruder und Katharina gestoßen waren. Aber sogar danach war es noch sehr nett gewesen, auch wenn Linda sicher nie Helgas Freundin werden würde.

Als die Tür geöffnet wurde, dachte Helga erst, es sei eine der Lehrpersonen, denn die Schülerinnen verirrten sich am Wochenende selten in die Bibliothek. Umso irritierter war sie, als ein attraktiver dunkelhaariger Mann eintrat, den sie im ersten Moment nicht einzuordnen wusste. Dann fiel es ihr ein, Henriettes Bruder, den sie flüchtig auf der Adventsfeier wahrgenommen hatte. Der jüngere und wildere der beiden. »Henriette ist im Salon, glaube ich«, sagte sie.

»Das weiß ich, aber ich möchte nicht zu ihr, sondern zu Ihnen.«

Darauf wusste Helga keine Antwort, spürte aber, wie ihr das Blut ins Gesicht stieg. Sie hatte Anita ausdrücklich gesagt, dass sie an dem jüngeren Bruder kein Interesse hatte, dass sie etwas

Ernsthaftes wollte und keine kurze Spielerei. »Hm, gut, womit kann ich Ihnen helfen?«

»Darf ich mich setzen?« Er deutete auf den Sessel, der ihrem schräg gegenüberstand.

»Sicher.« Helga klappte das Buch zu und ließ den Finger zwischen den Seiten, um keinen Zweifel daran aufkommen zu lassen, dass die Unterbrechung nur von kurzer Dauer sein würde.

»Meine Schwester hat mir erzählt, Sie hätten Ihre Geschichte in einer Zeitschrift veröffentlicht.«

Dass er damit anfing, kam so unerwartet, dass Helga schon wieder die Worte fehlten. Keine gute Voraussetzung für eine angehende Schriftstellerin.

»Die Geschichte hat mir gut gefallen«, sagte er. »Sie hatte Witz, Ironie und war unterhaltsam. Ich weiß nicht, ob Henriette es erzählt hat, aber ich arbeite als festangestellter Journalist für eine große Kölner Tageszeitung.«

Davon hatte Henriette in der Tat nichts erzählt, und so sah Helga ihn nur fragend an.

»Wie auch immer, mein Redakteur hatte vor Kurzem die Idee, ein neues Ressort zu gründen, und dachte dabei auch an eine Fortsetzungsgeschichte. Als ich Henriette davon erzählt habe, schlug sie vor, ihm von Ihnen zu erzählen, und da ich mich von Ihrem Talent bereits selbst überzeugen konnte, habe ich das natürlich gerne getan. Falls Sie Interesse haben, dürfen Sie mir eine Textprobe zukommen lassen, die ich ihm vorstelle. In dem Thema sind Sie vollkommen frei, wichtig ist, dass es spannend genug ist, um die Leserinnen bei der Stange zu halten.« Er zog ein silbernes Etui hervor, entnahm ihm ein weißes Kärtchen und reichte es ihr. »Hier ist meine Karte. Ich kann nicht garantieren, dass es klappen wird, aber ich verspreche Ihnen, dass Ihre Bewerbung ganz oben auf dem Stapel liegen wird.«

»Vielen Dank«, war alles, was Helga hervorbringen konnte, als sie das Kärtchen entgegennahm.

Er lächelte freundlich, nickte ihr aufmunternd zu und erhob sich. »Dann auf vielleicht bald«, verabschiedete er sich.

»Auf Wiedersehen«, antwortete Helga, immer noch völlig überrumpelt.

Nachdem er gegangen war, saß sie eine Zeit lang einfach nur da und starrte die Bücherregale an, unfähig, zu fassen, was ihr da gerade passiert war. Dann stieg mit einem Mal ein so unbändiges Glücksgefühl in ihr auf, dass es ihr fast den Atem nahm. Ja, er – sie sah auf die Karte, Gerrit Korbach – hatte gesagt, dass er nicht garantieren konnte, dass sie ihre Geschichte drucken würden, aber sie würde ganz oben auf dem Stapel liegen, und somit rückte sie ihrem Traum ein entscheidendes Stück näher.

Anita stand unter der Ulme und rauchte, als Arno zu ihr trat. Er war blass und hatte dunkle Schatten unter den Augen. Sie grinste ihn an. »Wenig geschlafen?«

»Wie kommst du bloß darauf? Und wieso siehst du wacher aus als ich?«

»Liegt vielleicht daran, dass ich noch nicht so alt bin wie du.«

Er hob eine Braue. »So charmanter Stimmung heute?«

»Ach, ich bin einfach gut gelaunt. Mir ist heute Morgen eine Erkenntnis gekommen.«

Er zündete sich eine Zigarette an. »Und die wäre?«

»Ich denke, ich folge deinem Rat. Wenn sich bis zum Ende meiner Ausbildung nichts ergibt, das mich mehr reizt, bewerbe ich mich hier als Lehrerin. Gibt es denn überhaupt noch ein freies Zimmer? Meinetwegen geht ja niemand verfrüht in den Ruhestand?«

Langsam stieß er den Rauch aus und sah sie an. »Du könntest mit mir auf meinem Zimmer wohnen.«

»Da möchte ich Edith Waltz sehen.«

Wieder tat er einen tiefen Atemzug, als müsste er sich sammeln. »Was ich letzte Nacht gesagt habe, war ernst gemeint. Ich wäre glücklich, wenn ...« Erneut atmete er tief ein und stieß den Atem schnell aus. »Wenn du als meine Frau mit mir dort wohnst.«

Anita sah ihn schweigend an, während ihre Hand, die die Zigarette hielt, kaum merklich zitterte. Sie hatte sich ihren Heiratsantrag anders vorgestellt, irgendwie feierlicher, ein Moment, den man später seinen Kindern und Enkeln erzählte. Mit Ring und allem, was dazugehörte. Frühling, weiße Blüten an den Bäumen, Rosenspaliere ... Doch nun stand sie hier im verharschten Schnee, der ein schäbiges Grau angenommen hatte, unter einer winterkahlen Ulme und sah in Arnos Gesicht, sah die Hoffnung und vielleicht sogar einen Anflug von diffuser Furcht, sie könne ihn zurückweisen.

»Ich ...« Konnte sie eine so wichtige Entscheidung so spontan aus dem Bauch heraus treffen? »Versuchen wir es miteinander. Wenn wir zum Ende meiner Ausbildung immer noch der Meinung sind, dass es mit uns passt, dann heiraten wir«, sagte sie schließlich.

Ein Lächeln erhellte sein Gesicht. »Sehen wir uns heute Abend? Ich möchte dir gern alles über mich erzählen und über meine Vergangenheit.«

»Das hättest du besser getan, ehe ich deinen Antrag angenommen habe.«

»Du hast ihn unter Vorbehalt angenommen.«

»Vermutlich habe ich es geahnt.«

Er grinste. »Ich war in meiner Vergangenheit etwas, hm, verwegener.«

»Du glaubst nicht, wie erleichtert ich darüber bin. Die ganze Zeit habe ich mich schon gefragt, wie ich mich in einen zahmen Lehrer verlieben konnte. Wie gut, dass mein Gespür doch noch funktioniert.«

Erneut lachte er, und als seine Kollegin Rita Englert das Haus verließ und zu ihnen hinüberschaute, wirkte es nicht so, als wäre ihm das unangenehm. »Ich werde es Edith Waltz erzählen«, sagte er. »Sie sollte es wissen, ehe uns jemand miteinander erwischt und denkt, unsere Beziehung sei eine Verlegenheitslösung.«

Anita bemerkte Rita Englerts Blick, und Arno, der nun doch offenbar kein Gerede aufkommen lassen wollte, drückte die Zigarette aus und lief zurück ins Haus, während Anita stehen blieb und beobachtete, wie er einige Worte mit der Lehrerin wechselte und dann hineinging. Anita rieb sich frierend die Oberarme und ging ebenfalls ins Haus. Sie brachte ihren Mantel ins Zimmer und suchte Helga, die sie – wie erwartet – in der Bibliothek fand.

»Du siehst ja strahlend aus«, begrüßte Anita sie.

»Ich habe gerade äußerst gute Nachrichten erhalten.«

Anita ließ sich auf dem zweiten Sessel nieder. »Bei mir gibt es auch Neuigkeiten. Aber fang du nur an.«

»Ich habe vorhin ein Angebot von Henriettes Bruder bekommen.«

Ungläubig starrte Anita sie an. »Er hat direkt einen Antrag gemacht?«

»Ach Quatsch, so etwas doch nicht. Er ist Journalist bei einer Zeitung. Also nach allem, was Henriette so erzählt, er sei so wild und so, da hätte ich ihm so einen seriösen Beruf gar nicht zugetraut. Wie auch immer – er hat mich gefragt, ob ich Fortsetzungsgeschichten für die Zeitung schreiben möchte.«

»Aber Helga, das ist ja großartig.«

»Garantieren kann er nicht, dass es klappt, aber er wird sich dafür einsetzen, denke ich. Zumindest sagte er, meine Bewerbung würde ganz oben auf dem Stapel liegen.«

»Ich bin davon überzeugt, dass es klappt.« Anita klatschte in die Hände. »Das ist wirklich großartig!«

»Vielleicht brauche ich dann nicht einmal mehr einen wohlhabenden Ehemann, um meinen Eltern zu sagen, dass ich die Wirtschaft nicht übernehme.«

»Werden sie dich dann enterben?«

»Das weiß ich nicht. Vielleicht verkaufen sie die Wirtschaft und machen sich von dem Geld einen schönen Lebensabend. Ob dann noch etwas zum Erben übrig bleibt? Wer weiß, aber es spielt auch keine Rolle. Es ist ja nicht so, dass ich meine Heiratspläne komplett aufgebe, es ist mir nur nicht mehr ganz so eilig damit.«

Anita lehnte sich in ihrem Sessel zurück und schlug ein Bein über das andere. »Ich helfe dir natürlich weiterhin.«

»Das ist sehr lieb.«

»Allerdings kann es sein, dass ich dir zuvorkomme mit dem Heiraten. Arno hat mir gerade einen Antrag gemacht.«

Helga starrte sie an. »Gerade? Einfach so?«

»Es war nicht ganz so romantisch, wie ich mir das als junges Mädchen ausgemalt habe.« Anita lachte.

»Na ja, meine Freundin hat den romantischsten Antrag bekommen, den man sich vorstellen kann, fast schon grauenhaft kitschig mit einem Pfad aus Rosenblättern, denen sie folgen musste, und so. Der Typ hat sich am Ende als absolute Luftnummer entpuppt. Also dann lieber unromantisch, aber der Kerl taugt etwas.«

»Ob er etwas taugt, wird sich herausstellen, nicht wahr? Wir haben jetzt erst einmal eine lange Verlobungszeit, bis meine Ausbildung beendet ist.«

»Macht ihr es offiziell?«

»Das weiß ich noch nicht. Es hängt davon ab, ob er Schwierigkeiten bekommt.«

»Dann ist das heute ja ein großartiger Tag für uns beide. Das sollten wir nächstes Wochenende zusammen in Köln feiern.«

»Das sollten wir unbedingt tun. Aber zuerst muss ich ihn meiner Mutter vorstellen.«

Arno wusste, dass mit diesem Versteckspiel und den Erpressungen endlich Schluss sein musste. Jahrelang hatte er gezahlt, damit über seine Vergangenheit nichts laut wurde, und das konnte nicht ewig so weitergehen. Noch an diesem Abend würde er Anita alles erzählen, und ein anderes Gespräch musste er ebenfalls führen. Wenn ihn Edith Waltz danach rauswarf, wäre das schlimm, aber irgendwann musste er mit seiner Vergangenheit abschließen, und das tat er – wie er nun wusste – besser auf dem direkten Weg. Dieser Plan, eine reiche Frau zu heiraten und sich mit viel Geld aus der Sache herauszuwinden, war zu kurz gedacht. Und darüber hinaus schlicht nicht durchführbar. Er wollte Anita nicht gegen eine wohlhabende Erbin eintauschen.

Arno ging die Treppe hoch in die Beletage und klopfte an die Tür zu Edith Waltz' Salon. Sie saß allein dort, Inga war vermutlich auf ihrem Zimmer. Zwischen den beiden hing der Haussegen nach wie vor schief, aber immerhin durfte Inga nachmittags wieder Spaziergänge machen. Arno hielt nicht viel von so rigiden Bestrafungsaktionen, denn er war die Ansicht, dass die Kinder es entweder begriffen und einsahen oder eben nicht. Und wenn Inga nicht einsah, dass es falsch gewesen war, was sie getan hatte, änderte auch wochenlanger Hausarrest nichts daran.

Edith Waltz wirkte irritiert. »Ist etwas passiert?«

»Nein, ich möchte nur mit Ihnen über etwas sprechen.«

Alarmiert richtete sie sich auf und legte die Zeitschrift, in der sie gelesen hatte, beiseite. »Sie wollen doch nicht kündigen?«

»Nein, absolut nicht. Es ist etwas Persönliches.«

Mit einer Handbewegung deutete Edith Waltz auf eines der Sofas. »Möchten Sie einen Tee? Ich habe gerade welchen zubereitet.« Sie wartete seine Antwort nicht ab, sondern stand auf, ging zur Vitrine und entnahm ihr eine Tasse mit Untertasse, die sie auf den Tisch stellte. Dann schenkte sie ihm Tee ein. Es war ein aromatischer Assam, wie Arno nach dem ersten Schluck bemerkte.

»Also, worum geht es?«, fragte Edith Waltz.

»Zum einen darum, dass ich mich verlobt habe und das demnächst vor der Familie meiner Zukünftigen offiziell machen werde.«

»Das freut mich sehr. Bedeutet das, Ihre Frau zieht hier mit ein, oder ziehen Sie aus?«

»Darüber haben wir noch nicht gesprochen, aber mir geht es um etwas anderes.« Arno atmete tief durch. »Es handelt sich um eine der Auszubildenden.«

Nun trat eine steile Falte zwischen Edith Waltz' Brauen. »Sie haben ein Verhältnis mit einer meiner Schülerinnen?«

»Nun, es hat sich ergeben, dass wir einander eine gewisse Zuneigung entgegenbringen.«

»Können Sie sich vorstellen, was hier vonseiten der Eltern los ist, wenn sie befürchten müssen, dass meine Lehrer mit den Schülerinnen anbandeln?«

»Die Bedenken könnte ich nachvollziehen, wenn ich die junge Frau in Schwierigkeiten gebracht hätte, aber ich werde formvollendet bei ihren Eltern vorsprechen. Im Übrigen bin ich dann verheiratet, und keiner der Eltern müsste mehr in Sorge sein. Raymund Keller wird in dieser Hinsicht wohl kaum eine Gefahr darstellen, nicht wahr?«

»Das will ich zumindest hoffen«, entgegnete Edith Waltz und klang dabei ein wenig vergrätzt.

»Ich hätte warten können, bis die junge Dame ihren Abschluss gemacht hat«, fuhr Arno fort. »Aber ich wollte Ihnen gegenüber mit offenen Karten spielen, damit es nicht zu Gerede kommt.«

»Es wird heißen, Sie würden Ihre Verlobte unter den Auszubildenden bevorzugen.«

»Das wird nicht passieren, denn ich bin nicht ihr Lehrer.«

»Darf ich nun auch erfahren, wer es ist?«

Arno nahm einen weiteren Schluck Tee. »Anita Kronberg aus dem ersten Jahrgang.«

Eine Zeit lang sah Edith Waltz ihn schweigend an. »Kannten Sie sie vorher?«

»Nein.«

»Sie ist erst seit August da. Was hat Sie dazu veranlasst, nur sechs Monate später eine Verlobung anzukündigen?«

»Wir sind uns privat in Köln begegnet, und es war sehr schnell klar, dass es mit uns gut funktioniert.«

»Gut funktioniert? War es nicht Fräulein Kronberg, die ich nachts auf dem Korridor in der Beletage angetroffen habe?«

»Davon hat sie mir erzählt.«

»Und Sie wollen mir jetzt weismachen, Sie hätten auf einmal Ihre Gefühle für sie entdeckt? Oder erwartet mich da demnächst eine Überraschung, und sie legt an Gewicht zu?«

»Natürlich nicht!« Arno schaffte es, ein gehöriges Maß an Entrüstung in den Satz zu legen. »Selbstverständlich werde ich mich umgehend nach einer neuen Stellung umsehen, wenn Ihnen …«

»Davon ist doch gar keine Rede. Ich möchte nur keine Unruhe. Natürlich kann ich Ihnen nicht vorschreiben, wen Sie zu ehelichen gedenken, und Fräulein Kronberg ist erwachsen. Wenn es offiziell ist und den Regeln des Anstands Genüge tut, spricht von meiner Seite aus nichts dagegen. Allerdings bestehe ich darauf, dass es innerhalb dieser Schule nicht zu zärtlicher Annäherung kommt.«

»Wir werden innerhalb der Schule vor den anderen distanziert miteinander umgehen«, versprach Arno.

»Keine nächtlichen Besuche auf Ihrem Zimmer.«

»Natürlich nicht.«

Edith Waltz nickte knapp. Das Thema behagte ihr nicht, das war offensichtlich, aber sie konnte auch nichts dagegen sagen, da sie beide erwachsen waren und selbst entscheiden durften. Dass sie ihn nicht als Lehrer verlieren wollte, verlieh Arno den Mut, das andere und weitaus schwierigere Thema zur Sprache zu bringen.

»Da gibt es noch etwas«, sagte er und begann zu erzählen.

Kapitel 16

Anita war nervös. Sie hatte ihre Mutter am Vortag angerufen und ihr angekündigt, dass sie jemanden mitbringen und ihr vorstellen wollte. Ihre Mutter ahnte es vermutlich schon, das hatte Anita ihrer Stimme anhören können, dieser erwartungsvollen Vorfreude. Arno war nun ganz gewiss nicht das, was ihre Mutter sich vorgestellt hatte. Damit jedoch würde sie sich abfinden müssen. Sie weigerte sich, ihr Leben nur deswegen mit einem Mann zu verbringen, damit er ihr Elternhaus finanzierte. Sollte Joachim das tun, der hatte Geld. Aber offenbar war er nicht gewillt.

Jetzt saß sie im Bushaltestellenhäuschen und wartete auf Arno, der sie mit dem Motorrad abholen wollte. Vorher, so hatte er gesagt, wollte er jedoch noch mit ihr über eine Sache sprechen. Diese Ankündigung hatte Anitas Nervosität erhöht, denn sie hoffte, dass nicht noch irgendein Skandal aus der Vergangenheit auftauchte. Oder gar eine Verflossene, die ihnen das Leben schwer machen würde. Letzte Nacht schon hatte er grüblerisch gewirkt, aber Anita hatte das auf die Aussicht, ihre Familie zu treffen, geschoben. Wenn sie jetzt darüber nachdachte, hatte es schon den Eindruck gemacht, als hätte er mehrmals angesetzt, etwas zu sagen, es dann jedoch nicht getan. Da sie selbst dem Treffen mit gemischten Gefühlen entgegensah, hatte sie dem keine Beachtung geschenkt. Nun jedoch wurde ihr klar, dass er bereits gestern mit sich gerungen hatte, ihr ein Geständnis zu machen, das sie womöglich wenig begeistern würde.

Als sie ein Motorengeräusch hörte, blickte sie auf und sah

Arno auf seinem Gefährt, das den Matsch mitsamt Schneeresten zu beiden Seiten aufspritzen ließ. Er wurde langsamer und hielt schließlich einen Meter vom Haltestellenhäuschen entfernt an. Hoffentlich war Anita nicht über und über mit Schlammsprengseln bespritzt, wenn sie am Bahnhof ankam. Mit platt gedrückter Frisur und verdreckten Strümpfen war das wohl kein optimaler Anblick. Vielleicht sollte sie lieber den Bus nehmen und Arno am Bahnhof treffen.

Er nahm den Helm ab und legte ihn auf den Sattel, ehe er zu ihr kam. Offenbar bemerkte er, wie sie ihn musterte, seine Kleidung nach Spuren des schlammigen Erdreichs absuchte.

»Ich fahre langsam«, versprach er.

Sie nickte nur, und er ließ sich neben ihr auf der Bank nieder. Kurz zog er seine Zigaretten hervor, steckte sie dann jedoch wieder zurück und atmete in einem langen Zug aus.

»Nun rück schon mit der Sprache heraus«, forderte sie. »Bist du ein gesuchter Verbrecher? Ein Heiratsschwindler? Wartet irgendwo eine verlassene Ehefrau mit einem ganzen Schwarm Kindern?«

Erstaunt sah er sie an, dann zuckte ein flüchtiges Lächeln über seine Lippen. »Nein, ganz so arg ist es nicht.«

Sie musterte ihn schweigend.

»Ich bin nach dem Krieg Geschäften nachgegangen, die …« Er holte tief Luft und fuhr fort. »Ich war Schwarzhändler.«

Anita wartete darauf, dass noch mehr kam, aber als er stumm dasaß und offenkundig auf ihre Reaktion wartete, schlug sie ihn so hart gegen den Oberarm, dass er aufstöhnte. »Das ist alles? Dafür versetzt du mich in Sorge?«

»Ich dachte …«

»Herrje, dann denk nicht, sondern sprich einfach. Ich dachte, du wolltest mir irgendein grausiges Geheimnis anvertrauen, das mich in eine echte Gewissenskrise stößt.«

»Nun ja, ich habe ein Halbweltleben geführt, das hart an der Grenze zur Legalität war.«

»Könntest du dafür heute noch ins Gefängnis kommen?«

»Nein, es könnte nur meinen Ruf nachhaltig beschädigen. Aber Edith Waltz weiß mittlerweile Bescheid, und ich wünschte, ich hätte es ihr früher gesagt. Aber ich hatte Angst um meine Stelle, Angst, wieder auf der Straße zu landen.«

»Wir alle haben früher vom Schwarzhandel profitiert, auch Edith Waltz und die Eltern der Schülerinnen.«

»Ja, aber es ist eben etwas anderes, ob man heimlich profitiert, als wenn jemand aus dieser Schattenwelt die eigenen behüteten Töchter unterrichtet.«

Anita seufzte. »Wo kein Kläger, da kein Richter.«

»Es gibt da durchaus jemanden, der mir das Leben schwer machen kann. Ein Mann, mit dem ich zusammen nach dem Krieg überlebt habe.«

»Ein Freund?«

»Nennen wir es Weggefährte. Er sagte, er wird trotzdem alles daransetzen, mich vor den Leuten bloßzustellen, wenn ich nicht weiterhin zahle.«

»Kann er das?«

»Das wird sich zeigen.«

»Wolfgang ist Anwalt, und du gehörst ja dann praktisch zur Familie.«

»Ehe ich die schweren Geschütze auffahre, warte ich mal ab, was passiert. Im Grunde genommen tut er mir leid, er hat nie etwas gelernt, hat sich früher mit Arbeit auf dem Bau über Wasser gehalten, war an der Front, wo er einen Fuß verloren hat. Er hinkt und ist für die schwere körperliche Arbeit auf Baustellen nicht mehr geeignet. Und nun weiß er nicht, was er machen soll, sieht, wie ich wohne, und hat das Gefühl, dass das Leben furchtbar ungerecht für ihn verläuft. Ich habe zwar nicht vor, mich weiterhin erpressen zu lassen, denn auch für ihn gäbe es andere Möglichkeiten, wenn er es versuchen würde. Allerdings ist er verbittert, hat in einem Krieg gekämpft, den er nicht wollte. Aber in den Krieg mussten wir alle, und jetzt ist es an uns, das Leben wieder in die Hand zu nehmen.«

»Lebt er auf der Straße?«

»Nein, in einer Unterkunft für Obdachlose.«

»Wenn ich das so höre, tut er mir auch leid.«

Arno drückte sacht ihre Finger, und sie blickte ihn an, lächelte zaghaft, dann sah sie auf die Uhr. »Wir müssen los, sonst verpassen wir den Zug.«

Sie erhoben sich, und Anita konnte Arno ansehen, wie erleichtert er war. Offenbar hatte er eine heftige Reaktion erwartet. Ganz unbegründet war seine Sorge nicht, aber das wollte Anita ihm nicht sagen. Ihr selbst war es gleich, aber Joachim war da ein anderes Kaliber. Aber ausgerechnet dem mussten sie es ja nicht auf die Nase binden. Wenn sie Wolfgangs Hilfe als Anwalt in Anspruch nahmen, setzte sie auf seine berufliche Verschwiegenheit. Überdies war Wolfgang nun nicht gerade einer seiner engsten Freunde.

Sie bekamen den Zug ganz knapp, hatten es gerade noch geschafft, zwei Billetts zu erwerben, und mussten rennen, um es noch zu schaffen, ehe die Türen geschlossen wurden. Außer Atem ließ sich Anita auf einen Sitz fallen.

»Wenn wir den verpasst hätten, wären wir zu spät zum Mittagessen gekommen.«

»Nicht gerade der optimale erste Eindruck.«

»Bei meiner Mutter ganz sicher nicht.« Anita nahm seine Hand und verschränkte die Finger in den seinen. Sie hielt den Blick aus dem Fenster gerichtet, betrachtete die Landschaft, die in schnellem Wechsel an ihnen vorbeizog, während sich ihr vor Aufregung der Magen hob.

In Bonn stiegen sie aus dem Zug, und zu Anitas Erstaunen stand ihre Mutter bereits an dem Gleis. Sie kam ihr entgegen und zog sie in die Arme. »Wie schön.« Dann sah Martha Kronberg Arno an, lächelte und wirkte, als überlegte sie. »Sind wir uns nicht schon begegnet?«

Es war wohl das Beste, es gleich zur Sprache zu bringen. Hier konnte ihre Mutter keine Szene machen, und falls sie Arno ablehnte, würden sie sich eben gleich in den Zug setzen und wieder zurückfahren. In dem Fall wäre Anita fertig mit ihrer Mutter. »Er ist Lehrer an meiner Schule.«

Martha Kronberg wirkte erstaunt, dann lächelte sie breit. »Also habe ich doch die richtige Entscheidung getroffen.« Sie streckte Arno die Hand entgegen. »Herzlich willkommen in unserer Familie.«

Inga schob ihr Fahrrad vom Hof, stieg auf und radelte los. Der Schnee war fast weggetaut, und die Wege waren matschig – es war die typische Trostlosigkeit, die sie immer empfand, wenn es nicht mehr richtig Winter war, aber auch noch nicht Frühjahr. Aber immerhin durfte sie wieder raus, das war ja schon einmal etwas, auch wenn ihre Mutter die Spaziergänge oder kurzen Radausflüge aufs Wochenende beschränkte.

Es tropfte von den Bäumen und war so feuchtkalt, dass Inga kurz anhielt, um sich die Mütze über die Ohren und den Schal über die Nase zu ziehen. Sie war mit Josh ein gutes Stück von ihrem Zuhause entfernt verabredet, da ihre Mutter ihr den Umgang mit ihm verboten hatte. Daher kam das Bushaltestellenhäuschen nicht infrage, und sie trafen sich an einem Wegekreuz, wohin Josh von der Haltestelle aus kam. Das Motorrad hatte sein Vater vorübergehend weggeschlossen, und natürlich durfte er nicht mit dem Auto fahren. Er stand an ein verwittertes Mäuerchen gelehnt da, und Inga ging das Herz schneller. Seit ihrem Unfall war es das erste Mal, dass sie sich sahen.

»Wie geht es dir?«, fragte er.

»Gut. Hattest du wenigstens ein schönes Weihnachten?«

»Ja, mein Vater hat sich mit dem Rohrstock ausgetobt und ein paar Tage Hausarrest verhängt, danach war es für ihn offenbar ausgestanden. Zu Silvester durfte ich wieder mitfeiern.«

»Hast du es gut. Meine Mutter ist furchtbar nachtragend.«

Sie gingen nebeneinanderher, und Inga schob ihr Fahrrad so, dass sie neben ihm laufen konnte. »Ich bin froh, dass ich wenigstens am Wochenende rausdarf. Sie übertreibt es wirklich.«

»Ich bin mir nicht sicher, ob mir längerer Hausarrest nicht auch lieber gewesen wäre, als mich in meinem Alter noch verprügeln zu lassen. Meinem Vater hat es im Nachhinein wohl leidgetan, das hat er zwar nicht so gesagt, aber man hat es ihm angemerkt. Es ist wirklich mit ihm durchgegangen.«

»Das tut mir leid.«

»Muss es nicht, ich denke, es wird nicht wieder passieren. Noch einmal würde ich es mir auch nicht gefallen lassen, ich war nur einfach noch zu geschockt von dem Unfall. Außerdem bin ich ohnehin vielleicht nur noch bis zum Sommer hier.«

Inga erschrak. »Du meinst in deinem Elternhaus?«

»Nein, ich meine hier, in Köln. Wie es aussieht, bekomme ich die Möglichkeit, in Berlin zu studieren.« Er lächelte, wirkte auf einmal schwärmerisch. »Das wäre schon toll. Ich war einmal dort, und es ist wirklich ein ganz anderes Leben, viel wilder und mit mehr Möglichkeiten.«

Mit einem Mal war jegliche Freude, die Inga angesichts des Treffens mit ihm empfunden hatte, dahin. Sie hatte doch gedacht, er würde in Köln bleiben, dass sie in derselben Stadt studierten, sich oft sahen, er vielleicht sogar hin und wieder mit zu ihr kam oder sie mit zu ihm, wo sie die Nacht zusammen verbrachten. All ihre Zukunftspläne hatten ihn eingeschlossen, und sie war sich sehr sicher, dass ihre Mutter ihr niemals ein Studium in Berlin erlauben würde. Selbst Köln stand kaum zur Debatte.

»Dann sehe ich dich ja gar nicht mehr«, war alles, was sie hervorbrachte.

»Ich komme doch zu Besuch, sicher nicht jedes Wochenende, dafür ist es einfach zu weit, aber in der vorlesungsfreien Zeit im Winter und im Sommer. Da sehen wir uns doch ganz bestimmt.«

Inga war so ernüchtert, dass sie nur nicken konnte. Sie war den Tränen nahe, und ihr erschien auf einmal die Zeit bis zum Abitur so entsetzlich lang. Was würde sie nur ohne ihn machen? Wenn sie in Köln studierte, so hatte sie sich niemals vorgestellt, dort allein zu sein, sie wollte mit ihm ausgehen, Spaß haben.

»Jetzt mach doch nicht so ein Gesicht, vor September reise ich ganz sicher nicht ab, da können wir uns doch noch ganz oft sehen. Und danach bin ich ja nicht aus der Welt.«

Aber doch unerreichbar für sie, so weit fort ... Da konnte er auch nach Amerika gehen, es würde keinen Unterschied machen. Inga atmete tief durch und kämpfte mit den Tränen. Von ihm kam nicht die geringste Andeutung, dass das zwischen ihnen mehr sein könnte als Freundschaft. Inga hingegen war sich in diesem Moment nur zu deutlich bewusst, dass ihr das nicht genügte. Wieder kämpfte sie mit den Tränen.

»Hey.« Er legte den Arm um sie, blieb stehen und sah sie an. »Ich komme doch zu Besuch, hm? Und dann erzählst du mir von der Schule, von deinem Abitur und davon, wie du das wilde Studentenleben genießt. Wir gehen abends aus und amüsieren uns.«

Inga sah zu ihm auf, spürte an ihrer Schulter seine Hand, die sie sacht an ihn drückte. Wenn je ein Moment ideal gewesen wäre für den ersten Kuss, dann dieser. Aber da war kein Verlangen von seiner Seite, das sah sie. In seinen Augen lag Wärme und Zuneigung, aber keine Sehnsucht, kein Blick auf ihre Lippen. Da war nichts Zögerliches, sondern eine offen dargebotene Freundschaft. Inga schluckte, spürte, wie sich eine Träne aus dem Augenwinkel löste, und wusste, es gab nur das oder gar nichts.

Helga saß in ihrem Zimmer und brütete über einem Text. Er musste besonders gut werden, denn sie hatte vor, sich damit bei der Zeitung zu bewerben. Das Kärtchen von Henriettes Bruder lag auf dem Tischchen, und wann immer Helga es ansah, kribbelte es in ihrem Bauch.

Henriette und Katharina waren an diesem Wochenende nach Hause gefahren, Anita besuchte zusammen mit Arno Hesse ihre Familie, und so befand sich Helga als Einzige aus ihrem Jahrgang noch hier. Sonst hatte sie das immer ein wenig bedrückend empfunden, aber nun genoss sie die Stille und das Gefühl, sich heimisch zu fühlen an diesem Ort. Sie mochte das Zimmer, dem sie und Anita im letzten halben Jahr ihren persönlichen Stempel aufgedrückt hatten – kleine Dekofiguren auf der Fensterbank, am Spiegel klemmten Postkarten von Filmstars, und viele Kleinigkeiten mehr zeigten, dass hier zwei Frauen mit ihrer jeweils eigenen Persönlichkeit lebten. Und mittlerweile freute Helga sich darauf, noch über zwei Jahre hier mit Anita zusammenzuwohnen.

Nachdem sie zwei Stunden lang geschrieben hatte, legte sie den Füllhalter beiseite und streckte die Finger. Ihr war nach einer Tasse Kaffee. Helga stand auf und knipste das Licht der Schreibtischlampe aus. Der Nachmittag war fortgeschritten, und da am Wochenende die gemeinsame Kaffeestunde ausfiel, war Helga seit dem Mittagessen nicht unten gewesen. Nicht mehr lange, und es wäre dunkel.

Die Kaffeeküche war leer, als Helga hineinging, um sich nach Rücksprache mit Frau Schmitz Kaffee aufzubrühen. Sie setzte Wasser auf, und während sie es auf der Kochstelle erhitzte, schüttete sie Kaffeebohnen in die Mühle und drehte die Kurbel, sodass ein mahlendes Geräusch erklang und sich das Aroma der Kaffeebohnen ausbreitete. Zu Hause hatte es immer guten Kaffee gegeben, darauf hatte die Mutter stets Wert gelegt. Beim Gedanken daran wurde Helga flau im Magen. Auf das Gespräch mit ihren Eltern freute sie sich nicht, aber noch war ja Zeit. Ihre veröffentlichte Geschichte hatte Edith Waltz zwar nicht eingerahmt und in die Eingangshalle gehängt, wohl jedoch ein Foto von Helga mit dem Heft in der Hand. Ihr war das ein wenig peinlich, aber die anderen fanden es schön. Die Zeitschrift lag im Salon aus.

Helga füllte den Kaffee in den Filter und wartete. Als das Wasser schließlich kochte, goss sie es über den Kaffee, sorgsam, damit es gleichmäßig hindurchlief. Danach schenkte sie sich eine Tasse ein und schob eine Wärmehülle auf die Kanne. Die Tasse auf der Untertasse balancierend verließ sie die Küche. Gerade als sie die Treppe zu ihrem Zimmer hinaufsteigen wollte, sah sie Inga Waltz. Ingas Augen wirkten ganz verquollen. Hatte sie etwa geweint?

Helga wusste nicht, wie sie nun am besten reagieren sollte – weder wollte sie mit Plattitüden kommen, noch indiskret nachfragen –, also schwieg sie und lächelte Inga nur freundlich an. Diese zwang ebenfalls ein Lächeln auf die Lippen, das etwas zittrig geriet. Kurz schien es, als wollte Inga etwas sagen, aber dann wandte sie sich ab und lief die Treppe hinauf.

Dass Joachim einiges zu Anitas Eheplänen zu sagen hatte, ahnte sie bereits, als er Arno mit zusammengekniffenen Augen musterte, während ihre Mutter die Neuigkeit verkündete. Noch hielt er sich zurück, wollte offenbar beim Mittagessen keine Diskussion vom Zaun brechen. Anita spürte, wie es in ihrem Magen flatterte, dabei musste sie sich keine Sorgen machen, denn Joachim hatte in dieser Hinsicht nun wirklich nichts zu melden.

Greta und Wolfgang hatten Arno mit einem freundlichen Lächeln begrüßt und schienen sich über Anitas Verlobung aufrichtig zu freuen, auch wenn sie ihre Überraschung kaum verbergen konnten. Annelis hingegen schien eine abwartende Haltung einzunehmen. Vielleicht, so dachte Anita ein wenig gehässig, wollte sie erst einmal sehen, wie ihr Ehemann reagierte, um ihm dann zur Seite zu stehen. Der kleine Georg war der Einzige, der normal und unbekümmert wirkte, auf Anita zulief, sie umarmte und Arno mit einem neugierigen Blick musterte, ehe er ihm artig die Hand gab.

Es gab Rinderfilet, was nach Anitas Dafürhalten nicht so recht zu der prekären finanziellen Lage ihrer Mutter passte. Vermutlich hatte sie Annelis oder Greta um Geld gebeten, um ein besonderes Menü aufzutischen. Sie hatte ein Drei-Gänge-Menü vorbereitet, als Vorspeise Tomatensuppe mit kross gebackenem Weißbrot, danach das Filet mit Beilagen und Salat, und zum Schluss eine feine Schokomousse.

Arno versicherte, wie wunderbar es schmeckte, was Anitas Mutter ein strahlendes Lächeln entlockte, denn so abgeklärt sie sich gerne gab, ein Lob aus berufenem Munde schmeichelte ihr durchaus. Alles in allem war es eine recht angenehme Atmosphäre, über der jedoch Joachims Schweigen wie eine Ankündigung nahenden Unheils hing. Anita fragte sich, ob sie das als Einzige wahrnahm oder ob auch ihre Mutter diesen Eindruck teilte und deswegen das Tischgespräch weitestgehend allein bestritt. Sie fragte nach Arnos Tätigkeit in der Schule, wollte wissen, was ihn dazu bewogen hatte, Koch zu werden, und gab sich überaus interessiert daran, wie seine Entscheidung, zu unterrichten, zustande gekommen war. Anita schalt sich selbst wegen ihrer Unruhe, denn wenn ihre Mutter Arno mochte, war die wichtigste Hürde ohnehin schon genommen. Aber sie mochte keine Dispute und ahnte, dass ein solcher auf sie zukommen würde. Wenn wenigstens Annelis auf ihrer Seite gewesen wäre, aber das war wohl zu viel verlangt.

Nach dem Mittagessen half Anita ihrer Mutter zusammen mit Greta und Annelis, den Tisch abzuräumen, während die Männer sich ins Wohnzimmer verzogen und der kleine Georg in den Garten ging, um zu spielen. Dabei hatte sie nun doch ein ungutes Gefühl, und sie hoffte, Joachim würde sich benehmen und Arno nicht ins Kreuzverhör nehmen.

»Mama, setz dich doch ruhig dazu«, sagte sie. »Wir machen das hier schon.«

»Macht das nicht einen seltsamen Eindruck, wenn ich mich nicht um meinen eigenen Haushalt kümmere?«

»Ach was, wir sind zu dritt.«

Möglicherweise verstand ihre Mutter, worum es Anita eigentlich ging, denn sie hatte keine weiteren Einwände und gesellte sich zu den Männern ins Wohnzimmer, während Anita die restlichen Teller abräumte und Annelis bereits das Spülwasser einließ.

»Dein Lehrer also, ja?«, sagte ihre älteste Schwester, ohne sich umzudrehen, als Anita die Küche betrat.

»Ja.«

»Ist das alles, was du dazu zu sagen hast?«

»Was sollte es dazu denn zu sagen geben?« Anita stellte den Tellerstapel neben der Spüle ab.

»Na ja, etwas seltsam ist es ja schon.« Mit einer Spülbürste bearbeitete Annelis die Gläser. »Du gehst sehr widerwillig auf diese Schule, und kaum ein halbes Jahr später willst du einen Lehrer heiraten. Du bist doch nicht etwa schwanger?«

»Natürlich nicht!«

»Dann verstehe ich es nicht.«

»Auf die Idee, ich könnte mich verliebt haben, kommst du nicht?«

»Ehrlich gesagt? Nein. Du bist doch viel zu flatterhaft, um dich ausgerechnet an einen Lehrer zu binden. Du warst immer schon das Prinzesschen, und ich kann mir einfach nicht vorstellen, was sich da geändert haben sollte.«

»Vielleicht hast du ja einfach den falschen Eindruck von mir«, schnappte Anita.

»Das bezweifle ich.«

»Mama hatte die Hoffnung«, sagte Greta nun, »dass du einen wohlhabenden Mann heiratest, der ihr hilft, das Haus zu halten.«

»Noch wohlhabender als Joachim, der das offenbar nicht als seine Aufgabe sieht?«, entgegnete Anita.

»Joachim muss unser eigenes Haus abbezahlen«, antwortete Annelis. »Darüber hinaus brauchen wir unsere Rücklagen selbst.«

»Na, vielleicht erginge es dem potenziellen reichen Ehemann ja genauso.«

»Da kann man Vereinbarungen treffen«, sagte Greta. »Er könnte das Haus für euch kaufen, damit bliebe es in der Familie. Mama könnte ihre Schulden bezahlen und in eine Wohnung ziehen oder aber mit euch im Haus wohnen.«

»Klar«, höhnte Anita. »Welcher Ehemann träumt nicht von einem Arrangement, in dem die Schwiegermutter ein Zimmer weiter schläft.«

»Ich habe es dir ja gesagt«, sagte Annelis an Greta gewandt. »Sie denkt nur an sich selbst.«

Anita spürte, wie ihr vor Zorn das Blut ins Gesicht stieg. »Also das ist doch nun wirklich das Letzte. Ihr habt die Männer geheiratet, die ihr heiraten wolltet. Und ich soll das nun nicht dürfen, weil Mama sich finanziell übernommen hat?«

»Sei nicht so respektlos ihr gegenüber. Sie hatte es beileibe nicht leicht. Und es ist nun einmal schwer verständlich, dass du dich auf einmal an diesen Mann binden möchtest, der noch dazu dein Lehrer ist. Was sollen denn die Leute denken?«

»Das ist mir gleich.«

»Uns aber nicht.«

Anita wandte sich an Greta. »Ich dachte, wenigstens du wärst auf meiner Seite.«

»Ich bin auf deiner Seite, was aber nicht bedeutet, dass ich jede deiner Ideen gutheiße.« Greta trocknete einen Teller ab und reichte ihn Anita.

»Was ist eigentlich euer Problem? Erst wollt ihr, dass ich ernsthafter werde, dann verlobe ich mich und …«

»Verloben?«, ging Annelis dazwischen. »Das kannst du gar nicht so einfach ohne das Einverständnis deiner Familie.«

»Und ob ich das kann, ich bin volljährig, ob es dir passt oder nicht. Abgesehen davon war Mama keineswegs abgeneigt.«

»Ob sie das später immer noch für eine gute Idee hält, wird sich zeigen«, entgegnete Annelis. »Vermutlich ist sie erst einmal erleichtert, dass du überhaupt einen Heiratskandidaten anschleppst.«

»Ich bin kein Hund, der irgendetwas von der Straße anschleppt!«

Annelis antwortete nicht, aber der Blick, den sie mit Greta tauschte, war vielsagend und entfachte in Anita die so vertraute Wut der kleinen Schwester, deren Ideen von den Älteren als Kinderei abgetan wurde. Anita machte auf dem Absatz kehrt und verließ die Küche. Sollten die beiden sich doch allein ums Aufräumen kümmern.

»Wo gehst du hin?«, hörte sie Greta noch rufen, aber das ignorierte sie.

Im Wohnzimmer war die Stimmung besser, als sie erwartet hatte. Entweder teilte Wolfgang die Bedenken seiner Ehefrau nicht, oder aber er wahrte den Schein familiärer Harmonie, denn er unterhielt sich sehr nett mit Arno darüber, wie dieser zu seiner Arbeit als Lehrer gekommen war. Joachim schwieg, schien immer noch in abwartender Position zu verharren.

»Seid ihr schon fertig?«, fragte ihre Mutter verwundert, als Anita eintrat.

»Nein, aber Annelis und Greta waren der Meinung, dass sie es allein schaffen und ich mich lieber zu Arno setzen sollte.« Sie lächelte ihn an, was er erwiderte.

»Ach, das ist ja reizend«, entgegnete ihre Mutter. »Herr Hesse hat uns gerade erzählt, dass er im Krieg auch im Bereich der Truppenversorgung tätig war.«

»Wobei die gehobene Küche da sicher weniger gefragt war«, sagte Joachim.

»Nein, das sicher nicht«, stimmte Arno zu. »Aber es schadete auch nicht, die Speisen mit Sorgfalt zuzubereiten.«

»Und es war sicher besser, als den Kopf im Krieg selbst hinzuhalten.«

»Das habe ich durchaus, bis er mir beinahe weggeschossen worden wäre. Während ich kampfuntauglich war, habe ich mich um die Verköstigung der Soldaten gekümmert.«

»Verstehe«, antwortete Joachim. »Und nach dem Krieg erschien es Ihnen naheliegender, jungen Frauen Kochunterricht zu geben, anstatt in die gehobene Gastronomie zu gehen? Ein junger Kerl wie Sie, der beruflich noch alle Möglichkeiten hat?«

Arno lächelte. »Es sprach einiges dafür, in die Gastronomie zu gehen, das stimmt. Aber zu der Zeit suchte Edith Waltz nach Lehrern, ich kam gerade aus dem Krieg, meine ganze Familie war tot und ich allein. Da erschien mir die Möglichkeit, in einem schönen Haus zu leben, umgeben von Menschen, die die gleichen Interessen teilen, durchaus erstrebenswert. Zunächst war es nur als Übergangslösung gedacht, aber dann habe ich festgestellt, dass mir das Unterrichten Spaß macht.«

Joachims Lächeln hatte etwas Süffisantes. »Das glaube ich sofort. All die jungen Damen, bei denen man sein Glück versuchen kann.«

»Also ich muss doch sehr bitten, Joachim!«, ging Martha Kronberg dazwischen. »Was ist denn das für ein Benehmen?«

»Wunderst du dich nicht, wie schnell er unsere Anita an der Angel hatte?«

»Mich hat überhaupt niemand an der Angel«, fuhr Anita ihn an.

»Ach, ich bitte dich. Die ganze Zeit tändelst du herum, kannst nur äußerst widerwillig dazu bewegt werden, überhaupt zur Schule zu gehen, und nun möchtest du Hals über Kopf einen deiner Lehrer heiraten? Warum? Bist du schwanger?«

»Joachim, das reicht jetzt«, kam es von Wolfgang. »Ja, mich wundert es auch, wie schnell das geht, aber das ist kein Grund, sie so bloßzustellen.«

»Herr Hesse, ich muss für meinen Schwiegersohn um Verzeihung bitten. Hin und wieder schießt er in seinem Beschützerinstinkt für unsere Familie über das Ziel hinaus.«

Arno neigte den Kopf. »Das verstehe ich durchaus.«

»Außerdem«, sagte Anita, »habt ihr mir doch ständig in den Ohren gelegen, ich solle ernsthafter werden und möglichst bald heiraten. Nun entscheide ich, nach meiner Ausbildung Lehrerin zu werden, und möchte mich darüber hinaus verloben, und es passt wieder nicht.«

»Du möchtest Lehrerin werden?« Ihre Mutter konnte die Überraschung nicht verhehlen. »Seit wann das?«

»Ich koche gerne, und es ist eine Möglichkeit, auf eigenen Beinen zu stehen.«

»Was doch gar nicht nötig ist, wenn du beabsichtigst, zu heiraten«, kam es von Joachim.

»Natürlich ist es das«, widersprach Anita. »Ich möchte für mich selbst sorgen können, und da fügt es sich gut, wenn ich als fertige Absolventin in der Schule als Lehrerin anfangen kann.«

»Na, das haut mich jetzt um«, antwortete ihre Mutter. »Das verblüfft mich noch mehr als dein Wunsch, zu heiraten.«

Anita griff nach Arnos Hand und drückte sie leicht. »Joachim, mir ist es gleich, was du dazu sagst. Wir werden heiraten, und in zwei Jahren bewerbe ich mich an der Schule von Edith Waltz. Wenn dir das nicht passt, ist das dein Pech. Dann gehen wir uns bei künftigen familiären Veranstaltungen wohl besser aus dem Weg.«

In Joachims Gesicht zuckte es, und Anita sah, wie es in ihm arbeitete, denn er hasste es, wenn seine männliche Überlegenheit infrage gestellt wurde. Immerhin schwieg er jetzt. Als bald darauf Annelis und Greta ins Wohnzimmer kamen und ein Tablett mit Kaffeegeschirr hineintrugen, befürchtete Anita, dass der Disput nun aus anderer Richtung aufflammte, aber Annelis sagte nichts, setzte sich zu Joachim, während Greta den Kaffee einschenkte und Arno fragte, wie er ihn trank.

Anita wechselte einen kurzen Blick mit ihrer Mutter, die ihr zunickte, als wollte sie sie beruhigen. Das letzte Wort in der Sache hatte sie, und gleich, was Annelis und Greta sagten,

Martha Kronberg war keine Frau, die sich von einem ersten Impuls leiten ließ, wenn es um etwas Wichtiges wie eine Ehe für ihre Jüngste ging. Offenbar freute sie sich wirklich, und zudem hatte sie nicht widersprochen, als Anita davon erzählt hatte, Lehrerin werden zu wollen. Anita entspannte sich und lächelte Arno zu, der gerade die Tasse von Greta entgegennahm. Endlich fühlte sich alles genau richtig an.

Kapitel 17

Der Mai kam mit verschwenderischer Pracht, und Anita konnte sich kaum sattsehen an dem Garten, mit seinen sattgrünen Rasenflächen, den Blüten und Knospen rankender Rosen in allen Farbschattierungen von Weiß bis Dunkelrot. Blumenrabatten zeigten sich in bunter Üppigkeit. Anita liebte den Mai, nun ganz besonders, da er mit dem Sommer auch die Verheißung künftigen Eheglücks mit sich brachte.

»Du hast aber gute Laune«, stellte Antonia fest, als sie zum Kaffee auf der Terrasse saßen.

Sie hatte ihren Freundinnen noch nicht von Arno erzählt, da Edith Waltz in ihren Bedingungen sehr eindeutig gewesen war. Sie wollte keine Unruhe unter den Frauen, und so würde es zwar eine offizielle Verlobung geben, damit alles seine Ordnung hatte, aber heiraten durften sie erst, wenn Anita fertig ausgebildet war. Keinesfalls konnte eine ihrer Schülerinnen mit einem der Lehrer im selben Zimmer wohnen – verheiratet oder nicht! Das würde auf die Eltern doch gar zu frivol wirken.

»Würdest du nicht gerne bald schon heiraten?«, hatte Helga gefragt.

»Doch, aber es geht nun einmal nicht anders.«

Und wenn Anita so darüber nachdachte, hatte es ja auch sein Gutes, dass sie warten mussten. Sie freute sich darauf, die nächsten zwei Jahre mit ihren Mitauszubildenden auf derselben Etage zu wohnen, sich mit Helga ein Zimmer zu teilen und dazuzugehören. Wenn sie mit Arno zusammenlebte, wäre sie irgendwie nicht mehr Teil der Gemeinschaft. Um

Gerede zu vermeiden, hielt sie sich von Arno fern, aber verhindern konnte sie dennoch nicht, dass getuschelt wurde. Dass die Beziehung zwischen ihnen den anderen Schülerinnen nicht verborgen blieb, bemerkte Anita jetzt, als er zusammen mit Lena Heinrichs hinaustrat. Der kurze Blick, das zärtliche Lächeln, das sie erwiderte, ehe er sich wieder seinem Gespräch zuwandte – es wäre wohl naiv gewesen, anzunehmen, dies könne auf Dauer allen verborgen bleiben.

»Da läuft doch etwas zwischen dir und Arno Hesse«, sagte Marlene unvermittelt. »So, wie er dich ansieht.«

»Mit einem Lehrer?« Linda taxierte Anita. »Das wäre ja was.«

»Er ist nicht unser Lehrer«, war das Erste, das Anita zu sagen einfiel. Die falsche Antwort, wie sie nun bemerkte.

»Also hat Marlene recht?«, fragte Katharina. »Ich hatte mir ja auch so etwas gedacht, konnte mir aber nicht vorstellen, dass du dich wirklich darauf einlässt.«

»Was soll das denn heißen?« Anita klang feindseliger als beabsichtigt.

»Na, ich rede von einer Affäre mit einem Lehrer. Was versprichst du dir davon?« Auch Marlene klang nun ziemlich schnippisch.

»Ich habe keine *Affäre*. Und selbst wenn, ginge es dich überhaupt nichts an.«

»Na, wenn du bessere Noten erhältst, weil du mit einem der Lehrer schläfst, ist das allen anderen gegenüber ungerecht.«

»Wie gesagt, er ist nicht unser Lehrer. Außerdem habe ich keine Affäre.«

»Und warum schaut ihr euch dann so an?«, wollte Linda wissen.

»Kümmere dich doch einfach um deine eigenen Angelegenheiten«, entgegnete Antonia an Anitas Stelle.

Linda hob die Brauen, schwieg dann aber endlich, und auch Marlene sagte nichts mehr. Henriette lenkte die Unterhaltung auf die kommende Abschlussfeier der Absolventinnen des dritten Jahrgangs, und schon bald drehten sich die Gespräche um das kommende Jahr, in dem sie in der Kunst der feinen und gehobenen Küche ausgebildet würden. Auf dieses Jahr freute sich sogar Anita, denn es bedeutete, dass sie mehr in der Küche arbeiten würden, während die Kurse, denen sie nichts abgewinnen konnte – Säuglingspflege und Handarbeit –, nicht mehr stattfanden.

»Vielleicht benötigst du die Säuglingspflege ja schneller, als du denkst«, hatte Helga am Vorabend noch zu ihr gesagt, aber Anita hatte das abgetan. Auf gar keinen Fall wollte sie direkt ein Kind. Sie wusste nicht einmal, ob sie überhaupt eins wollte. Mit Arno hatte sie darüber noch nicht gesprochen, aber vielleicht sollte sie das tun. Sonst ging er womöglich davon aus, dass sie direkt loslegen wollte mit den Mutterpflichten. Aber hätte er dann vorgeschlagen, dass sie Lehrerin werden könne?

Als Anita nach der Kaffeestunde noch für eine Zigarette unter der Ulme stand, ehe es mit dem theoretischen Unterricht weiterging, gesellte sich Antonia zu ihr.

»Dieser Mann, von dem du gesprochen hast, der, mit dem du schläfst, das ist aber nicht zufällig Arno Hesse?«

Anita rauchte schweigend weiter, denn weder wollte sie es so einfach eingestehen, noch wollte sie Antonia, die sie sehr schätzte, anlügen.

»Du sagtest, du hättest keine Affäre mit ihm.«

»Das habe ich auch nicht. Wir werden heiraten.«

Das verschlug Antonia, die sonst nicht um Worte verlegen war, die Sprache. Sie sah Anita an, blinzelte und schien zu überlegen, was sie darauf entgegnen sollte.

»Vermutlich können wir es ohnehin nicht mehr lange

geheim halten, aber wir versuchen es, solange es geht. Edith Waltz weiß es, meine Mutter ebenfalls. Es sind also keine Heimlichkeiten oder so.«

»Und Edith Waltz billigt, dass du mit ihm schläfst?«

»Nein, das natürlich nicht. Sie hat jede Zärtlichkeit zwischen uns innerhalb der Schulmauern strengstens untersagt.«

»Woran ihr euch selbstverständlich haltet.«

»Na ja, mittlerweile schon. Wir wollen keinen Unmut riskieren. Es war ohnehin ein Glücksfall, dass es sich so gut gefügt hat.«

»Wann werdet ihr heiraten?«

»Nach meinem Abschluss. Ich möchte ihn gerne noch gemeinsam mit euch machen.«

»Das freut mich sehr. Also nicht, dass ich es dir nicht gegönnt hätte, aber ich bin doch froh, dass du uns erhalten bleibst.«

Anita rauchte zu Ende und drückte den Stummel aus. »Zwischen uns ändert sich aber nichts, oder?«

»Von mir aus kann alles bleiben, wie es ist.«

Anita lächelte, drückte sacht den Arm ihrer Freundin, ehe sie gemeinsam zurück zum Haus gingen, wo sie nun eine Doppelstunde Ernährungslehre bei Rita Englert hatten. Als sie den Raum betraten, saßen die anderen sechs schon auf ihren Plätzen, und Anita fand, dass der Blick, den Marlene ihr zuwarf, fast schon feindselig war. Selbst wenn Anita mit Arno schlief – was ging Marlene und die anderen das an? Sie hatte doch keinen Nachteil dadurch. Oder war sie womöglich selbst heimlich verliebt in ihn und nun schlicht und ergreifend neidisch? Anita ignorierte den Blick ihrer Mitschülerin und ging zu ihrem Platz, wo sie sich neben Katharina niederließ. Über kurz oder lang würden sie es offiziell verkünden, das würde hoffentlich all den Anfeindungen den Wind aus den Segeln nehmen.

Jeden Morgen, wenn die Post kam, spürte Helga die Nervosität im Bauch. Sie hatte die Leseprobe an die Zeitung geschickt, eine Geschichte, an der sie intensiv gefeilt hatte und mit der sie zunächst sehr zufrieden gewesen war. Mittlerweile hatte sie bereits vierzehn Nächte damit verbracht, sie zu zerlegen, und war zu dem Schluss gelangt, dass es zu dem Schlechtesten zählte, was sie je verfasst hatte. Waren die Wendungen nicht gar zu offensichtlich? Die Sprache zu einfach? Hatte der Text überhaupt Sprachwitz? Helga war mittlerweile davon überzeugt, dass Henriettes Bruder seinen Vorstoß bedauerte und die Sache einfach totschwieg. Er hatte sie für ein Talent gehalten, und sie hatte diese Erwartung nicht erfüllt. Das geschah ständig überall auf der Welt, und entweder, man lernte, damit zu leben, oder aber man verbrachte die Zeit damit, über die verpasste Möglichkeit nachzugrübeln, um es beim nächsten Mal besser zu machen.

Dann wieder dachte sie daran, wie gerne – wie furchtbar gerne! – sie Schriftstellerin sein wollte, und schon war es um ihre guten Vorsätze geschehen. Sollte sie einen neuen Text einreichen? Einen besseren? Wäre das aufdringlich? Oder zeigte sie damit Einsatz? Wirkte sie dadurch gar verzweifelt? Helga wusste es nicht, und sie wollte Henriette auch nicht darauf ansprechen.

Immerhin gab es da ja auch noch die Heiratspläne, allerdings waren die in den letzten Wochen zunehmend in den Hintergrund gerückt, während Helga an ihrem Text gearbeitet und sich eine Zukunft als Schriftstellerin ausgemalt hatte. Die Vorstellung, wie sie in einer gemütlichen Wohnung saß, schrieb und sich ihr eigenes kleines Domizil einrichtete, erschien plötzlich um so vieles reizvoller als eine Ehe mit irgendeinem reichen Mann. Wenn sie es in den kommenden zweieinhalb Jahren schaffte, sich zu etablieren, dann könnte sie finanziell womöglich auf eigenen Beinen stehen. Und in Ruhe darauf warten, dass sie den Richtigen kennenlernte. Natürlich würde sie auch weiterhin die Augen offen halten, aber es war nicht mehr so, dass sie unbedingt einen Mann brauchte, um den Plänen ihrer Eltern zu entkommen. Vielleicht gelang ihr das auch allein.

Abends saßen Antonia, Henriette und Katharina mit ihnen auf dem Zimmer und unterhielten sich über irgendeinen Franz, den Katharina letztes Wochenende bei ihren Eltern kennengelernt hatte. Helga lauschte nur mit halbem Ohr, indes sie halb in den Kissen lag und den Blick versonnen ins Leere gerichtet hatte. Während Katharina plauderte, kam es Helga so vor, als würde sich das Leben wieder einmal für jeden fügen, nur sie, Helga, strampelte sich vergebens ab. Hoffentlich quälte sie sich hier nicht zwei weitere Jahre in der Küche für nichts und wieder nichts. Wenn sie zumindest die Gewissheit hätte, dass ihr danach der Weg als Schriftstellerin offenstand, dann könnte sie all das leichter ertragen. Sie musste nicht in der Küche brillieren, denn sie wusste, dass ihre Talente woanders lagen. Doch obwohl sie diesen Traum bereits in erreichbarer Nähe gewähnt hatte, entrückte er ihr nun wieder, und die Vorstellung, verheiratet zu sein und dabei nichts weiter als eine Ehefrau und Mutter zu sein, kam ihr mit einem Mal auch nicht mehr so verlockend vor.

»Warum schaust du so finster drein?«, fragte Henriette. »Gibt es schlechte Neuigkeiten?«

Helga blinzelte. »Nein, alles bestens. Ich war nur in Gedanken.«

»Was macht die Schreiberei?«, kam es nun von Antonia. »Hast du mittlerweile von der Zeitung gehört?«

»Nein, bisher noch nicht.«

»Daher die Leichenbittermiene?«, mischte sich nun auch

Katharina ein. »Wenn es so lange dauert, heißt es wohl, der Text ist durchgefallen?«

»Was heißt denn lange?«, wollte Henriette wissen.

»Zwei Wochen.«

Henriette winkte mit einer knappen Handbewegung ab. »Ach, das ist doch noch gar nichts. Die haben immer so furchtbar viel zu tun, da kann das schon ein wenig dauern. Du hörst ganz bestimmt noch was. Mein Bruder meldet sich auf jeden Fall, auch wenn es um eine Absage ginge, was ich mir allerdings nicht vorstellen kann, da ihm deine Art zu schreiben wirklich gefallen hat.«

Die Erleichterung fuhr kribbelig durch Helgas Brust und veranlasste sie zu einem breiten Lächeln.

»Soll ich ihn mal fragen?«, bot Henriette an.

»Nein, lass nur«, antwortete Helga, die keinesfalls den Eindruck erwecken wollte, sie würde ihre Freundin vorschicken. Das konnte nur aufdringlich wirken.

»Sag mal«, wandte sich Katharina, deren Interesse an Helga sich nun offenbar erschöpft hatte, an Anita, »ist da wirklich nichts zwischen dir und Herrn Hesse? Melanie Voigt erzählte, sie hätte euch draußen beim Rauchen gesehen, und ihr hättet *sehr* vertraut gewirkt.«

»Ach, Himmel.« Anita verdrehte die Augen. »Können sich nicht alle einfach um ihren eigenen Kram kümmern? Und was geht es die überhaupt an? Die ist doch froh, wenn ich die Finger von ihrem Bruder lasse.«

»Na ja, er sieht ja schon gut aus«, sagte Katharina. »Verstehen könnte ich es, allerdings wäre mir das Risiko zu groß. Wenn die Waltz euch erwischt, war es das, sowohl für dich als auch für ihn.«

»Mach dir keine Sorgen.« Anita wirkte genervt.

Als sie eine Stunde später wieder allein waren, ließ sich

Anita aufs Bett fallen. »Das ist wohl ein kleiner Vorgeschmack darauf, was mir blüht, wenn die Sache offiziell wird.«

»Ja, aber damit musstest du wohl rechnen, nicht wahr?«

»Ich wünschte, wir könnten es einfach geheim halten bis zum Ende meiner Schulzeit.«

»Wie du siehst, ist das wohl kaum möglich. Aber sie werden sich früher oder später schon daran gewöhnen. Und da er nicht unser Lehrer ist, können sie dir nicht vorwerfen, dass du bevorzugt wirst.«

Anita schloss die Augen und massierte sich die Schläfen. »Allerdings könnten sie behaupten, dass seine Kollegen mir gegenüber wohlwollender sind.«

»Na, da dürfte wohl eher das Gegenteil der Fall sein.«

Anita blinzelte. »Was meinst du damit?«

»Kannst du dir vorstellen, dass eine Rita Englert oder ein Raymund Keller dich bevorzugt, weil Arno Hesse sich mit dir eingelassen hat? Ich beim besten Willen nicht.«

Anita schwieg, dann seufzte sie. »Ich wünschte, die Leute würden sich endlich einzig und allein um ihre eigenen Probleme kümmern.«

»Was ist eigentlich mit deinen Schwestern? Haben sie sich mittlerweile damit abgefunden, dass du ihn heiraten wirst?«

»Es bleibt ihnen ja wohl kaum etwas anderes übrig. Ich habe sie allerdings seit dem Tag, an dem ich ihnen Arno vorgestellt habe, nicht mehr gesehen. Kann also sein, dass sie immer noch überlegen, wie sie die Hochzeit am besten verhindern.«

»Aber zwischen dir und deiner Mutter läuft es doch wieder gut, oder? Warum besuchst du sie dann nicht mal und hörst dir an, wie deine Familie mittlerweile zu deinen Plänen steht?«

»Ich habe mich an die Unabhängigkeit hier gewöhnt und gar nicht den Wunsch, ständig nach Hause zu fahren. Aber mal schauen, vielleicht besuche ich meine Mutter nächstes

Wochenende tatsächlich. Vorausgesetzt, meine Schwestern ersparen mir dann weitere Tiraden.«

»Ich habe es mir immer wundervoll vorgestellt, Schwestern zu haben.«

»Das ist es auch. Allerdings ist es problematisch, wenn man die Jüngste ist und in den Augen der Älteren nie wirklich erwachsen wird. Vielleicht sollte ich mich tatsächlich hin und wieder zu Hause blicken lassen. In zwei Monaten sind Ferien, und dann werde ich gar nicht darum herumkommen, zu Hause zu wohnen und auch meine Schwestern mit ihren Ehemännern regelmäßig zu sehen.«

Helga ließ sich an ihrem Schreibtisch nieder. Vor ihr lag ein Stapel beschrifteter Blätter, Entwürfe für Geschichten, damit sie etwas vorweisen konnte, wenn sich Henriettes Bruder meldete.

»Sollen wir uns demnächst mal wieder auf die Suche nach einem passenden Ehemann für dich begeben?«, fragte Anita. »Oder hast du, was Henriettes Bruder angeht – wie heißt er noch mal? –, doch Feuer gefangen?«

»Gerrit Korbach heißt er. Ich bin ihm sehr dankbar für die Möglichkeit, die er mir eröffnet hat. Aber ich bleibe dabei, dass als Ehemann nur ein Mann infrage kommt, der dem Leben mit dem nötigen Ernst begegnet und sich nicht erst die Hörner abstoßen muss.« Sie sog die Unterlippe ein und dachte nach. »Weißt du«, sagte sie schließlich, »ich bin mir gar nicht sicher, ob ich das mit der Suche jetzt wirklich noch so vorantreiben will. Auch, wenn die Zeitung mir absagt, weiß ich nun, was möglich ist. Vielleicht funktioniert es woanders, und ich wäre damit unabhängig und könnte für mich selbst sorgen.«

»Was einen Ehemann überflüssig macht.«

»Na ja, heiraten möchte ich schon, aber dann könnte ich unter anderen Voraussetzungen suchen.«

»Klingt vernünftig.« Anita streckte sich. »Himmel, bin ich müde.«

»Habt ihr euch letzte Nacht doch gesehen?«

»Nein, ich habe ganz profan nicht einschlafen können. Mir geht so viel im Kopf herum.«

»Wegen deiner Familie?«

»Ja, obwohl ich mir sage, dass meine Schwestern und Joachim ohnehin nichts tun können, und meine Mutter hat sich mit Arno gut verstanden.«

Helga stand auf. »Na, wenn sie weiterhin auf deiner Seite ist, dann ist es ja gut.«

»Jetzt muss es nur noch hier klappen, ohne, dass eine der Lehrerinnen oder Herr Keller uns da irgendwie in die Parade fährt.«

»Das wird wohl funktionieren wie bei deinen Schwestern und deiner Mutter – Edith Waltz wird ein Machtwort sprechen.«

Da es nun einmal irgendwann offiziell werden musste, hatte sich Arno für die Ankündigung seiner Ehe im Kollegenkreis diesen Abend ausgesucht. Edith Waltz würde ebenfalls zugegen sein, damit gleich klar war, dass hier nichts hinter ihrem Rücken geschah. Sie fanden sich im hübsch eingerichteten Aufenthaltsraum ein, dessen Mobiliar letztes Jahr modernisiert worden war, mit einem Ledersofa an der rechten Wand, Clubstühlen mit schlanken Beinen, die sich um einen niedrigen Tisch gruppierten, einem Bücherregal und einem glänzend polierten Vitrinenschrank aus Eiche, der Kaffee- und Teegedecke aus Porzellan enthielt. Damit die Sache nicht ganz so förmlich wirkte, hatte Arno einen kleinen Imbiss aus verschiedenen belegten Broten vorbereitet, die er nun auf einem Servierwagen ins Zimmer schob, wo ihn alle erwartungsvoll ansahen.

»Du machst es aber spannend«, sagte Lena, die auf einem Stuhl saß, ein Bein elegant über das andere gelegt.

»Das war nicht meine Absicht.« Arno lächelte und stellte dabei fest, dass er nervöser war als gedacht. »Ich werde heiraten.«

»Gratuliere«, antwortete Lena. »Das ist wunderbar.«

»Erklärt aber nicht, warum wir alle hier zusammensitzen«, fügte Raymund Keller hinzu. »Auch wenn ich mich den Glückwünschen natürlich anschließe.«

»Meine Verlobte ist Auszubildende in diesem Institut, eine junge Frau im ersten Jahr.«

Jetzt herrschte Schweigen. Raymund Keller hatte die Brauen skeptisch zusammengezogen, Rita Englert schüttelte den Kopf, Hanne Mohnschaus Schweigen schien reine Missbilligung auszudrücken, und Lena zündete sich stumm eine Zigarette an.

»Sie bandeln mit unseren Auszubildenden an?«, sagte Raymund Keller schließlich. »Ungeachtet aller Konsequenzen, die uns vonseiten der Eltern drohen können?«

»Ihre Familie weiß Bescheid, ich war dort und habe mich offiziell vorgestellt, nachdem ich Frau Waltz alles erzählt habe. Ich weiß, dass das etwas, hm, unkonventionell ist, aber es ist nun einmal passiert. Wir haben uns ineinander verliebt und möchten heiraten.«

»Wie konnten Sie einander eigentlich so gut kennenlernen?«, fragte Rita Englert. »Sind Sie mit der jungen Frau ausgegangen? Sie wissen, dass Ihnen das nicht gestattet ist.«

»Wir haben uns hin und wieder draußen gesehen, wenn wir geraucht haben, sind miteinander ins Gespräch gekommen. Und dann haben wir uns am Wochenende, außerhalb der Schulzeit in einem Café in Köln getroffen. Daran ist nichts auszusetzen. Sie ist schließlich nicht mehr minderjährig.«

»Wer ist es?«, fragte Lena. »Wobei ich glaube, es bereits zu ahnen.«

»Anita Kronberg.«

»Ich weiß wirklich nicht, was ich davon halten soll.« Rita Englert saß auf dem Sofa und taxierte ihn. Hanne Mohnschau schürzte die Lippen, wirkte, als wollte sie etwas sagen, tat es dann aber doch nicht.

»Wie gesagt«, mischte sich nun Edith Waltz ein, »die junge Dame ist erwachsen, und wir alle befürworten doch den Weg in eine Ehe.«

»Aber doch nicht unter diesen Umständen.«

»Auf diesem Wege jemanden kennenzulernen ist doch sehr naheliegend«, verteidigte sich Arno. »Sie hätte sich auch in den Bruder einer ihrer Mitauszubildenen verlieben können.«

»Das wäre sicher weniger anstößig gewesen«, entgegnete Raymund Keller. »Die Eltern werden denken, Sie stellten den Frauen nach.«

»Wenn das meine Absicht gewesen wäre, hätten sich in den letzten Jahren wohl Gelegenheiten genug ergeben.«

»Er möchte sie heiraten«, sagte Lena zu den anderen. »Ihre Familie weiß Bescheid, und ich denke, damit sollte es gut sein. Wenn überhaupt, hätten ihre Angehörigen allen Grund, empört zu sein, weil sie sich auf einen der Lehrer eingelassen hat. Da sie das aber offenkundig nicht sind, sehe ich nicht ein, was es bringen soll, den beiden nun das Leben schwer zu machen. Und seien wir ehrlich, im Grunde genommen ist es doch das Naheliegendste, eine Ehefrau an seinem Arbeitsplatz zu finden. Ich könnte die Vorbehalte verstehen, wenn es eine seiner Schülerinnen wäre, aber er unterrichtet sie nicht einmal.«

Dankbar nickte Arno ihr zu. »Wir werden erst heiraten, wenn sie ihre Ausbildung abgeschlossen hat.«

»Und so lange wollen Sie es geheim halten?«, fragte Rita Englert. »Das klappt doch niemals.«

»Da es dafür Fingerspitzengefühl benötigt, warte ich noch den richtigen Zeitpunkt ab, die Sache offiziell zu machen. Vielleicht im kommenden Schuljahr. Die Neuankömmlinge, die dann wieder meiner Obhut unterstehen, kennen es dann nicht anders.«

»Ich weiß ja nicht, ob Liebesbekundungen zwischen Auszubildender und Lehrer sich wirklich gehören«, kam es von Hanne Mohnschau. »Das hat doch etwas Anstößiges.«

»Es wird keine öffentlichen Liebesbekundungen geben«, erklärte Edith Waltz, ehe Arno antworten konnte. »Beide werden sich diskret verhalten. Und sobald die junge Dame ihre Ausbildung beendet hat, wird die Sache hier wohl auch kein Thema mehr sein.«

»Für die Eltern möglicherweise schon.« Rita Englert wollte keine Ruhe geben.

»Eine Verlobung und Hochzeit ist nichts, woran man Anstoß nehmen könnte«, antwortete Edith Waltz. »Wie gesagt, ihre Familie ist einverstanden, und somit hat alles seine Ordnung.«

Arno sah, dass Rita Englert und Raymund Keller nicht überzeugt waren, aber sie widersprachen nicht länger. Hanne Mohnschau wirkte ein wenig vergrätzt, aber auch sie schwieg. Lena lächelte ihm zu.

Als er eine halbe Stunde später auf sein Zimmer ging, war er froh, dieses Gespräch nun endlich hinter sich gebracht zu haben. Nun saß er auf seinem Zimmer und dachte an das ebenfalls wenig erfreulich verlaufene Treffen mit Ernst. Der war keineswegs gewillt gewesen, auf die Einnahmequelle zu verzichten, aber Arno hatte ihm erklärt, dass zu der gut situierten Familie seiner Frau auch ein Anwalt zählte. Die Vorwürfe, er sei ein Schwarzhändler gewesen, müsste Ernst erst einmal beweisen, und mit der Familie seiner Ehefrau im Rücken sei klar, wem man glauben würde.

Dabei war sich Arno seiner Sache gar nicht so sicher. Er konnte sich nur zu gut vorstellen, wie dieser Joachim reagierte, wenn er von Arnos Vergangenheit erfuhr. Und auch seine künftige Schwiegermutter wäre womöglich wenig erfreut. Der Ehemann von Anitas Schwester Greta war zwar offener und freundlicher gewesen, aber dass er ihn öffentlich gegen diese Anschuldigung verteidigte, konnte sich Arno eigentlich nicht so recht vorstellen. Aber wie auch immer, er hoffte, dass die Worte Wirkung zeigten und es gar nicht erst zu einer unerfreulichen Begegnung kam. Ernst hatte sich seither nicht mehr gemeldet, und das war ja immerhin etwas.

Arno nahm seine Zigaretten und ging nach draußen, um unter der Ulme zu rauchen. Alles in allem schien er recht glimpflich aus der ganzen Sache herausgekommen zu sein. Ernst würde ihn vielleicht wirklich in Ruhe lassen, Anitas Mutter schien ihn zu mögen, und seine Kolleginnen und Raymund Keller waren zwar nicht gerade angetan, aber sie würden sich daran gewöhnen. Wenn Rita Englert und Raymund Keller erst in den Ruhestand getreten waren und an ihrer Stelle Anita und eine andere – hoffentlich junge und moderne – Lehrkraft antrat, würde der ganze Umstand, unter dem seine Ehe zustande gekommen war, keine Rolle mehr spielen.

Die Tür ging auf, und der Lichtschein fiel auf den Hof. Im nächsten Moment trat Anita hinaus, sah sich um, und ihre Blicke trafen sich. Sie schloss die Tür, und im schwachen Licht der Außenbeleuchtung konnte Arno ihr Lächeln nur erahnen. In diesem Augenblick war er sich so gewiss wie nie zuvor, dass alle Steinchen seines Lebens an ihren richtigen Platz rutschten.

Epilog

Das Schuljahr ging feierlich zu Ende. Am letzten Tag wurden die Schülerinnen des dritten Jahrgangs verabschiedet, und da das Wetter herrlich war, waren die Türen in den Garten weit geöffnet, sodass sich die Gesellschaft sowohl im Salon als auch draußen tummelte. Alle Schülerinnen hatten für diesen Tag ihren Teil beisteuern müssen, und so gab es eine riesige Auswahl an süßen und herzhaften Leckereien. Auch Helga war nicht darum herumgekommen, und dank Henriettes Hilfe waren ihr die mit Konfitüre gefüllten Plätzchen sogar richtig gut gelungen. Vielleicht war sie doch kein gar so hoffnungsloser Fall. Für den Hausgebrauch würde es reichen, und mehr strebte sie auch nicht an.

Die Familien der Absolventinnen waren ebenfalls gekommen, und Anita hatte Helga hin und wieder auf einen der jungen Herren aufmerksam gemacht.

»Irgendwie ist mir heute nicht danach«, hatte Helga geantwortet. Wobei ihr der ein oder andere recht gut gefiel, aber es wäre ohnehin die letzte Gelegenheit. Nach den Sommerferien waren die Schwestern oder Cousinen nicht mehr hier, und somit gäbe es auch für die Herren keinen Anlass mehr, die Schule zu betreten.

Doch es gab noch einen weiteren Grund, warum sich Helga an diesem Tag nicht mit ihrer Suche nach einem Ehemann befassen wollte. Letzte Woche hatte ihr Gerrit Korbach endlich geantwortet. Er war persönlich in die Schule gekommen – offiziell, um seine Schwester zu besuchen –, hatte sich für die lange Wartezeit entschuldigt und erklärt, dass sein Verleger krank gewesen war und die Vertretung diese Dinge nicht entscheiden durfte. Dann war wiederum Zeit ins Land gegangen, als sein Vorgesetzter zurück war und sich erst einmal durch die liegen gebliebene Arbeit kämpfen musste. Aber die Geschichte, so versicherte Gerrit Korbach, hatte ihm gefallen, und er würde gern mehr von ihr lesen.

Noch in diesem Sommer würde der erste Teil einer Fortsetzungsgeschichte in der Zeitung erscheinen, und Helga konnte ihr Glück kaum fassen. Sie durfte schreiben und verdiente sogar Geld damit. Üppig war das Gehalt zwar noch nicht, aber sie stand ja auch erst am Anfang. Wenn sie die beiden kommenden Jahre kontinuierlich weitermachte, hatte sie als Absolventin möglicherweise einen gewissen Betrag zusammengespart, um sich selbst versorgen zu können. Ihre Eltern ahnten davon bisher nichts, und Helga würde ihnen ihre endgültigen Pläne erst enthüllen, wenn die Schulzeit hinter ihr lag.

Sie nahm sich ein Eclair von einer der Platten und ging hinaus in den Garten, wo Arno von einer Traube von Absolventinnen belagert wurde. Obwohl sich Anita und Arno voneinander fernhielten, brodelte die Gerüchteküche. Es wurde wirklich Zeit, die Sache offiziell zu machen, dann war zumindest Schluss mit den Spekulationen. Gerede würde es vielleicht trotzdem geben, aber schlimmer als jetzt konnte es nicht werden. Und irgendwann hätte sich auch diese Neuigkeit abgenutzt. Henriette war schon vor zwei Monaten eingeweiht worden, aber außer ihr und Antonia wusste es längere Zeit niemand. Das führte dazu, dass die Spekulationen hochkochten, und die Frauen ihres Jahrgangs schienen sich in zwei Fronten zu teilen. Das wollte Anita wiederum nicht, und so hatten sie sich abends alle in ihrem Zimmer eingefunden, und Anita hatte gesagt, sie würde nach den Sommerferien mehr erzählen, so lange sollten sich alle gedulden. Damit verstummte zunächst auch in ihrem Jahrgang zwar nicht das Gerede, aber die spitz gestellten Fragen, und die Stimmung zwischen ihnen wurde wieder besser.

Helga steckte sich das letzte Stück des Eclair in den Mund, schenkte sich eine Tasse Kaffee ein und ging zurück ins Haus. Langsam schlenderte sie durch den Salon, trat in die Eingangshalle und besah sich die Fotos der Absolventinnen. An ihrem blieb sie schließlich stehen, sah sich auf einem samtbezogenen Stuhl sitzen, die Zeitschrift in der Hand, der Blick in die Kamera, ein Lächeln auf den Lippen. Helga lächelte zurück, hob die Tasse und tat, als würde sie sich zuprosten. »Auf eine großartige Zukunft.«

»Auf eine großartige Zukunft«, hörte sie mehrere Frauen antworten, drehte sich um und erkannte Antonia, Henriette und Anita, die aus Richtung des Salons kamen. Sie lachten und hoben ebenfalls die Tassen.